Goliarda Sapienza

In den Himmel stürzen

Goliarda Sapienza

In den Himmel stürzen

Roman

Aus dem Italienischen
von Constanze Neumann

Aufbau-Verlag

Die Originalausgabe unter dem Titel
»L'arte della gioia«
erschien 1998 bei Stampa Alternativa in Rom.

Die Übersetzerin dankt dem Deutschen Übersetzerfonds für die Förderung im Rahmen eines Stipendiums sowie Ragni Maria Gschwend für die Zusammenarbeit.

ISBN 3-351-03022-3

1. Auflage 2005

Einbandgestaltung Tanja Selzer, Berlin
Druck und Binden Clausen & Bosse, Leck
Printed in Germany

www.aufbau-verlag.de

ERSTER TEIL

1

Hier bin ich also mit vier oder fünf Jahren an einem schlammigen Ort, wie ich ein riesiges Stück Holz hinter mir herziehe. Um mich herum gibt es weder Bäume noch Häuser, nur den Schweiß von der Anstrengung, diesen harten Gegenstand zu schleppen, und das heftige Brennen meiner Handflächen, die ich mir am Holz verletzt habe. Ich versinke bis zu den Knöcheln im Schlamm, aber ich muß ziehen, warum, weiß ich nicht, aber ich muß es tun. Lassen wir diese erste Erinnerung einfach so stehen: Ich habe keine Lust, zu deuten oder mir etwas auszudenken. Ich will euch alles so erzählen, wie es gewesen ist, ohne etwas zu verändern.

Ich zog also dieses Holzstück hinter mir her, und nachdem ich es irgendwo versteckt oder liegengelassen hatte, ging ich durch das große Loch in der Wand, vor dem nur ein schwarzer Vorhang voller Fliegen hing. Jetzt stehe ich in dem dunklen Raum, in dem wir geschlafen und gegessen haben: Brot und Oliven oder Brot und Zwiebeln. Gekocht wurde nur sonntags. Meine Mutter näht in einer Ecke, die Augen von der Stille geweitet. Sie spricht nie. Entweder schreit sie, oder sie schweigt. Der schwarze, schwere Vorhang ihrer Haare ist voller Fliegen. Meine Schwester sitzt auf dem Boden und starrt sie aus zwei dunklen, in das Fett gegrabenen Schlitzen an. Ihr ganzes Leben lang, so lang es eben war, dieses Leben, ist sie ihr immer mit diesem Blick hinterhergelaufen. Und wenn meine Mutter, was selten vorkam, einmal wegging, mußte man Tina in der Abortkammer einschließen, weil sie sich nicht von ihr trennen wollte. Dann hat sie in der Kammer geschrien, sich an den Haaren gerissen und so lange den Kopf gegen die Wand geschlagen, bis meine Mutter zurückgekommen ist, sie in den Arm genommen und stumm gestreichelt hat.

Jahrelang hatte ich sie so schreien hören, ohne darauf zu achten, bis ich mich eines Tages vom Holzschleppen müde auf den Boden warf und bemerkte, daß mich ihr Schreien mit einer Lust erfüllte, die mir durch den ganzen Körper ging. Einer Lust, die sich bald in Wonneschauer verwandelte, so stark, daß ich allmählich jeden Tag darauf hoffte, meine Mutter möge weggehen, damit ich mit dem Ohr an der Aborttür diese Schreie hören und genießen könnte.

Wenn das dann passierte, schloß ich die Augen und stellte mir vor, wie sich meine Schwester die Haut zerkratzte und sich weh tat. Und so kam es, daß ich meinen von diesen Schreien gedrängten Händen folgte und entdeckte, daß es noch mehr Freude machte, sich dort anzufassen, wo man Pipi macht, als frisches Brot oder Obst zu essen. Meine Mutter hat immer gesagt, daß Tina – »das Kreuz, das Gott uns zu Recht für die Sünden deines Vaters auferlegt hat« – zwanzig Jahre alt sei. Sie war aber nur so groß wie ich und so dick, daß sie, wenn man sich ihren Kopf wegdachte, aussah wie die immer verschlossene Truhe meines Großvaters, einer »noch verdammteren Seele als sein Sohn« ... Großvater war Matrose gewesen. Was das für ein Beruf sein sollte, verstand ich nicht. Tuzzu sagte, das seien Leute, die auf Schiffen lebten und übers Meer fuhren ... aber was war überhaupt das Meer?

Tina sah wirklich aus wie die Seemannskiste des Großvaters, und wenn ich mich langweilte, schloß ich die Augen und schlug ihr den Kopf ab. Wenn sie zwanzig

Jahre alt und eine Frau war, dann mußten alle Frauen mit zwanzig entweder so wie sie oder wie die Mama sein; bei Männern war das anders: Tuzzu war groß, und ihm fehlten keine Zähne wie Tina, seine waren stark und weiß wie der Himmel im Sommer, wenn man zum Brotbacken früh aufsteht. Auch sein Vater war so wie er: kräftig und mit Zähnen, die blitzten wie Tuzzus, wenn er lachte. Tuzzus Vater lachte immer. Unsere Mama lachte nie, auch das lag sicher daran, daß sie eine Frau war. Aber auch wenn sie nie lachte und keine Zähne hatte, habe ich doch immer gehofft, so wie sie zu werden; sie war wenigstens nicht klein und hatte große, sanfte Augen und schwarze Haare. Nicht einmal die hatte Tina, sondern nur ein paar Strähnen, die die Mama mit dem Kamm auseinanderzog, um die Kuppe dieses kahlen Eierkopfes zu bedecken.

Die Schreie haben aufgehört, sicher ist die Mama zurückgekehrt und hat Tina beruhigend den Kopf gestreichelt. Ob die Mama wohl auch weiß, wie schön es ist, sich an dieser bestimmten Stelle zu streicheln? Und Tuzzu, ob der das weiß? Er ist sicher Schilfrohr schneiden gegangen.

Die Sonne steht hoch, ich muß ihn suchen und ihn nach diesem Streicheln fragen, und nach dem Meer. Ob es wohl immer noch da ist?

2

Vom Licht brennen mir die Augen. Immer, wenn ich rausgehe, brennen mir die Augen vom Licht; gehe ich hinein, macht mich die Dunkelheit blind. Die Hitze hat nachgelassen, und die Berge sind wieder schwarz wie Mamas Haare. Immer wenn die Hitze nachläßt, werden die Berge so schwarz wie ihre Haare. Wird es dagegen heißer, werden die Berge blau wie das Sonntagskleid, das die Mama gerade für Tina näht. Immer bekommt sie Kleider und Schleifen! Sogar weiße Schuhe hat sie ihr gekauft. Ich kriege nichts: »Du hast deine Gesundheit, mein Kind, für dich reichen meine gekürzten Kleider. Wozu braucht man Kleider, wenn man gesund ist? Dank deinem Herrgott, statt dich zu beklagen, dank deinem Herrgott!« Sie spricht immer von diesem Herrgott, aber wenn man eine Erklärung will, kriegt man keine Antwort: »Bete, daß er dich beschützt, und damit ist's gut! Was willst du noch wissen? Bete zu ihm und Schluß.«

Es ist jetzt wirklich nicht mehr so heiß, und die Luft ist frisch. Innerhalb weniger Stunden ist der Schlamm getrocknet, der Wind hat sich gelegt, und das Schilfrohr schreit nicht mehr so wie gestern. Ich muß genau hinschauen: Dort, wo sich das Rohr bewegt, ist Tuzzu.

»Was stehst du so dumm rum? Schaust du den Fliegen zu?«

»Ich hab dich gesucht, und dumm bin ich auch nicht. Ich hab dich gesucht, bist du fertig?«

»Nein, noch nicht. Ich ruh mich nur aus und genehmige mir eine Zigarette. Bist du auch noch blind und nicht nur so dumm wie deine Schwester? Siehst du nicht, daß ich mit einer Zigarette im Mund im Schatten liege?«

»Rauchst du jetzt? Ich habe dich noch nie rauchen sehen.«

»Natürlich rauche ich. Seit zwei Tagen. Es wurde doch Zeit, oder?«

Dann schwieg er und nahm die Zigarette aus dem Mund. Jetzt würde er gar nichts mehr sagen. Das war immer so mit Tuzzu, wenn er erst einmal den Mund zugemacht hatte, machte er ihn stundenlang nicht mehr auf, wie sein Vater sagte. Und wenn das schon vorher so gewesen war, dann erst recht jetzt, wo er rauchte. Und wie groß er so ausgestreckt aussah! Ob er gewachsen war, oder ob es an der Zigarette lag, daß er größer wirkte? Wie soll ich jetzt mit ihm reden, wo er so groß geworden ist? Er wird mich auslachen und sagen, daß ich ein dummes Kind bin, wie immer. Ich konnte mich nur neben ihn setzen und ganz stillhalten, um ihn wenigstens anschauen zu dürfen. Und ich habe ihn lange angesehen, und so sehe ich ihn jetzt wieder: Sein von der Sonne verbranntes Gesicht schien wie von zwei großen hellen Wunden zerschnitten – das waren keine Augen –, aus deren Tiefe frisches blaues Wasser quoll. Ich beobachtete die sichere Bewegung, mit der er die Zigarette immer wieder zum Mund führte, genau wie sein Vater.

Diese Selbstsicherheit ließ mich zittern.

Nein, jetzt würde er nicht mehr mit mir reden, und vielleicht würde er mir nicht einmal mehr erlauben, ihn anzuschauen. Bei dem Gedanken wurde mir so kalt, daß ich die Augen schließen und mich hinlegen mußte, auch weil sich mir der Kopf drehte wie damals, als ich Fieber hatte … Mit geschlossenen Augen erwartete ich meine Verurteilung. Er würde mir nicht einmal mehr erlauben, ihn anzuschauen.

»Was ist, Dummerchen, bist wohl eingeschlafen?«

»Nein, ich schlafe nicht. Ich habe bloß nachgedacht.«

»Ach was, du hast nachgedacht? Ein Dummerchen, das nachdenkt, na so was. Und worüber? Darf man das vielleicht erfahren?«

»Ich hab überlegt, ob ich dich fragen soll …«

»Was denn? Sag schon. Du siehst aus wie ein Huhn, dem man gleich den Hals umdreht. Was wird wohl sein, sag schon!«

»Ach, nichts. Ich wollte dich fragen, was das Meer ist.«

»Jetzt reicht's mir aber mit dem Meer. Du bist vielleicht ein Dickkopf! Hundertmal hab ich es dir erklärt, hundertmal! Das Meer ist ein riesiges Wasser, so tief wie der Brunnen zwischen unserem Hof und der Hütte, in der ihr wohnt. Nur, daß es blau ist und du nicht sehen kannst, wo es aufhört, auch wenn du dich noch so sehr anstrengst. Willst du das endlich begreifen? Du bist eben dämlich, und selbst wenn du nicht dämlich wärst, haben Frauen, seit die Welt sich dreht, noch nie was verstanden, wie mein Vater sagt.«

»Aber ich verstehe doch alles: ein Wasser, so tief wie das im Brunnen, nur blau.«

»Sehr gut, gratuliere. Los, steh auf und schau dich um! Siehst du die Ebene? Wie heißt diese Ebene, los! Mal sehen, ob es sich lohnt, dir was beizubringen.«

»Diese Ebene heißt Chiana del Bove.«

»Genau, und das Meer ist eine Ebene aus blauem Wasser, aber ohne die Lavaberge dort hinten. Wenn man diese Meeresebene anschaut, sieht man hinten nichts, was den Blick begrenzt, oder genauer gesagt, man sieht eine feine Linie, die nichts anderes ist als das Meer, das mit dem Himmel zusammenfließt. Diese Linie nennt man Horizont.«

»Und was ist der Horizont?«

»Hab ich dir doch gesagt, das ist alles eine Ebene aus blauem Wasser, die bis an den Himmel reicht.«

»Eine Ebene aus blauem Wasser wie deine Augen, die sich mit dem Himmel deiner Stirn vereinen.«

»Sieh mal an, was für Gedanken! Du bist ja ein *cantastorie**, meine Güte, ein richtiger Cantastorie! Mit wel-

* (it.) Bänkelsänger

chem Fuß bist du denn heute morgen aufgestanden, daß dir solche Gedanken kommen?«

»Und du, mit welchem Fuß bist du aufgestanden, daß du rauchst wie ein Großer? Du rauchst, und ich … Darf ich deine Augen anschauen? Wenn ich sie anschaue, verstehe ich besser, wie das Meer aussieht.«

»Von mir aus. Was soll ich schon dagegen haben? Wenn du unbedingt wissen willst, wie das Meer aussieht, dann bitte. Das muß ja viel Spaß machen, wenn du dabei so rot wirst. Hübsch anzuschauen bist du, auch wenn du dämlich bist, richtig hübsch! Wer weiß, mit wem dich deine Mutter gemacht hat.«

»Bestimmt mit einem Mann, einem Matrosen sogar, wenigstens sagt sie das.«

»Ach nein, jetzt werden wir auch noch witzig! Was ist denn mit dir los? Das letzte Mal warst du eine richtige Mumie. Bist du heute nacht plötzlich erwacht?«

»Ja, ich bin erwacht, aber nicht erst heut nacht, und auch deswegen wollte ich dich was fragen …«

»Was? Was soll ich denn über dein Erwachen wissen? Geh und frag deine Mutter. Das mit dem Meer ist was anderes, aber … Oje, hast du heute früh was getrunken? Du bist so rot wie eine Schnapsdrossel. Was wolltest du denn noch wissen? Sag schon, und hör auf, mich anzustarren. Schluß jetzt, mir dreht sich schon der Kopf von der ganzen Anstarrerei. Schöne Augen hast du so aus der Nähe, das war mir noch gar nicht aufgefallen. Sie sehen aus wie Honig … Wer weiß, mit wem dich deine Mutter gemacht hat. Jetzt arbeite ich weiter, ich hab genug. He, wieso hältst du mich fest? Bist du verrückt geworden?«

Die Hitze war wieder stärker geworden, die Erde dampfte, die Berge rückten weit weg und färbten sich blau. Ich durfte ihn nicht gehen lassen, ich mußte ihn fragen, warum ich – eben, als ich ihn angeschaut hatte, und jetzt, während ich seinen Arm festhielt – diese Lust verspürte, mich dort zu streicheln …

»Na hör mal, stellt man solche Fragen! Und in deinem Alter! Du bist eine Plage! Mein Vater hat recht, eine Plage! Schämst du dich denn gar nicht?«

»Warum sollte ich mich schämen? Wenn ich das entdeckt habe, ohne daß es mir jemand gesagt hat, heißt das, daß alle anderen es auch entdecken.«

»Ganz schön schlau! Was für eine Logik! Paß auf, *picciridda**, laß meinen Arm los, sonst wird es dir noch leid tun. Mir steigt schon das Blut in den Kopf, paß auf!«

»Wieso soll ich aufpassen? Ich hab doch keine Angst vor dir, und du mußt mir antworten. Sag, hast du das gewußt?«

»Natürlich hab ich das gewußt! Wofür hältst du mich? Ich bin doch ein Mann. Wenn du mich nicht losläßt, streichle ich dich, und dann nimmt es ein böses Ende.«

»Dann nimmt es eben ein böses Ende. Ich hab keine Angst davor! Du bist derjenige, der Angst hat. Von wegen Mann! Du zitterst ja.«

Er hatte sich losgemacht und war aufgestanden. Merkwürdigerweise hatte ich keine Kraft mehr in den Armen, aber als ich ihn da stehen sah, wie er die Mütze vom Boden aufhob, ohne mich anzusehen, und ich es nicht schaffte aufzustehen, rollte ich mich zur Seite und umklammerte seine Knöchel. Ich hatte Angst, er würde mir einen Tritt versetzen, aber statt dessen beugte er sich mit der Mütze in der Hand zuerst mit ausgestreckten Armen über mich, so als ob er mich wegschieben wollte, fiel dann auf die Knie und dann auf mich. Er hatte die Augen

* (siz.) Kleine

geschlossen. Hatte er sich beim Hinfallen weh getan? War er ohnmächtig geworden? Eine Ewigkeit verging. Ich getraute mich nicht, etwas zu sagen. Ich hatte Angst, er könnte sich wieder von mir lösen. Außerdem hatte ich jetzt, selbst wenn ich gewollt hätte, nicht einmal mehr die Kraft, die Lippen zu bewegen. Ich kannte diese seltsame Müdigkeit nicht, eine süße Müdigkeit, die mich erschauern und schweben ließ. Hinter meinem Rücken hatte sich bestimmt ein schwindelerregender Abgrund aufgetan, aber diese Schauer hielten mich über dem Nichts. Ich öffnete die Augen und hörte mich sagen:

»Jetzt weiß ich, was das Meer ist.«

Er antwortete nicht, und während er mich reglos anstarrte, zog er mir den Rock herunter, schob das Unterkleid hoch und riß mir den Schlüpfer vom Leib. Er starrte mich immer noch an, aber seine Finger begannen mich genau so zu streicheln, wie ich es immer tat, wenn Tina schrie. Plötzlich entfernte sich sein Gesicht. Ging er fort?

»Nein, ich bleibe da, wohin soll ich schon gehen? Jetzt muß ich auch dableiben.«

Beruhigt schloß ich die Augen. Tina schrie, und mir liefen die Schauer der Lust, die ich so gut kannte, durch den ganzen Körper. Dann wurde sein Streicheln so intensiv, daß ... Was tat er da bloß? Ich sah hin. Er hatte meine Beine gespreizt und sein Gesicht zwischen meinen Schenkeln vergraben: Er streichelte mich mit der Zunge. Natürlich konnte ich das nicht begreifen, wenn ich nicht hinsah: Allein ging das nicht. Dieser Gedanke ließ mich so stark erschauern, daß Tinas Schreie verstummten und ich es war, die laut schrie, noch lauter als sie, wenn die Mama sie in die Kammer sperrte ... War ich ohnmächtig geworden, oder hatte ich geschlafen? Als ich die Augen öffnete, lag eine tiefe Stille über der Ebene.

»Jetzt müssen wir aber aufhören, *bambinella*. Auch wenn du keine Scham kennst, will ich dir nicht alles verderben. Zieh dich an, und mach, daß du wegkommst. Sei froh, daß ich mir den Kopf zurechtgerückt habe, den du mir verdreht hast. Und den hast du mir weiß Gott verdreht. Wer hätte das gedacht? Du bist hübsch, wirklich hübsch, aber ich will dir nicht alles verderben. Los, steh auf und verschwinde.«

3

Ich stand auf, zog mir die Unterhose an, aber verschwunden bin ich nicht, auch wenn seine Stimme bedrohlich klang und er mich nicht ansah. Irgend etwas war anders als vorher. Jedenfalls jagte er mir keine Angst mehr ein, und ich verabschiedete mich nicht einmal. Langsam ging ich nach Hause zurück, weil ich vor Müdigkeit taumelte und in Erinnerung an diese Schauer bei jedem Schritt stolperte. Es war wunderschön gewesen.

Mein Streicheln von früher erschien mir im Vergleich zu Tuzzus Liebkosungen wie trocken Brot. Es war richtig gewesen, Tuzzu zu fragen. Er wußte alles, und auch wenn er ein wenig ärgerlich wurde, antwortete er dann doch. Selbst jetzt, als ich dieses schiefe Gemäuer anstarrte, das die Mama Haus nannte, wußte ich, daß es jenseits der fernen Berge, die erschienen und verschwanden wie die Geister der Toten, große Häuser, Straßen und das Meer gab.

Die Alte, die einmal im Monat kam, sprach immer von den Geistern ... Heute oder morgen kommt sie wahrscheinlich wieder. Ganz bestimmt, denn heute früh hat die Mama den Ofen angeheizt und Brot gebacken. Immer wenn die Alte kommt, bäckt die Mama Brot, und zusammen mit dem Brot bäckt sie Kekse, die sie ihr dann mit Likör anbietet.

Hinter dem Vorhang hört man Stimmen. Das muß die Alte mit ihrem Sack voller Stoffetzen sein, die die Mama dann zusammennäht.

Als ich den schwarzen Vorhang zur Seite geschoben hatte, blieb ich wie angewurzelt auf der Schwelle stehen. Direkt vor mir, als ob er auf mich gewartet hätte, saß ein großer, kräftiger Mann am Tisch, größer und kräftiger noch als Tuzzus Vater. Ein Riese mit einer Menge zerzauster Haare über der Stirn und einer blauen Jacke aus einem Stoff, glänzend und haarig, wie ich ihn noch nie zuvor gesehen hatte, schaute mich lächelnd aus Augen an, die so blau waren wie seine Jacke. Seine Zähne waren weiß wie die von Tuzzu und dessen Vater.

»Nun sieh mal einer an, was für eine Tochter ich habe, ein Mordsweib! Das gefällt mir, das gefällt mir wirklich. Ich war überzeugt, daß deine Mutter nur Tinas zustande bringt. Aber ich sehe mit Freude, daß ich mich geirrt habe, meine Tochter. Es ist eine Genugtuung, sein eigen Fleisch und Blut zu sehen, wenn es so ein richtiges Mordsweib geworden ist wie du.«

»Hör auf! Sprich nicht so, und laß Modesta in Ruhe! Sie ist kein Mordsweib, sondern immer noch ein Kind. Verschwinde! Das sage ich dir schon die ganze Zeit. Verschwinde, oder ich hole die Polizei!«

»Nun hört euch das an! Die Polizei! Und wo soll die sein? Wartet die etwa schon hinter der Tür? Geh doch! Lauf über die Ebene, das wird dir guttun! Du bist fett wie eine Kuh geworden. Schau mich an, wie schlank ich bin, meiner Lebtag bin ich nur gelaufen!«

Während er das sagte, richtete er sich zu seiner vollen Größe auf, schlug sich auf die Brust und die kräftigen

Hüften, an denen kein Gramm Fett war, und drehte sich um sich selbst, um sich besser zu zeigen. Dann kam er lachend auf mich zu. Seine Stimme war so weich wie der Stoff seiner Jacke. Noch nie hatte ich so einen Stoff berührt. Er nahm mein Kinn in die Hände und betrachtete mich immer noch lachend.

»Groß bist du, und so rund und rot wie ein Granatapfel.«

Mit ihm also hatte mich meine Mutter gemacht! Es war schön, mit ihm zu reden und zu lachen. Die Mama und Tina redeten nie. Jetzt würde ich mit ihm sprechen können, statt in den Wind zu rufen, wie ich es immer getan hatte ... Die Hand hob mein Kinn hoch, und ich hob den Blick, um dieses Lachen besser zu sehen, als meine Mutter sich schreiend – noch nie hatte ich sie so schreien hören – zwischen mich und diesen Mann warf und versuchte, mich von ihm wegzuziehen. Dieses Schreien weckte in mir wieder die Sehnsucht nach Tuzzus Küssen, und ich schloß die Augen. Meine Mutter zog und schrie mit Tinas Stimme, und er lachte. Mit aller Kraft drängte ich sie weg. Ich wollte nicht fort von ihm. Ich wollte bei ihm bleiben und ihm zuhören.

»Du brauchst gar nicht so zu schreien, du dumme Gans! Siehst du nicht, daß sie bei ihrem Papa bleiben will? Die Stimme des Blutes lügt niemals! Nicht wahr, du willst bei deinem lieben Papa bleiben? Sag deiner Mutter, daß du bei deinem Papa bleiben willst.«

»Ja, ich will bei ihm bleiben!«

Ich hatte den Satz noch nicht beendet, als meine Mutter sich, immer noch schreiend, auf mich warf und mich an den Haaren packte. Aber mit seiner großen Hand stieß er sie weg und sagte ganz sanft:

»Paß bloß auf, faß mein Fleisch und Blut nicht an! Laß

los, oder ich drehe dir deinen vertrockneten Hühnerhals um.«

Meine Mutter fiel in seinen Händen wie ein leeres Kleid zusammen: Sie sah wirklich aus wie ein Haufen Lumpen. Und wie einen Haufen Lumpen packten die großen Hände sie, um sie in die Abortkammer zu werfen. Als er die Tür öffnete, sah ich Tina in einer Ecke kauern. Sicher war er das gewesen. Und die Mama landete, Lumpen zu Lumpen, bei Tina. Dann schloß er ganz ruhig die Kammer ab und drehte sich mit einer komischen Geste zu mir um, so als ob er sich die Hände wüsche. Mein Herz hüpfte vor Stolz über seine Stärke.

Als er mich in die Arme nahm, verblaßten mein Streicheln und Tuzzus Liebkosungen vor der Lust, die mir seine mächtigen und zugleich leichten Hände mit ihrem blonden Flaum bereiteten. Ich wartete. Ich erkannte an seinem Blick, was er wollte.

»Du hast doch nicht etwa Angst bekommen? Ich habe ihr nicht weh getan, sondern sie nur für kurze Zeit aus dem Weg geräumt. Sie ist einfach zu lästig, und ich will diese prächtige Tochter in Ruhe genießen, von der ich gar nichts wußte. Ein wahres Geschenk des Himmels ... Hast du Angst?«

»Ich habe keine Angst. Das hast du gut gemacht. Warum schreit sie auch immer und bestraft mich für alles!«

»Sehr gut. Wie ich sehe, fließt in unseren Adern das gleiche Blut, und das freut mich, das freut mich wirklich ...«

Und während er die letzten Worte immer leiser und schneller wiederholte, legte er mich mühelos aufs Bett. Er war so stark, daß ich mich leicht fühlte wie das Wollknäuel, das ich der Mama immer bringen mußte, wenn sie arbeitete. Jetzt arbeitete sie nicht. Nachdem sie eine

Weile still gewesen war, fing sie hinter der Tür zu schreien an, oder war es nur Tina? Vielleicht waren es auch beide zusammen, aber das kümmerte mich nicht. Mich kümmerten nur die großen behaarten Hände, die mich auszogen. Als ich ganz nackt war, berührte er meine Brust, hörte auf zu flüstern und begann leise zu lachen:

»Da sprießen dir ja zwei Knospen. Tut es weh, wenn ich sie berühre?«

»Nein.«

»Weißt du, was das für kleine Schwellungen sind?«

»Nein. Vielleicht Furunkel?«

»Dummerchen! Das ist dein Busen, der anfängt zu wachsen. Ich wette, daß du einen großen und festen Busen bekommst wie meine Schwester Adelina. Als sie so alt war wie du, hatten ihre Brustwarzen dieselbe Farbe wie deine, ganz rosa.«

»Und wo ist diese Adelina, die ich noch nie gesehen habe?«

»Tante Adelina, du mußt Tante Adelina sagen. Wenn du alles machst, was ich dir sage, nehme ich dich mit zu ihr. Sie wohnt in einer großen Stadt mit Geschäften, Theatern, Jahrmärkten … und einem großen Hafen.«

»Wenn es einen Hafen gibt, dann ist dort auch das Meer?«

»Natürlich ist dort das Meer, und Schiffe gibt es und wunderschöne Häuser. Adelina ist eine große Signora geworden! Wenn du machst, was ich dir sage, nehme ich dich mit zu ihr und zeige dir nicht nur deine Tante, die eine Signora geworden ist, sondern auch Sachen, die du dir nicht einmal vorstellen kannst, wunderbare Sachen. Willst du? Willst du dein Papilein glücklich machen? Wenn du ihn glücklich machst, dann macht er dich danach auch glücklich.«

4

Und er schien glücklich zu sein, wie er so ganz nackt neben mir lag. Ich hatte noch nie einen nackten Mann gesehen. Ohne die blaue Jacke waren seine Schultern weiß wie die Felsen am Fluß zur Zeit der Brombeerernte, wenn die Sonne tage- und wochenlang wie festgenagelt hoch am Himmel stand. Öffnete ich die Augen, stand sie da. Schloß ich sie wieder, stand die Sonne immer noch unbeweglich hinterm Fenster. Belauerte sie mich? Ich sollte schlafen. Auch wenn ich die Augen geschlossen hielt, durchstachen die gleißenden Sonnenschwerter meine Lider, und um schlafen zu können, mußte ich mich ganz zusammenkauern, mich vor ihr verstecken, die mich belauerte.

»Was machst du da? Versuchst du dich zu verstecken, daß du dich so zusammenkauerst? Hast du etwa Angst vor deinem Papachen?«

Woran hatte er das gemerkt? So nackt und weiß machte er mir Angst, aber das durfte ich ihm nicht zeigen. Ich mußte so stark sein wie er. Wenn er merkt, daß ich Angst habe, denkt er, ich bin wie die Mama, und nimmt mich nicht mit sich fort.

»Ich hab keine Angst. Die beiden Heulsusen in der Kammer da machen mich ganz verrückt. Wenn du wirklich mein Vater bist und mir gleichst, dann bring sie mit einem Faustschlag zum Schweigen.«

Der Fels neben mir bewegte sich jetzt langsam. Er glühte, und der leichte blonde Flaum erstreckte sich wie ein Roggenfeld von den Handgelenken bis zu den Schultern. Der Roggen fing Feuer. Wann war das gewesen? Ich hatte mit der Mama Brombeeren gesammelt, und Tina saß lachend unter dem Feigenbaum, als ein Stück von dieser unbeweglichen Sonne vom Himmel herabgefallen war und begonnen hatte, wie eine Feuerschlange um uns herumzuzüngeln und alles zu verbrennen. Der blonde Flaum, die Mohnblumen, die Wäsche, die die Mama zum Trocknen aufgehängt hatte, und Tinas Röcke, alles brannte, und der Rauch von diesem verbrannten Flaum erstickte auch mich.

»Wie soll ich das denn machen, Töchterlein, wie soll ich diese Hühner zum Schweigen bringen, wenn du mich so streichelst? Du bist eine Knospe, eine richtige Rosenknospe.«

Der blonde Roggen brannte, und die Rauchschlange schnürte ihr die Kehle zu, sie mußte fliehen ... Sie mußte fliehen, auf den Feigenbaum klettern und schreien wie damals ... Tuzzu würde ihre Schreie hören, würde kommen und sie in den Arm nehmen.

»Wie war das, als du mich aus dem Feuer gerettet hast, Tuzzu?«

»Unter dem einen Arm hatte ich dich und unter dem anderen die arme Tina, die so versengt war wie ein Holzstück, aus dem man Kohle macht.«

»Und warum hast du sie nicht verbrennen lassen? Du hättest doch nur mich retten sollen.«

»Hört euch dieses verdammte Mädchen an, diese Picciridda hat kein Herz! Wenn du das noch mal sagst, dann lasse ich dich verbrennen, so wahr mir Gott helfe, auch wenn du weiß und rund wie ein Täubchen bist.«

Sie mußte fliehen, aber der Fels hatte sich langsam auf sie gewälzt, preßte sie auf die Bretter des großen Bettes, und das Feuer breitete sich weiter aus. Tina schrie, aber diese Schreie bereiteten ihr keinerlei Vergnügen mehr. Der Mann hier nahm sie nicht unter den Arm oder streichelte sie wie Tuzzu, sondern zog an ihren Beinen und tat in das Loch, dorthinein, wo man Pipi macht, etwas Hartes, das sie zerschnitt. Er mußte das Küchenmesser genommen haben und wollte sie ausweiden, so wie die Mama zu Ostern mit Tuzzus Hilfe das Lamm zerteilte. Die Schneide senkte sich zwischen die zitternden Schenkel des Lammes – die große Hand versank im Blut, um zu teilen, zu trennen –, und sie würde zerstückelt auf den Brettern des Bettes liegenbleiben.

Man konnte nichts sehen. War die Sonne untergegangen? Oder war sie selbst schon tot, in Stücke geschnitten wie das Lamm? Der Schmerz von dem Messer war immer noch da und breitete sich über den Nabel in den Bauch aus, hinauf in die Brust, die zersprang. Doch die Arme ließen sich noch bewegen. Mit den Fingern tastete ich nach meinem Hals, er saß fest zwischen den Schultern. Die Brust war heil geblieben, und auch der Bauch. Nur unter dem Bauch brannte das zerschnittene Fleisch, und etwas Zähes, Schmieriges, eine seltsame Flüssigkeit lief aus ihr heraus. Das ist kein Pipi, das ist Blut. Sie brauchte gar nicht nachzuschauen: Das kannte sie seit jeher.

Es war besser, mit geschlossenen Augen stillzuhalten und zu schlafen, aber die Sonne spaltet mir den Kopf, und ich muß die Augen öffnen: Diese Helligkeit kommt nicht von der Sonne, sondern von der Petroleumlampe, die die Mama vorhin angezündet hat, um zu arbeiten, vor ganz langer Zeit, als dieser nackte Mann, der jetzt neben ihr schlief, noch nicht da war und mit ihm das Blut, das weh tat. Auch die Mama faßte sich an den Bauch und weinte, wenn ihr das Blut kam, und dann häuften sich in der Waschschüssel die rotgefleckten Lappen.

Der Schmerz war jetzt weg, und ihr Vater wirkte glücklich im Schlaf. Bald würde er aufwachen und sicher all das noch einmal tun wollen, was ihn so glücklich gemacht hatte. Die Mama sagte immer: »Es ist ein Unglück, als Frau geboren zu sein, wenn das Blut kommt, ist es mit der Gesundheit und dem Frieden vorbei! Die suchen doch alle nur ihr Vergnügen, schinden dich und können nie genug bekommen ...«

Vorher war ich ein Kind, aber jetzt bin ich eine Frau geworden und muß aufpassen: Der da bewegt sich schon. Ich muß davonlaufen. Aber wohin? Draußen ist es dunkel.

In die Kammer? Den Schlüssel umdrehen und in Mamas Arme fliehen. Aber es drang kein Laut hinter der Tür hervor, und außerdem hatte mich die Mama noch nie umarmt, sie umarmte immer nur Tina. Auch jetzt hörte man, wenn man das Ohr an das Holz legte, daß sie eng umschlungen schliefen. Man hörte Tinas schweren Atem und den leichten der Mama, wie jeden Abend: Ich quer zu ihren Füßen und sie eng aneinandergedrängt in dem großen Bett. Nein, sie würde nicht aufschließen, sie wollte nur wissen, ob sie sich auch dort auf dem Boden eng umschlungen hielten. Mit der Lampe könnte man vielleicht durch die Ritzen etwas erspähen. Nein, man sah nichts ... Ich muß sie wecken, ich muß sie mit dem Licht der Lampe wecken ... Ich brauche bloß die Lampe vor die Tür zu stellen und das Glas, das die Flamme schützt, abzunehmen, damit diese mir, wenn ich nicht zurückweiche, wie die Sonne die Stirn spaltet und sofort über das von der Dürre ausgetrocknete Holz züngelt. Schon seit Monaten hatte es nicht mehr geregnet.

Tuzzu hatte damals einen Fehler gemacht, Tina aus den Flammen zu retten. Er hatte einen Fehler gemacht, er hätte doch nur mich retten sollen. Aber diesmal war er nicht da, und ich würde nicht um Hilfe rufen, selbst wenn ich aus Angst vor den Flammen und dem Rauch, der mich fast erstickte, sterben müßte. Ich würde nicht einmal schreien.

5

»Das arme Kind! Das arme Kind! Wenn ich es nicht mit eigenen Augen gesehen und mit eigenen Ohren gehört hätte, würde ich es nicht glauben. Laßt sie doch in Ruhe, Maresciallo, laßt sie in Ruhe. Quält sie nicht länger. Seht Ihr nicht, wie sie zittert? Was wollt Ihr denn noch wissen? Seit drei Tagen befragt Ihr sie nun schon, und leider ist doch alles so klar! So schrecklich, als ob es im Mittelalter und nicht im Jahr 1909 passiert wäre. Und alles nur, weil die Gottesfürchtigen das Dorf nicht mehr im Griff haben und die Gottlosen ...«

»Verzeiht, Madre, aber das hier hat nichts mit Politik zu tun. Wenn Ihr gestattet, ich habe in den vergangenen drei Tagen nur meine Pflicht getan. Solche Sachen passieren leider verdammt ... Oh, entschuldigt, ehrwürdige Mutter, ich wollte nur sagen, daß ... Nun ja, ich habe so viele solcher Sachen gesehen, daß ich sie gar nicht mehr zählen kann. Außerdem ist es meine Pflicht, auch um dieses Kind zu schützen, daß ich den Hergang aufkläre.«

»Heilige Mutter Gottes! Seid doch still! Seht Ihr nicht, daß sie einen neuen Anfall bekommt, sobald sie Eure Stimme hört?«

Diese sanfte Stimme, hört ihr nicht, wie sanft sie ist? Es ist die Stimme von Madre Leonora, die mir eingab, in Ohnmacht zu fallen. Das war einfach: Es reichte, die Lider fest zuzukneifen und die Fäuste zu ballen, bis die Augen zu tränen anfingen und die Nägel, die sich in die Handflächen gruben, mich am ganzen Körper zittern ließen wie Tina, wenn die Mama wegging. Von ihr hatte ich das gelernt, und wie Tina – ich sah sie deutlich hinter den geschlossenen Lidern – fing ich sofort an zu zittern.

»Habt Ihr denn kein Herz, Maresciallo? Laßt sie doch in Frieden. Habt Ihr nicht gehört, was Doktor Milazzo gesagt hat? Sie darf an nichts aus dieser entsetzlichen Nacht erinnert werden, an gar nichts! Die Kleine muß vergessen ... Merkt Ihr? Kaum hat sie Euch gesehen, ist sie weiß geworden wie eine Leiche, und kaum habt Ihr auf diese schrecklichen Ereignisse angespielt, bekommt sie einen neuen Anfall. Was wollt Ihr denn noch wissen? Tuzzu und sein Vater haben alles bezeugt, als sie Modesta hierhergebracht haben und danach, mehrmals ...«

»Wenn Ihr gestattet, Madre, nicht alles.«

»Ach was, das sind doch nur Einzelheiten.«

»Aber wir haben diesen Mann, der sich als ihr Vater ausgegeben hat, nicht gefunden, weder zwischen den sterblichen Überresten von Mutter und Schwester noch ... Madre, dieser Mann muß gefunden werden!«

»Das ist eure Aufgabe. Die Jacke habt ihr doch gefunden, nicht wahr? Und sie ist wirklich aus blauem Samt, wie diese kleine Märtyrerin gesagt hat. Im Namen der heiligen Agate, der dasselbe Leid widerfahren ist wie diesem Kindchen, quält sie nicht länger! Seht Ihr nicht, wie sie sich krümmt? Geht, geht im Namen des Herren, der auf uns herabblickt! Ihr Carabinieri seid wirklich unmenschlich. Und Ihr, Schwester Costanza, steht nicht wie angewurzelt herum, sondern helft mir lieber, Modesta aufs Bett zu legen. Ja, genau so. Das arme Kind! Merkt Ihr, wie schwer sie ist? Das ist ein richtiger epileptischer Anfall. Und wenn sie vor dem Unglück noch nicht daran erkrankt war, wie wir von Tuzzu wissen, dann hat dieser Schicksalsschlag sie ein für allemal gezeichnet.«

Wieder sagte mir die Stimme von Madre Leonora, was ich zu tun hatte: die Fäuste immer fester zusammenballen, so daß sich die Nägel noch tiefer ins Fleisch gruben. Immer noch besser dieser Schmerz, als dem Mann mit dem schwarzen Schnurrbart zu antworten, der mich mit seinen vielen Fragen dazu bringen konnte, das zu sagen, was ich nicht sagen wollte. Die Lider taten mir jetzt so weh, daß ich laut zu schreien begann, und zwar mit echter Stimme. So echt, daß die beiden Männer, die schon mein Weinen und die sanften Bitten von Madre Leonora verwirrt hatten, verschwanden, begleitet von dem aufgeregten Geraschel der langen Gewänder, die diese seltsamen großen Frauen trugen. Erst als man nichts mehr hörte als den leichten Atem von Madre Leonora, lockerte ich die Finger, aber ganz vorsichtig, damit sie es nicht bemerkte. Ich mußte mich langsam beruhigen, damit sie meine Absicht nicht begriff, mußte dem folgen, was mir ihre sanfte Stimme eingab. Was sagte sie jetzt? Was sollte ich tun?

»Schhh, jetzt ist alles gut. Der böse schwarze Mann ist weg, und ich bin hier bei dir. Sie werden dich nicht mehr quälen, meine arme kleine Märtyrerin, an Körper und Seele gepeinigt wie die heilige Agate, unsere Schutzheilige! Ja, so ist's recht, ganz sachte, beruhige dich. Hab keine Angst, der schwarze Mann ist nicht mehr da.«

Das wußte ich zwar, aber ich wußte auch, daß der Zeitpunkt noch nicht gekommen war, die Augen zu öffnen. Das hatte sie mir noch nicht gesagt.

»Sie sind weg, glaubst du mir das nicht? Du hast ja recht, daß du keinem mehr glaubst, nach alldem, was sie dir angetan haben, hast ja recht. Aber ich werde dich lehren, wieder Vertrauen zu fassen. Mir mußt du glauben, öffne die Augen, und laß mich in deinen schönen Augen lesen, daß du mir glaubst.«

Jetzt hatte sie es gesagt. Endlich konnte ich die Augen öffnen. Einen Moment noch, und ich würde sie öffnen. Nicht nur mit der Stimme hatte sie es mir befohlen, sondern auch mit ihren glatten weißen Händen, noch glatter als die weiche, flauschige Decke und noch weißer und duftender als die Laken, die wie von Zauberhand an die Stelle der harten und schwarzen Bezüge des großen Bettes getreten waren, in dem ich früher immer geschlafen hatte … früher … als das Blut noch nicht gekommen war. Zum Glück hatte ich der Angst vor dem Feuer getrotzt, ohne zu Tuzzu zu laufen. Wenn ich nicht die Kraft gehabt hätte zu widerstehen, hätte Tuzzu flink wie ein Hase die anderen auch wieder gerettet.

»Ja, genau so, mit diesen schönen Augen sollst du mich anschauen. Schön und klar. Und denk nicht mehr an dieses Feuer, das deinen Blick verdüstert. Denk nicht mehr daran, sondern bete und bitte die heilige Agate um das Wunder, dich alles vergessen zu lassen und deine Seele und den gepeinigten Körper zu heilen.«

»Wer ist denn die heilige Agate?«

6

»Jesus Maria, das weißt du nicht? Was man nicht alles erlebt in dieser armseligen Gegend! Sie haben dir nichts, aber auch gar nichts beigebracht. Nichts als Elend und Leid. Wenn du mir versprichst, das zu tun, was dir Doktor Milazzo gesagt hat …«

»Was hat er gesagt?«

»Daß du alles vergessen sollst, alles. Wenn du das tust, dann bringe ich dir viele Dinge bei …«

Die Stimme versprach ein warmes, weiches Schlaflied

aus duftenden Laken und Abenteuergeschichten von Königinnen und Herrschern, Belagerungen, Kriegen und Qualen. Zu Madre Leonoras sanfter, melodischer Stimme rückten Heere in goldenen und silbernen Rüstungen vor. Feindliche Truppen und wilde Horden flohen verjagt von ihrer wie ein Taubenflügel gegen die Sonne erhobenen Hand. Böse schwarze Männer, ein Haufen Gottloser, die dem guten, durch das Kreuz auferlegten Gesetz unterworfen werden mußten. Das kleine, nach Zuckerwerk duftende Zimmer bevölkerte sich mit Paladinen, Heiligen und gottgeweihten Jungfrauen, denen niemand, mit keiner List und Marter, ihren Glauben entreißen konnte. Die heilige Agate war wunderschön. Wie gut, daß ich nach ihr gefragt hatte. Ihre abgeschnittenen Brüste auf dem Tablett ließen mich sogar noch stärker erschauern als die feinen, zarten Hände von Madre Leonora, wenn sie mich bei einem meiner epileptischen Anfälle streichelte.

Und diese Anfälle hatte ich oft. Mindestens jeden zweiten oder dritten Tag. Nicht öfter, sonst hätte sie Verdacht schöpfen können. Irgend etwas in ihren Gesten und ihrer Stimme sagte mir, daß sie sich selbst nicht streichelte, und wenn sie mich dabei erwischt hätte, hätte sie mich sicher zur Hölle geschickt. Diese Geschichte von der Hölle und dem Paradies war eigentlich langweilig, aber ab und zu mußte ich sie über mich ergehen lassen, und das dauerte ja auch nie lang, denn schon bald beschwor Madre Leonora mit erhobenem Zeigefinger die heilige Agate. Und herein trat deren hohe weiße Gestalt mit dem blondgewellten Haar, das ihr bis auf den blauen und silbernen Brokatrock fiel. Zwischen dem lockeren, duftigen Haar (eine Art Goldstaub?) konnte man ihre kleinen rosigen Brüste erkennen.

So trat die heilige Agate zur Tür herein, und dort in der dunklen Ecke des Zimmers rissen ihr vor unseren Augen zwei schwarze, schwarze Männer aus der Hölle mit glühenden Zangen die kleinen Brüste vom Leib und legten sie noch warm und zitternd auf das silberne Tablett ... Und an dieser Stelle schaute mir Madre Leonora immer in die Augen und sagte:

»Hast du Angst bekommen?«

Ich verstand, was mir ihr Blick, der so blau war wie der Himmel und von vielen kleinen Goldsternen erleuchtet, sagen wollte, und begann zu zittern, aber nur so viel, daß sie mich in den Arm nahm. Dann legte ich den Kopf an ihren vollen und warmen Busen unter dem weißen Gewand. Meine Brüste waren immer noch wie zwei kleine Furunkel, so daß sie zu mir gesagt hatte:

»Wie dünn und unterernährt du bist, mein armes Kind! Was für ein kümmerlicher Brustkorb! Hoffen wir, daß er sich bald entwickelt, denn die Schwindsucht kommt schnell!«

Mir gefiel das Wort Schwindsucht ebensowenig wie diese kleinen Furunkel, und ich zitterte bei dem Gedanken, daß mir kein Busen wie der ihre wachsen würde. Zitternd vergrub ich das Gesicht in der duftenden und warmen Wölbung.

Und während die glühenden Zangen das weiße Gewand zerfetzten und ihr das zarte Fleisch ihres Busens herausrissen, begannen die Schauer der Lust in mir hochzusteigen. Wenn sie mich dann noch fester an sich drückte, weil sie spürte, wie ich zitterte, wurden die Schauer so heftig, daß ich die Lippen zusammenpressen mußte, um nicht zu schreien. Leider habe ich das nie mehr so erlebt, ohne daß ich mich selbst gestreichelt hätte, wie ich es bis zu diesem Augeblick hatte tun müssen.

7

Die frische, nach Zuckerwerk duftende Luft ließ mich die Flure entlangfliegen, deren Halbdunkel vom Weiß der vielen kleinen, immer verschlossenen Türen nur schwach erhellt wurde. Dahinter lagen sicher viele so winzige Zimmer wie mein eigenes, in die sich dieses Heer von großen weißen Frauen einschloß und aus denen es leise wieder heraustrat, mit vorsichtigen, raschen Schritten, so leicht, daß man eher noch das Rascheln ihrer Gewänder als das Geräusch ihrer Schuhe hörte. Diese Frauen seufzten immer. Vielleicht, weil sie nie sprachen? Oder weil sie sich nicht streichelten und nie einen Mann sahen? Wie lange war es her, daß ich einen Mann gesehen hatte? Es gab zwar den Gärtner, aber mit dem durfte man nicht reden. Manchmal kam noch ein anderer Mann in einem langen Gewand, das dem der Frauen ähnelte, nur daß es schwarz war. Später erfuhr ich, daß es neben dem Heer von Frauen, die – wie Madre Leonora sagte – sich mühten, das Wort Gottes auf der Erde zu verbreiten, auch ein Heer von Männern gab, die – immer Madre Leonora zufolge – der Segen der Menschheit waren. Später wurde mir klar, daß diese Männer im Rock genau jene Priester waren, von denen meine Mutter immer so ergeben gesprochen und die Tuzzus Vater gehaßt hatte: »Verdammtes Priesterschwein und Schlappschwanz von einem Pfaffen«, hatte er sie oft genannt. Was für häßliche Worte! Madre Leonora hatte recht gehabt, mich damals zu tadeln, aber da war ich ja auch gerade erst angekommen und vollkommen ahnungslos. Was hatte ich da überhaupt gesagt? Ach ja: so eine Sauerei. Seit jenem Tag gab ich ohne Bedauern alle häßlichen Wörter auf. Das war gar nicht so einfach, denn obwohl ich versuchte, sie zu vergessen, wollten sie mir nicht aus dem Kopf gehen. Und so dachte ich mir ein System aus, eine Disziplinierung – wie Madre Leonora es nennen würde (was für ein schönes Wort, Disziplinierung). Immer wenn ich merkte, daß sie meine Kehle hochstiegen, biß ich mir auf die Zunge. Der Schmerz ließ sie mich dann vergessen. Es tat mir nicht leid um sie. Von den rosigen und zarten Lippen Madre Leonoras, die ich manchmal berühren durfte, lernte ich so viele neue und schöne Wörter, daß mir in der ersten Zeit vor lauter Anstrengung, sie aufzuschnappen, ganz schwindelig wurde. Auch morgen früh, wer wußte, wie viele ich lernen würde ... Ich muß schlafen, dann wird es ganz schnell wieder hell. Und bei Tagesanbruch würde Madre Leonora in diesem Zimmer, das mit Anrichten bis hinauf zur Decke vollgestellt war und dessen Fenster vor lauter Sauberkeit gar nicht dazusein schienen, zu erzählen beginnen, mit dem Zeigestock in der Hand, hoch aufgerichtet vor diesen riesigen Anrichten, in denen statt der Tassen, Teller und Becher wie in der von Mama lauter Bücher standen. Und in diesen Büchern steckten all die Wörter und Geschichten, die mich Madre Leonora lehrte. Wer wußte, ob sie die alle gelesen hatte?

»Was für eine Menge Bücher, Madre! Habt Ihr die alle gelesen?«

»Ach was, du kleine Närrin. Gewiß, ich habe studiert und weiß auch manches, aber ich bin keine Gelehrte. Einzig die Kirchenlehrer halten das ganze Wissen der Welt in Händen.«

»Ich will auch eine Gelehrte werden!«

»Du kleine Närrin! Wozu soll das einer Frau nützen? Die Frau kann nie soviel Weisheit erlangen wie der Mann.«

»Und was ist mit der heiligen Teresa?«

»Die heilige Teresa ist, wie uns das ›heilig‹ sagt, von Gott auserwählt worden, du kleine Närrin. Paß nur auf, daß du nicht in die Sünde des Hochmuts fällst. Ich sehe mit Freude, wie gern du lernst, und ich muß zugeben, daß dein Gedächtnis und dein Eifer weit über das normale Maß hinausgehen. Aber hüte dich, der Verstand kann dich in die schwarzen Fänge der Sünde treiben! Neben dem Lernen bete und sticke! Sticke und bete. Das Sticken erzieht zu Demut und Gehorsam, den einzig sicheren Waffen gegen die Sünde. Und wo wir schon einmal darüber sprechen: Schwester Angelica hat sich beschwert, daß du am Stickrahmen nicht so aufmerksam bist wie bei mir und am Klavier. Sie grämt sich sehr über deinen mangelnden Eifer. Bemühe dich bitte in Zukunft, sie zufriedenzustellen. Schwester Angelica beherrscht die Tugend der Demut weit besser als wir, und nur von ihren geduldigen Händen kannst du sie erlernen. Deine Intelligenz macht mir Angst … du bist eine Frau … eine Frau … Schwester Angelica …«

Wenn sie so redete, wurde ihre Stimme beinahe so schrill wie die der Mama. Aber es hatte keinen Zweck, ihr zu widersprechen, denn sie verstand sowieso nicht. Wie konnte ich bei Schwester Angelica fleißig sein? Sie war so häßlich, daß sie mich beinahe an Tina erinnerte. Das Klavierspiel war etwas anderes. Schwester Teresa war zwar weder schön noch häßlich, doch konnte sie mit den Händen erzählen. Sie entlockte der Tastatur so süße Klänge, daß mir beinahe war, als lauschte ich Madre Leonoras Stimme …

»Modesta, du hast mir ja überhaupt nicht zugehört! Du mußt besser aufpassen, wenn man dich tadelt. Das ist ein Zeichen, daß dir der Teufel zuzwinkert, um unsere Mühe zu untergraben, deine Zweige, die nach der

Dunkelheit statt nach dem Licht streben, zu begradigen. Ein Kind ist ein zartes Gewächs, das zur Schwäche und zum Spiel neigt. Nur wenn man es fest mit den Fäden der Disziplin bindet, wird es ohne Verbiegungen an Leib und Seele gerade wachsen. Deine Zerstreutheit jetzt ist schon eine Sünde. Nach dem Unterricht gehst du in die Kapelle und betest zehn Ave-Maria und zehn Vaterunser! Damit du lernst zuzuhören, wenn man dich tadelt.«

Das Böse! Das Böse! Sicher, wenn sie so redete, war sie richtig langweilig, und auch ihr Gesicht verzog sich zu einer hageren Grimasse. Deshalb wandte Modesta den Blick ab, um sie nicht so sehen zu müssen: Sie wollte sie nur schön sehen.

»Modesta! Wo schaust du denn hin? Hörst du mir überhaupt zu?«

»Ja, Madre.«

Man mußte bloß Geduld haben, auch weil diese häßlichen Wörter wie das Böse, die Hölle, Gehorsam und Sünde schon bald wieder verschwanden. Sie wußte, wie sie diesen Klagen ein Ende setzen konnte: Es genügte, den Blick zu senken und zu weinen. Das war zwar etwas mühsam, aber danach würde Madre Leonoras Stimme bald wieder in ihrer gewohnten Sanftheit erklingen und all die schönen Wörter sagen wie unendlich, azurblau, sanft, paradiesisch, Magnolien …

Wie herrlich die Namen der Blumen waren: Geranien, Hortensien, Jasmin, was für ein wunderbarer Klang! Wenn sie ihr dann diese Wörter auf das weiße Papier schrieb, schwarz auf weiß, würde sie sie nicht mehr verlieren, würde sie sie nicht mehr vergessen. Sie gehörten ihr, nur noch ihr. Sie hatte sie gestohlen, gestohlen aus all diesen Büchern durch den Mund von Madre Leonora.

8

Und sie mußte immer weiter stehlen und so viele wie möglich sammeln, auch hier in diesem riesigen Raum voller vergoldeter Möbel, den sie Salon nannten, dem einzigen Zimmer des Klosters mit großen Fenstern. Zwischen all dem Goldglanz verbarg das Schwarz des Klaviers kostbare Noten und Rhythmen, nach denen man mit beiden Händen greifen mußte. Es reichte, der Stimme von Schwester Teresa zu folgen, die nicht so sanft wie die von Madre Leonora war, sondern, ehrlich gesagt, ziemlich mißtönend:

»Heute wollen wir nach den Übungen am Klavier Noten schreiben lernen … Aber was hast du denn heute morgen, Picciridda? Deine Augen glänzen ja wie die der Jungfrau Maria, als die Engel sie in die ewige Seligkeit hinaufgeführt haben. Ach ja, die Jugend, wie schön und strahlend sie doch ist.«

»Das ist nicht die Jugend, Schwester Teresa, sondern Madre Leonora, die mir heute abend nach monatelangen Vertröstungen endlich die Sterne zeigen will.«

»Das freut mich. Siehst du, wenn du gehorchst und fleißig bist, wirst du sofort belohnt.«

Eigentlich nicht sofort. Monatelang hatte ich an dem vermaledeiten Stickrahmen unter den Hexenaugen der vermaledeiten Schwester Angelica geschuftet.

»Nur das Gute schafft Gutes! Und heute abend wirst du … heute abend ist es soweit, nicht wahr? Du gehst mit ihr an den Ort, an den keine von uns je ihren Fuß gesetzt hat. Eigentlich müßte ich sagen, ihr Auge, denn es geht ja um die Augen.«

»Auch Ihr nicht, Schwester Teresa?«

»Um Himmels willen! Ganz abgesehen davon, daß mir

schwindelig würde und ich sicher sofort herunterfiele, wenn ich dieses Eisentreppchen rings um das schmale Türmchen hinaufsteigen müßte. Und wie schmal es ist! Vielleicht bilde ich mir das nur ein, aber wenn ein Wind geht, kommt es mir vor, als schwankte es wie eine Fahnenstange. Außerdem leide ich nicht an Insomnie. Ich schlafe nachts, Gott sei's gedankt, und würde meinen Schlaf nicht gegen alle Sterne am Firmament eintauschen.«

»Hat das denn etwas mit der Insomnie zu tun, wenn ich mir die Frage erlauben darf?«

»Natürlich hat das etwas damit zu tun. Und bei mir brauchst du dich nicht so zu zieren. Erlauben, nicht erlauben. Spar dir diese ganze Etikette für Madre Leonora auf.«

»Und was hat das mit der Insomnie zu tun?«

»Es hat etwas damit zu tun.«

»Und wieso?«

»Wenn ich dir sage, daß es etwas damit zu tun hat, dann hat es etwas damit zu tun. Du bist mir ein schöner Dickkopf. Jetzt aber zurück zu unseren Übungen, vergiß die Insomnie und spiele.«

»Aber ist die Insomnie nicht dieses Übel, das einen nachts befällt und nicht schlafen läßt?«

»Sicher! Es ist das Übel, das dir mit eisernen Krallen die Lider offenhält und dich kein Auge schließen läßt oder, wie man sagt, dir nicht den Segen des Schlafes gewährt.«

»Aber ist es nicht das Übel, das Gott denen schickt, die eine Todsünde begangen haben?«

»Ach was! Wer hat dir denn diesen Unsinn erzählt? Oh, du hast doch wohl nicht etwa mit dem Gärtner gesprochen?«

Ich hatte zwar mit Mimmo gesprochen, antwortete aber schnell:

»Nein, nein, da sei Gott vor! Ich rede nie mit Männern!«

»So ist's recht! Also war es Schwester Angelica, diese Klatschbase? Hör nicht auf sie. Die hat der Eifer am Stickrahmen blind für alles andere gemacht, die sieht nur noch ihre bunten Fädchen ... aber lassen wir das. Hier wird nicht gestickt. Los, nun spiel schon: eins, zwei, drei, vier, eins ...«

»Und wer leidet hier unter Insomnie?«

»So ein Dickschädel! Eine richtige Schmeißfliege, wenn sie etwas wissen will, diese Picciridda. Etwas Wahres ist schon daran, daß die Schlaflosigkeit eine Strafe Gottes für den ist, der gesündigt hat. Aber manchmal – wenn auch selten – ist sie wie eine Warnung, eine Alarmglocke für Menschen, die so gescheit sind, daß sie ohne die Schlaflosigkeit, die sie zur Vorsicht mahnt, der Sünde des Hochmuts verfallen würden, des ... Aber was interessieren mich die Sünden, laß sie dir von Madre Leonora aufzählen. Ich verstehe nur etwas von Noten! Der Klosterarzt sagt, daß alle großen Geister an Schlaflosigkeit leiden und daß sie außerdem vererblich ist. Aber der ist auch ein Ketzer, und man sollte nur auf ihn hören, wenn es um Rizinusöl oder ein paar Pillen geht.«

»Aha, also leidet Madre Leonora an Schlaflosigkeit?«

»Genau, und als diese Krankheit sie befiel – ich glaube, das war zwei oder drei Jahre nachdem sie hierher zu uns gekommen ist, um den Platz von Madre Giovanna einzunehmen, die gestorben war ... reden wir nicht darüber, wie, Gott sei ihrer Seele gnädig! –, kam ein Spezialist aus Palermo, der nur in besonderen Fällen geschickt wird und der ihr, nachdem er Madre Leonora immer wieder untersucht hatte, die Erlaubnis des Bischofs verschaffte, das Fernrohr ihres Vaters ins Kloster bringen zu lassen. Der war nämlich ein großer Astronom. Und sie hat es auf dem Türmchen aufgestellt. In dem Schreiben des Bischofs stand außerdem, daß sie die Sterne so lang beobachten darf, wie sie will, genau wie ihr Vater. Auch das ist eine Familienkrankheit. Man erbt sie mit der Intelligenz, dem Reichtum und der Macht. Du mußt wissen, daß Madre Leonora von einem der ältesten und reichsten Adelsgeschlechter unserer Insel abstammt. Den Namen darf ich dir nicht sagen, denn wie du weißt, haben wir, nachdem wir die Gelübde abgelegt haben, weder Verwandte noch ... Das erstaunt dich? Deine Verwunderung zeigt mir, durch wie viele Akte der Demut Madre Leonora diesen Hochmut abgelegt haben muß, der sie sicher einmal erfüllte. Ich habe einmal ihre Mutter gesehen. Welch ein Hochmut! So schön wie Madre Leonora, mit den gleichen Augen, der gleichen Stirn und der gleichen Nase. Und dann auch du, was glaubst du, weshalb du nach der Nacht, in der Tuzzu und sein Vater dich hierhergebracht haben, hierbleiben durftest? Sie behaupten, weil das Kloster in der Nähe lag, aber ich glaube, sie hatten Angst vor der Polizei ... Also, was glaubst du, wieso du hierbleiben durftest?«

»Das weiß ich nicht.«

»Nicht zu fassen, sie weiß es nicht! Doch nur dank der Macht von Madre Leonora. Wenn du wüßtest, wie sie darum gekämpft hat, dich hierbehalten zu dürfen und dich nicht in irgendein Waisenhaus voller Wanzen und Hunger schicken zu müssen. Natürlich dürfte ich so etwas gar nicht sagen, denn auch diese Waisenhäuser werden von Schwestern geführt, aber du weißt ja, wie ich bin: Ich nehme nun einmal kein Blatt vor den Mund und nenne die Dinge beim Namen. Der Unterschied ist, daß diese Waisenhäuser von armen Schwestern niederer Herkunft geführt werden. Das sind einfache Frauen, die entweder vom Land kommen oder aus denselben Waisenhäusern für Bettler. Da geht es anders zu als hier bei uns. Auch das dürfte ich nicht sagen, Gott vergebe mir, aber hier ist keine, die nicht mindestens die Tochter eines Barons ist. Selbst wenn man steinreich ist, kommt man ohne Titel nicht hier hinein, das war immer so und wird auch immer so bleiben.«

»Und Ihr, Schwester Teresa, seid die Tochter eines ...«

»Barons, genau. Aber du hättest sagen müssen: wart die Tochter, nicht: seid die Tochter. Wiederhole die Frage.«

»Und Ihr, Schwester Teresa, wessen Tochter wart Ihr?«

»Wie ich dir gesagt habe, die eines Barons, aber eines verarmten von nicht sehr altem Adel. Auch deshalb kann ich nie Mutter Oberin werden. Aber was macht das schon? Je weniger Sorgen ich habe, um so mehr Zeit habe ich für die Musik und dafür, sie den Novizinnen und dir beizubringen ... Komm schon, lassen wir für heute die Fingerübungen, spiel mir die Clementi-Sonatine vor. Es ist eine Gnade, unterrichten zu dürfen, und vor allem dich, hört nur, was für ein Anschlag! Der Anschlag eines Engels, aber jetzt reicht es, genug. Wir müssen mit den Noten anfangen. Komm einmal hierher zu mir. Siehst du das Blatt mit den Linien? Die hat die Novizin vom Festland gezogen. Jetzt mußt du sie ausfüllen ... Nein, nein, tu so, als würdest du einen Mund zeichnen. Genau, zuerst die Umrisse: fest aufdrücken ...«

Die Umrisse dieser Noten, die sich unter dem Druck meiner Finger zwischen den Linien abzeichneten, dort gefangen waren, würde mir keiner mehr wegnehmen können. Sie gehörten mir, ich hatte sie gestohlen wie die Adjektive, Substantive, die Verben, die Adverbien …

9

Und sie mußte noch mehr davon stehlen und so viele wie möglich auf dem linierten Papier der Hefte sammeln. Außerdem die vielen Zahlen, die mit den Wörtern, den Noten und den Sternen zusammenhingen. Die Sterne! In jener Nacht waren die Sterne so nahe gewesen, daß sie gemeint hatte, sie mit den Händen greifen zu können. Auf dem schmalen, furchterregend hohen Turm – ein gegen den Himmel gereckter Finger? – hatte Madre Leonora ihr durch das Fernrohr den Großen und den Kleinen Bären oder den Kleinen und den Großen Wagen und den strahlenden Sirius gezeigt: den strahlendsten Stern am Firmament.

»Firmament! Was für ein schönes Wort, vielleicht das schönste Wort … das strahlendste Wort am Firmament der Wörter.«

»Was hast du gesagt, Modesta? Wie wunderbar! Wie war das, mein Herz? Sag es noch einmal!«

Und ich wiederholte es.

»Wie wunderbar. Das klingt wie ein Gedicht. Du bist wirklich außergewöhnlich! Nicht nur intelligent, gewissenhaft und tüchtig, sondern dazu mit einer Phantasie begabt, die beinahe beängstigend ist! Du wirst einmal eine Dichterin werden: Nonne und Dichterin. Und so wirst du das Lob des Herrn singen!«

Dichterin vielleicht, ja, aber mit der Nonne war ich nicht ganz einverstanden. Sicher, es ging mir im Kloster nicht schlecht, man aß jeden Tag so, als sei Sonntag, und die Zimmer und die Bettlaken dufteten nach Zuckerwerk. Aber das ganze Leben lang hier?

»Seit wie vielen Jahren seid Ihr hier, Madre?«

»So fragt man nicht, Modesta! Wiederhole die Frage, wie es sich gehört.«

»Vor wie vielen Jahren habt Ihr die Gelübde abgelegt, Madre Leonora?«

»Gut! So ist es richtig. Du mußt dich in acht nehmen, Modesta. Manchmal hast du einen so weltlichen Ton – wer weiß, wo du den aufgeschnappt hast –, der einer zukünftigen Novizin nicht ansteht ... Es ist viele Jahre her, daß ich in diese Insel des Friedens eingetreten bin. Wenn ich doch schon vorher eingetreten wäre, als ich so alt war wie du! In einem Alter, in dem man noch rein und keusch ist, so wie du, als du zu uns gekommen bist. Leider habe ich in einer eitlen Welt gelebt, in der das Wort Gottes fast keinen Platz hatte. Von diesen weltlichen Dingen dürfte ich eigentlich gar nicht sprechen, aber in diesem Fall ist es mir erlaubt, damit du verstehst, welche Gnade dir die Mutter Gottes erwiesen hat, als sie dich zu uns geführt hat, selbst wenn erst ein Unglück geschehen mußte. Dich hat sie sofort auserwählt, auch weil du aus bescheidenen Verhältnissen kommst und sie die Armen schützt, während der Weg für mich lang und schmerzhaft war, vielleicht weil einige Mitglieder meiner Familie vom rechten Glauben abgefallen waren. Jahrelang lebte ich in Überfluß und Leichtsinn, bis mich eine entsetzliche Schwermut befiel und mir meinen Irrtum bewußt machte, wie es auch jeden Sonntag mein Beichtvater tat, dem ich meine Rettung verdanke. Er hat gegen meine gesamte Familie gekämpft, um mich zu Gott zu führen. Meine Familie hat immer behauptet, daß meine Schwermut einer

Krankheit des Körpers entspränge, der Blutarmut, wie sie sagten. Aber es war meine junge, reine Seele, die unter all dem Luxus und den unmoralischen, gottlosen Reden litt, in denen sich vor allem mein Onkel – Gott habe ihn selig – gefiel. Ich litt, ohne zu wissen, woran, hin und her gerissen zwischen den hehren, moralischen Worten meines Beichtvaters und der gelehrten Oberflächlichkeit der anderen. Auf dem Debütantinnenball dann erleuchtete mich die Mutter Gottes, zu der ich so lange gebetet hatte, und ließ mich das Übel erkennen, das keine Medizin hatte lindern können. Ein Übel, das sich in einer unendlichen Langeweile und Schwermut äußerte. Bis zum Tag vor dem Ball, was sage ich, bis zu dem Morgen selbst wußte ich nichts davon. Im Gegenteil, die freudigen Vorbereitungen, die Bänder, Stoffe und die Blumen, hatten mich wie neu belebt und mich einen Augenblick lang meiner Langeweile und Trübsal entrissen. Aber an diesem Abend, an dem ich das blütenweiße Organzakleid der Debütantinnen trug, erfaßte mich plötzlich eine heftige Beklemmung, und ich zitterte am ganzen Körper. Man hatte mich schon einem jungen Kavallerieoffizier versprochen, den ich nicht einmal kannte. Ich hatte ihn flüchtig vom Balkon aus gesehen, als er mit seinem Trupp vorbeizog. Er war groß, hatte einen Schnurrbart und pechschwarze Augen. Mich haben dunkle Männer immer abgestoßen. Alle sagten, er sei ein gutaussehender Mann, aber mir machte er Angst wie alle dunklen Männer. Er war groß und kräftig, und seine Wangen waren voller Narben von verschiedenen Duellen, wie ich feststellen konnte, als ich ihn aus der Nähe sah. Er hatte schon drei Männer getötet, dort in seiner Heimat. Er war ein deutscher Adliger. Möge Gott ihm vergeben! Mit dreiundzwanzig oder vierundzwanzig Jahren lasteten bereits drei Menschen auf seinem

Gewissen. Denk nur, drei Menschen, die er aus eitlen Motiven weltlicher Ehre getötet hat. Schon von weitem hatte mir dieser Mann Angst eingejagt, aber dann beim Kontertanz, als ich seine Narben aus der Nähe sah, die mich an seine Verbrechen erinnerten, übertrug sich das Grauen, das sich hinter diesen glänzenden, von Medaillen und Rangabzeichen funkelnden Uniformen verbarg, auf den Glanz der Seide, der Lüster und der Diademe und enthüllte mir die Orgie der Sünde und des Verbrechens hinter diesem ganzen Luxus.«

Die Seide, die Kerzenleuchter, der Glanz der Diademe, die zerschnittenen Wangen ... Ein Stich im Magen, als ob ich Hunger hätte, ließ mich wie Madre Leonora erzittern, und ich flüchtete in ihre Arme, um mein Gesicht an ihrer Brust zu verbergen, ein wenig, weil sie wunderschön wurde, wenn sie sich so erregte, und ein wenig, um das Verlangen zu verbergen, das ich nach der Umarmung dieses Offiziers verspürte. Ein Verlangen, das man meinem Gesicht sicher auch im Dunkeln hätte ansehen können ... Tuzzu, wo war Tuzzu? Er hatte keine zerschnittenen Wangen, aber aus den Wunden seiner Augen quoll blau das Meer, und seine Hände waren stark, wenn er streichelte. Tuzzus Hände streicheln mich im Dunkeln; immer wenn das Schilfrohr dunkel und still wird, streichelt er mich so. Nein, das sind nicht Tuzzus Hände. Das sind die weichen und zitternden Hände von Madre Leonora, die von der Taille zu meinen Schultern aufsteigen und den Busen nur mit einem flüchtigen Flügelschlag streifen.

»Was ist? Bist du erschrocken? Bist du erschrocken bei dem Gedanken an die Verdammnis, die mich erwartet hätte, wenn ich in der Welt geblieben wäre? Aber die Mutter Gottes hat mich rechtzeitig erleuchtet, wie sie es auch mit dir tun wird. Beruhige dich. Die Gefahr ist gebannt. Jetzt bist du groß und stark und darfst dich nicht mehr so ängstigen wie als kleines Mädchen. Siehst du, wie schön sich deine Brust entwickelt hat? Erinnerst du dich dann, welche Angst wir hatten, daß sie flach und trocken bleiben würde wie die von Schwester Teresa?«

Ja, der Busen war mir glücklicherweise gewachsen, aber ihre Hände ließen mich nicht mehr erschauern. Sie waren kraftlos und wagten nie etwas. So oft hatte ich darauf gehofft, aber nie hatte es mehr als eine schüchterne Liebkosung gegeben. Am Anfang hatte ich geglaubt, daß Madre Leonora sich nicht streichelte, weil sie so rein war und heilig, wie alle im Kloster immer behaupteten, aber inzwischen wußte ich, daß auch sie sich nachts so streichelte, wie ich es tat. Das hatte ich in jener Nacht entdeckt, als ihr ein Gewitter als Vorwand gedient hatte, um mich mit in ihr Bett zu nehmen. Und dann, als sie meinte, daß ich schlief, hatte sie begonnen, sich zu streicheln und zu stöhnen. Von wegen eine Heilige, sie war ein Feigling! Ein Feigling, und deshalb redete sie immer nur von Hölle und Schuld …

Was hatte ich da gesagt? Mit einem langen Schrei, gefolgt vom aufgeregten Schlagen weißer Flügel, stößt sie mich von sich. Was hatte ich gesagt? Ich Wahnsinnige! Es muß etwas Furchtbares gewesen sein, denn jetzt rennt Madre Leonora wie eine vom Licht geblendete Fledermaus den schmalen Turm hinauf, etwas ganz Furchtbares, wenn sie sich so auf die Knie wirft, verzweifelt das Kreuz schlägt und schreit:

»Mea culpa, mea culpa, mea maxima culpa.«

Wie kann ich das nur wiedergutmachen?

10

Dabei half mir ein starkes Fieber, das mich augenblicklich befiel, als mich Madre Leonora – starr wie eine Leiche – wegjagte, während sie weiter betete. Ein Angstfieber, glaube ich. Wie hatte ich nur so dumm sein können, ihr zu sagen, was ich dachte. Während ich zitterte und mit den Zähnen klapperte, versuchte ich zu begreifen, was mir geschehen war. Drei Tage und drei Nächte dauerte dieses schreckliche Fieber an, das mir mit einer einzigen Frage das Gehirn zermarterte: Warum hast du das getan? Ich hatte es getan, weil ich Dumme, die ich mich immer für so schlau hielt, Madre Leonora zu sehr vertraut hatte. Und deshalb hatte mich die Enttäuschung darüber, jeden Tag aufs neue ihre Feigheit zu entdecken und sie deshalb nicht länger lieben zu können, einen der dümmsten Fehler überhaupt begehen lassen. Nachdem ich das verstanden hatte, legte sich das Fieber. Nicht aber die Angst, von all diesen Frauen verstoßen zu werden, die ich brauchte, auch wenn sie einfältig und feige waren. Jahrelang waren sie mir so sanft, so schön und groß vorgekommen! Dabei waren sie nicht einmal groß. Mit meinen fünfzehn Jahren war ich bereits größer als Schwester Costanza, die zwar die häßlichste, aber auch die größte von allen war. Schade. Beinahe sehnte ich mich nach der Zeit zurück, als ich sie bewundert und versucht hatte, so zu gehen und zu sprechen wie sie. Paß auf, Modesta, auch dieser Wunsch, in eine Vergangenheit zurückzukehren, die es nicht mehr gibt, ist eine sentimentale Falle, die dich teuer zu stehen kommen kann. Nein! Schauen wir der Realität ins Auge: Was gewesen ist, ist gewesen und hat nur so und nicht anders sein können. Jetzt muß ich mich aus diesem Exil befreien, in das mich Madre Leonora gestürzt hat. Drei Tage lang habe ich nur die Krankenschwester und den alten, kahlköpfigen Arzt zu Gesicht bekommen. Wenn der wenigstens jung gewesen wäre! Wer wußte, wo Tuzzu jetzt war? Vielleicht war er über das Meer fortgegangen.

Das Meer ... jetzt wußte ich, was das war. Ich hatte inzwischen so viele Reproduktionen von berühmten Gemälden kennengelernt, daß ich meinen früheren Wunsch, es mit eigenen Augen zu sehen, beinahe vergessen hatte.

»Was ist das Meer, Tuzzu?«

»Eine große Fläche, so weit das Auge reicht. So wie diese Steine, die du Tag und Nacht vor Augen hast. Nur daß sie statt aus Felsen und Schlamm – von dem Rest wollen wir gar nicht reden! – aus Wasser ist, blauem Wasser. Manchmal ist es so ruhig wie das Wasser im Brunnen und manchmal aufgewühlt wie das Schilfrohr, wenn der Fagoniu weht.«

»Also ist es genau so wie auf den Bildern im Haus der Nonnen?«

»Ach was, Dummerchen! Diese gemalten Pfützen an den Wänden sind unecht, falsch und verlogen. Die Natur läßt sich weder malen noch kaufen. Was kann man schon von diesen vertrockneten Mumien erwarten? Die haben doch, wie mein Vater und mein Großvater selig, die beide auch lesen und schreiben konnten, immer sagten, ihre eigene Natur und die Natur überhaupt verraten. Die sind doch unfruchtbar! Sie haben sich dafür entschieden, unfruchtbar wie der trügerische Treibsand zu sein. Nichts als gemaltes Zeug! Komm, gehen wir ein paar Schritte, komm ...«

Tuzzu nahm mich bei der Hand und führte mich auf eine unendlich weite Fläche von blauem, weichem Gras, das so wogte, daß ich meinte, vom Osterlikör getrunken zu haben.

»Was für ein Dummerchen ist doch meine Picciridda! Erst aufdringlich wie eine Fliege, weil sie unbedingt das Meer sehen will, und wenn ich sie dorthin mitnehme, bemerkt sie es nicht einmal.«

Das Gras öffnete sich unter meinen Füßen und zog mich hinab, und voller Schrecken klammerte ich mich an Tuzzus Arm ... Wie hast du uns aus dem Feuer gerettet, Tuzzu?

»Keine Angst! Siehst du nicht, daß ich dich halte? Solange ich dich festhalte, brauchst du weder Feuer noch Wasser zu fürchten.«

Und wirklich, ich ging nicht unter. So liefen wir Hand in Hand über das blaue Meer von Tuzzus Blick. Seine Hand brannte und drückte fest die meine ...

Nein, das war nicht Tuzzu. Es war dieses kahlköpfige Männchen mit den Eidechsenaugen, das mein Handgelenk umklammerte und schrie. Dieses Männchen schrie immer. Vielleicht, weil es weder einen weißen noch einen schwarzen Rock trug?

»Da, ein neuer Anfall! Und nicht genug damit, jetzt ist auch noch das Fieber gestiegen. Sie stirbt uns unter den Händen weg! Schwester Costanza, geht, geht sofort zu Madre Leonora und sagt ihr, welche Sünde auch immer das Mädchen begangen haben mag, es ist besser, wenn sie augenblicklich kommt, sonst stirbt uns die Kleine!«

Da war er, der Ausweg. Dieses Männchen war gar nicht so häßlich, wie es auf den ersten Blick aussah. Und es schien auch klug zu sein. Ich mußte tun, was es sagte, anstatt still und brav dazuliegen wie in den vergangenen drei Tagen.

Ich schloß die Augen, um zu Tuzzu und zu diesem Meer zurückzukehren, das mir Angst einjagte und mir den Atem nahm. Und mit aller Kraft, die die Sehnsucht und die Angst mir verliehen, schrie ich laut, nur mit einem kleinen Unterschied: Statt Tuzzus Namen rief ich: »Madre, vergebt mir, Madre!« und dachte an Tuzzu, den ich so lange vergessen hatte: »Vergebt mir, Madre, vergebt mir!«

11

Alle waren erschüttert, doch Madre Leonora ließ sich nicht blicken. Sie schickte mir Schwester Costanza, um mir aus deren zahnlosem und bösem Mund ausrichten zu lassen, daß sie mir zwar verziehen habe, aber darauf warte, daß auch Gott mir ein Zeichen seiner Vergebung sende, ehe sie in Betracht ziehe, mich wiederzusehen.

Wie soll ich denn wissen, ob Gott mir vergibt?

Als ob sie meine Gedanken gelesen hätte, fuhr Schwester Costanza fort:

»Keine Sorge, sobald er dir dieses Zeichen sendet, wird Madre Leonora davon erfahren. Deine Bereitschaft zur Reue sehen wir wohl ... Die Bereitschaft allein kann jedoch noch nicht als Reue gelten. In deinen Tränen hat zuviel Leidenschaft gelegen. Aber in Anbetracht deines Gesundheitszustandes und deines guten Willens folgen wir dem Rat von Doktor Milazzo und gestatten dir ab morgen, einige Stunden pro Tag das Zimmer zu verlassen. Achte jedoch darauf, daß du mit deinen Tränen und Seufzern nicht unsere Ruhe auf den Korridoren und im Garten störst. Du kannst dich glücklich schätzen, daß man dir soviel gewährt, vergiß das nicht! Und bete auch für den Herrn Doktor, der sich so sehr für dich eingesetzt hat.«

Während ich darauf wartete, daß Gott mir ein Zeichen sandte, strich ich durch die Korridore, die Laubengänge und den Garten. Wie groß war mir dieser Garten damals erschienen, als ich ihn rennend durchquerte, um nur ja kein neues Wort, kein Adjektiv, keine Note zu versäumen. Jetzt aber war er wie in einem Traum zusammengeschrumpft, armselig und überfüllt. All diese Frauen wußten, was passiert war, aber selbst wenn ich sie streifte, taten sie in schweigender Übereinkunft so, als sähen sie mich nicht. Von ihren unbeweglichen Mienen verstoßen, fühlte ich mich, als sei ich durchsichtig: Nur meine Hände und meine Schultern wogen schwer und zogen meinen Kopf nach unten, in Richtung Erde. Ich hatte keinen Hunger mehr. Ich hatte nur noch Sehnsucht nach Madre Leonoras Lächeln, morgens in dem Raum mit den Bücherregalen, die ich, als ich klein war, für Anrichten gehalten hatte. Wie hatte Madre Leonora gelacht, als ich es ihr einmal erzählte!

Kann einem die Sehnsucht so schwer auf den Schultern lasten, auch wenn man sich nicht mehr so liebhat wie zuvor? Da mir nichts anderes zu tun blieb, versuchte ich herauszufinden, was es mit dieser Sehnsucht auf sich hatte. Nicht bereuen mußte ich, sondern mich selbst und die anderen studieren, so wie man die Grammatik und die Musik studiert, und aufhören, mich meinen Gefühlen hinzugeben – was für ein schönes Wort, Gefühle! Aber inzwischen hatte ich keine Zeit mehr für Wörter, sondern mußte nur noch überlegen, was das für eine Sehnsucht war.

Nach tagelangem Nachdenken verstand ich endlich. Es war nicht Madre Leonora, um die ich trauerte, sondern all die Privilegien und Aufmerksamkeiten, die diese Frauen mir einzig und allein aus Angst vor Madre Leonora zugestanden hatten. Denn sie war die Herrin hier. Meine Tränen und Seufzer waren nichts anderes als die

Wut darüber, nicht länger der Liebling der Herrin über all diese Dienerinnen zu sein. Als ich das begriffen hatte, weinte ich nicht mehr. Denn wenn die Zuneigung einmal vergangen ist, kehrt sie nicht wieder zurück.

So war es auch mit der Laienschwester Annina gewesen. Wie reizend war sie mir erschienen! Wir waren enge Freundinnen geworden, doch dann hatte auch sie sich als Feigling erwiesen. Nein, die Zuneigung kehrte nicht wieder, aber die Gunst schon, die Gunst konnte man zurückerobern.

Damit ihr das gelang, mußte sie ihre eigenen Handlungen und die der anderen weiterhin genau beobachten und nichts vergessen. Auch das Vergessen war ein Fehler gewesen. Madre Leonora hatte sie gedrängt, die Vergangenheit zu vergessen, so als ob diese nicht zurückkehren könnte. Und statt dessen hatten ein paar falsche Worte gereicht, um sie in die Einsamkeit zu verbannen bei trocken Brot und wenigen dünnen Suppen, die denen ihrer Kindheit glichen, als sie über die Ebene gestreift war auf der Suche nach Tuzzu.

Nur an Tuzzu erinnerte sie sich ... aber warum? Vielleicht war es normal, daß man sich nur an die schönen Dinge zu erinnern suchte. Aber wenn dem so war, dann war das vielleicht falsch. Denn man lernt mehr von seinen Feinden – das hatte sie irgendwo gelesen – und von den schlechten Erfahrungen als ... Ja, so mußte es sein. Und ich beschloß, von diesem Tag an nichts mehr zu vergessen – weder das Gute noch das Schlechte – um immer die ganze Vergangenheit vor Augen zu haben und so zumindest die schon einmal begangenen Fehler zu vermeiden.

»Hab keine Angst, Principessa! Es gibt gegen alles ein Mittel, außer gegen den Sensenmann.«

Das war Mimmos Stimme! Seit über einem Monat hatte niemand mehr ein Wort mit mir gesprochen, und ich sah ihn erschrocken an. Wie immer lehnte er lächelnd an einem Baum, die Zigarette im Mund. Sein in dunkelbraunen Samt gehüllter Körper wirkte aus der Ferne wie ein zweiter Stamm, eine Laune der Natur, der aus der Eiche wuchs.

»Wer wie ich zwischen den Bäumen arbeitet, kleidet sich nach altem Brauch in den Farben der Natur, um die Launen dieser Signora zu befriedigen und ihren Schutz zu genießen. Die Natur ist ein launisches Weib. Nimm einmal diese Schwestern … Ich will ja nicht schlecht von ihnen reden, aber stell dir vor, bei der wenigen Erde, die es hier gibt, lassen sie mich Geranien und Hortensien anpflanzen …«

Wie oft hatten wir gemeinsam dort geplaudert, wo der Wald so dicht war, daß man keinen halben Meter weit sah. Aber in meiner Lage durfte ich nichts riskieren. Schade. Ohne zu antworten, senkte ich den Kopf und drehte ihm den Rücken zu. Wirklich schade. Mimmo hatte mir immer schöne Dinge zu sagen und rief mich mit hundert verschiedenen Namen, wenn ich gedankenlos umherlief und kaum Lust hatte, ihm zuzuhören. Er nannte mich Sonnenblume, Fräuleinchen, Principessa …

»Warum Principessa, Mimmo? Das bin ich doch gar nicht.«

»Und ob du das bist! Adelig aus einer Laune der Natur, die sich manchmal einen Spaß daraus macht, einer gebürtigen Fürstin krumme Beine zu geben und dem armen Schlucker einen eleganten, königlichen Gang. Ach, kleine Fürstin, mir blutet das Herz bei dem Gedanken, daß deine Lilienhaut dazu bestimmt ist, hinter diesen Mauern zu verwelken. Gestern bei Sonnenuntergang, und mich soll der Schlag treffen, wenn ich nicht die Wahrheit sage, hast du ausgesehen wie eine blasse Rose, die die Strahlen der Sonne vergolden. Und wenn ich eine Biene wäre, hätte ich keinen größeren Wunsch, als mich auf der Rosenknospe deines Mundes niederzulassen.«

Ich hatte mich auf die Zehenspitzen gestellt, ihm das Gesicht zugewandt und mit geschlossenen Augen geantwortet:

»Komm, Mimmo, tu so, als wärst du diese Biene und laß dich auf mir nieder.«

Aber er hatte sich nicht bewegt. Erst als ich die Augen öffnete, hatte er geantwortet:

»Nicht mit geschlossenen Augen, Principessa. Blüte und Biene küssen sich mit offenen Augen.«

Und er kam näher und legte mir seine große Hand so leicht zwischen Schulter und Hals, wie ich es einer Eiche nie zugetraut hätte.

»Und außerdem mache ich meine Komplimente ohne Hintergedanken, Principessa. Oder besser gesagt, nur mit dem einen Hintergedanken, unter den Fingern die Seide dieses Schwanenhalses zu spüren. Einmal war ich in Catania, einer großen Stadt weit weg von hier, sehr weit weg, unten am Meer. In dieser Stadt gab es – wer weiß, ob es ihn noch gibt, das war vor vielen Jahren – einen riesigen Garten, den sie Villa Bellini nannten. Man hat mir gesagt, daß dieser Bellini dort ein großer Herr gewesen ist, einer von denen, die überall zwischen den Bäumen in Stein gehauen herumstehen. Wie viele Statuen es dort gab! Und nicht nur Statuen, sondern auch eine Art von Altar, auf dem eine Musikkapelle spielte – nicht für Geld wie in den Theatern, sondern umsonst, für alle. Und dann sitzen da zwischen den Bäumen neben den Statuen alte Männer und erzählen denen, die stehenbleiben, abenteuerliche Geschichten aus vergangenen Zeiten. Diese Alten lassen sich bezahlen, aber nur wenig, nur ein paar Centesimi. Das Schönste in diesem Garten ist jedoch ein großer See voller Schwäne, die du, wenn du dich ihnen mit Anstand näherst, streicheln kannst. Und ich versichere Euch, Principessa, daß Eure Haut so zart und glatt ist wie …«

Unglaublich. Er war wirklich anständig und hatte keine Hintergedanken. Denn dann hatte er mitten im Satz die Hand von meinem Hals genommen, sie an seine Mütze geführt und war mit einem »Ich empfehle mich, Principessa« verschwunden. Also hatten nicht alle Männer schlechte Absichten, wie meine Mutter und die Nonnen immer behaupteten. Und auch jetzt, wo ich in Ungnade gefallen war – was für ein Interesse konnte er schon daran haben, mit mir zu reden?

»Ist dir nicht gut, Principessa, daß du wie ein erschrokkenes Hühnchen hingefallen bist?«

Nach über einem Monat eine Stimme! Ich wollte fliehen, aber er fuhr fort:

»Hier ist es feucht, sehr feucht, mein Hühnchen.«

»Du hast recht, Mimmo, danke. Ich gehe jetzt besser.«

»Und wohin? Von den Sternen in den Stall, was, Principessa? Nimm es dir nicht so zu Herzen, das passiert jedem einmal. Ach, wenn es nur einmal im Leben vorkäme! Aber sicher bist du recht hart gelandet. Und wer hätte das gedacht, wo du doch so leicht bist! Du bist so hart gelandet, daß von dem Aufprall noch das ganze Kloster widerhallt!«

»Glaubst du wirklich, Mimmo, daß man sich aussuchen kann, ob man leicht oder schwer aufschlägt, wenn man fällt?«

»Gut so, Principessa, ich merke, daß du deinen Sinn für Humor nicht verloren hast! Das ist ein gutes Zeichen. Um ehrlich zu sein, war ich ein wenig besorgt, dich wie eine Schlafwandlerin mit hängenden Schultern herumgehen zu sehen. Ich dachte mir: Sie wird mir doch nicht bucklig werden vor lauter Gebeten und Strafen. Du wärst nicht die erste, die ich als junges Mädchen kerzengerade in diese Mauern hab eintreten sehen und die sich nach und nach wie ein Esel unter seiner Last gebeugt hat, bis sie vertrocknet und mit den Füßen voran, entschuldige den Ausdruck, hinausgebracht wurde, ohne in den Genuß eines langen und zufriedenen Alters gekommen zu sein. Meine Frau und meine Schwägerin haben beide weißes Haar, doch sie sind zufrieden, denn sie haben dem Hunger und allen Krankheiten getrotzt. Aber diese Nonnen, wer kann die verstehen? Sie behaupten, in Keuschheit zu leben, werden aber so krumm, als wären sie mit allen Sünden dieser Welt beladen.«

Früher war ich immer geflohen, wenn Mimmo so von den Schwestern und dem Kloster geredet hatte, aber jetzt legten sich seine Worte wie heilender Balsam auf meine Seele. Ich verspürte das Bedürfnis, mich zu strecken und den Kopf zu heben.

»Richtig, so ist es gut, Principessa, so aufrecht wie früher.«

»Aber die Arme und die Hände sind mir so schwer geworden.«

»Natürlich. Wenn der Lebensgeist, sei es nun aus Schmerz, Demütigung oder aus Hunger, dem Körper entflieht, ziehen dich die Hände und die Arme zur Erde hin. Aber das ist ein schlechtes Zeichen, ein Zeichen dafür, daß die Seele des Körpers überdrüssig ist und sterben will. Mir ist das passiert, als ich die Nachricht bekam, daß mein ältester Sohn Nunziato im Tripoliskrieg gefallen ist. Meine Arme waren wie Blei und zogen mich zu ihm hinunter. Um mir Mut zu machen – ich hatte zu Hause sechs hungrige Mäuler zu stopfen –, um mir also Mut zu machen, mußte ich mir diese Arme abhacken. Jetzt arbeiten sie und bewegen sich, aber ich spüre sie nicht mehr. Sie sind mit ihm fortgegangen, Principessa.«

»Ich gehe jetzt lieber, Mimmo, falls jemand kommt.«

»Nein, im Moment kommt noch niemand: Die Eiche ist still. Doch wenn es dir unangenehm ist, dann geh. Aber aufrecht! Pack dich bei den Haaren und zieh deine Seele hoch. Denn die warten doch auf nichts anderes, auch wenn sie es nicht wissen, als daß du dich so tief beugst, bis du dich ein paar Meter unter der Erde wiederfindest.«

»Nein, das stimmt nicht, Mimmo. Warum redest du so, du bist doch sonst so gut?«

»Weil das die Wahrheit ist. Und was soll das heißen? Darf einer, der gut ist, die Wahrheit nicht erkennen? Weißt du, wem du es zu verdanken hast, daß du wenigstens an die frische Luft kommst?«

»Das weiß ich wohl: dem Arzt.«

»Natürlich, dem Arzt. Aber der Arzt allein hätte das nicht geschafft, wenn nicht vor acht oder zehn Jahren eine Novizin, ungefähr in deinem Alter und auch ein Schützling von Madre Leonora, gestorben wäre.«

»Und wie ist sie gestorben?«

»Sie hat sich umgebracht, mein Kind. Und wer hätte es ihr verdenken können? Über einen Monat in diesem Zimmer eingeschlossen, da ist sie schließlich verzweifelt und hat sich aus dem Fenster gestürzt. Schau mal, das Fenster dort war es. Am nächsten Morgen habe ich sie zerschmettert auf der Erde gefunden. Niemand hatte etwas gehört. Diese Klöster haben dicke Mauern, bombensichere Mauern, damit man weder das Klagen noch die Freuden der Welt hört. Schau mal, dieses Fenster dort.«

»Das ist mein Fenster.«

»Genau! Weil es die Zelle neben der von Madre Leonora ist. Dort landen alle ihre Schützlinge.«

»Aber wie hat sie das gemacht? Das Fenster ist doch vergittert.«

»Nein, das haben sie erst hinterher angebracht. Wie man in Catania sagt: Die Statue der heiligen Agate wurde erst gestohlen und dann eingezäunt ... Und deshalb, wie gesagt, hat es der Arzt durchsetzen können, daß du ein wenig Abwechslung und frische Luft bekommst. Der ist nämlich ein feiner Mann mit Herz und Verstand, der sich nicht nur in der Medizin, sondern auch mit dem Gesetz auskennt und den Nonnen diesen Selbstmord, den hier außer mir bereits alle vergessen hatten, wieder in Erinnerung gerufen hat. Natürlich haben sie ihn jetzt davongejagt. Doch er, ein rechtgläubiger Mann, ist ganz ruhig gegangen. Ich empfehle mich, Principessa. Die Eiche sagt mir, daß das Heer im Anmarsch ist, und wir gehen nun besser getrennte Wege.«

Die Eiche sagt mir ... Und es stimmte wirklich, daß er nur den Kopf an den knorrigen Stamm zu legen brauchte, um die Bewegungen im gesamten Wald zu spüren. Ich versuchte es ebenfalls, aber mit mir redete sie nicht. Und doch leuchteten nach wenigen Minuten weiß die Gewänder der Novizinnen zwischen den niedrigen Büschen. Sie kamen auf mich zu, um dann so zu tun, als wären sie überrascht, und unter übertrieben spitzen Schreien und Gelächter erschrocken die Flucht zu ergreifen. Die Eiche redete nicht mit mir, aber ich hatte gut daran getan, es mit Mimmo zu wagen. Kommt nur und lacht, soviel ihr wollt, ich weiß jetzt, wie ich euch diesen Spaß verderben kann. Nutzt die Zeit, solange die Posse dauert, denn wie Mimmo immer sagt: Eine Posse, bei der man zuviel lacht, endet immer mit Verdruß.

12

Um mich aus dieser Lage zu befreien, mußte ich sterben. Und zwar genau so, wie Mimmo es mir eingeflüstert hatte: Ich mußte mich aus dem Fenster stürzen. Aber aus welchem? Vor meinem waren ja zum Glück Gitterstäbe angebracht, denn es wäre zu hoch gewesen, und unten gab es weder Geranienbeete noch irgendwelche Bäume oder eine Hecke, die dafür gesorgt hätten, daß ich mir nicht alle Knochen brach. Mir war mein Körper lieb und teuer, der mir so viele Freuden bereitet hatte.

Drei Tage lang habe ich gesucht und kein einziges Fenster ohne diese verhaßten Gitterstäbe gefunden. Bis ich mich entmutigt ins Gras setzte und den Kopf an den verwitterten Brunnen lehnte. Hierher kam die Schafherde, wie Mimmo sie nannte, nie. Warum bloß? Genau, warum kamen sie nie zu dem alten Brunnen, und wenn eine von ihnen ihn nur von weitem sah, schlug sie dreimal schnell das Kreuz und wandte den Blick ab? Ihre Sache. Mir war es gerade recht. So hatte ich wenigstens einen Ort, an dem ich in aller Ruhe in der Sonne nachdenken konnte. In meiner Zelle konnte ich inzwischen weder denken noch lesen. Wie sollte ich sterben, wenn alle Fenster vergittert waren? Wie konnte ich vollkommen tot erscheinen, ohne wirklich in den Armen des verhaßten Sensenmannes zu landen?

»Hat mich die Principessa zufällig gerufen? Wenn ich

mir erlauben darf, solltet Ihr Euch in der Aprilsonne nicht den Verlockungen des Schlafes hingeben. Der April verführt mit seiner trügerischen Wärme. Er streichelt dich mit sicheren Händen, überläßt dich dann aber schnell der giftigen Feuchtigkeit, sobald die Schatten länger werden.«

»Wer hat dir gesagt, daß ich dich suche, die Eiche?«

»Wie immer, und sie hatte recht. Auch jetzt ruft mich Euer Blick, Principessa, aber er weiß nicht, ob er einem Fremden trauen darf. Denn auch wenn ich Euch habe aufwachsen sehen wie eine gesunde, kräftige Pflanze, sind wir einander doch immer noch fremd, nicht wahr?«

»Weißt du, weshalb die Schwestern nie zu diesem Brunnen kommen und sich bei seinem Anblick bekreuzigen, als sei ihnen der Leibhaftige erschienen?«

»Ich sehe, daß sich Eure Zunge gelöst hat, seit man Euch unter Quarantäne gestellt hat, was, Principessa?«

»Und nicht nur die Zunge, Mimmo! Auch mein Verstand. Nur daß ...«

»Was? Der Brunnen? Denkst du über den Brunnen nach? Halte dich fern von ihm, Kindchen!«

»Und warum?«

»Weil er gequälte Seelen anzieht. Ich allein habe schon zwei gezählt, die seinem Ruf gefolgt sind.«

»Welchem Ruf?«

»Dem Ruf des Brunnenwassers, das vergessen läßt, Principessa, und dorthinein haben sie sich gestürzt. Zwei habe ich mit eigenen Händen herausgezogen. Mein Vater zu seiner Zeit auch eine. Mein Großvater, Gott hab ihn selig, wer weiß wie viele! Aber der war vom alten Schlag und hat darüber geschwiegen. Damals schwieg man über alles. Selbst im Familienkreis, vor seinem eigenen Fleisch und Blut, hat man geschwiegen. Das waren stumme Zeiten! Aber in den letzten zwanzig Jahren hat sich einiges getan. In den Dörfern unten im Tal beginnt man zu reden, vorsichtig zwar, aber man redet. Und auf dem Festland erst, nach dem, was mir mein Sohn erzählt, der Kaufmann ist und oft dorthin reist, brodelt es vor neuen Ideen. Sie reden auch gegen diesen Krieg, der jetzt ausgebrochen ist. Und wann hat man jemals zuvor gegen den Krieg geredet? Mein Sohn Giovanni sagt, daß der Funke der Rebellion schon bald auch hierher überspringen und die Gemüter erregen wird, vor allem in den Schwefel- und Salzbergwerken ... Wenn du ihn sehen könntest! Er ist ganz entbrannt für diese neuen Ideen der Rebellion.«

»Rebellion gegen wen denn?«

»Gegen wen rebellieren wohl die Armen? Gegen die Reichen, den Adel und die Kirche.«

»Also war der Arzt einer von ihnen?«

»Genau. Früher nicht, aber seit einigen Jahren hat er sich verändert wie mein Sohn Giovanni.«

»Aber der ist doch nicht arm, der ist doch Arzt.«

»Er wird wohl eine Ausnahme sein. Auch wenn Giovanni sagt, daß es dort auf dem Festland viele Ärzte, Lehrer und Anwälte gibt, die auf der Seite des Volkes stehen.«

»Stimmt das denn, was dein Sohn sagt?«

»Natürlich! Und ich bin besorgt. Er redet immerzu von diesen Dingen. Mein Giovanni ist ein Hitzkopf! Ich habe Angst, daß er eines schönen Tages ...«

»Und du, was hältst du davon?«

»Ich, Principessa, bin von Natur aus vorsichtig. Und auch wenn mir die Regeln dieses Klosters und viele, viele andere Dinge, die an der Kirche nicht recht sind, mißfallen, glaube ich doch an Gott. Ja, an Gott glaube ich.«

»Wie, glauben die etwa nicht an Gott?«

»Ach, wenn es nur so wäre, daß sie nicht an ihn glaubten, mein Kind, könnte ich das ja noch verstehen. Aber sie hassen und bekämpfen ihn. Und das ist es, was mich vorsichtig sein läßt. Ohne die Lehren des Evangeliums gerät unsere Jugend auf Abwege … Was hast du denn, daß du plötzlich rot wirst? Ist es der Gedanke an all diese Gottlosen? Ach, Mimmo, Mimmo! Meine Tochter hat recht, Mimmo redet zuviel!«

Was hätte ich ihm antworten sollen? Daß die Entdeckung, nicht die einzige zu sein, die an Gott zweifelte, mein Blut so sehr in Wallung gebracht hatte, daß ich die Lippen fest zusammenpressen mußte, um nicht vor Freude laut loszuschreien? Ich senkte den Kopf, ballte die Fäuste, so daß sich meine Nägel tief in die Handflächen gruben (dadurch würde ich blaß werden, das wußte ich), und sagte:

»Keine Sorge, Mimmo.«

»Ich habe keine Ruhe, wenn ich dich so um diesen Brunnen kreisen sehe. Zwei habe ich, wie gesagt, mit meinen eigenen Händen schon herausgefischt.«

Seine Aufregung verriet mir, daß ich ins Schwarze getroffen hatte. Jetzt würde er mich keine Sekunde mehr aus den Augen lassen. Ich starrte ins Leere, wurde immer blasser, je tiefer sich mir die Nägel in die Handflächen bohrten, und stand auf, wobei ich so stark schwankte, daß er mich stützen mußte.

»Keine Sorge, Mimmo, es werden wohl die Sonne und die Feuchtigkeit gewesen sein, du hattest recht. Gut, daß du mich geweckt hast. Auch wenn inzwischen … Vielleicht wäre es für mich eine Befreiung gewesen, mir eine schöne Lungenentzündung zu holen und einzugehen in eine bessere Welt … Danke, Mimmo, auf Wiedersehen.«

Ohne mich noch einmal umzudrehen, ging ich unsicheren Schrittes, wie es in den Romanen heißt, in Richtung Kloster. In meinem Rücken spürte ich, wie Mimmo starr vor Sorge dastand, und beinahe hatte ich Mitleid mit ihm. Das Verlangen, mich umzudrehen und zu ihm zu laufen, um ihn zu beruhigen, war so stark, daß ich wirklich schwankte. Aber jetzt war keine Zeit für Mitleid, sondern Zeit zu handeln.

13

Es zeigte sich jedoch, daß es nicht so einfach war zu handeln, wie ich gedacht hatte. Schon seit Tagen zogen Wolkenberge wie Schwingen riesiger, toll gewordener Vögel über das Kloster hinweg, und ich hatte Angst. Ich ging zu dem Brunnen und schaute auf seinen Grund, aber auch hier schlugen die Wolkenmassen mit ihren dunklen Flügeln an die glitschigen Wände, bis sie vom Wasser auf dem Grund verschlungen wurden. Ich zitterte vor Kälte. Natürlich war Mimmo inzwischen wie eine Leibwache immer in der Nähe, was mir zeigte, daß er besorgt und achtsam war. Aber er kam nicht mehr zu mir. Sicherlich hatte ihm die Sorge den Spaß an unseren Gesprächen verdorben. Er selbst hatte mir einmal gesagt:

»Entschuldigt, Principessa, wenn ich heute nicht rede. Aber mich quälen Gedanken, die mir den Appetit rauben und die Lust zu reden.«

Und ich Feigling getraute mich nicht, diesen Sprung zu tun, der ihn und mich befreit hätte. Wie konnte ich auch? Ich wagte ja nicht einmal, an diese Lavawände zu denken, die rundherum immer tiefer nach unten glitten und schließlich in der unsichtbaren Tiefe verschwanden.

Tagsüber schlug ich mir an den Kopf und die Brust und schalt mich einen Feigling. Nachts verließ mich das Auge des Brunnens nie und starrte mich aus den dunklen Ecken der Zelle an, so daß ich mich an die Bettlaken klammerte, hellwach vor Angst, hineinzustürzen. Ich würde es nie schaffen. Es hatte keinen Sinn. Wenn ich wenigstens hätte schwimmen können. Wenn Tuzzu mich nur mit ans Meer genommen und mich schwimmen gelehrt hätte! Er hatte immer gesagt, daß es selbst einem Dummerchen wie mir leichtfallen würde:

»Zuerst muß man lernen, sich totzustellen: Es reicht schon, wenn man sich mit dem Rücken aufs Wasser legt, als wär's eine Wiese, ganz ohne Angst, mit ausgestreckten Armen und Beinen. Wenn du keine Angst hast, trägt dich das Wasser, so wie dich jetzt die Erde trägt.«

Das schwarze Gras öffnete sich unter dem Gewicht meines toten Körpers, schleifte mich fort und schlug mich gegen die Klostermauern, während sich die glühende Sonne lächelnd in die Lavaarme des Sensenmannes warf. Die Sonne log, sie wußte, daß sie nie sterben würde ...

Nein, ich hätte es nie geschafft, wenn aus dem zahnlosen Mund von Schwester Costanza nicht das Zeichen gekommen wäre, daß Gott mir vergeben hatte.

»Gott hat dir vergeben. Hier ist ein Koffer. Pack deine Sachen zusammen: Hemden, Kleider, Strümpfe, eine Garnitur Bettwäsche, eine Decke und alle persönlichen Gegenstände, auch den Rosenkranz aus Gold und Perlen, den dir Madre Leonora geschenkt hat. Und natürlich die Gebetbücher, die anderen nicht. Dort, wo du hingehst, wirst du keine Gelegenheit mehr haben zu studieren, aber dafür hast du das Privileg, einen Beruf zu erlernen. Den kannst du dir aussuchen: Schneiderin, Stickerin,

Köchin, du kannst eine dieser bescheidenen Tätigkeiten – der einzigen, die einer Frau anstehen – auswählen. Studieren ist ein Luxus, der die Frau verdirbt, wie unsere Mutter Oberin in Turin immer gesagt hat. Ich habe noch nie ein Buch aufgeschlagen, das kein Gebetbuch war. Und sobald Gott will, daß ich die Führung hier im Kloster übernehme, wird dieser Verschwendung von Zeit und Geld ein Ende gesetzt. In zwei oder drei Tagen, wenn wir nach einem Wagen schicken können, wirst du in das Waisenhaus von Pietraperzia gebracht, das für seine Strenge und Disziplin bekannt ist. Madre Leonora nimmt die Bürde auf sich, das Monatsgeld zu zahlen. Und damit du um ihre edle Gesinnung weißt und dir ein Beispiel daran nimmst, sollst du wissen, daß du dir um deine Zukunft keine Sorgen zu machen brauchst, wenn du volljährig wirst und in die Welt hinausgehen solltest – immer vorausgesetzt, daß dein Benehmen sich mit den Jahren bessert. Denn sie hat dich in ihrem Testament bedacht. Sie ist sehr krank. Ich sehe, daß dich die gute Nachricht, die ich dir überbringe, nicht freut. Und das bestätigt mich in der Annahme, im Gegensatz zu dem, was Madre Leonora meint – die immer zu gut ist und die Zügel in diesem Kloster schleifen läßt –, daß die Einsamkeit dieser Monate nicht ausgereicht hat, um dich Demut zu lehren und dich erkennen zu lassen, wie viele Sünden des Stolzes – und andere, von denen ich nichts weiß und auch nichts wissen will – du in diesen Jahren auf dich geladen hast. Es hat nichts genützt. Wir, die Alten, haben uns noch nie getäuscht: Unsere Entscheidung war richtig. Dort, wo du hingehst, wirst du Demut und Verzicht lernen, die einzigen Übungen, die deine Seele retten können. Nur daran haben wir Alten gedacht: deine Seele zu retten. Auf Wiedersehen für heute, Modesta. Wir sagen uns ordentlich Lebewohl, bevor du dieses Haus verläßt. Man hat dir zugestanden, dich von uns allen im Rahmen einer offiziellen Zeremonie zu verabschieden. In primis, damit sich dir die Trennung tiefer in die Seele eingräbt und dann, um den anderen Mädchen ein Beispiel zu geben, damit sie wissen, was man durch Stolz und Anmaßung verliert. Hast du dazu nichts zu sagen?«

»Wird Madre Leonora auch dabeisein? Darf ich ...«

»Nein.«

Und sie verschwand hinter der Tür, die zuschlug, und begrub damit die einzige schwache Hoffnung, die sich mir in dieser Wortlawine gezeigt hatte. Wenn ich sie wenigstens hätte sehen dürfen. Sie konnte gar nicht so sehr gegen mich sein, wenn sie mich in ihrem Testament bedacht hatte. Sie sehen! Ich mußte sterben, um sie wiederzusehen, es gab keinen anderen Ausweg. Oder hatte ich nur geträumt? Nein, der Koffer auf dem Bett war echt und füllte sich langsam mit kleinen schwarzen Tierchen: Wanzen. Die kannte ich. Schon bald würden sie in die weißen Mauern einfallen und mich verjagen. Ohne zu wissen, wie, fand ich mich an die Gitterstäbe des Fensters geklammert wieder. Zum Glück stand die Sonne noch hoch.

Solange sie schien, mußte auch Mimmo noch da sein, Mimmo, der vor Sorge unbeweglich an seinem Posten Wache hielt. Und wirklich, dort zwischen den Bäumen stand er. Er mußte mich bemerkt haben, denn mit einem kleinen Satz hatte er sich hinter einem dickeren Stamm versteckt. Ich rannte, um mir Mut zu machen und nicht an den aufgerissenen Rachen des Brunnens zu denken. Die Stimme von Schwester Costanza trieb mich an: »Dort, wo du hingehst, gibt es keine Bücher ... Dort, wo du hingehst, brauchst du keine ... Du wirst einen Beruf erlernen ... die Demut ...« Meine verschwitzten Hände rutschten an dem glatten Stein ab. Zweimal fiel ich hin und kam wieder hoch, aber schließlich stand ich auf dem Brunnenrand. Hoffentlich sah Mimmo mich auch ... Und vielleicht, weil ich so schnell gelaufen war, oder wegen Schwester Costanzas Stimme, die in meinem Kopf dröhnte und mich aus dem Gleichgewicht brachte, oder weil der Brunnenrand glatt und schlüpfrig war, rutschte ich hinein, ohne den Mut zu brauchen, den ich so erfleht hatte.

14

Ich würde euch gern erzählen, was ich empfunden habe, als ich in dieses bodenlose Dunkel stürzte, aber das kann ich nicht, denn zum ersten und letzten Mal in meinem Leben wurde ich richtig ohnmächtig, nicht gespielt wie sonst immer. Und deshalb werden weder ihr noch ich es je erfahren. Ich weiß nur, daß Mimmo mich gerettet hat und daß er sich, während ich mit einigen Schürfwunden und ein paar kleinen Kratzern im Gesicht und an den Beinen davonkam, den Arm gebrochen hat. Er tat mir ein wenig leid, aber er sagte allen, die ihn bemitleideten: »Was ist das schon! Nichts Schlimmes. Ein Arm wächst wieder zusammen, aber für eine Seele, die sich vom Körper löst, gibt es keinen Leim!« Und wenn er es so leicht nahm, dann brauchte auch ich mich nicht zu sorgen. Ich persönlich war, als ich nun mit geschlossenen Augen – damit man mir meine Freude nicht ansah – zwischen den blütenweißen Laken meines wiedereroberten Bettes lag, glücklicher als im Paradies, wie sie immer sagen. Ich hörte Madre Leonoras Stimme, die aber anders klang als früher. Sie war ein wenig farblos geworden, wie abgenutzt. Aber es war immer noch ihre Stimme, endlich. Sie sagte, alle im Kloster seien bewegt – das wurde auch Zeit –, und auch wenn der Versuch, sich das Leben zu nehmen, eine Todsünde sei, könne man dennoch nicht abstreiten, daß er auch ein Zeichen war: daß ich hier bei ihnen in diesen Mauern bleiben sollte. Gemeinsam würden wir nun beten, um unsere Seelen auch von dieser Sünde zu läutern (was für ein häßliches Wort, dachte ich). Wenn sie mich hier behalten und wieder studieren lassen würde, wollte ich liebend gerne beten. Tag und Nacht würde ich beten und meine Naivität und meinen Leichtsinn aufrichtig bereuen. Inzwischen war ich erwachsen geworden. Und wenn ich schon vorher beinahe auf jedes Wort und jede Geste geachtet hatte, bestand ich nun nur noch aus Vorsicht: ein Bündel aus Nerven und Adern, fest zusammengehalten von der Furcht vor einer Torheit. Und auch jetzt, obwohl sie mich drängte, die Augen zu öffnen, wagte ich nicht, sie anzuschauen. Dieses Gesicht hatte in mir zu viele Gefühle geweckt, und die Furcht, es nach so langer Zeit wiederzusehen und daß irgend etwas in ihren Zügen eine vorschnelle Reaktion in mir hervorrufen könnte, riet mir, zumindest bis zum nächsten Besuch zu warten.

»Bis morgen, Modesta. Die Stunde ist vorbei. Ruhe dich aus und bete. Bete, so wie du es jetzt tust. Ich habe es an der Bewegung deiner Lippen gesehen, weißt du.«

Erst als mir das Rascheln ihres Gewandes sagte, daß sie schon an der Tür war, öffnete ich die Augen einen Spalt und sah sie an: Sie war winzig klein geworden, wie ein Lappen, der vom vielen Waschen eingelaufen ist. Glücklicherweise hatte ich die Augen nicht früher geöffnet, denn ein heftiger Stoß in der Brust ließ mich jäh zusammenfahren. Und ohne daß ich etwas dagegen tun konnte, begann ich zu weinen und zu schluchzen. Aber wirklich, »mit echten Tränen«, wie Dante sagt.

Meine Tränen geronnen zu eisigem Erstaunen, als ich sie am nächsten Tag richtig ansehen konnte. Das war nicht mehr sie. Zwei tiefe Falten an den Mundwinkeln verzogen ihre Lippen zu einer scharfen Grimasse. War ihre Stimme deswegen metallisch schrill geworden und sprach nur noch von Sünde, der Hölle, Sühne und Tod? Als sie weggegangen war, passierte etwas, was mir früher unvorstellbar erschienen wäre: Ich wollte sie nicht mehr wiedersehen. Und so beschloß ich, sofort gesund zu werden, um diese bleierne Stunde nicht länger ertragen zu müssen. Jeden Tag erwartete ich sie angekleidet und mit rosigen und frischen Wangen, die ich zuvor gekniffen und mit kaltem Wasser besprengt hatte.

»Sehr gut, Modesta. Ich sehe, daß du dich richtig verhältst und dich nicht von der Süße der Rekonvaleszenz sündig einlullen läßt. Es freut mich zu sehen, wie groß du in diesen Monaten geworden bist. Im Bett hast du ganz klein ausgesehen, so wie früher. Aber du bist groß und stark geworden. Doch bilde dir nichts darauf ein. Auch in einem gesunden Körper können sich Versuchungen einnisten. Bete! Deine Gesundheit hast du nur dem Gebet zu verdanken und der heiligen Agate, die über dich gewacht hat. Ich habe in diesen Monaten immer von ihr geträumt und sie manchmal leibhaftig vor mir gesehen, so wie ich dich jetzt sehe. Sie kam zu mir, und ihre Augen sagten mir, ich könne ruhig sein, denn sie wache über dich. Ich gehe nun. Meine Besuche wären jetzt, da ich dich wieder bei Kräften sehe, ein Zeichen der Schwäche. Darum will ich lieber gleich gehen, da mich andere leidende Seelen erwarten. Ab morgen sehen wir uns nur noch in der Kapelle beim Gebet und zum Unterricht.

Schwester Angelica wird sich freuen, dich wieder am Stickrahmen zu haben, sie sagt, daß es mit dem Gobelin nicht so gut vorangeht, seit du nicht mehr da bist.«

Endlich war diese mir fremde Stimme verstummt, und sie ging hinaus. Inzwischen haßte ich sie. Ganz unerwartet erfüllte mich dieser Haß, den sie Sünde nannten, mit einem so starken Gefühl der Freude – es war wie ein Peitschenhieb –, daß ich die Hände zu Fäusten ballen und die Lippen fest zusammenpressen mußte, um nicht hinauszulaufen und zu singen. Als ich mich ein wenig beruhigt hatte, sagte ich leise vor mich hin: Ich hasse sie, um zu sehen, ob sich die Wirkung wiederholte oder ob ich vom Blitz getroffen würde. Draußen regnete es. Meine Stimme kam zu mir wie eine frische Brise, die mir Stirn und Brust von Furcht und Melancholie befreite. Wie konnte es sein, daß mich dieses verbotene Wort so beflügelte? Darüber würde ich später nachdenken. Jetzt mußte ich es nur noch laut wiederholen, damit es mir nicht mehr entwischte: Ich hasse sie, ich hasse sie, ich hasse sie, schrie ich, nachdem ich mich vergewissert hatte, daß die Tür gut verschlossen war. Der Panzer der Melancholie löste sich Stück für Stück von meinem Körper, mein Brustkorb weitete sich, geschüttelt von der Kraft dieses Gefühls. Eingezwängt in die Schürze, bekomme ich keine Luft mehr. Was lastet mir noch auf der Brust?

Als ich mir die Schürze und das Hemd vom Leib riß, fanden meine Hände diese engen Binden, »damit man den Busen nicht sieht«, die mir bis zu diesem Moment wie eine zweite Haut gewesen waren. Eine scheinbar so weiche Haut, die mich fesselte mit ihrem beruhigenden Weiß. Ich nahm die Schere und schnitt sie in Stücke. Ich mußte atmen können. Und endlich nackt – wie lange hatte ich meinen nackten Körper nicht mehr gespürt?

auch beim Baden mußte man das Hemd immer anlassen –, entdecke ich meinen Körper wieder. Der befreite Busen bricht unter meinen Händen hervor, und ich streichle mich dort auf dem Boden und genieße meine Liebkosungen, die dieses Zauberwort freigesetzt hat.

15

Kein Blitz traf mich, während draußen der Regen weiter an den Fensterscheiben hinunterlief. Mein nackter, vom Vergnügen aufgeheizter Körper spürte ihn sacht herabfallen: den sanften Aprilregen zwischen den Brüsten, die Beine gespreizt, um diese Frühlingsfrische zu empfangen. Ich hatte meinen Körper wiedergefunden. In all den Monaten des Exils, in denen ich in diesen Harnisch aus Schmerz eingeschlossen gewesen war, hatte ich mich nicht mehr gestreichelt. Blind vor Schrecken, hatte ich vergessen, daß ich einen Busen, einen Leib und Beine hatte. Also waren Schmerz, Demütigung und Angst nicht, wie sie immer sagten, ein Quell der Reinigung und der Seligkeit, sondern schleimige Diebe, die nachts, während ich schlief, auf mein Kopfkissen glitten, um mir die Freude am Leben zu stehlen. Diese Frauen machten kein Geräusch, wenn sie an einem vorbeigingen oder ihre Zellen betraten oder verließen: Sie hatten keinen Körper. Ich wollte nicht durchsichtig werden wie sie. Und jetzt, da ich die Intensität meines Vergnügens wiedergefunden hatte, würde ich mich nie wieder auf den Verzicht und die Demütigung einlassen, die sie so sehr predigten. Ich hatte jenes Wort als Waffe, um zu kämpfen. Und als »Leibesübung«, wie ich es inzwischen nannte, wiederholte ich in der Kapelle mit dem Rosenkranz zwischen den Fingern:

Ich hasse. Unter dem erloschenen Blick von Schwester Angelica wiederholte ich, über den Stickrahmen gebeugt: Ich hasse. Abends vor dem Einschlafen: Ich hasse. Seit jenem Tag war das mein neues Gebet.

Und während ich betete, lernte ich. Ich suchte in den Büchern nach der Bedeutung dieses Wortes. Aber mehr als den Zorn Gottes und den Neid Luzifers fand ich nicht. Vielleicht hatten die wahren Hasser der Kirche andere Bücher. Mimmo hatte von ihnen voller Respekt und Furcht gesprochen:

»Ich bin zwar nicht ihrer Meinung, aber ich muß zugeben, daß Giovanni, seit er mit diesen Leuten zu tun hat, ein anderer zu sein scheint: heiter, voller Kraft ...«

Also waren auch sie kraft ihres Hasses glücklich. Wie konnte ich sie nur kennenlernen? Der Arzt war einer von ihnen gewesen, aber damals war ich noch ein Kind. Was hatte ich schon davon verstanden? Jetzt war er nicht mehr da, schade! Ich fand mich damit ab, nichts darüber erfahren zu können. Aber wenn ich weiterhin mit diesem Haß im Körper studierte, der sättigender war als Brot und mir die Kraft gab, Tag und Nacht über meinen Büchern zu sitzen – alle im Kloster bewunderten das –, würde ich vielleicht Lehrerin werden können. Wie man hörte, gab es inzwischen auf dem Festland auch Frauen, die unterrichteten. Und als Lehrerin würde ich ihnen sicher begegnen. Und außerdem hatte Madre Leonora mich in ihrem Testament bedacht ... Ich mußte nur Geduld haben, denn Madre Leonora war von einem unheilbaren Leiden befallen. Noch ein oder zwei Jahre, und ich wäre frei. Doch auch Madre Leonoras Schmerz mußte ungeheure magische Kräfte haben, weil sie trotz ihrer Krankheit jeden Tag voller und aufrechter wirkte ... und einen Atem hatte! Von wegen krank auf der Brust, sie redete ständig. Und ihre Worte waren nicht demütig wie vorher, sondern heimtückisch, entschieden, unanfechtbar. Hört nur:

»Modesta, ich bin dem Tod geweiht. Der Arzt hat mir noch höchstens fünf oder sechs Jahre gegeben. Aber ich danke dem Allmächtigen für diese Jahre, die er mir zugesteht, weil ich weiß, daß sie reichen werden, um dich zu formen und in deiner Seele die Berufung aufblühen zu lassen, die du, das fühle ich, wie ein Kleinod im Busen trägst. Ich werde erst die Augen schließen, wenn ich dich in dem Gewand sehe, das auch ich trage. Denn du sollst wissen, daß du nach meinem Tod auch meine gesamte Aussteuer als Braut Christi erbst. Eine wertvolle Aussteuer, die dir, als wär's ein Zeichen Gottes, perfekt paßt. Als ich so alt war wie du, hatte ich auch deine Statur.«

Habt ihr gehört? Hört weiter:

»Hab keine Angst, Modesta. Du hast Angst, weil du noch nicht die paradiesische Süße des Verzichts und der Demut kennst. Dein junger Körper sprüht vor animalischer Vitalität und Gesundheit. Übrigens habe ich darüber mit Schwester Costanza gesprochen, du tätest uns einen Gefallen, wenn du etwas weniger essen würdest, zumindest abends. Du bist ja inzwischen erwachsen und gesund. Ein wenig Verzicht bei Tisch kann dir beim Gebet nur helfen. Ab morgen bekommst du abends nur Brot und Milch wie die Laienschwestern. Aber, wie schon gesagt, hab keine Angst. Ich will dich nicht zwingen, und um dir das zu beweisen, möchte ich, daß du die Abschrift meines Testaments liest. Das Original ist bei einem Notar in Modica hinterlegt, sicherheitshalber … Siehst du? Hier steht, daß du diese Pension auch dann bekommen sollst, wenn Gott dir nicht die Gnade zuteil werden läßt, dich in seine Schar aufzunehmen. Und mein

Wunsch, nur das zu tun, was auch du willst, ist so aufrichtig, daß meinem Testament, wie du siehst, ein von einem Arzt unterzeichnetes Dokument beiliegt, auf dem bestätigt wird, daß du deine Jungfräulichkeit aus Gründen … Aber lassen wir das. Ich will dich nicht an all diese schlimmen Dinge, die Höllenqualen erinnern. Wichtig ist, daß dir dieses Dokument helfen wird, falls du nach meinem Tod in die Welt hinausgehen willst. Denn kein Mann, das mußt du wissen, nimmt ein Mädchen zur Braut, ohne sicher zu sein, daß sie körperlich und geistig unversehrt ist.«

Und so ging es tage- und monatelang. Hört nur, auch wenn ihr keine Lust mehr dazu habt:

»Hab keine Furcht, diese Dokumente sind der Beweis, daß ich dich zu nichts zwingen will und daß du nur dann, wenn du wirklich willst, die Gelübde ablegen sollst, ob ich nun noch lebe oder nicht. Aber ich weiß auch, daß Gott mich nicht zu sich rufen wird, ehe ich diese Mission erfüllt habe. Vielleicht haben all meine Leiden nur das eine Ziel: dich zu Ihm zu führen.«

Ob es nun an diesem steten Tropfen oder an dem Abendessen aus Brot und Milch lag, von dem ich morgens hungrig und müde aufwachte, die Wirkung des Hasses ließ nach. Der Arzt hatte ihr noch mindestens fünf oder sechs Jahre gegeben. Und wenn dieser Schmerz, der sie beherrschte, so stark war, daß er sie wirklich noch bis zur Erfüllung ihrer Mission am Leben hielte? Nein! Das waren zu viele Jahre, auch wenn ich mir inzwischen die Kraft des Hasses und die List der Vorsicht erobert hatte. Gerade aufgrund dieser Errungenschaften erkannte ich jetzt die Schwäche meiner Natur und die aller anderen. Ich fürchtete, daß es mir nicht gelingen würde, diese ganze Zeit zu lügen. Nein! Auch nur fünf oder sechs Jahre waren zuviel. Ich mußte entweder fliehen oder das Glück haben, daß ihr Gott sie so schnell wie möglich zu sich rief.

16

Aber an Flucht war nicht einmal zu denken. Wohin hätte sie auch gehen sollen? Selbst wenn man es schaffte, was gar nicht so einfach war, über die Lavamauern zu klettern, die das Kloster umgaben, mußte man noch, das hatte ihr Mimmo gesagt, fünf oder sechs Stunden zu Fuß gehen, um in dieses Dorf zu gelangen ... wie hieß es noch? Mit Schrecken stellte sie fest, daß sie in all diesen Jahren zwar Latein und Französisch gelernt, aber nie mit jemand anderem gesprochen hatte als mit Nonnen und Priestern. Sie spürte, daß deren Sprache sich von der unterscheiden mußte, die draußen gesprochen wurde, draußen in der Welt. Mit Mimmo war das etwas anderes. Er gehörte wohl oder übel zum Kloster.

Als ihr all das klar wurde, verschwand der Haß und machte einer Erschöpfung Platz, die sich über ihre Brust bis in die Arme ausbreitete und sie zwang, sich auf die von der Sonne aufgewärmte Bank zu legen. Hatte der Haß sie wirklich verlassen? Und selbst wenn sie träumen wollte wie in den Romanen, würde sie, wenn sie einmal das Dorf erreichte, den Carabinieri entkommen? Würde sie eine Anstellung als Dienstmädchen finden – wie reizend sie mit Schürze und dem weißen Spitzenhäubchen aussähe –, in einer Familie, wo sie einen Offizier, einen Freund des Hauses kennenlernen könnte oder eigentlich, warum nicht, den Sohn des Hauses selbst, der ihr, von ihrer Anmut verzaubert, einen Heiratsantrag machen würde? Wo hatte sie all das gelesen? Ach ja, es war diese

Jammertrine von Annina, die sich dauernd Strafen aufhalste, weil sie solchen Schund las. Aber selbst wenn ihr der Offizier wirklich einen Antrag machte, könnte sie ihn nicht heiraten. Männer heiraten keine Frauen, die ihre Jungfräulichkeit verloren haben. Ich war Madre Leonora ausgeliefert, es gab kein Entrinnen; wenn ich wenigstens das Dokument gehabt hätte! Und außerdem würde ich durch eine Flucht die Erbschaft verlieren, die ich mir so mühsam verdient hatte. Vielleicht war es besser zu bleiben. Im Grunde genommen war Madre Leonora ein guter Mensch, sie hatte mir vergeben. Und vielleicht würde sie mit der Zeit wieder so sanft werden wie früher ... Zwischen dem Weinlaub erschien mir unscharf gegen den Himmel ihr Gesicht ...

»Man gibt sich nicht so den Verlockungen der Sonne hin, Principessa, arm zu sein ist ein Gift, das schwächt. Der Hunger vernebelt einem das Gehirn. Darin muß ich Giovanni recht geben. Er sagt, daß sich die Armen immer einreden, die Reichen seien großzügig und gut, um nicht noch stärker zu spüren, wie demütigend es ist, den Nacken beugen und katzbuckeln zu müssen.«

Mimmo hatte recht, die Sonne war schlecht für mich, sie hatte mich durcheinandergebracht. Es war nur das Bewußtsein meiner eigenen Armut, das mir Madre Leonora so schön und gut erscheinen ließ ... Ich durfte nicht in der Sonne schlafen: Als mir das das letzte Mal passiert ist, bin ich in den Brunnen gefallen. Schlagartig öffnete ich die Augen. Wie lange hatte ich geschlafen? Mimmo war nicht da, aber trotzdem hatte ich seine Stimme gehört. Hatte ich das geträumt? Ich wollte gerade aufstehen, denn die Bank fühlte sich kalt an, und mir liefen lange Schauer die Arme herunter, als mich Mimmos Stimme erneut auf dem eiskalten Holz festnagelte. Mimmo hatte also wirklich gesprochen, aber nicht mit mir, und nun fuhr er fort, in seinem singenden Tonfall jemanden dort hinter dem Laub von irgend etwas zu überzeugen. Eine Eingebung sagte mir, daß ich zuhören sollte. Sie hatten mich nicht gesehen – das merkte man daran, wie sie redeten –, und die Hecke, die uns trennte, war hoch und dicht. Ich schloß die Augen und tat so, als ob ich schliefe.

»Verzeiht, Madre Leonora, wenn ich so kühn bin, Euch zu widersprechen. Hört einmal auf einen Alten, der jedoch, auch wenn er ungebildet ist, von diesen Dingen etwas versteht. Dieses Geländer, an das Ihr Euch nachts lehnt, ist ganz verrostet. Es muß erneuert werden.«

»Aber es ist aus Eisen und außerdem antik. Solange ich lebe, erlaube ich nicht, daß ein solches Kunstwerk gegen dieses schreckliche Geländer ausgetauscht wird, das der Dorfschmied angefertigt hat.«

»Aber dieser Schmied versteht sein Handwerk, Madre, wenn Ihr gestattet, und er hat das neue bis ins Detail dem anderen nachgebildet.«

»Was redest du denn da! Man sieht genau, daß es eine Imitation ist, und zwar eine schlechte.«

»Einverstanden, Madre. Und was macht das schon? Wir montieren es ja nur ab und werfen es nicht weg. Wir montieren es vorsichtig ab und stellen es woanders auf, wo Ihr es immer sehen könnt. Aber tut mir den Gefallen, Madre, ich darf gar nicht daran denken, daß Ihr auf diesem Turm herumgeht und Euch überall dagegenlehnt.«

»Aber es ist doch aus Eisen, Mimmo!«

»Ja, es ist aus Eisen, aber brüchig, von den Jahren und den Unwettern zerfressen. Es gibt Stellen – erst gestern bin ich hingegangen und habe es kontrolliert –, es gibt Stellen, an denen es aussieht, als wäre es angesägt. Wie angesägt, so wahr mir Gott helfe! Bei allem Respekt, ich möchte Euch nicht eines Nachts von dort herabstürzen sehen …«

Die Stimme klang weiterhin bittend, aber ich hörte nicht mehr zu. Dieses »angesägt«, »als wäre es angesägt«, weckte in mir wieder den Haß, der mir allmählich abhanden kam, ertränkt in der ganzen Milch, die ich abends trinken mußte. Ich hatte Milch noch nie gemocht.

17

Noch in derselben Nacht machte ich mich an die Arbeit. Ich mußte mich beeilen, denn Mimmo war sehr gut darin, arm und reich, Mann und Frau, Tod und Teufel zu überzeugen, wie Schwester Teresa zu sagen pflegte.

Eine Säge war in der Gerätekammer hinter den Küchen einfach zu finden gewesen. Es gab sie in allen Formen und Größen. Und nachdem ich dieses labberige Brot und die fade Milch heruntergeschluckt hatte zwischen all den weißen, schlaffen Gesichtern – welche Farbe hätten die zukünftigen Gottesbräute auch sonst annehmen können? –, wartete ich, statt ins Bett zu gehen, bis sämtliche Türen geschlossen waren, und huschte, an die Wände gedrückt, hinaus. Dann stieg ich hoch hinauf in die kühle Dunkelheit, die noch schwärzer war als das Schwarz der Treppen. Zum Glück sah man weder Mond noch Sterne. Seit Tagen schien jeden Morgen die Sonne, aber von Sonnenuntergang bis zum Morgengrauen legte sich eine dichte Wolkendecke über Madre Leonoras Firmament. Sie beschwerte sich darüber. Zu dieser Jahreszeit gab es sonst keine Wolken, aber für mich war das ein Zeichen zu handeln, oder zu sägen, wie ihr wollt. Viele Nächte lang habe ich also im Schutz der Wolken bis zum Morgengrauen gesägt. Ich sägte an vier verschiedenen Stellen, den vier Stellen, die das Gewicht des Fernrohrs trugen. Als die Arbeit beendet war – seit Tagen hatte ich nicht mehr geschlafen –, warf ich mich erschöpft und glücklich aufs Bett. Endlich durfte ich schlafen. Jetzt blieb nur noch das schöne Wetter abzuwarten.

Aber merkwürdigerweise, vielleicht, weil ich mich daran gewöhnt hatte, wenig oder gar nicht zu schlafen, oder aus Angst, daß das Geländer ersetzt würde, konnte ich kein Auge mehr zutun. Ich schlief zwar ein, wachte aber sofort wieder auf mit der fixen Idee, das Geländer beobachten zu müssen. Das schöne Wetter blieb aus. Inzwischen regnete es auch tagsüber.

»Was für eine Schande, Principessa, gerade dieses Jahr, wo die Natur eine reiche Ernte versprochen hat! Seit Menschengedenken hat es in dieser Gegend kein so schlechtes Wetter mehr gegeben. Der ganze Segen Gottes, der Weizen und das Heu, verdirbt, wenn es so weitergeht.«

Gemeinsam mit Mimmo betete ich um schönes Wetter, denn auch mein Weizenkorn ging nicht auf und mein Heu verfaulte, wenn sich nichts änderte.

Es war nichts zu machen. Nachts weinte ich, an die Gitterstäbe geklammert, fast vor Wut. Es zeigte sich kein Stern am Himmel, und kein Windhauch bewegte diese dunkle, undurchdringliche Masse. Erschöpft warf ich mich aufs Bett. Dann sollte doch alles verfaulen, Weizen, Roggen und Heu. Diese Nacht würde ich schlafen. Ich konnte nicht mehr. Und ich schlief so tief und fest, daß mich, wie sie mir hinterher erzählten, nur die Ohrfeigen von Schwester Costanza – die ließ auch keine Gelegenheit aus – zu wecken vermochten. Schreie, Weinen, zuschlagende Türen zum Geläut einer wild gewordenen

Glocke ließen mich erschrocken aus dem Bett fahren. Ein Erdbeben, schoß es mir durch den Kopf.

»Schlimmer, meine Tochter! Viel schlimmer! Komm schnell in die Kapelle, nur du fehlst. Wir sind alle in der Kapelle und beten. Madre Leonora ist vom Turm gestürzt! Wer hätte das ahnen können?«

Noch nie hatte ich so viel Freude in der schmerzerfüllten Stimme von Schwester Costanza gehört.

»Wer hätte ahnen können, daß sie auf ihre Sternwarte steigen würde! Die ganze Nacht hat es nur geblitzt und gedonnert. Wer hätte das ahnen können! Komm, steh auf, komm! Mimmo hat sie so gut hingelegt, wie er konnte, er war es, der den Schrei gehört hat. Komm in die Kapelle, um sie ein letztes Mal zu sehen und bei ihr zu wachen!«

Wachen, ich? Die ganze Nacht und vielleicht auch noch den folgenden Morgen, bei dem Schlafmangel, den ich schon hatte? Ich dachte gar nicht daran.

»Auf, meine Tochter, komm zu dir. Sicher, ich verstehe deine Verfassung, du bist diejenige, die dieses Unglück am schwersten trifft. So ergeben, wie du ihr warst, und so gern, wie sie dich hatte! Aber sei tapfer, und nimm diese schwere Prüfung an, die Gott dir gesandt hat.«

Wenn ich also diejenige war, die das Unglück am schwersten traf, konnte ich durchaus vor Schmerz ohnmächtig werden und mich so der Prüfung entziehen, die sie mir auferlegen wollten. »Und wie ein Leichnam hinfällt, fiel ich hin«, wie Dante, der Dichter und Kenner des Lebens sagt. Keinem gelang es, mich zu wecken, weder in dieser Nacht noch am nächsten Morgen.

18

Ich erwachte erst, als sich die harte Masse, zu der mein Darm in den ersten vierundzwanzig Stunden geronnen war, in viele glühende Tentakel verwandelte und meine Zunge – vorher hatte ich gar nicht gewußt, daß ich eine Zunge besaß – so geschwollen und ausgetrocknet war, daß mir die Krankenschwester nur mit Mühe eine lauwarme, duftende Flüssigkeit einflößen konnte.

»Das arme Mädchen! Wie sehr sie leidet! Schaut nur, wie sehr sie leidet! Drei Tage, ohne zu essen und zu trinken! Und immer noch spuckt sie die paar Tropfen Brühe aus!«

Es war gar nicht so, daß ich die Brühe ausspuckte, im Gegenteil, sie schmeckte mir. Aber meine Zunge gehorchte mir nicht mehr. Vielleicht hatte ich zu viele von diesen Pillen geschluckt? Ich will euch das erklären: Um so lange schlafen zu können, hatte ich während der drei Tage immer abends und morgens von diesen Schlaftabletten genommen, die mir der Arzt vor einiger Zeit einmal verordnet hatte. Sie hießen Veronal, und er hatte mir jeden Abend eine zur Beruhigung gegeben. Damals hatte ich sie trotz der Angst nie geschluckt und sie für eine Zeit aufgehoben, in der ich sie vielleicht einmal gebrauchen könnte. Und ich hatte gut daran getan, denn sie hatten mir das letzte Treffen mit Madre Leonora erspart und, wie ich jetzt erfuhr, auch die Beerdigung. Sie waren mir nützlich gewesen, aber die Furcht, zu viele davon genommen zu haben – der Arzt hatte mir gesagt, daß sie schädlich sein konnten –, quälte mich so, daß ich nicht anders konnte, als zu fragen: Muß ich sterben?

»Nein, meine Tochter, sprich das Wort nicht mehr aus. Du hast es die gesamten drei Tage immer wiederholt. Der

Arzt hat dich untersucht. Dir fehlt nichts. Nur der Lebenswille und etwas Nahrung, so hat er gesagt, und man könne lediglich hoffen, daß du deine Trauer überwindest. Doch wenn du jetzt Angst hast, so heißt das, daß dein Lebenswille zurückgekehrt ist. Iß, meine Tochter, und bete. Sterben zu wollen ist eine furchtbare Sünde. Madre Leonora würde das sehr schmerzen. Denk an sie, und versuche stark zu sein. Wie schade, daß du sie nicht gesehen hast. Ihr Körper war zwar zerschmettert, aber das Gesicht ist unversehrt geblieben, schön und heiter. Das Gesicht einer Heiligen.«

Wenn ein Arzt – wer wußte, wer dieser neue Arzt war? – gesagt hatte, daß mir nichts fehlte, brauchte ich mir keine Sorgen zu machen und konnte diese wohltuende Brühe schlucken, die sich wie flüssige Sonnenstrahlen in meinem Magen ausbreitete.

»So ist's brav, Modesta! So machst du Madre Leonora glücklich und nicht, indem du den Tod herbeisehnst, wie in den vergangenen Tagen! So wollte dich Madre Leonora haben. Iß, iß, enttäusche sie nicht jetzt, wo sie tot ist, so wie du sie nicht enttäuscht hättest, als sie noch lebte.«

Um Madre Leonora nicht zu enttäuschen, aß ich in wenigen Tagen so viel, daß ich bald wieder auf den Beinen war und imstande, der krächzenden Stimme von Schwester Costanza zu lauschen ohne allzu große Angst vor dem Koffer – immer dieser Koffer –, den sie mir aufs Bett gelegt hatte, als sie in meine Zelle kam.

»Pack deine Sachen zusammen, Modesta. Du darfst auch den kostbaren Rosenkranz, das kleine Bild der heiligen Agate und die Bücher mitnehmen, die dir Madre Leonora in ihrer unendlichen Güte geschenkt hat, deine Leibwäsche und die Binden. Denk an die Binden, schnüre dir weiter die Brust ein, auch wenn du dort, wo du hingehst, allen Verlockungen der Welt ausgesetzt sein wirst.«

Ich wagte es nicht, sie um eine Erklärung zu bitten oder den Blick von dem Koffer zu nehmen, auf dem bereits einige kleine Wanzen, von Schwester Costanza heraufbeschworen, begannen, das hellbraune Leder mit schwarze Punkten zu übersäen.

»Es ist mir nicht erlaubt, weltliche Namen und Orte zu nennen, weil wir nicht mehr zu jener Welt gehören. Aber du kannst beruhigt sein, denn Madre Leonora hat für dich gesorgt. In ihrer Großherzigkeit wollte sie, daß du selbst entscheidest, ob du zur Schar des Herrn gehören willst oder nicht. Und damit du diese Entscheidung bewußt und frei fällen kannst, hat sie außerdem verfügt, daß du zuerst einmal die Welt kennenlernen sollst. Ich habe genug gesagt. Heute nachmittag wirst du abgeholt … Ich sehe deine Verwirrung, meine Tochter, auch ich bin damit nicht einverstanden, denn der Herr hat dich hierhergeschickt, als du nichts weiter warst als ein weidwundes und erschrockenes kleines Tier, und hier ist dein Platz. Aber so steht es nun einmal in ihrem Testament, und so muß es geschehen. Gehe in Frieden, meine Seele ist ruhig, denn ich weiß, daß wir uns wiedersehen.«

Was mich verwirrte, war das Unbekannte, das sich hinter jedem Wort von Schwester Costanza verbarg, und die Sanftheit, die jetzt in ihrer Stimme lag. Ich entschloß mich, sie anzusehen, und wäre beinahe wirklich ohnmächtig geworden. Sie war fast schön. Irgend etwas hatte sie aufgerichtet, und sie lächelte, während ihr Blick leicht durch das Zimmer wanderte. Sie träumte von Madre Leonoras Stuhl, und es war die Lehne dieses Eichenstuhls, die sie aufrichtete. Beinahe tat es mir leid, daß ich es gewesen war, die ihr dieses Glück beschert hatte. Aber jetzt war keine Zeit mehr, zu bedauern. Ich mußte mich beeilen. Von dem Gedanken an das Unbekannte gequält, begann ich, meine Sachen zusammenzupacken ... Denk an die Binden, schnüre dir weiterhin die Brust ein ... Verlockungen ... wo du hingehst ... Dieses »wo du hingehst« ließ meine Hände zittern, und alles fiel mir zu Boden. Ich fand nichts, die Binden rutschten mir aus den Fingern und entrollten sich zwischen den Beinen des Bettes bis in die Ecken des Zimmers, und ich mußte noch einmal von vorn anfangen. Der Koffer war zu klein und ließ sich nicht schließen. Ich schwitzte und schaffte es erst, als ich mich darauf kniete. Lag es nun an der Anstrengung oder an dem strahlenden Gesicht von Schwester Costanza, das mich wirklich wütend gemacht hatte? Jedenfalls, wie ich da auf dem Koffer saß und Madre Leonora anflehte, mir wenigstens zu sagen, wohin sie mich schickte, fing ich an zu weinen. Ob sie sich an mir rächen wollte?

19

Sicher hatte sie irgendeinen schrecklichen Ort ausgesucht, wo mir die Berufung auf jeden Fall kommen würde. Allzu überzeugt hatte Schwester Costanza gesagt: Ich weiß, daß wir uns wiedersehen. Ich preßte die Fäuste an die Schläfen, die mir wegen dieses »Ich weiß, daß wir uns wiedersehen« zu platzen schienen, und hörte nicht, wie die Tür aufging.

»Was ist, weinst du, Principessa? Du hattest sie lieb, nicht wahr? Ich auch. Ich weine nicht, weil Tränen keine Männersache sind, aber tief in mir drin sieht es anders aus! Sie war eine große Signora! Nun komm schon. Es ist besser, daß du gehst. Düstere Zeiten stehen diesem

Kloster bevor. Gerade eben ist ein Brief aus Palermo angekommen. Schwester Costanza wird Madre Leonoras Platz einnehmen! Düstere Zeiten! Steh auf, laß mich den Koffer nehmen, ich trage ihn dir. Schwester Costanza hat mich geschickt, weil dich niemand weggehen sehen darf … Aber was ist denn, du zitterst ja. Hab keine Angst! Du beweinst sie, ja, es ist richtig, sich der Toten unter Tränen zu erinnern; sie hat dich wie eine Tochter geliebt. Nun komm schon. Du wirst sehen, daß sie dich auch im Tod nicht verläßt.«

An Mimmos Arm geklammert – was ich früher nie hätte tun können –, fühlte ich mich ihnen nicht mehr länger zugehörig. Was konnten sie mir jetzt noch anhaben, selbst wenn sie mich hinter den halbgeschlossenen Läden all der Fenster zum Hof beobachteten? Ich klammerte mich an seinen Arm, denn das, was meine Augen sahen, war so großartig, daß es mir, mehr noch als zuvor die Angst, den Boden unter den Füßen wegzog: eine Kutsche ohne Pferde. Oder waren die Pferde unter dieser langen Haube versteckt, die in der Sonne glänzte? Sicher waren die Pferde dort drinnen und schauten durch diese großen goldgerahmten Glasaugen hinaus.

»Das ist keine Kutsche, meine Principessa, das ist eine moderne Teufelei, die rast, als würde sie von zehn Pferden gezogen … Ich bin altmodisch, und diese ganzen Neuheiten gefallen mir nicht, ich bin vorsichtig. So eins habe ich unten im Dorf gesehen, das sah aus wie eine Mißgeburt, was weiß ich, ein riesiger Käfer, aber bei Gott, das hier nimmt einem den Atem, so schön ist es! Es sieht aus wie eine Kathedrale!«

Mit Hilfe von Mimmo und einem großen Herrn – sicher ein Offizier, in dunkler Uniform und einem Hemd, so weiß, daß die Binden der Schwestern dagegen grau wirkten – betrat ich diese Kathedrale, ohne aber Mimmos Hand loszulassen.

»Setzt Euch, mein Fräulein. Wenn Ihr Euch während der Fahrt nicht wohl fühlt oder irgend etwas unbequem ist, das hier ist eine Sprechmuschel, seht Ihr, die hebt Ihr hoch und sprecht hinein, damit kann ich Euch, wenn nötig, durch die Scheibe hindurch hören.«

»Hast du gehört, Principessa? Wenn dir schlecht wird, denn das Ding ist keine Kutsche und rast wie der Teufel, dann hebst du dieses Rohr hoch und sagst es ihm.«

»Aber wer ist das, Mimmo, ein Offizier?«

»Nein, der Chauffeur, das ist der Chauffeur, er ist so etwas wie ein Kutscher ... Und jetzt lebe wohl, Principessa. Ich weiß, daß wir uns nicht wiedersehen werden. Diese Automobil-Kutsche ist großartig, und Madre Leonora wird über dich wachen. Aber falls du irgend etwas brauchst, und Gott sei Dank kannst du schreiben, sollst du wissen, daß du mich hier findest. Vergiß nicht: Mimmo Insanguine, Gärtner im Kloster der Schwestern der Schmerzensreichen, Sciarascura. Vergiß es nicht. Lebe wohl, Principessa.«

Der Kutscher löste meine Hand von der Mimmos und sagte freundlich:

»Entschuldigt, Fräulein, aber es ist schon spät.«

Und er schloß die Tür. Nachdem ich Mimmos Hand verloren hatte, drückte ich mich an die Scheibe und schaute zurück: Er winkte mir mit hoch erhobenem Arm hinterher. Ich blickte zurück, bis sein großer, in braunen Samt gehüllter Körper mit den Stämmen der Eichen verschwamm, die die mächtige Lavamauer des Klosters umgaben.

20

Als das Eichenmeer Mimmo verschluckt hatte, sank ich vollkommen erschöpft auf dieses Sofa, das noch weicher war als mein Bett und alle Sofas und Sessel im Musiksaal. Diese Kutsche – wie hatte Mimmo sie noch gleich genannt? – war wie ein kleines Zimmer aus dunklem Samt. An den Fenstern hingen Plisseegardinen, die ein zartes grünes Licht verbreiteten, wie Laub im Wald, wenn die Sonne vom Himmel herabbrennt. Ich zog die Gardine vor das Fenster, aus dem ich Mimmo gewunken hatte. Was hatte es für einen Zweck, diesen Bergen nachzuschauen, die so kahl waren wie Schwester Teresas Kopf? Einmal hatte ich diesen Kopf gesehen! Wie hatte es dazu kommen können? Es war an einem heißen Tag gewesen, an dem ich zu früh zum Unterricht erschienen war, und sie hatte ganz schnell ihre Haube wieder aufgesetzt.

»Aber Modesta, das geht nicht, du kannst nicht einfach so hereinkommen, ohne anzuklopfen!«

»Ich habe doch angeklopft ...«

»Na gut, das zeigt mir, daß ich nicht nur blind, sondern auch noch taub werde. Das wird auch langsam Zeit. Ich habe allmählich genug von diesen Übungen und Tonleitern und all diesen dummen Gänsen, die auf den Tasten herumhauen, als wären sie Affen und keine Geschöpfe Gottes ... brr! Eigentlich ist Altwerden gar nicht so schlimm, wie immer behauptet wird, Modesta. Es hat den Vorteil, daß man die häßliche Fratze von Schwester Costanza nicht mehr sehen muß, Gott vergebe mir, und nicht mehr hören muß ... Ach, lassen wir das! Und wie du siehst, hat mir erst das Alter die Erleichterung beschert, während der Hundstage diese dünnere Haube tragen zu dürfen. Aber jetzt los. Du verleitest mich zum

Schwatzen, und wir schaffen nichts. Los: eins, zwei, drei, vier … eins, zwei, drei, vier …«

Sie hatte gut daran getan, die grünen Vorhänge zuzuziehen, um Schwester Teresas kahlen Schädel nicht länger sehen zu müssen, den der Staub und die Schwüle zu vervielfachen schienen, bis er zuletzt mit dem Himmel verschwamm … Voller Schrecken faßte sie sich an den Kopf. Nein, sie hatten ihn ihr nicht kahlrasiert. Die dicken, schweren Zöpfe waren noch da, gerade noch rechtzeitig den scherenspitzen Fingern von Schwester Costanza entkommen.

»Madre Costanza mußt du jetzt zu mir sagen, Modesta, wiederhole: Madre Costanza.«

Oder vielleicht hatte die es sich jetzt, da sie die Zügel des Klosters in den Händen hielt, anders überlegt und war ihr gefolgt, um die Kutsche mit diesen starken Händen anzuhalten?

»Fühlt sich das Fräulein nicht wohl? Verzeiht, aber ich habe im Rückspiegel gesehen, wie Euer Kopf nach rechts und links schwankte, da habe ich mir erlaubt anzuhalten.«

»Nein, danke, mir geht es gut. Ich habe nur so ein flaues Gefühl im Magen.«

»Kein Grund zur Beunruhigung, mein Fräulein. Das ist nichts. Das Automobil ruft bei Damen jeglichen Alters diese Wirkung hervor. Riecht einmal an diesem Fläschchen. Ich muß jetzt weiterfahren, denn es ist schon sehr spät. Man erwartet Euch in der Villa. Ich sehe, daß Ihr Euch besser fühlt, nicht wahr? Kaum zu glauben, aber dieses Riechsalz hilft. Wenn Ihr Euch noch einmal schlecht fühlen solltet, wißt Ihr ja, daß es hier in der Armlehne steckt. Schaut, in diesem runden Fläschchen da ist der Ammoniak.«

Dieser Kutscher war freundlich, und das Automobil raste, seit sie sich aufrecht hielt, so schnell, daß Madre Costanza diese Kutsche nie hätte einholen können, die, wie Mimmo gesagt hatte, schneller war als der Wind.

Während ich innerlich wiederholte: Ich muß gerade sitzen, sonst hält der Mann in diesem Glaskäfig noch einmal an, schlief ich ein.

Als ich die Augen aufschlug, war der Glaskäfig immer noch hell erleuchtet. Aber von diesem Herrn ... dem Chauffeur, das war das richtige Wort, fehlte jede Spur. Das Automobil bewegte sich jedoch noch.

Als sie mit der Hand nach der Wand griff, um den Samt erneut zu befühlen, spürte sie statt des weichen Stoffes etwas, das so glatt war wie Seide. Dieses unerwartete Gefühl ließ sie die Augen weit aufreißen. Das war nicht länger die kleine, rasende Kammer. Diese hier stand still und war viel größer, und die Wände, wie die des Automobils mit Stoff überzogen, hatten nicht diese kleinen Fenster, sondern nur ein einziges großes, das von einer Flut weichen, durchsichtigen Stoffes kaum verdeckt wurde. Genau wie der Brautschleier der Novizinnen, wenn sie vor den Altar traten, um mit Christus vermählt zu werden.

Sie wollte aus dem Bett springen, um hinauszuschauen, beherrschte sich aber. Wer wußte, ob das die Regeln dieses Hauses erlaubten. Sie hatte gelernt, vorsichtig zu sein, und obwohl ihr Magen vor Hunger zu schmerzen begann, blieb sie still liegen und begnügte sich damit, nur die Augen zu bewegen. Ihr Koffer war verschwunden, aber ihre Bücher standen geordnet auf einem kleinen Schreibtisch, der so sehr glänzte, als sei er aus Glas. Das Bildnis der heiligen Agate hatte man über ihr aufgehängt, knapp unter dem großen Kreuz in der Mitte der Wand.

Ihr Kittel war so sorgfältig auf einem kleinen Sessel am Fußende des Bettes drapiert, daß es, hätte man noch einen Kopf daraufgesetzt, so ausgesehen hätte, als schaue sie sich selbst an. Als sie unter die Decke griff, fühlte sie ihr rauhes Nachthemd und die Binden, die ihr den Brustkorb einschnürten. Die Haare hatte sie retten können, aber diese Binden schien sie behalten zu müssen. Geduld! Wer hatte bloß so aufräumen können, während sie schlief? Wie als Antwort auf ihre Frage öffnete sich die Tür, und ein Mädchen in Schürze und mit einer weißen Haube – war sie etwa schon wieder in einem Kloster gelandet? – trat lächelnd ein. Dieses Lächeln beruhigte sie, denn sie hatte noch nie gehört, daß man in einem Kloster so lächeln und schamlos alle Zähne zeigen durfte.

»Entschuldigt, mein Fräulein, die Fürstin wünscht Euch einen guten Morgen und möchte wissen, ob Ihr gut geschlafen habt und damit zufrieden seid, wie ich Eure Sachen arrangiert habe.«

Ich wußte nicht, was ich sagen sollte. Durfte ich reden, oder war es besser zu schweigen? Aber als ich sah, daß dieses Lächeln zu einer Grimasse erstarb, nahm ich all meinen Mut zusammen:

»Sehr zufrieden.«

Das Lächeln kehrte zurück:

»Danke, mein Fräulein, ich werde es die Fürstin wissen lassen. Die Fürstin läßt Euch ausrichten, daß Ihr machen könnt, was Ihr wollt: ausgehen, im Garten spazieren, in die Bibliothek und in den Musiksaal gehen. Und wenn Ihr Hunger habt, dann begebt Euch in die Küche, dort findet Ihr die Köchin zu Eurer Verfügung … Hier ist ein Blatt, auf dem alles steht, woran Ihr Euch halten möchtet. Kann ich jetzt gehen? Wenn Ihr mich braucht, zieht an dieser Schnur zu Eurer Linken, und ich bin sofort da. Ich bin sehr schnell, mein Fräulein, so schnell, daß mir die Fürstin die Ehre erwiesen hat, mich Quecksilber zu taufen. Sie nennt mich nie bei meinem richtigen Namen, sondern immer nur so. Ach, ich heiße übrigens Luigia. Ich komme nämlich nicht aus dieser Gegend. Und wie die Fürstin behauptet – ich selbst würde mir nie ein Urteil über das Land erlauben, dessen Gastfreundschaft ich genieße –, sind die Frauen hier langsam, um nicht zu sagen, ein wenig faul ... Wie gesagt, ich bin in der Toskana geboren, in Poggibonsi, um genau zu sein. Dort, mein Fräulein, bringt man es zu nichts, wenn man nicht flink ist ...«

Und ob sie flink war! Innerhalb weniger Sekunden hatte sie lächelnd all diese Wörter heruntergerattert, dabei noch etwas verschoben, das ihrer Ansicht nach nicht richtig stand, die Gardinen aufgezogen und sie mit einer großen, perfekten Schleife zurückgebunden. Dann entschwand sie meinem Blick und ließ mich, von der Sonne geblendet, mit einem Blatt Papier zurück, das so glatt und zart wie Seide war – war denn dieses Haus ganz aus Seide? – und auf dem in einer kleinen, perfekten Handschrift die Zeiten vermerkt waren, zu denen ich das Zimmer verlassen durfte. Mir war alles erlaubt, aber nur zu den Zeiten, die mit dieser Feder elegant, aber unumstößlich auf dem kostbaren Papier festgehalten waren.

21

Nicht das gesamte Haus war aus Seide, aber fast. Da gab es das Holz der Türen und Tische und den Samt der Vorhänge. Draußen hingegen war alles aus Marmor: die Stufen, die Brunnen, die Statuen, die gerade dann, wenn man es am wenigsten erwartete, aus grünen Nischen hervorlugten – letztere natürlich nicht aus Marmor, sondern aus so schönen Pflanzen und Blumen, daß Mimmo vor Freude verrückt geworden wäre, wenn er sie hätte sehen können. Nein, es war besser, daß er das nicht sah, es hätte ihn nur traurig gemacht. Er war so stolz auf seine Geranien gewesen, auch wenn er immer gebrummt hatte: »Ach, Principessa, es gibt viel schönere Blumen. Ich wünsche dir von ganzem Herzen, daß du eines Tages das sehen kannst, was für mich Catania war … Wenn du diese Villa sehen könntest! Ich war als Soldat in Catania. Aber hier, bei all der Lava und mit der wenigen Erde, die man dem Tal entreißt, muß man sich damit begnügen, Bohnen und Tomaten anzupflanzen, Nahrung …«

Wie Mimmo es ihr gewünscht hatte, sah sie jetzt solche Blumen. Manchmal berührte sie sie auch, doch ihre Namen kannte sie nicht. Und nach Tagen und Tagen inmitten dieser stillen Seide, die sie von ihrem Zimmer in den Flur und in den Garten gleiten ließ, wagte sie sich in die Bibliothek, um nach den Namen der Blumen zu suchen. Sie hatte sich nicht getäuscht: Es gab dort große, reich bebilderte Bände, in denen man alles finden konnte.

Sämtliche Namen waren lateinisch. Sie mußte sie auswendig lernen. Jetzt hatte sie eine Beschäftigung: von der Bibliothek in den Garten gehen und vom Garten in die Bibliothek, um sich all diese schwierigen und seltsamen Namen einzuprägen.

Mimmo sagte immer die Wahrheit. Diese Blumen waren wirklich sehr schön. Wenn er nur dagewesen wäre, um mit seiner schleppenden und rauhen Stimme die Stille zu durchbrechen! Statt dessen war da nur dieser Brummkreisel vom Festland, der durch ihr Zimmer wirbelte und immer das gleiche erzählte. Sie hörte gar nicht mehr hin. Bis zu dem Moment, als die andere sagte:

»Die Fürstin ist sehr froh zu hören, daß Ihr nicht mehr so traurig seid und in die Bibliothek geht.«

Also war das Haus nicht verlassen. Man wußte, was sie tat. Ermutigt wagte sie sich an diesem Tag auch in das Musikzimmer und schlug mit zitternden Händen den Deckel dieses Klaviers zurück, das mindestens dreimal so lang war wie das im Kloster und nicht braun, sondern schwarz und glänzend wie die Marmorsäulen in der Eingangshalle. Dieser Glanz war beängstigend, aber sie hielt die seidene Stille nicht mehr aus und nahm ihre Übungen wieder auf. Ob sie wohl störte? Im Kloster hatte man ihr nur eine Stunde pro Tag zugestanden. Die weißen, weichen Tasten verzauberten ihren Blick und ihre Finger. Man brauchte sie nur zu berühren, und der Klang stieg mächtig und süß wie der einer Orgel empor. Das war kein Klavier, oder vielleicht waren in dieser langen Truhe, wie bei dem Automobil, drei davon versteckt.

»Die Fürstin wünscht Euch einen guten Morgen und hat mir aufgetragen, Euch zu sagen, daß Ihr einen wunderbaren Anschlag habt. Sie begrüßt es auch sehr, daß Ihr trotz Eures Schmerzes wieder angefangen habt, zu studieren und Klavier zu spielen ... Die Fürstin möchte wissen, ob das Essen in unserem Haus zu Eurer Zufriedenheit ist und warum Ihr nie zum Fünf-Uhr-Tee kommt. Ach so, ich verstehe, im Kloster gab es keinen Tee ... Entschuldigt, Fräulein, aber die Fürstin hat mir aufgetragen, Maß zu nehmen und Eure Schultern, die Taille und den Brustumfang zu messen. Aber was tragt Ihr denn unter dem Leibchen, mein Fräulein? Warum ist das alles so eng? Ach so, die Klosterregeln. Erlaubt mir, das der Fürstin mitzuteilen ... Die Fürstin bittet Euch, natürlich nur, wenn Ihr nichts dagegen habt, diese Binden einen Augenblick lang abzulegen, damit ich den genauen Brustumfang messen kann ... Die Fürstin möchte wissen, ob Ihr eine Fotografie von Euch habt. Keine Fotografie? Ach ja, das Kloster. Schade! Die Fürstin hat mir aufgetragen, Euch zu sagen, daß sie für morgen früh, da sie weiß, wie fromm Ihr seid, den Chauffeur bestellt hat, der Euch zur Messe ins Dorf bringen wird. Sie möchte nur wissen, ob Ihr zur Acht-Uhr- oder zur Mittagsmesse gehen wollt, weil es zwei Stunden Fahrt sind ... Acht Uhr? Gut, ich werde es ausrichten.«

Wie viele Tage war ich nun schon hier? Wenn morgen Sonntag war, konnte es nur eine Woche sein, oder acht Tage. Es schienen Monate zu sein. Würde man sie immer allein lassen? Sicher, sie konnte lesen und lernen, das Essen war gut, aber ... Da war die wieder mit ihrer Fürstin:

»Die Fürstin hat mich beauftragt, Euch diese drei Kleider zu bringen. Sie bittet Euch, auch wenn sie weiß, wie sehr Ihr auf Eure Kittel Wert legt, die Euch an Eure Berufung erinnern, eines davon heute nachmittag zum Tee zu tragen. Ich werde Euch abholen, da Ihr diesen Flügel der Villa nicht kennt. Sie hat mir auch aufgetragen, Euch zu sagen, daß Ihr Euch nicht zu sorgen braucht: Es reicht, wenn Ihr Euch um fünf Uhr umkleidet. Nach dem Tee könnt Ihr dann wieder Euren Kittel anziehen.«

Es waren drei Kleider: ein rosafarbenes, ein weißes mit wunderbarer Spitze und ein blaues, das zwar auffällig glänzte, aber am höchsten geschlossen war. Schade! Das rosafarbene und das weiße mit der Spitze faszinierten sie viel mehr, aber sie mußte vorsichtig sein. Und so begnügte sie sich damit, während sie das Blaue anzog und sich kämmte – sie hatte nicht viel Zeit –, die anderen beiden anzuschauen. Noch nie hatte sie etwas so Schönes gesehen, und ihr kamen die Tränen.

»Aber was ist denn? Das Fräulein wird doch nicht weinen? Nur Mut, es ist ja nichts dabei, wenn Ihr eine Stunde lang ein Kleid tragt. Die Fürstin hat das vorausgesehen. Wenn Ihr wüßtet, wie gescheit die Fürstin ist! Sie hat es wirklich vorausgesehen, daß Ihr weint, wenn Ihr Euren Kittel ablegen müßt! Nein, trocknet Eure Tränen! Ihr wollt die Fürstin doch nicht etwa betrüben? Sie hat in den letzten Jahren genug gelitten: ein Unglück nach dem anderen, bis hin zu Madre Leonora ... So, so ist's gut, geht hinein. Und lächelt doch, lächelt, und sei es auch nur, um die Fürstin nicht an ihre Trauer zu erinnern.«

Vielleicht hatte sie recht, ich sollte lächeln. Aber die Vorsicht lähmte mich vollkommen, und meine Lippen wollten sich nicht öffnen. Verwirrt von Quecksilbers Geschwätz und der Überraschung darüber, daß ich, obwohl ich lächeln wollte, die Lippen nur ein wenig verziehen konnte, fand ich mich plötzlich in einem Zimmer wieder, das so groß und voller Tische, Sofas, Sessel und Armstühle war, daß sich meine Verwirrung in Bestürzung verwandelte.

Es war niemand da, nichts als diese Möbelwüste: Auch hier empfing mich keiner. Resigniert erwartete ich Quecksilbers Rückkehr, weil ich allein inmitten all dieser gleich aussehenden Flure und Räume mein Zimmer niemals wiedergefunden hätte.

»Glaub mir, Maman, sie ist hübsch, nur ein wenig traurig, aber hübsch, wirklich!«

Vor mir tauchte plötzlich wie aus dem Nichts ein kleines blasses Gesicht auf, das von einer Flut blonder Haare, so fein wie Seide – auch hier Seide –, beinahe ganz verdeckt wurde. Dieses Wesen betrachtete mich von Kopf bis Fuß und ging dann um mich herum, so wie ich es im Garten mit den Statuen tat. Dann griff eine kleine Hand nach meiner eigenen und führte mich sicher – Gott weiß, wie sie es schaffte, in diesem Wald aus Tischchen voller Statuen, Kästchen, Lampen nichts kaputtzumachen – zu der hohen Rückenlehne eines schmalen Armsessels. Dahinter fand ich mich plötzlich jener Fürstin gegenüber, die mir durch Quecksilber so viele Nachrichten hatte überbringen lassen. Sie sah genauso aus, wie ich sie mir vorgestellt hatte. Nur daß ich, wenn mich die kleine Hand nicht festgehalten hätte, geflohen wäre, als sie zu sprechen begann.

»Gott sei Dank ist sie nicht eine von diesen Mißgeburten, die unsere Klöster bevölkern! Gott sei Dank hat sie menschliche Züge! Und du, Cavallina, mein Pferdchen, hättest mir sagen können, daß sie normal ist. Zwar nicht schön, aber normal. Das hättest du mir ruhig sagen können.«

»Aber das habe ich dir doch gesagt, Maman, und Quecksilber hat es dir auch gesagt. Aber du glaubst ja niemandem.«

»Natürlich glaube ich niemandem. Ich bin ja auch von Tölpeln umgeben! Keiner hat meinen Geschmack oder den deines Vaters geerbt, Gott hab ihn selig. Komm einmal her, Mädchen ... Wie heißt du? Wie? Modesta? O mein Gott, was für ein scheußlicher Name! Sei nicht beleidigt, Mädchen. Es ist nur so, daß mir kein Name ... nun ja, es gibt keinen einzigen, der mir paßt. Oder besser, es gibt keinen Namen, der zu seinem Träger paßt. Sie stehen immer im Gegensatz dazu. Findest du es richtig, daß ich Gaia heiße? Was habe ich denn Fröhliches an mir? Aber Modesta, das ist wirklich scheußlich! Entschuldigung, ich ... Cavallina, die ist ja mehr als normal! Jetzt, wo sie erregt ist ... Bist du wegen des Namens beleidigt? Egal, jetzt, da dir diese Beleidigung, oder was immer es ist, die Röte ins Gesicht getrieben hat, sieht es ganz so aus, als seist du richtig hübsch. Nun reicht es aber. Verschwindet! Ich bin müde. Der Anblick der Jugend ist ermüdend. Weg, abtreten!«

Die kleine Hand zog mich fort, und ich klammerte mich daran. Wir waren schon aus der Tür, als uns die Stimme hinterherdonnerte:

»Sieh mal einer an! Jetzt, wo sie läuft, sehe ich, daß sie auch anmutig ist. Hör mal, Cavallina, wo sie nun nicht häßlich ist, können wir sie auch mitnehmen, was meinst du?«

»Natürlich, Maman, darüber würde ich mich sehr freuen.«

»Gut! Fort mit euch! Ist genehmigt. Aber jetzt mir aus den Augen. Und du, hast du verstanden, Mädchen? Statt morgen die Spazierfahrt bis ins Dorf zu unternehmen, kannst du mit uns in die Mittagsmesse gehen. Aber bitte pünktlich! Und zieh um Himmels willen ein ordentliches Kleid an. Ein etwas fröhlicheres Kleid, wenn ich bitten darf. Denn dieses Blau ist so trist, daß mich die Trostlosigkeit eines Winterabends überkommen hat, seit du vor mir stehst. Los, macht, daß ihr wegkommt!«

22

Und wir machten, daß wir wegkamen, oder besser gesagt, die kleine Hand zog mich fort, denn ich hatte weder die Kraft stehenzubleiben noch mich zu bewegen. Die Hand zog mich über Korridore und Treppen, bis ich die Vorhänge des Gangs, der zu meinem Zimmer führte, wiedererkannte. Bei dem Gedanken, in die Einsamkeit dort zurückkehren zu müssen, wurde ich langsamer und drückte ihre Finger noch fester. Das bedauerte ich sofort, denn sie fiel beinahe hin:

»Oh, entschuldigt!«

»Das macht gar nichts! Ich habe mir nicht weh getan, bin ja nicht einmal hingefallen.«

Ich betrachtete sie: Wie sie so still dastand, bemerkte ich ein Ungleichgewicht in ihrer kleinen, mageren Figur, so als ob eine ihrer Schultern kürzer sei als die andere.

»Fürchtest du dich vor der Mama, daß du mich so anschaust und meine Hand so fest drückst? Beim ersten Mal geht das jedem so, aber irgendwann gewöhnt man sich daran.«

Irgend etwas in diesem Gesichtchen voller Seide – selbst bei dem wenigen Sonnenlicht leuchteten die Wimpern golden – ließ mir warm ums Herz werden und mich einen Moment lang meine Vorsicht vergessen.

»Nein, ich fürchte mich vor meinem Zimmer.«

»Vor deinem Zimmer? Was stimmt denn mit deinem Zimmer nicht? Wenn du magst, gehen wir zusammen hinein, und ich sehe nach. Vielleicht ist es traurig ... In diesem Haus gibt es viele traurige Zimmer ... Zimmer voller schrecklicher Geschichten. Ich hoffe nur, daß sie dir nicht so eins gegeben haben. Erlaubst du, daß ich mit dir hineingehe, oder möchtest du allein bleiben, um zu beten, so wie du es immer tust?«

Ich war drauf und dran zu sagen: »Von wegen beten!« Ich hatte sogar Angst, das schon gesagt zu haben, als ich meine Stimme hörte (glücklicherweise war mir die Vorsicht zur zweiten Natur geworden):

»Nein, kommt nur, ich freue mich. Ich werde später beten. Ich habe so viel gebetet und Madre Leonora so beweint, daß ich in Eurer freundlichen Anteilnahme, junge

Fürstin, ein Zeichen Gottes sehe. Vorher habe ich so sehr gefroren.«

»Ja, das merke ich. Und ich merke auch, daß du wie die Tante sprichst. Du mußt sie sehr gern gehabt haben, wenn du so klingst und mich so anschaust wie sie. Es hängt eine Fotografie von ihr, als sie jung war, im rosa Salon, ich zeige sie dir, du siehst ihr ähnlich.«

»Auch Ihr seht ihr ähnlich, junge Fürstin.«

»Natürlich! Aber nenn mich nicht junge Fürstin, sondern Beatrice.«

»Beatrice? Aber Eure Mutter hat doch ...«

»Cavallina, ja, so nennt sie mich ... aus verschiedenen Gründen. Sie behauptet, daß Beatrice nicht zu mir paßt und daß Papa sich getäuscht hat, als er mich nach Dantes Beatrice benannte. Die sei zu vollkommen gewesen, sagt sie. Aber Dante war nun mal Papas Lieblingsdichter. Doch jetzt komm, sehen wir uns dieses Zimmer an. Komm ...«

Und während sie mich weiter an der Hand zog, die inzwischen in der ihren glühte, öffnete sie entschlossen die Tür, und ich folgte ihr glücklich. Genau wie der Dichter hatte auch ich meine Beatrice mit Heiligenschein und allem, was man brauchte, um der Hölle zu begegnen, die für mich dieses Zimmer gewesen war.

Als ich eintrat, erfüllte die Flut ihrer goldenen Haare den Raum mit so viel Licht, daß ich mich beinahe schämte, mich beklagt zu haben. Aber nachdem sie einen Moment lang in der Mitte des Raumes stehengeblieben war und den Fußboden angestarrt hatte, sagte sie:

»Nein, das ist wirklich kein schönes Zimmer, aber ich kann dir versichern, daß hier niemand gestorben ist. Keiner dieser Gegenstände ist mit irgendeinem Unglück verbunden. Nein, hier ist wirklich niemand gestorben, hier hat vorher ein englisches Fräulein gewohnt, das uns verlassen hat, um zu heiraten. Leider, denn sie war nicht nur richtig hübsch, sondern hat auch sehr gut unterrichtet. Jetzt sucht Maman schon seit einem Jahr eine andere, aber aus London schicken sie uns nur Fotografien von alten, häßlichen Frauen. Allein diesen Monat habe ich schon zehn aussortiert, stell dir vor, wenn Maman die gesehen hätte!«

Und meine Beatrice lachte, während sie durch das Zimmer ging, die Wände berührte und die Vorhänge untersuchte. Bis sie plötzlich außer Atem stehenblieb, so als ob sie das Gleichgewicht verloren hätte, obwohl sie gar nicht gerannt war. Sie schaute mich an, dann wurde sie ernst und starrte auf den Saum ihres Kleides. Das war es: Meine Beatrice war nicht so vollkommen wie die des Dichters – sie hinkte. Als ich sah, wie blaß sie geworden war, versuchte ich sie anzulächeln, aber meine vermaledeiten Lippen wollten sich nicht bewegen. Ich würde mir eine Übung ausdenken müssen, um lächeln zu lernen.

»Du lächelst mich so traurig an …«

Ja, ich mußte mir wirklich eine Übung ausdenken.

»Tue ich dir etwa leid?«

Dieses »Tue ich dir etwa leid« löste die Knoten der Vorsicht, die mich hielten, und ich stand plötzlich neben ihr und umarmte sie beinahe.

»Wieso solltet Ihr mir leid tun, Ihr seid wunderschön, und auch wenn Ihr …«

»Also hast du es gemerkt? Um so besser! Dann muß ich mich wenigstens vor dir nicht mehr anstrengen.«

»Wozu denn anstrengen?«

»Weiß du, Modesta, wenn ich mit der Mama zusammen bin, muß ich mich immer zwingen, sowenig wie möglich zu hinken, sonst fängt sie an zu schreien. Du hast doch gehört, wie sie schreit. Vor allen Fremden muß ich mich bemühen, meinen Makel zu verbergen. Aber da du es gemerkt hast und ihr nichts sagen wirst, muß ich mich bei dir nicht mehr anstrengen. Ich sehe dir an, daß du aufrichtig bist. Was für eine Erleichterung! Mir tut das Bein so weh, wenn ich mich so anstrenge.«

Und so war es wohl wirklich, denn sie setzte die Inspektion des Zimmers vor Freude hüpfend fort – Cavallina, das Pferdchen.

Diese kleine Unregelmäßigkeit des linken Fußes ließ ihre schmale Taille noch zarter erscheinen, so daß man sie an sich drücken wollte wie eine Kostbarkeit, die jeden Moment zerbrechen konnte. Ich erinnerte mich an die Vorsicht, die mich langsam verließ, und faßte Beatrice nicht um die Taille. Aber um meine Hände zu rechtfertigen, die ihr zu nahe gekommen waren, sagte ich:

»Was für ein schöner Gürtel, das ist ein wunderbares Rot!«

»Aber Modesta, das ist doch kein Rot, sondern Bordeaux! Oh, entschuldige, das sind natürlich alles Dinge, die dich nicht interessieren ... Genau deshalb konnte ich mich nicht entschließen, dir zu sagen, weshalb dein Zimmer nicht so fröhlich ist wie meins. Du betest immer und bist so ernst!«

»Aber nein, Beatrice, sagt es mir doch, ich möchte es gern wissen.«

»Es liegt daran, daß es hier keinen Spiegel gibt. Siehst du den Schatten dort auf der Tapete? Hier hat einmal ein Spiegel gehangen. Sie sind wunderschön, weißt du, die mit den vergoldeten Rahmen aus geschnitzten Blumen. Ich habe so einen in meinem Zimmer ... Wer weiß, wieso sie ihn abgenommen haben? Deshalb wirkt das Zimmer traurig. Ach so, jetzt weiß ich, warum! Im Kloster haben in deinem Zimmer auch keine Spiegel gehangen, nicht wahr? Und sicher willst du auch keinen, das ist zu eitel. Quecksilber hat mir erzählt, daß du dich nicht einmal in dem kleinen Spiegel über dem Toilettentisch betrachtest, wenn du dich kämmst.«

»Ja, es ist uns nicht erlaubt, uns im Spiegel anzusehen.«

»Ach so. Jedenfalls, deshalb ist das Zimmer traurig. Wenn hier ein Spiegel hinge, würde er selbst die wenige Sonne, die heute scheint, einfangen ... Siehst du, man hatte ihn extra so angebracht, daß er noch den kleinsten Lichtstrahl, der durch das Fenster hereindringt, erhascht. Natürlich, so wirkt die Tapete erloschen. Wenn du willst ... vielleicht würde es dir nicht schaden. Und vielleicht könntest du trotzdem beten, wenn du willst ...«

»Ich werde darüber nachdenken.«

23

Und ich dachte darüber nach. Statt zu beten, dachte ich: Hatte ich alles falsch gemacht, so wie mit dem Kleid? Vielleicht sollte ich meine Vorsicht über Bord werfen? Oder vielleicht waren die hier so wie Madre Leonora und Schwester Costanza, die anders redeten, als sie dachten?

Wenn ich mit Beatrice im Garten, im Musikzimmer oder im Pfauensalon zum Tee war, schien mir alles klar. Alles, selbst ihr unsicherer Schritt, sagte mir, daß ich ihr vertrauen und lächeln konnte. Aber wenn ich allein war, packte mich erneut der Zweifel und führte mich auf meinen alten Weg der Vorsicht zurück. Ein Weg, der traurig war und nur ins Kloster führte. Aber wenigstens kannte ich diesen Weg. »Besser der Spatz in der Hand als die Taube auf dem Dach«, hatte meine Mutter immer gesagt.

Und wenn das nun einmal mein Schicksal sein sollte ... Schicksal, noch so ein Wort meiner Mutter. Gab es überhaupt so etwas wie das Schicksal?

»Aber was denn für ein Schicksal! Das Schicksal dieses Fleckchens Erde wäre es gewesen, eine Lavawüste zu bleiben, und wir haben es in drei Generationen in ebenso fruchtbares Land verwandelt wie das unten im Tal. Schicksal – alles nur unnützes Weibergeschwätz!«

Mimmo hatte recht. Ich wollte keines von diesen Weibern sein. So wie die Fürstin wollte ich werden, die war wirklich eine starke Frau mit dem Willen eines Mannes. Wenn sie doch nur weiter geschrien hätte! Aber nach dem ersten Wutausbruch schwieg sie. Jeden Tag kam sie zum Tee und folgte uns mit ihren Blicken, schwieg aber. Und diese Stille machte mir mehr Angst als das Geschrei zuvor. Auch ich mußte meine Lippen fest verschließen und zuhören, Beatrice zuhören. Vielleicht würde ich, wenn ich ihrer Stimme folgte, genau wie Dante den Weg aus diesem Wald aus Seide, Marmor, Lächeln und Gold finden. Und sie schien wirklich die Beatrice von Doré zu sein, als sie die Arme hob, wie über einem Abgrund schwankend vor Anstrengung, gerade zu stehen, um mir ein geschlossenes Fenster im obersten Stockwerk zu zeigen.

»Du hast sicher schon bemerkt, daß es immer geschlossen bleibt? Dort wohnt das ›Ding‹, wie die Mama es nennt.«

Oder sie flog plötzlich leicht die Treppe hinauf, verschwand einen Moment hinter der Biegung eines Korridors, um gleich wieder aufzutauchen und mich mit ihrer kleinen und schnellen Hand – dem Flügel eines Vogels? – aufzufordern, ihr zu folgen.

»Siehst du, das sind alles Porträts unserer Vorfahren. Die Mama hat sie weit weg verbannt, sie haßt sie. Unten im Salon hängen, wie du gesehen hast, nur Landschaften, Madonnen und Kreuzigungen. Hier sind wir im Kreise der Familie ... Aber mir gefallen sie! Es sind alle da, außer der Großmutter. Die wollten sie hier nicht haben, weil sie eine Bürgerliche war, aber ich habe alles darangesetzt, daß man sie mir in mein Zimmer bringt. Ich zeige sie dir später. Sie ist zu Pferde porträtiert ... Und jetzt, wo ich dir beinahe alle vorgestellt habe, komm, damit ich dich zu Ildebrando führen kann.«

Ich trat in ein kleines, aufgeräumtes Zimmer mit nur wenigen Möbeln, das aber voller Spielsachen, Eisenbahnen und Dampfschiffe war. Auf einem Tisch stand ein großes Haus aus Bauklötzen, das beinahe wie gemauert aussah. Ich schaute mich um, sah aber nur einen Rollstuhl. Ich wollte eigentlich schweigen, konnte es aber nicht lassen zu fragen:

»Ist er draußen?«

»Nein, er ist tot. Es ist nur so, daß dem Testament meines Vaters, des Fürsten, zufolge alle Zimmer so bleiben müssen, wie sie sind, damit diejenigen, die fortgegangen sind, wiederkommen können, wenn sie wollen. Auch sein eigenes Zimmer dort oben ist unberührt geblieben. Manchmal ist mir, als könnte ich seinen Tabak riechen. Er hat Pfeife geraucht. Hier dagegen riecht es nach gar nichts, vielleicht, weil ich ihn nicht kennengelernt habe, wer weiß? Er war Mamans älterer Bruder und ist mit zehn oder zwölf Jahren gestorben, lange bevor ich geboren wurde. Nach dem, was sie mir erzählt haben, hat er so etwas wie Gelenkrheumatismus gehabt und ... dann die Schwindsucht und, was weiß ich, das Herz, glaube ich, und so ist er von uns gegangen ... Wenn du ihn besser kennenlernen willst, dort ist eine Fotografie von ihm. Sieh nur, was für ein schönes Gesicht er hat, er sieht aus wie eine Frau, nicht wahr? Aber der Körper … Komm, komm, wir gehen zu Tante Adelaide.«

Inzwischen wußte ich, daß hinter der Tür, die Beatrice aufriß, keiner war, und hoffte, ich würde nicht mehr so staunen. Das Staunen ist ein Feind der Vorsicht. Aber das Gezwitscher von Hunderten von Vögeln, das mir bei meinem Eintritt entgegenschlug, ließ mich zur Salzsäule erstarren, wie Tuzzu immer sagte.

»Schau nur, wie wunderbar! Die Käfige hat sie sich aus Paris kommen lassen; sie sehen aus wie kleine Kathedralen, nicht wahr? Sie wollte, daß sich ihre Vögel so fühlen wie in Freiheit.«

»Hat sie denn hier geschlafen? Bei all dem Lärm?«

»Ja, in dem Bett dort hinten. Außerdem gehen die Vögel abends ja auch schlafen. Siehst du diese Vorhänge um die Käfige herum? Abends zieht Quecksilber sie zu, und dann schlafen sie. Als die Tante lebte, hat sie das selbst gemacht. Sie hat nur für ihre Vögel gelebt. Damals waren es noch viel mehr, aber seit Adelaide gestorben ist, sind auch sie nach und nach eingegangen. Sie hatte nicht nur Vögel, sondern auch Enten und Katzen. Und die Tauben oben im Taubenschlag. Um die kümmert sich jetzt der Sohn des Gärtners. Irgendwann nehme ich dich mit dorthin. Als sie noch gelebt hat, bin ich gern zu ihr gegangen, aber sie wollte niemanden sehen, nicht einmal mich. Vielleicht, weil ich sie an Tante Leonora erinnerte. Anscheinend wollte sie von dem Tag an, an dem Leonora ins Kloster ging, niemanden mehr sehen. Sie hat meinen Vater gehaßt und immer gesagt, es sei seine Schuld gewesen. Sie hat mit allen gestritten und sich nur noch um ihre Gottesgeschöpfchen, wie sie sie nannte, gekümmert. Ich weiß nicht, ob das stimmt, aber man hat mir erzählt, daß sie, wenn eines ihrer Tierchen starb und Eier zurückließ, diese selbst ausbrütete. Man hat mir auch erzählt, daß es ihr mehr als einmal gelungen sei, ein Küken schlüpfen zu lassen. Vielleicht hat sich das auch nur irgendwer ausgedacht ... Ich weiß es nicht, ich erzähle dir nur, was man mir gesagt hat. Aber jetzt komm, es reicht mit der Familie. Ich habe große Lust, mit dir zusammen Klavier zu spielen. Ich weiß, daß du besser bist als ich, aber ich hinke gern neben dir her. Und außerdem, sagt Maman, ist mein Anschlag viel besser geworden, seit ich mit dir zusammen spiele.«

Schon bald würden ihre kleinen Hände neben mir herhinken, wie sie es ausdrückte. Diese zitternden, unsicheren Klänge füllten meine Brust mit einer nie gekannten Zärtlichkeit und waren mir gar nicht lästig. Und außerdem würde ich sie, wenn wir vierhändig Klavier spielten, mindestens ein oder zwei Stunden lang neben mir spüren.

24

»Heute vormittag bringe ich dich in den anderen Flügel der Villa. Auf, komm. Aber was hast du denn? Hast du geweint? Deine Augen sind ganz gerötet. Ich wette, daß du wegen Tante Leonora geweint hast; das will ich nicht! Ich will das nicht, komm mit ...«

Die Erinnerung an dieses gemeinsame Spiel voller Zärtlichkeit hatte mich kein Auge schließen lassen: die vielen Läufe, die Clementi-Sonatinen – meine Finger zitterten genauso unsicher wie die ihren –, ihr schlingernder Gang über die leeren Korridore, die goldene Flut ihrer Haare, die vor jedem Fenster im Licht erstrahlten ... Cavallina war gefährlich. Diese schweigsame Alte, die sich in irgendeinem Zimmer eingeschlossen hatte, beobachtete uns. Quecksilber hatte recht, sie begriff alles. Außerdem war sie die Schwester von Madre Leonora. Das durfte ich nie vergessen.

»So, das ist das Zimmer von Onkel Jacopo, schließ einen Moment lang die Augen, damit du dich an das Halbdunkel gewöhnst. ›Nur bei Sonnenuntergang ist dieses bösartige Licht erträglich‹, hat er immer zu mir gesagt. Und bei anderen Gelegenheiten hat er gescherzt: ›Wann löschst du endlich die Sonne, diese *merde*?‹ Er hat immer *merde* gesagt, vielleicht, weil er in Paris studiert hat und Republikaner war. Onkel Jacopo war Mamans Lieblingsbruder, nur haben sie sich immer gestritten, und zwar, weil er auch ein Ketzer war. Hier in diesem Zimmer stehen lauter skandalöse Bücher. Es ist verboten, sie zu lesen. Ich bin immer sehr neugierig darauf gewesen, habe es aber nie gewagt, eins herauszunehmen, auch wenn der Schlüssel dort in der Vase liegt, wo er ihn aufbewahrt hat ... Aber was hast du denn, daß du so blaß wirst? Weil er ein Ketzer war? Ja, ich weiß, sie sind gegen Gott und lesen all diese Bücher gegen Gott, aber er war ein guter Mensch, glaub mir. Oder ist es das Skelett, das dir Angst macht, und all diese komischen Dinge? Auch ich fürchtete mich davor, als ich klein war. Aber wenn ich ihn dann reden hörte, war die Angst wie weggeblasen. Wenn du wüßtest, was für eine sanfte Stimme er hatte! Ich bin immer hierhergekommen, um ihm mit seinen Sammlungen von Schmetterlingen, Muscheln und Mineralien zu helfen. In diesen Gläsern hielt er lebendige Sachen. Ich weiß nicht genau, warum ... Er hat Versuche gemacht. Er hat viele Bücher geschrieben und in Frankreich und Rom veröffentlicht. Maman sagt, daß man nichts von dem begreift, was da drinsteht. Er war Arzt und auch Chemiker, weißt du? Diese komplizierten Sachen ... Ich hatte ihn sehr gern, auch wenn er Gott und die Priester verfluchte. Und außerdem hat er mir einen großen Gefallen getan. Er hat so lange herumgeschrien, bis er Maman überzeugt hatte, daß ich nicht mehr sticken muß. Das war immer eine Quälerei für mich. Er hat gesagt, daß Frauen beim Sticken verblöden. Nur einmal habe ich ihn dazu gebracht, mir zu erklären, warum er nicht an Gott glaubt. Er sagte, daß Gott eine zu einfache, oder nein, vielleicht sagte er auch, eine zu bequeme Erklärung für die Schönheit und das Geheimnis der Schmetterlinge sei. Er sagte außerdem, daß das Schöne und das Häßliche eigentlich eins seien, daß man beides nicht voneinander trennen könne, daß ... Warte mal, wie hat er sich ausgedrückt? Ach ja, daß das Schöne aus dem Häßlichen hervorgeht und das Häßliche aus dem Schönen und so weiter. Es ist sehr kompliziert. Wenn er so geredet hat, war es schwer, ihn zu verstehen ... Und aus all diesen Gründen wollte er sich nach seinem Tod verbrennen lassen, aber das darfst du ja niemandem sagen. Siehst du dieses Gefäß dort auf dem Kamin? Darin ist seine Asche aufbewahrt. Komm, was stehst du da wie angewurzelt herum? Er war wirklich nicht böse, Modesta, auch wenn ...«

Endlich hatte ich einen anderen Ketzer gefunden. Diese Bücher, die mir aus dem Halbdunkel zuzwinkerten, zogen mich mehr an als Beatrices sprudelnde und schmeichelnde Stimme. Wenn sie nicht dagewesen wäre, hätte ich sofort eins dieser Bücher in die Hand genommen, mindestes eins ... Aber jetzt zog sie mich weg, und ich mußte vorsichtig sein. Ich ließ mich von ihrer warmen Hand die Treppen hinunter in das letzte Zimmer rechts führen, das zum Teich hinausging. Dieses Zimmer war so anders, daß ich nicht wagte einzutreten. Fenster, die die gesamte Wand vom Boden bis zur Decke einnahmen, ließen das Licht und die Bäume bis an lange weiße Holztische herankommen, mit merkwürdigen Lampen, die wie dünne Schlangen mit großem, zurückgebogenem Kopf aussahen. Außer den Tischen waren entlang der einzigen fensterlosen Wand nur Regale angebracht. Vor den Regalen ein Feldbett mit einer graugrünen Decke und einem Kissen, frisch bezogen wie in Erwartung …

»Ja, hier hat er geschlafen. Hier ist es schön, nicht wahr? Aber es war noch schöner, als Ignazio gelebt hat. Schade, daß du ihn nicht kennengelernt hast. Er ist, genau einen Tag bevor du gekommen bist, gestorben. Warum ich keine Trauer trage? Maman will es nicht. Sie sagt, ihr Bruder Jacopo habe zumindest darin recht gehabt. Onkel Jacopo hat immer gesagt, daß es unmenschlich sei, Trauer zu tragen … daß man, wenn man wirklich trauert, die Trauer im Herzen trägt und sie nicht unnötig zur Schau stellen muß. Und ich trauere wirklich. Komm, schau mal, wie schön Ignazio war. Hier hat er seine liebsten Sachen aufbewahrt. Sieh nur: ein Ticket der Londoner *underground* … Das hier ist ein Billett für die Oper in Paris, eine Postkarte aus Weimar. Er hat in London und in Deutschland studiert … Und hier ist eine Fotografie von ihm in Zivil: Die auf seinem Arm, das bin ich, als ich klein war. Aber komm hierher, schau dir die Fotografie in Uniform über dem Feldbett an. Darauf ist er noch schöner, nicht wahr? Die ist aufgenommen worden, als er zur Luftwaffe ging. Weißt du, er hat sogar Flugzeuge entworfen. Er hat immer gesagt, daß die Zukunft der Welt einmal am Himmel auf diesen Flügeln entschieden wird. Sieh nur, das sind seine Zeichnungen. Er hat immer gearbeitet, auch nachts, unter diesen großen Lampen. Auch die Fenster hat er vergrößern lassen. Früher hat er viel Licht gebraucht. Später wollte er dann nicht mehr hinausschauen und hat diese dunklen Vorhänge anbringen lassen. Ich habe sie aufgezogen, als er gestorben ist, weil ich ihn schön und gesund in Erinnerung behalten will. Auch diese Regale sind voll von seinen Entwürfen und Berechnungen. Diese ganzen Fotografien von Flugzeugen erstaunen dich, nicht wahr? Die dort über dem Feldbett, auf der er selbst zu sehen ist, habe ich aufgehängt, danach ... Er wollte nur Flugzeuge an den Wänden. Daran hat es gelegen, sagt Maman, daß er niemanden geliebt hat, nur seine Höllenmaschinen. Aber das stimmt nicht, mich hatte er gern. Nach dem Unglück wollte er nur noch mich sehen. Er ist bereits drei Monate nach Kriegsbeginn verwundet worden. Ein Jahr lang war er dann an dieses Feldbett gefesselt. Er hatte sich damals freiwillig gemeldet. Er hat immer gesagt, daß die Flugzeuge den Krieg sofort entscheiden würden, aber statt dessen ... Dieser Krieg hört gar nicht mehr auf. Warum hört er bloß nicht mehr auf? ... Jeden Nachmittag bin ich zu ihm gegangen, und er ist auf seinem Feldbett immer dünner und blasser geworden und hat mir vom Krieg erzählt, von den Sozialisten, von einem gewissen Mussolini, den er sehr bewunderte, weil der, wie er sagte, an die Jugend glaubt und nicht an diese Alten im Parlament, die so tun, als würden sie sich um Italien bemühen und es statt dessen mit Gräben durchziehen. Er hat Italien sehr geliebt. Er hat immer geraucht, und wenn er schwieg, hat er Rauchringe geblasen ... wie es Männer eben tun. Aber natürlich hast du mit solchen Dingen keine Erfahrung. Weißt du, ich merke, daß du, wenn ich von Männern spreche, wie abwesend wirkst, und vielleicht dürfte ich dir gar nicht von ihnen erzählen. Aber trotzdem ist es schade, daß du ihn nicht kennengelernt hast.«

Von der Schönheit dieses Ignazio geblendet, der von

der Fotografie auf mich herabschaute, hörte ich meine Stimme sagen:

»Leider …«

Entsetzt schaute ich Beatrice an, aber sie war so von ihrem Ignazio eingenommen, daß sie nichts begriffen hatte.

»Ja, leider, denn so stirbt die Familie aus. Er war nämlich der letzte männliche Erbe, der jüngste der Brandiforti. Und wenn er, wie die Mama immer sagt, nicht der Politik verfallen wäre, und da hat sie recht … Denn was interessiert uns Sizilianer dieser Krieg, den der italienische König zu seinem Nutzen führt? Darin waren sich die Mama und Onkel Jacopo einig. Aber an der Universität dort oben in Rom hat Ignazio Feuer gefangen und sich dann freiwillig an die Front gemeldet. Nach nur drei Monaten ist er abgestürzt. Aber das habe ich dir ja schon erzählt, entschuldige. Ich hatte ihn eben so gern. Ich habe ihm immer vorgelesen, er wollte nur mich um sich haben. Manchmal war er erschöpft, dann hat er den Kopf zur Wand gedreht, und ich habe aufgehört zu lesen. Einmal wollte ich gerade aufstehen, um zu gehen, da hat er gesagt: ›Nein, bleib hier, mein Kleines. Ich bin nur müde, aber es ist schön für mich zu wissen, daß du hier bist, natürlich nur, wenn es dich nicht langweilt.‹ Mich langweilen! Ich habe gelebt für diese Nachmittagsstunden, die ich bei ihm verbringen durfte. Nach einer Weile, vielleicht einer halben Stunde oder zwanzig Minuten, hat er sich mir wieder zugewandt, und ich habe weitergelesen. Ich war glücklich mit ihm …«

Bei dem Wort glücklich, vielleicht weil sie lächelte, hüllte mich ihr plötzliches verzweifeltes Weinen in schwarze Nacht. Um uns herum war alles dunkel. Oder war die Sonne untergegangen? Wie lange habe ich ihrer

Stimme gelauscht? In der Dunkelheit folge ich ihrem Schluchzen und umarme sie. Sie zittert am ganzen Leib. Ich spüre ihr seidenes Haar am Hals und an der Wange und beginne zu meiner Verwunderung, sie zu wiegen und ein Lied zu singen, von dem ich gar nicht wußte, daß ich es kannte:

»Schlaf, Beatrice, schlaf, oh, oh,
Schlaf, sonst gibt's was auf den Po.«

Und als ich merkte, daß zwischen dem Schluchzen und den Tränen langsam ein kleines Lachen aufstieg, wiegte ich sie weiter, die Hände um diese Taille gelegt, die mir zarter und kostbarer erschien als alles, was ich mir je hätte erträumen können.

25

»Schlaf, mein Kindchen, schlaf, oh, oh. Wer nicht schläft, kriegt's auf den Po. Schlaf, mein Kindchen, schlaf, oh, oh.«

Beatrices Fähigkeit, blitzschnell vom Lachen zum Weinen zu wechseln, nahm mir den Atem. Jetzt lachte sie, zusammengekauert auf meinem Schoß.

»Weißt du, warum ich lache?«

»Woher soll ich das wissen?«

»Weil du dasselbe Wiegenlied singst, das mir meine Tata immer vorgesungen hat.«

»Deine Tata?«

»Ja, die Amme, die Kinderfrau. Auf dem Festland sagt man Tata, und deshalb mußte auch ich sie so nennen. Das erschien ihnen eleganter, aber meine Tata war Sizilianerin, und ich weiß, daß in diesem Wiegenlied ein schlimmes Wort vorkommt.«

»Dann versteht Ihr also Sizilianisch.«

»Natürlich. Wenn ich mit der Tata allein war, haben wir immer Sizilianisch gesprochen. Ich mag es sehr, aber hier im Haus ist es verboten: Französisch, Englisch, Italienisch, aber kein Sizilianisch. Wieviel sie mir erzählt hat! Sie hat immer Sizilianisch gesprochen, genauer gesagt Palermitanisch. Sie war aus Palermo und sehr stolz darauf. Catania hat sie gehaßt: Die *catanisi* sind falsch, hat sie immer gesagt. Und ich habe mir einen Spaß daraus gemacht, sie damit aufzuziehen. Dann wurde sie wütend, aber danach haben wir uns lachend wieder vertragen. Das waren schöne Zeiten, Modesta, dort in Catania! Das Haus war immer voll. Damals haben alle noch gelebt, und dieser schreckliche Krieg war noch nicht ausgebrochen. Nur den Sommer haben wir in der Villa verbracht, aber auch hier war das Haus immer voll. Ignazios Freunde, du kannst dir nicht vorstellen, wie viele er gehabt hat! Sie waren alle noch so jung, und wenn sie gekommen sind, um ihn zu besuchen, haben sie sich in seinem Zimmer eingeschlossen und laut geredet, weißt du, wie es Männer eben tun. Ich habe dann immer hinter der Tür gestanden, nicht, um sie zu belauschen, sondern weil ich es schön fand, ihre Stimmen zu hören und den Tabakduft zu riechen, der durch die Ritzen zog. Oft sind sie zum Abendessen oder zum Tee mit ihren Schwestern gekommen ... Dann, 1915, sind die ersten fortgegangen. Alle haben immer gesagt, daß der Krieg nur sechs Monate dauern würde, da man ich weiß nicht was für außerordentliche Waffen habe, die ... von wegen! Jetzt sind schon beinahe zwei Jahre vergangen, und immer noch ist kein Ende in Sicht. Und auch die Todesfälle nehmen kein Ende ... Mein Cousin Manfredi ist gleich nach Ignazio gestorben, als ob der ihn gerufen hätte. Und vor zwei

Monaten ist auch Alberto an der Front von … ich weiß nicht mehr, wo, verschollen. Und so sind alle Häuser geschlossen. Die Türen, an denen Trauer hängt, sehen so trostlos aus. Und dann ist das Unglück mit der armen Alessandra passiert, das war die Verlobte von Ignazio.«

Sie schwieg, und ihr Kopf lag schwer an meinem Hals.

»Schlaft Ihr?«

»Nein … Wieso fragst du mich nicht nach Alessandra?«

»Ich weiß nicht.«

»Es stimmt genau, was Maman sagt. Du bist für das Kloster geboren. Du bist überhaupt nicht neugierig. Ich hingegen bin immer neugierig. Ist das eine Sünde?«

»Warum sollte das eine Sünde sein? Kommt, seid nicht traurig. Um Euch zu zeigen, daß es keine Sünde ist, gebe ich zu …«

»Du kannst mich ruhig duzen.«

»Ich gebe zu, daß ich neugierig bin, was es mit dieser Alessandra auf sich hat. Also?«

»Aber du fragst ohne Interesse! Du mußt richtig fragen! Sonst denke ich, daß es doch eine Sünde ist.«

»Erzählt mir doch bitte … Was war das für ein Unglück, das dieser Alessandra zugestoßen ist?«

»Du sollst mich doch duzen.«

»Na gut, also los, erzähl schon.«

»Sie hat sich umgebracht, als sie erfahren hat, daß Ignazio gelähmt ist.«

»O mein Gott! Und wie hat sie sich umgebracht? Gott vergebe ihr! Das ist nun wirklich eine Sünde.«

»Das hat man nie erfahren. Es ist ein Geheimnis. Die einen sagen, daß sie nichts mehr gegessen hat und an Hunger gestorben ist, andere wieder, daß sie sich vergiftet hat, wieder andere, daß …«

»Was?«

»Es ist schrecklich, aber einige sagen, und das scheint auch wirklich die Wahrheit zu sein, daß sie sich im Bad an einem Strick erhängt hat, richtig an einem Strick.«

Während sie das sagte, drückte sie sich an mich und verbarg ihr Gesicht an meinem Hals. War das eine Umarmung? War es möglich, daß auch sie diese Schauer spürte? Mit Madre Leonora hatte ich es genauso gemacht. Also war sie kein Feigling gewesen, sondern hatte sich so verhalten, weil ich damals noch klein war. Jetzt war ich Madre Leonora und mußte so vorsichtig sein wie sie. Aber wie sollte ich diese kleine Hand aufhalten, die sich so harmlos an meinen Busen klammerte, genauer gesagt, an die Binden, die meinen Busen hielten?

»Was hast du denn unter dem Kittel, Modesta? Das fühlt sich ja an wie eine Rüstung. Laß mich mal sehen ...«

»Nicht, junge Fürstin, das ist verboten. Das sind die Binden, die alle Novizinnen tragen.«

»Ach so. Und warum? Du antwortest mir nicht? ... Ich verstehe. Ich spüre, daß du einen größeren Busen hast als ich. Das ist aus Züchtigkeit, damit man ihn nicht sieht.«

»Genau. Nein, laß das. Man darf sie nicht lösen, Beatrice, und außerdem kitzelt es mich.«

»Merkwürdig, mich kitzelt das nicht. Glaubst du mir nicht? Leg deine Hand mal hierhin. Siehst du, mich kitzelt das nicht. Mir wird nur warm davon. Als ich klein war, habe ich immer die Hand an den Busen der Tata gelegt, um einzuschlafen ... Ich bin müde! Läßt du mich die Hand dorthin legen?«

Es hatte keinen Zweck, sie davon abhalten zu wollen. Mit ihrer flinken, kleinen Hand hatte sie einen Weg durch die Binden gefunden, auch weil ich mich nicht mehr so eng einschnürte wie im Kloster, und sie hielt jetzt eine meiner Brüste in der Hand. So hochgehoben, erinnerte sie mich an die abgerissenen Brüste der heiligen Agate. Ich schloß die Augen, um diese Finger nicht zu sehen, die jetzt mit meiner Brustwarze spielten und mich in einen langen Schauer gleiten ließen …

Arme Madre Leonora, was hatte sie nicht alles aushalten müssen! Unbeweglich wie sie damals kam ich qualvoll zum Höhepunkt. Daß die Kleine nur um Himmels willen nichts davon merkte, daß sie bloß nichts merkte! … An meinen Busen geklammert, schlief sie ein. Durch die großen Fenster schaute mißtrauisch der Mond herein, und unter seinem boshaften Blick schimmerten ihre Haare blau. Ich wußte nicht, was ich tun sollte. Es hatte mich so viel Anstrengung gekostet, sie nicht zu streicheln, daß ich mich so müde fühlte wie damals, als ich den ganzen Tag auf der Suche nach Tuzzu durch das Röhricht lief. Tuzzu schaute mich unter dem Blick des Mondes an, aus den Wunden seiner Augen blutete blau das Meer …

»Auch wenn du nichts wiegst, Picciridda, du kannst dich nicht den lieben langen Tag hier herumtreiben, und dann muß ich dich auch noch halb eingeschlafen wegtragen …«

Der Schlaf zog an meinen Haaren, an meiner Stirn … Diese Picciridda wog nichts: eine kleine Katze auf meinem Schoß. Entweder war ich größer geworden oder sie kleiner als normal. Wie alt sie wohl war? Ich verstehe überhaupt nichts mehr, Tuzzu, die Müdigkeit verwirrt mich, und Ignazios Augen, die mich im Dunkeln sanft und boshaft anzwinkern, boshafter noch als der Mond, verwirren mich. Das waren nicht die Augen eines Jungen, sondern eines erwachsenen Mannes. Ihr Bruder? Wie konnte das sein? Sollte ich sie wecken? Das wagte ich nicht. Sie hier schlafen lassen? Das wäre zu kalt gewesen. »Ihr paßt doch auf die junge Fürstin auf? Seid vorsichtig! Die junge Fürstin darf auf keinen Fall frieren. Sie ist sehr zart, außerordentlich zart!«

»Fräulein, Fräulein Modesta! Wie gut, daß ich Euch gefunden habe! Ich habe Euch gesucht, zum Abendessen. Ihr wißt ja, daß die junge Fürstin zart ist, zart und gedankenlos, wie die Fürstin immer sagt, und man muß gut auf sie aufpassen, sie vergißt sogar die Mahlzeiten, wenn sie liest oder durchs Haus läuft ...«

»Oh, sie schläft! O mein Gott, Fräulein Modesta, Ihr wißt nicht, Ihr könnt Euch gar nicht vorstellen, was für Sorgen sie uns macht! Immer muß man sie suchen! Ja, ich helfe Euch, sie zu tragen. Das geht immer so, wenn sie in dieses Zimmer kommt! Ich hatte mir erlaubt, der Fürstin vorzuschlagen, dieses Zimmer abzuschließen. Und was hat sie mir geantwortet? In diesem Haus wird nichts abgeschlossen. Wenn Cavallina sich den Hals brechen will, weil sie durch den Park läuft oder bei Ignazio schläft, bitte sehr! Hier ist jeder sein eigener Herr und darf leben und sterben, wie es ihm paßt. Diese Fürstin ist wirklich ein Original! Aber ich bestehe darauf, daß dieses Zimmer abgeschlossen wird. Wißt Ihr, ich bin keine abergläubische Gans, wie die Fürstin die Frauen aus dem Dorf nennt, aber dieses Zimmer bringt der jungen Fürstin Unglück. Wirklich Unglück! Immer wenn sie hierherkommt, finde ich sie Stunden später weinend oder schlafend und so zerrauft wie jetzt wieder. Das ist nicht normal. Wenigstens seid Ihr jetzt hier! Da trage nicht mehr ich allein die Verantwortung.«

Nur um diesen Redefluß zu unterbrechen, entschied ich mich zu antworten.

»Keine Sorge, Quecksilber, ich kümmere mich um Beatrice. Ja, genau, tragen wir sie auf ihr Zimmer.«

»Und das Abendessen?«

»Vielleicht ist es besser, wenn wir sie schlafen lassen.«

Wir brachten sie hinauf in ihr Zimmer, und kaum daß sie auf ihrem Bett lag, schlug Beatrice die Augen auf:

»Ich habe Hunger!«

»Seht Ihr, wie es geht, Fräulein Modesta, seht Ihr?«

»Ich habe Hunger!«

»Das Abendessen wird im grünen Salon serviert.«

»Nein, ich will hier mit Modesta essen. Hier, habe ich gesagt! Geh weg, weg! Und mach den Mund nicht auf! Irgendwann nähe ich ihn dir noch einmal zu. Sei still und verschwinde, ich will hier essen, mit Modesta!«

Ich fühlte, wie ich erstarrte. Ich hatte sie noch nie so hart reden hören, und wenn sie so schrie, dröhnte ihre Stimme wie die der Fürstin.

»Komm her, Modesta, ich habe extra so getan, als würde ich schlafen, um dich in mein Zimmer zu locken. Ich hatte Angst, daß du nicht hierherkommen würdest. Gefällt es dir?«

Und während ich ihr versicherte, daß es mir gefiel, trat ich zu ihr ans Bett, um herauszufinden, wie alt sie eigentlich war. So aus der Nähe betrachtet, durchzogen kleine Falten die weiße Haut über der Stirn. Oder hatte das Geschrei sie altern lassen? Ich hatte noch nie eine so durchscheinende Haut gesehen.

»Schau mal, das ist der Spiegel, von dem ich dir erzählt habe. Siehst du, wie fröhlich er ist? Hast du dich noch immer nicht entschieden? Und das ist meine Großmutter. Schau nur, wie schön sie war! Diese zwar nicht adelige, aber reiche Engländerin, erinnerst du dich? Niemand von uns hat ihre Schönheit geerbt, wie Maman sagt. Wir haben es nur geschafft, das Geld zu erben, oder eher, wie sie sagt, zu stehlen. Der Großvater war in finanziellen Schwierigkeiten, wie es bei Adligen oft der Fall ist. Und so, immer Maman zufolge, ist diese naive Bürgerliche ein Geschenk des Himmels gewesen, um unserer Familie aus der Patsche zu helfen. Ich muß immer lachen, wenn sie sagt, daß alle Adligen Diebe sind, angefangen bei den Savoyern, mit deren Adel es ja nicht weit her ist. Darüber muß ich immer lachen. Sie ist schön, nicht wahr? Sie ähnelt Ignazio, nicht wahr?«

»Ja, und auch Madre Leonora.«

»Du willst so wie sie Nonne werden, nicht wahr?«

»Ja.«

»Und wann hast du die Berufung erhalten?«

»Im Kloster.«

»Aber was ist die Berufung? Was empfindet man dabei, wie fühlt sich das an?«

Da ich das selbst auch nicht wußte, antwortete ich mit Madre Leonoras Worten:

»Es ist wie Vogelgesang.«

»Genau das hat sie auch gesagt, hat mir Maman erzählt, ich habe sie ja kaum gekannt. Maman sagt auch, daß die Berufung für Tante Leonora ein Unglück gewesen ist, denn sie war reich und hätte eine gute Partie machen können. Aber bei dir ist das ja etwas anderes. Es ist besser, daß du diese Berufung hast, denn mit der kleinen Pension und der Aussteuer von Madre Leonora geht es dir im Kloster besser, als wenn du mit irgendeinem Diener oder, was weiß ich, einem kleinen Angestellten verheiratet wärst. Mit deinem Verstand und unserer Unterstützung, sagt sie, kannst du sogar Mutter Oberin werden.«

Quecksilber hatte recht: Ihre Fürstin war wirklich scharfsinnig.

»Und deshalb soll ich dich nicht von deiner Berufung abbringen, hat sie gesagt. Auch wenn es mir leid tut, weil das bedeutet, daß du in drei Monaten fortgehst, und ich bin so gern mit dir zusammen. Das habe ich ihr auch gesagt, weißt du. Aber sie hat mir geantwortet, daß ich dich in Ruhe lassen soll und daß ich launisch sei. Das stimmt auch ein wenig, aber es ist trotzdem schade, denn wenn du nicht diese Berufung hättest, dürftest du immer bei mir bleiben, denn auch ich werde nie heiraten können.«

»Warum? Ihr seid reich.«

»Ja, ja, ich weiß, aber Maman sagt, daß niemand wissen darf, daß eine Brandiforti verkrüppelt ist. Viele haben schon um meine Hand angehalten. Weißt du, alle Brandiforti bis zur Generation meines Großvaters waren bildschön und gesund. Dann ist irgend etwas mit dem Blut passiert. Das erste Anzeichen dafür war diese Engländerin, die nur einen Sohn hatte, meinen Vater ... Dann ist das ›Ding‹ geboren worden, das, wie ich dir schon erzählt habe, in dem Zimmer mit den immer geschlossenen Fenstern haust. Niemand hat ihn je gesehen, nicht einmal ich. Natürlich war Ignazio schön und stark, aber Maman sagt, daß auch in seinem Gehirn etwas nicht stimmte. Vielleicht ist er deshalb gestorben. Und so sagt Maman, daß unsere Familie wie ein Fluß versiegen wird, den der Berg nicht länger nähren will. Wir sind aus Catania. Dort spendet der Ätna mit dem Schnee das Leben und bringt mit der Lava den Tod. Maman sagt, daß sie sich daran erinnert, wie viele andere fruchtbare Ländereien und Familien sie hat austrocknen und eingehen sehen nach dem Willen Gottes und des Berges.«

26

»Guten Morgen, mein Fräulein. Habt Ihr gut geschlafen? Die junge Fürstin ist heute morgen wie eine Blume erwacht, wie eine Blume! Sie läßt Euch ausrichten, daß nach dem *breakfast* der Musiklehrer kommt. Wenn Ihr wüßtet, wie begeistert sie davon ist, zusammen mit Euch Unterricht zu nehmen! Ja, seit Ihr hier seid, ist die junge Fürstin wieder aufgeblüht! Aufgeblüht, man kann es nicht anders sagen! … Und habt Ihr Euch wegen des Spiegels entschieden? Sie hat auch wegen des Spiegels mit mir gesprochen.«

»Nein, keine Spiegel.«

»Gut. Die Fürstin wird zufrieden sein, aber der jungen Fürstin wird es leid tun. Sie ist schon ganz verzweifelt, daß Ihr nicht auch zum Tanzunterricht mitkommen könnt. So was! Keine Spiegel, kein Tanzunterricht. Tanzen ziemt sich nicht für eine Nonne. Die Fürstin sagt, daß das besser so ist.«

Also war es gut gewesen, vorsichtig zu sein. Einen Diener heiraten! Dann doch lieber Nonne. So werden wie die da! Jetzt, da ich Bescheid wußte, entlarvte ich ihre Fröhlichkeit als rasenden Neid, den sie hinter demütigen Worten und Albernheiten verstecken mußte. Die plumpen Hände, das künstliche, mit zwei Nadeln an die Mundwinkel geheftete Lächeln, in diese schreckliche Schürze gezwängt … bloß nicht! Da würde sie sich lieber an ihre Berufung halten. Wenigstens könnte sie sich dann weiter mit Geschichte und Mathematik befassen und Klavier spielen … Klavier! Beatrice hatte gesagt, daß ihr Lehrer einmal ein großer russischer Konzertpianist gewesen sei. Und wenn sie sagte, daß er sehr gut war, dann stimmte das sicher. Auch der Hauslehrer war so gebildet, daß Madre

Leonora im Vergleich zu ihm wie ein Dummkopf erschien. Die Philosophie ... die könnte sie im Kloster vielleicht nicht weiter studieren ... Sie mußte sich genauer erkundigen. Was für einc reiche und geheimnisvolle Welt war doch »die Welt der Ideen«, wie sie der Hauslehrer nannte. Und er hatte auch gesagt: »Sehr gut, mein Fräulein, Ihr wißt mit den Begriffen umzugehen wie ein Mann.«

Natürlich hatte Madre Leonora ein wenig von Platon erzählt, aber die Sophisten, die Epikuräer ... Und dieser griechische Philosoph, der gesagt hat, daß alles aus dem Zufall heraus entsteht ... wie hieß der noch? Sie mußte fragen. Der Hauslehrer würde ihr antworten.

Sie konnte ohne Furcht fragen. Das wäre im Kloster nicht möglich gewesen. Aber wenigstens könnte sie dort lesen. In den paar Monaten mußte sie fragen, sie mußte den sanften, lächelnden Alten alles fragen. Schade, daß dieser Hauslehrer nicht jung war, das hatte sie so sehr gehofft, aber inzwischen wußte sie, daß auch der Musiklehrer alt sein würde. In diesem Haus gab es nur Frauen und alte Männer. Wer wußte, warum Madre Leonora aus diesem reichen Kloster zwischen die Lavamauern hoch in den Bergen geflohen war? Im Grunde genommen machte es keinen Unterschied ...

»Was träumst du vor dich hin? Oh, entschuldige, vielleicht hast du gebetet! Ich möchte dich so gern dem Maestro Beljajew vorstellen. Du wirst sehen, er wird begeistert von dir sein!«

Durch die angelehnte Tür, eine Hand noch auf dem Vorhang, wogte Beatrice mit ihrer zerbrechlichen, unter weißen, weichen Falten verborgenen Taille herein. Sie trug fast immer nur Weiß.

»Weißt du, daß du beinahe so aussiehst wie die Beatrice von Gustave Doré?«

»Findest du? Ich erinnere mich nicht an sie. Ist das ein Gemälde?«

»Nein! Es sind die Illustrationen der *Göttlichen Komödie* unten in der Bibliothek.«

»Ach ja, dieser Wälzer hat Papa gehört. Dir entgeht wirklich nichts. Und du meinst, daß ich ihr ähnlich sehe? Das mußt du mir nachher zeigen. Komm, gib mir die Hand. Du willst nicht? Aber warum denn?«

Wie konnte ich, nachdem ich sie im Arm gehalten hatte! Allein bei dem Gedanken, ihre Hände zu spüren, riskierte ich, die Vorsicht zu verlieren und mit ihr meine Berufung. Sie jedoch merkt nichts. Mit flinker Hand hält sie mich am Handgelenk fest. Wie gut, daß ich heute morgen die Binden so geschnürt habe, wie es sich gehört.

»Was ist, Beatrice, was ist denn?«

»O Gott! Da kommt er. Hörst du diesen schweren Schritt?«

Und wirklich erbebte die Treppe, so als ob jemand beschlagene Schuhe oder Holzpantinen trüge.

»Mach die Tür zu, ich habe Angst.«

»Ja, aber was ist denn los?«

Da sie inzwischen im Zimmer, an mich geklammert, in Sicherheit war, öffnete sie vorsichtig die Tür und zeigte mir eine Art Riesen, der vom Ende des Flurs her auf uns zukam. Er mußte zwei Meter groß sein, hatte Schultern, so breit wie eine Tür, und einen kleinen, runden und kahlen Schädel auf einem Hals, der an eine Säule erinnerte. Diese Kugel schien eher die Fortsetzung des massiven und muskulösen Halses als ein Kopf zu sein. Der Hals hatte zwei große Augen, so hell, daß sie fast weiß wirkten.

»Wer ist das?«

»Komm, ich begrüße ihn. Wenn du bei mir bist, habe ich vor nichts Angst ... Guten Tag, Pietro.«

»Habe die Ehre, Principessina.«

»Wie geht es Ippolito?«

»Alles bestens, Principessina, alles bestens.«

Er starrte ausdruckslos von oben auf uns herab. Und auch wenn man es an seinem Gesicht schwer erkennen konnte, lähmte ihn das Erstaunen darüber, begrüßt worden zu sein. So unbeweglich sah er aus wie eine Statue.

»Wünschen die junge Fürstin etwas?«

Auch seine schleppende Stimme war ausdruckslos.

»Nein danke, nichts, Pietro, ich wollte nur wissen, wie es Ippolito geht.«

»Es geht ihm nicht schlecht, Gott sei's gedankt. Darf ich mich empfehlen? Küß die Hand, Euer Durchlaucht.«

Er drehte sich steif nach rechts und stieg mit seinem bleiernen Schritt weiter die Treppe hinauf. Das war also das Geräusch, das ich jeden Morgen hörte.

»Er macht einem Angst, nicht wahr, Modesta?«

»Allerdings macht er einem Angst. Aber wer ist das überhaupt?«

»Er kümmert sich um Ippolito. Siehst du, er steigt ins oberste Stockwerk hinauf. Er allein weiß, wie man mit ›dem Ding‹ umgeht, wie Maman sagt. Er jagt mir wirklich Angst ein! Mach die Tür gut zu. Ich habe noch nie mit ihm gesprochen, brr ... was für eine schreckliche Stimme. Dieser Flügel der Villa ist schrecklich: ›das Ding‹, Papas Zimmer, brr!«

»Du hast mir alle Zimmer gezeigt, aber nicht das von deinem Vater, dem Fürsten.«

»Sein Zimmer jagt mir auch Angst ein. Vielleicht ist es häßlich, so über einen Toten zu reden, aber vor dir kann ich nichts verbergen. Tatsache ist, daß ich ... ich erinnere mich nicht mehr daran, wann das war, ... ach ja, als er wollte, daß ich jeden Nachmittag zu ihm komme, um ihm vorzulesen und mich mit Astronomie zu beschäftigen. Da muß ich zehn Jahre alt gewesen sein. Natürlich bin ich nicht so gescheit wie Maman oder du. Auch der Hauslehrer – hast du gemerkt, daß er sich jetzt immer an dich wendet, wenn er etwas erklärt? Also, ja ... ich habe die Astronomie nicht verstanden, und er ist immer wütend geworden. Und so habe ich schon angefangen zu zittern, wenn ich das Zimmer betrat ... Siehst du, es reicht, daß ich davon erzähle, und mir zittern die Hände. Ich weiß nicht, was mit mir los war. Ignazio hat immer gesagt, daß ich gut lese, aber beim Großvater habe ich mich immer verhaspelt.«

»Hast du Großvater gesagt? Aber der Fürst war doch dein Vater?«

»Ja, ja, ich habe mich vertan, verhaspelt, so wie bei ihm damals ... ich, ich ...«

Als wäre sie durch das Zittern kleiner geworden, schmiegte sie sich in meine Arme. Wie machte sie das nur, von weitem so groß zu wirken und in meinen Armen so klein? Und wie machte sie es, so schnell vom Lachen zum Weinen zu wechseln, daß einem schwindelig wurde?

»Darf ich fragen, wie alt du bist, Beatrice?«

»Du hast es verstanden, nicht wahr, Modesta? Du verstehst und siehst alles.«

»Nein, ich habe gar nichts verstanden. Im Gegenteil, bei all diesen Namen, Onkeln, Tanten und Großeltern, beginnt mir der Kopf zu schwirren. Entschuldige, daß ich dir so viele Fragen stelle, es ist nur, daß ...«

»Aber ich mag es, wenn du mir Fragen stellst! Dann wirkst du weniger wie eine Nonne ... Oh, entschuldige! Ich wollte sagen, weniger ernst und mir näher. Ist dein Haar sehr voll? Du trägst es so streng zurückgekämmt, daß man das nicht erkennen kann. Darf ich diesen Knoten lösen, der genau wie der der Tata ist ... Nur einmal!«

»Aber ja, wenn es dir Spaß macht. Ich sehe, daß du wieder lächeln kannst.«

»Komm hierher ans Fenster. Mein Gott, was für eine Menge Haarnadeln! So machst du dir die Haare kaputt. Es ist nicht gut, sie so fest zu stecken.«

»Dort, wo ich hingehe, brauche ich sie nicht. Nach dem Noviziat schneiden sie sie mir sowieso ab.«

»Sag so etwas nicht! Sag das nicht! Ich darf gar nicht daran denken ... Noch zwei Monate, und ... Weißt du, daß wir uns schon einen Monat lang kennen? Geh nicht fort! Geh nicht!«

Jetzt weinte sie in der hintersten Ecke des Zimmers. Das war ihre Art, mich fernzuhalten. Aber inzwischen wußte ich, wie ich sie zurückholen und ihr ein Lächeln entlocken konnte. Es reichte, sie mit etwas Neuem abzulenken. Und so löste ich alle Haarnadeln, bis mir die schweren Zöpfe auf die Schultern fielen – wie lange schon hatte ich nicht mehr diesen lebendigen Druck gespürt, das gleiche Gewicht, wie damals, als ich nach Tuzzu gesucht habe ...

»Wenn du nicht ruhig bist, schneide ich dir die Zöpfe ab und verkaufe sie im Dorf. Schön fest und schwer sind die. Bei Gott, wenn ich es bloß geschickt anstelle, mache ich ein gutes Geschäft.«

»Sind sie denn so viel wert?«

»Aber natürlich!«

»Und was machen sie damit?«

»Perücken für alte Weiber.«

»Und was sind Perücken?«

»Puh, immer diese Fragen. Ich habe keine Zeit und

keine Lust mehr, zu antworten. Sei ruhig, ich muß arbeiten!«

»Ruhig, Beatrice, ruhig! Schau nur, was für eine Überraschung. Nimm mal die Haarnadeln, schau nur!«

»Wie dick sie sind! Mit einem von dir kann man mir und zwei anderen Mädchen Zöpfe flechten ... Aber was ist denn? Du hast ja Tränen in den Augen. O mein Gott, ich habe dich noch nie weinen sehen. O mein Gott! Wer soll das nur Maman sagen? Hast du deine Berufung verloren?«

»Nein, ich habe sie nicht verloren. Madre Leonora hat sie mir geschenkt und ...«

»Also weinst du, weil es dir, auch wenn du die Berufung nicht verloren hast, leid tut, mich zu verlassen. Sag schon, es tut dir leid?«

»Ja, es tut mir leid.«

»Das tröstet mich. Ich hatte Angst, weil alle immer sagen, daß ihr im Kloster nur Gott liebt, das hat auch Tante Leonora gesagt ... Seltsam, mit diesen Zöpfen siehst du viel jünger aus. Wie alt bist du eigentlich?«

»Ich bin am ersten Januar 1900 geboren. Das hat mir der Klosterverwalter gesagt. Er hat immer gesagt, daß man bei mir nicht lange rechnen muß.«

»Also bist du siebzehn Jahre alt, so wie ...«

»Wie wer?«

»Wie ich.«

27

»Komm schon, das hattest du doch begriffen! Ich merke ja, daß du dich gar nicht wunderst. Maman hat recht: Du siehst und begreifst alles. Sie sagt auch, daß sie selten ein Mädchen getroffen hat, das so gescheit und willensstark ist wie du. Außerdem ist sie richtig wütend darüber, daß sie einfach keinen Spitznamen für dich findet. Sie sagt, daß du das Gegenteil von dem Namen bist, den du trägst, und … Aber warum wirst du blaß? Nein, sie ist nicht böse auf dich! Du kennst sie doch, sie ist nur wütend, weil sie es nicht schafft, einen Spitznamen für dich zu finden.«

Voller Schrecken machte ich mich daran, die Haare wieder hochzustecken. Beatrice war naiv, aber die Fürstin nicht, sie durfte mich nicht mit losen Zöpfen sehen!

»Aber was machst du denn da? Nein, laß sie doch unten! Die Haarnadeln habe ja sowieso ich, und ich gebe sie dir nicht. Ich bin so froh, daß du alles begriffen hast. Jetzt muß ich nicht mehr so tun, als hinke ich nicht und als sei ich älter … Aber bitte, laß es die Großmutter nicht merken, daß du alles weißt.«

»Also ist die Fürstin deine Großmutter und nicht deine Mutter?«

»Wie soll sie denn meine Mutter sein? Ich weiß gar nicht, wie alt sie ist. Mir kam sie damals, bevor Ignazio in den Krieg zog, sehr jung vor, aber als sie ihn dann auf der Bahre zurückgebracht haben, ist sie innerhalb weniger Monate ganz weiß und hager geworden. Es tut mir leid, sie so zu sehen. Du kannst dir nicht vorstellen, wie sie noch bis vor zwei Jahren geritten ist … Nicht einmal Carmine konnte ihr folgen.«

»Und wer ist Carmine?«

»Tja. Das ist das Problem. Darf ich dir die Zöpfe lösen?«

»Nein, Beatrice, das ist verboten. Aber wessen Tochter bist du dann?«

»Das darf ich dir nicht sagen. Ich darf es nicht. Du könntest dadurch deine Berufung verlieren, und die ist, wie die Großmutter sagt, dein einziger Besitz.«

»So einfach, wie es dir erscheinen mag, geht das nicht. Wenn sie so tief verwurzelt ist wie bei mir, kann sie einem keiner mehr entreißen. Aber warte mal – hast du gesagt, daß ich dadurch die Berufung ...«

»Genau, jetzt hast du es begriffen! Ja, denn Madre Leonora war meine Mutter. Mein Gott, wie blaß du wirst. Aber ich habe es dir nicht gesagt. Du hast es selbst erraten, nicht wahr? Du hast es erraten! Ich will dir deine Berufung nicht nehmen.«

»Nein, Beatrice, nein, du hast es mir nicht gesagt. Ich habe es selbst erraten.«

»Aber es ist ein Unterschied, ob man etwas ahnt oder ob man es weiß, nicht wahr? Wie blaß du geworden bist!«

»Warte, ich gehe mir das Gesicht waschen, nur einen Augenblick.«

In dem kleinen Bad stützte ich mich auf die Waschschüssel und hätte mich beinahe übergeben. Ich zitterte am ganzen Körper, aber nicht vor Schmerz, wie Beatrice dachte ... Diese verdammte ... der furchteinflößende Verlobte, der Debütantinnenball, ihr Leiden an der Verderbtheit der Welt ... und dann auch noch die Mutter Gottes, die ihr gezeigt hatte, wie schrecklich die Männer waren. Die Gnade, die Berufung! Statt dessen hatte sie einen gehabt, einen Mann!

Um meinen Haß zu zügeln, begann ich mich mit kaltem Wasser zu ohrfeigen, bis ich im Spiegel das Gesicht einer Nonne sah, ruhig und ohne ein Lächeln. Und während es in meinem Kopf weiterarbeitete – verdammte Lügnerin, ich hasse dich –, kehrte ich zu Beatrice zurück, die mich unruhig mit den Haarnadeln in den Händen erwartete.

»Ich habe es dir nicht gesagt, Modesta! Du hast es selbst erraten, du ganz allein!«

»Aber natürlich, Beatrice!«

»Wie ruhig du jetzt bist. Hast du wegen Madre Leonoras Sünde die Berufung verloren?«

»Wer ohne Sünde ist, der werfe den ersten Stein, Beatrice. Und außerdem hat Madre Leonora ihre Sünde in der Einsamkeit und im Gebet abgebüßt. Ich habe nicht gesündigt, und trotzdem fühle ich mich ihrer nicht würdig.«

Voller Schrecken hörte ich die Stimme von Madre Leonora, die aus meinem Munde sprach. Hatte der Haß sie etwa in mir wiederauferstehen lassen? Das Gebet des Hasses vermag alles, es bringt Leben und Tod.

»Und jetzt, du gute Seele, sag mir, wer war dein Vater? Dieser Offizier, dem sie versprochen war?«

»Wenn ich deine Zöpfe hier in der Sonne aufmachen darf, sag ich es dir.«

»Mach nur, Kindchen.«

»Was für eine sanfte Stimme du jetzt hast! Du bist eine Heilige, Modesta! Alles läßt du mit dir geschehen und nimmst es an, ohne dich dagegen aufzulehnen. Wie machst du das nur? Ich wäre so gern wie du! Was für schöne Haare! Darf ich sie kämmen?«

»Aber wer ist denn nun dein Vater, oder weißt du das nicht?«

»Irgendwann zeige ich ihn dir.«

»Hast du eine Fotografie?«

»Die brauche ich nicht.«

»Also ist es jemand, der hier im Haus wohnt.«

»Kalt, kalt ... Nicht ganz, er kommt manchmal ... Hast du ihn noch nicht bemerkt?«

Vor meinem inneren Auge ging ich sie rasch einen nach dem anderen durch: der Priester, zu alt ... der Hauslehrer, der russische Konzertpianist, nein, zu alt ... Dieses magere Männlein, das kam, um »das Ding« zu untersuchen?

»Der Arzt, Beatrice, ist es der Arzt?«

»Kalt, kalt ...«

»Der Notar, der neulich abend da war?«

»Kalt, kalt.«

»Dieser Mann, der ab und zu kommt?«

»Heiß, heiß ... heiß ...«

»Aber nein! Dann ist es ...«

»Erraten! Komm, steh auf, er steigt gerade die Freitreppe hoch ... Ich flüchte immer, wenn er kommt.«

Hinter den Scheiben verfolgten wir eng aneinandergedrängt die langsamen Schritte eines großen, starken Mannes ... Als hätte er unsere Blicke gespürt, hob er den Kopf voller weißer Locken und schaute in unsere Richtung. Zwei blaue Augen ruhten einen Moment lang auf uns. In diesem düsteren Blau blitzten goldene Sprenkel. Er war in Samt gekleidet wie Mimmo, nur daß dieser Samt nicht braun, sondern so tiefblau war, daß er beinahe schwarz wirkte.

»Aber wer ist das? Der Gärtner?«

»Nein, der Verwalter. Siehst du nicht, daß er eine Flinte trägt?«

Aber natürlich! Dieser Mann kleidete und bewegte sich wie Mimmo, trug jedoch an einem Schulterriemen eine Flinte. Zweifel befielen mich. Beatrice war launisch, das hatte die Fürstin gesagt, launisch und wankelmütig. Ob sie mich zum Narren hielt, wie sie es oft mit Quecksilber und den anderen Frauen machte? Ich durfte nicht vergessen, daß sie die Herrin war und daß mich nur der »geweihte Schleier« davor bewahrte, in diesem Hause Dienerin zu sein.

»Das kann nicht sein, Beatrice. Und auch wenn es so

wäre, dürftest du davon gar nichts wissen. Über solche Angelegenheiten erfährt man doch nie etwas.«

Sie reißt sich von mir los, wirft sich aufs Bett und schreit und weint jetzt, während sie mit den Fäusten wie wild um sich schlägt.

»Du nennst mich eine Lügnerin! Um deine Madre Leonora zu retten, nennst du mich eine Lügnerin! Sie war ein Feigling! So wie du! Sie hat mich hier allein gelassen, hier inmitten all dieser Verrückten! Wenn ich nicht die Tata und dann Ignazio gehabt hätte, wäre ich gestorben. Vor Einsamkeit gestorben, vor allen versteckt. Sie haben mich immer versteckt gehalten, was denkst du denn? Ich habe dir doch schon von all diesen Leuten erzählt, die hierher und auch nach Catania gekommen sind ... aber ich habe sie immer nur aus der Ferne gesehen oder von hinter der Tür. Geh nur, wie diese feige Person, die mich verlassen hat!«

Sie wirkte ehrlich. Was sollte ich tun? Ich mußte sie zum Schweigen bringen. Weniger um ihretwillen, denn etwas in meinem Inneren sagte mir, daß ihr diese Tränen guttaten, daß sie so ihrem Herzen Luft machen konnte, um dann wieder ruhig und fröhlich zu sein. Aber was, wenn Quecksilber sie hörte? Und um sie zum Schweigen zu bringen, blieb mir nichts, als sie zu umarmen.

»Du hast recht, Beatrice, es war feige von mir, dir nicht zu glauben, aber du mußt verstehen ...«

Sie lächelte unter Tränen, die ihr über Kinn und Hals rannen. Diese Tränen riefen danach, getrocknet zu werden – das wußte ich inzwischen –, und ich nahm sie in den Arm und streichelte ihr die Wangen, das Kinn und den Hals.

»So hat mich auch Ignazio immer getröstet, wenn ich geweint habe. Er hat mich seinen Privatbrunnen genannt.

Einmal hat er zu mir gesagt: ›Ich habe Durst, darf ich all diese Tränen trinken?‹ Hast du keinen Durst?«

Ich hatte großen Durst und saugte mit den Lippen diese Tränen auf, von denen ich nicht gewußt hatte, wie salzig sie waren.

»Wie salzig sie sind!«

»Wußtest du das nicht?«

»Nein.«

»Wie, hast du noch nie geweint?«

»Doch, aber ...«

»Hast du sie nie probiert, wenn du geweint hast? Wie seltsam, das habe ich von Anfang an getan ... solange ich denken kann. Und dann habe ich entdeckt, daß sie so schmecken wie das Meer, weniger salzig, aber der Geschmack ist derselbe.«

»Hast du schon einmal das Meer gesehen?«

»Natürlich! Du etwa nicht? Aber das ist ja unglaublich! Das ist nicht möglich!«

»Jetzt nennst du mich eine Lügnerin. Paß auf, sonst fange ich auch noch an zu weinen!«

»Dann wein doch! So kann ich auch trinken. Aber wie kommt es, daß du noch nie das Meer gesehen hast?«

»Ich bin in den Bergen geboren, aber es gab jemanden, der mir immer davon erzählt hat.«

»Dein Bruder?«

»Beinahe.«

»Du erzählst nie von dir.«

»Das ist verboten.«

»Lügnerin!«

»Paß auf, sonst fange ich an zu schreien und zu weinen.«

»Genau das will ich ja.«

»Und warum?«

»Das habe ich dir doch gesagt, weil ich Durst habe und außerdem müde bin. Darf ich meine Hand an deine Brust legen?«

Sie wartete keine Antwort ab, sondern machte schnell meinen Kittel auf und gab sich, als sie die Binden löste, diesmal nicht damit zufrieden, mir die Hand an den Busen zu legen, sondern zog ihn ganz heraus. Ich schloß die Augen, um die Qual besser zu ertragen, bis ich dachte, sie sei eingeschlafen, weil ich nichts mehr hörte, und sie ansah. Sie schlief nicht. Mit großen Augen betrachtete sie meine Brust.

»Wie groß und fest sie ist! Und noch schöner als die der Tata, und auch die Brustwarze ... ist hell. Die von der Tata war schwarz. Gibst du mir von deiner Milch?«

Ohne mir Zeit für eine Antwort zu lassen, fing sie mit den Lippen an zu saugen, so als würde sie wirklich trinken.

»Jetzt habe ich keinen Durst mehr. Du bist dran.«

Mit sicheren Bewegungen zog sie ihre Brust hervor und zwang mich mit unerwartet starker Hand, so an ihrer Brustwarze zu saugen, wie sie es bei mir getan hatte.

»Ja, genau so, trink nur. Du mußt die Augen schließen, das löscht den Durst besser.«

28

Ich kniff die Augen zu und erstarrte vor Bestürzung.

»Nun saug schon, sei eine brave Picciridda. Wenn du nicht trinkst, dann wirst du nicht groß und stark, sondern verkümmerst, und dann kommt der dürre Sensenmann, um deine Knochen einzusammeln. Trink, meine Picciridda, damit du groß und stark wirst ... Ruhig, ruhig, meine Picciridda.«

Doch ich konnte mich nicht entspannen. Starr und unbeholfen sah ich sie so mit meinem Busen, meinen Haaren und meinen Ohren spielen. Wie war das möglich?

»Du bist ja ganz kalt und verschwitzt, Modesta. Jetzt trockne ich dich ab. Es liegt doch nicht etwa daran, daß du denkst, das sei eine Sünde? Was ist denn schon dabei? Wir sind doch beide Frauen, da kann man nicht schwanger werden.«

Über diesen Einfall mußte ich laut lachen … Tuzzu hatte auch gelacht, als … »Diese Picciridda hat schon wieder einen Einfall gehabt – typisch für die freche Göre!«

Ich glaubte zu lachen, aber statt dessen merkte ich zu meiner Überraschung, daß ich an ihrer Brust weinte. Jetzt war sie groß, und ihre Arme beschützten mich.

»Wie, du weinst? Nicht weinen. Es ist keine Sünde, das kannst du mir glauben. Komm, damit ich all diese schönen salzigen Tränen trinken kann.«

Ich ließ mich gehen. Ich fror.

Aber langsam löste sich das Eis der Verwunderung unter ihren Zärtlichkeiten, und eine nie gekannte Wärme ließ mich sagen:

»Nein Beatrice, es ist keine Sünde.«

So liebte ich das erste Mal im Leben und wurde wiedergeliebt, wie es in den Romanen heißt. Das ist so selten, daß ich mich noch heute an das Gefühl der Leichtigkeit erinnere, mit dem ich morgens die Augen öffnete, des neuen Abenteuers gewiß, das aus unserer Umarmung erwachsen würde. Zusammen liefen wir durch die Zimmer, den Garten und die Palmenallee … Der Unterricht und der Fünf-Uhr-Tee waren die einzigen Unterbrechungen unserer Zweisamkeit. Aber diese Pausen waren leicht zu ertragen, denn immer versicherte uns entweder ein Blick oder eine Berührung unter dem Tisch oder ihre Schulter, die mich beim Klavierspiel streifte, daß wir bald wieder zusammen sein würden.

»Spielen wir Tata und Kind?«

»Ja.«

»Diesmal bist du die Tata und ich das Kind.«

»Bist du lieber Tata oder Kind?«

»Das ist mir egal, solange ich in deiner Nähe sein und dich umarmen kann.«

»Mir auch ...«

Indem ich mich ihr hingab, entkam ich dieser Hölle aus Zweifeln, Binden und Lavamauern. Das Kloster entfernte sich, sobald ich ihr in die Augen schaute, es versank hinter mir, und ich sah endlich wieder die Sterne. Vielleicht war die Liebe das Paradies? Ich wußte nicht, was dieses Wort bedeutete: »Die Liebe, die beweget Sonn' und Stern.«

Sicher, wenn sie mich umarmte, drehte sich alles um mich herum. Es war anders als mit Tuzzu oder Madre Leonora. Eine nie gekannte Zärtlichkeit beruhigte mich zwischen diesen Bäumen, die sich um die Sonne drehten, und sagte mir, daß ich nicht untergehen würde.

Wenn sie mich auszog, hörte ich von ihr, welche Farbe meine Haut, wie viele Leberflecke ich auf dem Rücken hatte ...

»Aber du hast ja auch eine schmale Taille, du trägst bloß kein Mieder. Siehst du, sie ist beinahe so schmal wie meine. Glaubst du mir nicht? Jetzt hole ich gleich das Maßband. Außerdem bist du größer als ich und hast breitere Hüften – und du hinkst nicht.«

Auf dieses Wort folgten immer Tränen. Um die zu stillen, konnte ich nur das ein wenig dünnere und kürzere Bein küssen.

»Findest du es nicht abstoßend?«

»Aber wieso denn abstoßend? Es erfüllt mich mit Zärtlichkeit, Beatrice, wie kommst du denn darauf?«

»Das hat auch die Tata immer gesagt. Läßt du mich von deiner Milch trinken, so wie sie?«

»Erst hülle ich dich ganz in meine Haare ein.«

»Ja, ich friere so.«

Und sie tat, als sei ihr so kalt – in der Sonne –, daß sie zitterte.

»Und das da zwischen den Beinen, was ist das?«

»Eine Wiese.«

»Darf ich die Lippen darauf legen und fühlen, wie weich das Gras ist?«

29

Aber an diesem Morgen war das Gras unten auf der Wiese feucht.

»Hast du das Gewitter heute nacht gehört? Das erste Sommergewitter. Bald wird es Herbst, Modesta.«

Wolkenmassen, die sich am Horizont türmten, verstellten uns den Blick wie eine hohe Lavamauer. Ich hatte diese Mauer schon vergessen.

»Bald mußt du gehen ... Bleib hier bei mir, Modesta!« Inzwischen sagte sie das leise, wie ein Gebet, das nie erhört wird, oder wie einen abgenutzten Kehrreim: »Bleib hier, bleib hier.« Ich umarmte sie, damit sie nicht sah, wie sehr auch ich das wollte. Nur wenn ich das Gesicht an ihrer Schulter verbarg, konnte ich sagen:

»Gott ruft mich.«

Auch ich wollte jetzt nicht mehr weggehen, wo Beatrice meinen nackten Körper küßte und ich sie küssen durfte, wann immer ich wollte. Was interessierte es mich, daß auch dieses Haus eigentlich ein Kloster war und es keine Männer gab? Was interessierten mich die Männer jetzt, da ich sie hatte? Dort, wohin ich zurückkehren mußte, hatte ich nur diese einsame Liebe, von der ich inzwischen wußte, wie man sie nannte: Masturbation. Was für eine traurige Angelegenheit, etwas für Nonnen, dachte ich und mußte lachen.

»Was ist, lachst du?«

»Ja.«

»Und warum?«

»Ich weiß nicht.«

»Weißt du, daß du ganz anders wirkst, wenn du lachst? Wenn du nur die Binden wegwerfen und ein Mieder tragen würdest! Oder wenn du dir wenigstens die Haare etwas weniger streng frisieren ließest, mit einer herabfallenden Locke, so wie ich. Quecksilber ist sehr geschickt darin.«

»Ich würde mich nie von Quecksilber anfassen lassen.«

»Wenn es nur das ist, ich kann das auch sehr gut und weiß, wie man einen Chignon steckt.«

»Ich darf nicht, Beatrice. Und außerdem, was hat das jetzt noch für einen Zweck, für so kurze Zeit? Noch zwanzig Tage, und dann …«

Wie hätte ich nicht weggehen können? Wie hätte ich vor den Augen der Fürstin und Beatrices selbst so plötzlich meine Berufung verlieren können? Und wenn Beatrice dann meiner müde würde? Nein, es war nichts zu machen.

»Ich habe es ihr gesagt, weißt du, ich habe der Großmutter gesagt, daß sie dich nicht weggehen lassen soll, vor zwei Tagen. Aber sie hat mir nicht geantwortet. Dann hat sie mir gestern diesen Zettel geschickt, schau nur: ›Laß das Mädchen in Ruhe. Du bist genauso leichtfertig und starrköpfig wie deine Mutter. Und das weißt du auch!‹«

»Meint sie deine Mutter, Madre Leonora? Also habt ihr darüber gesprochen?«

»Einmal vor vielen Jahren. Das verstehst du doch, oder? Es war keine Laune, ich wollte es wissen. Hier und auch in Catania hatte ich Gerüchte gehört. Und ich habe so gedrängt, daß sie nach mir hat schicken lassen, um mir zu sagen: ›Nun gut, wenn du es unbedingt wissen willst, dein Pech.‹ Daran erinnere ich mich, aber sonst an gar nichts aus diesem Gespräch. Es ist merkwürdig, aber vielleicht wegen der Aufregung erinnere ich mich nur an den Anfang und das Ende ... Das Ende war: ›Und jetzt, wo du es weißt, nennst du mich, wenn wir allein sind, Großmutter, denn meine Tochter bist du wahrhaftig nicht.‹ Aber du mußt nicht denken, daß sie das böse gemeint hat; du weißt ja, wie sie ist, sie schreit und schreit, aber eigentlich ...«

»Und sie hat dir auch von Carmine erzählt?«

»Natürlich. Sie sagt immer, man soll entweder ganz lügen oder ganz die Wahrheit sagen.«

Sieh einer an! Wieviel ich von dieser schweigsamen Alten lernte. Sie hatte recht.

»Was mich am meisten schmerzte, war nicht, die Wahrheit zu kennen, die ich schon mehr oder weniger erraten hatte, sondern ...«

»Was?«

»Nun ja, als Leonora schwanger wurde, so sagt jedenfalls die Großmutter, hätte sie, ohne ein großes Drama daraus zu machen, mich entweder vor der Geburt sterben lassen können – und das wäre besser für mich gewesen – und dann trotzdem heiraten, oder sie hätte mich behalten und für ihre Schwester ausgeben können. Was für eine Tragödie, verstehst du? Auch die Milazzo, die weder so reich noch adlig sind wie wir, haben eine Tochter, die als die Jüngste ausgegeben wird, aber eigentlich die Tochter der Ältesten ist.«

»Und warum hat sie das nicht gewollt?«

»Wer weiß das schon. Sie hat gesagt, daß es dieselbe Schuld sei, ob sie mich nun sterben oder leben läßt, und hat sich für das Kloster entschieden. Was weiß ich? Vielleicht verstehst du das; sie fühlte sich berufen.«

»Und was ist mit Carmine, wieso ist der noch hier?«

»Er ist Witwer und hat nicht wieder geheiratet.«

»Was hat das denn damit zu tun?«

»Ich frage mich, wieso er nicht wieder geheiratet hat. Die Großmutter hat vor drei Jahren so sehr darauf bestanden, daß er Agata zur Frau nimmt ...«

»Das meine ich nicht, ich meine, wieso ...«

»Was, wieso?«

»Wenn Carmine eine Brandiforti in Schwierigkeiten gebracht hat, wieso haben dein Großvater und deine Onkel nicht ...«

»Wie kommst du denn darauf? Wir sind adlig, und er ist nur ein Bauer. Du denkst doch nicht etwa, daß sich einer der Unseren die Hände an einem gemeinen Bauern schmutzig macht. Natürlich, wenn er auf unserem Niveau gewesen wäre, ein Offizier oder ein reicher Bürgerlicher, aber ein Bauer, ein Duell mit einem Bauern – niemals!«

»Aber man hat ihn auch nicht weggejagt oder ...«

»Weggejagt? Wo denkst du hin! Der Großvater hat ihn sehr geschätzt und immer gesagt: ›Eine Tochter zu verlieren, die nicht nur eine Frau, sondern obendrein auch noch dumm ist, ist eine Sache, aber einen Verwalter vom Schlage Carmines! Ohne die Tochter hat man weniger

Ärger und spart die Mitgift, aber ohne einen Verwalter wie Carmine, wer kümmert sich da um die Ländereien?‹ Denk nur! Er hat alles unter sich, und die Männer, die für ihn die Güter bewachen, hat er mit der Flinte dressiert, sie sind ihm ergeben wie Hunde. Mir macht er Angst.«

»Aber er ist doch dein Vater.«

»Ach was, Vater! Wie die Tata immer gesagt hat, er ist ein Bauer mit lehmigen Füßen. Ich habe ihm nie ins Gesicht gesehen. Ich mag ihn nicht und habe Angst vor ihm. Mir ist kalt. Alles hier macht mir Angst. Sieh nur, wie sich der Himmel zugezogen hat. Es regnet, Modesta, das ist das Zeichen, daß du bald fort mußt.«

»Laß uns wieder hineingehen, du zitterst ja am ganzen Leib, ich will nicht, daß du krank wirst.«

»Wenn ich nur krank würde, dann müßtest du wenigstens …«

»Komm, Beatrice, ich bin für deine Gesundheit verantwortlich.«

Ich versuchte sie fortzuziehen, aber sie rührte sich nicht von der Stelle. Ich hätte nie gedacht, daß sie so stark war, es gelang mir nicht, sie auch nur zu einem einzigen Schritt zu bewegen. Und ich hätte es auch nicht geschafft, wenn ein Windstoß sie nicht aus dem Gleichgewicht gebracht hätte. Ich packte sie gerade noch rechtzeitig bei der Taille, um dem zweiten Windstoß standzuhalten, der uns von hinten traf. Tropfen, so groß wie Kieselsteine, schlugen uns ins Gesicht und ließen die weiße Fassade der Villa erzittern. Beatrice flüsterte:

»Mein Gott, der Regen, das ist das Zeichen. Siehst du? Sie haben alle Fensterläden geschlossen. Alle … Mein Gott! Modesta, sieh nur, sieh nur! … Der Wind hat das Fenster dort oben im zweiten Stock aufgestoßen! Mein Gott, wie schrecklich, ich habe es noch nie offen gesehen!«

Das war nicht der Wind, zwei Arme langten hinaus, so als wollten sie das Fensterbrett überwinden und sich herunterstürzen.

»Aber das ist ja Pietro, Modesta! Das ist Pietro, der schreit, was ist denn passiert?«

»Schau nicht hin!«

Ich drückte ihren Kopf an meine Schulter, damit sie nicht das viele Blut sah, das über Pietros Gesicht rann. Nur seine Hände und die Arme waren zu erkennen.

»Warum hast du mich nicht schauen lassen? Was ist denn, Modesta? Du siehst aus wie ein Gespenst.«

»Laß gut sein, Beatrice. Geh und trockne dich ab, und suche Quecksilber, damit sie nach dem Arzt schickt, schnell.«

»Nach dem Arzt? Wo gehst du hin, Modesta, nein!«

Ich löste ihre Hände, die mich am Rock festhielten, und stürzte zur Treppe. Ich mußte nur meine Tür finden und von dort bis ins oberste Stockwerk hinaufsteigen. Ich kannte den Weg, den Pietro ging. Jeden Morgen hatte ich diesen bleiernen Schritt verfolgt ... Da war der Flur ... Es mußte eine von diesen Türen sein. Ich rannte durch den langen Korridor, ähnlich dem meinen, als eine Tür am Ende aufflog und Pietro langsam und blutüberströmt heraustrat.

»Vorsicht, mein Fräulein. Geht wieder hinunter. Ich habe ihn unter Kontrolle. Geht wieder hinunter und ruft den Arzt. Das hier ist kein Platz für Euch!«

Er war ruhig, mußte aber große Schmerzen haben, denn er brach auf einer Bank zusammen. Seine Stimme klang bedrohlich. Vielleicht hatte er recht, aber ich wollte die Wahrheit wissen. Und mit angehaltenem Atem, um die Angst zu überwinden, betrat ich das Zimmer und sah »das Ding«, wie es mit gefesselten Händen in einem

Sessel um sich schlug und sich auf die Lippen biß, zwischen denen der Speichel hervorlief. Dieses »Ding« war nichts weiter als ein plumper, fetter Mann mit einem runden Kopf, der Tinas Augen auf mich richtete. Ich trat einen Schritt zurück, und zum ersten Mal fragte ich mich, ob die Toten nicht vielleicht doch wiederkehrten. Bei meinem Anblick hörte die männliche Tina auf, um sich zu schlagen und zu knurren, und starrte mich mit offenem Mund an, so als würde sie mich wiedererkennen.

Von der Ähnlichkeit fasziniert, hatte ich meine Beine nicht mehr unter Kontrolle, die mich steif zu ihm trugen. Er erwartete mich mit verzaubertem Blick. Erst als ich ihm so nah war, daß ich ihn beinahe berühren konnte, überzeugte ich mich davon, daß es nicht Tina war, und um meine Furcht zu überwinden, lächelte ich, wobei ich mir wiederholte: Schau ihn dir gut an, das ist ein Mann. Nur daß er wahrscheinlich dieselbe Krankheit hat wie Tina. Tina war ja kein Ungeheuer oder ein »Ding« gewesen, sondern einfach nur krank. Der Arzt im Kloster hatte es mir gesagt: Mongolismus. Ich lächle, und um sicherzugehen, daß er nicht Tina ist, rufe ich ihn leise: Ippolito, Ippolito! Der verzieht das Gesicht zu einer Grimasse, was bei ihm wohl ein Lächeln sein soll, und beginnt mich mit seinen gebundenen Händen am Rock zu zupfen, aber vorsichtig und beinahe zärtlich. Das ist nicht Tina.

»Das ist ja ein Wunder! Ein Wunder!«

Pietro starrte mich begeistert an, während er sich das Blut abwischte.

»Ihr hättet das nicht tun dürfen, aber es ist ein Wunder! Fürst Ippolito hat das noch nie bei irgendwem gemacht ... nur bei mir zweimal in zehn Jahren. Mein Fräulein, Ihr seid eine Heilige. Sieh mal einer an, er hat sich beruhigt, ein Wunder! Und das ohne Tabletten und Spritzen. Er hat Euch gesehen und sich beruhigt.«

Das war es, was mich von der Berufung befreien würde: dieses Wunder. Aber um es ganz zu vollbringen, mußte ich hierbleiben, damit alle davon erfuhren und mich sahen.

»Habt Ihr gesehen, Pietro, daß nichts passiert? Geht und versorgt Eure Wunden, sonst verblutet Ihr noch. Geht nur, und wenn Ihr ganz beruhigt sein wollt, schickt jemanden, der aber draußen bleiben soll. Mir passiert hier gewiß nichts. Die Madonna hat mich hergeführt. Ich werde über dieses Geschöpf Gottes wachen.«

Und ohne Furcht, von Jesus berührt, wie die anderen später sagten, streckte ich die Hand aus und legte sie auf seinen Kopf. Wieso sollte ich Angst haben, die ich mit so einem »Ding« aufgewachsen war? Er hatte sogar mehr Haare als Tina. Ich fing an, ihn zu streicheln, und er senkte den Kopf und jauchzte, so wie Tina das bei der Mama immer getan hatte. Er hatte keine andere Möglichkeit, mir zu zeigen, daß ich ihm gefiel.

In weniger als einer Viertelstunde hatte sich die Neuigkeit in der ganzen Villa verbreitet. Sie liefen herbei, ich hörte sie hinter der Tür, auf dem Flur, wie sie beteten. Auch Beatrice war da. Jetzt durfte ich nicht lockerlassen, der Sieg mußte vollkommen sein. Ich löste ihm die Fesseln, und er schaute mich aus seinen schwarzen, feuchten Hundeaugen gutmütig an. Nachdem ich ihm die Fesseln abgenommen hatte, kniete ich vor ihm nieder und starrte ihn meinerseits an. Daraufhin senkte er den Blick auf meinen Kittel und fing schüchtern an, ihn zu streicheln. Allmählich verstand ich: Das »Ding« hatte immer nur Pietro, den Arzt und vielleicht noch den Priester gesehen. Wahrscheinlich erstaunten und entwaffneten ihn meine Gestalt, die sanfte Stimme – ich redete weiter beruhigend auf ihn ein – oder vielleicht auch die Farbe meines Rocks. Ich ließ ihn gewähren, und als ich mich sicher fühlte, fing ich an zu sagen: Ich Mama, ich Mama … Irgendwer mußte den armen Kerl doch gestillt haben. Dann nahm ich seine Hand, führte sie an meine Brust und wiederholte: Mama, Mama … Und schließlich geschah etwas, das auch mich verblüffte, die ich von der Mühe, ihm das ständig zu wiederholen und ihm dabei in die Augen zu sehen, allmählich zu schwitzen begann. Kläglich preßte er zwischen den Zähnen hervor: »Maama, Maama, Maama!«

Ich spürte, wie ein Raunen auf dem Flur der Bekanntgabe folgte: »Er hat sie Mama genannt!« Nach einem Moment der Stille hörte ich laut aus aller Munde das Wort Wunder.

Geschafft. Ich hatte etwas in der Hand – und das war wirklich ein Wunder –, nicht, um die Berufung zu verlieren, sondern um sie auf meine Art zu verändern.

»Also, Mädchen, wie ich gehört habe, ist dir deine Madre Leonora erschienen, und du willst deine Berufung opfern, um dich unserer Familie zu widmen?«

Die Stimme, die so lange geschwiegen hatte, wütete nun wieder angsteinflößender als der Donner und der Regen, die draußen keinen Moment lang ausgesetzt hatten. Wenn wenigstens Beatrice bei mir gewesen wäre! Diesmal war ich allein mit der Fürstin. Ihre lachenden grauen Augen ließen meinen Blick nicht los, der umsonst versuchte, in die Ecken zu fliehen.

»Antworte mir! Du bist wirklich richtig hübsch, wenn du erregt bist! Schade, daß das nur alle Jubeljahre einmal vorkommt. Antworte mir! Denkst du etwa, daß mir irgend etwas an deiner Berufung liegt? Wenn du es genau wissen willst: Wir glauben hier zwar an Gott, aber nur wenig, sehr wenig an die Priester und Nonnen. Und dann, wenn dich das beruhigt, ich bin froh zu wissen, daß, wenn ich sterbe – ich bin inzwischen alt, und auch wenn mir der Gedanke an den Tod nicht gefällt, muß ich mich doch ab und zu damit befassen. Wie abstoßend doch der Tod ist! –, aber wo war ich stehengeblieben? Ach so, es wäre mir lieb, wenn Cavallina und ›das Ding‹ dort oben nicht den Dienern in die Hände fielen, sondern jemandem, der, wenn auch nicht von Bluts wegen, doch Teil der Familie ist. Du sagst nichts? Auch gut. Antworte mir wenigstens darauf: Hast du ernsthaft über deine Entscheidung nachgedacht? Nicht, daß das nur ein kurzes Strohfeuer ist. Fühlst du dich wohl hier? Daß du mir hinterher nicht dem Kloster nachweinst. Du bist noch jung. Denk gut darüber nach, bevor du antwortest, denn aufgepaßt, Mädchen, ich ertrage kein Weibergeheul. Hinterher darfst du dich nicht beklagen. Hast du das verstanden? Sicher, du hast dich in diesen Monaten hier nicht einmal beklagt und jammerst nicht, aber bei euch Frauen weiß man nie! Besser für klare Verhältnisse sorgen. Klare Verhältnisse und ewige Feindschaft. Antworte mir!«

»Ich habe es mir genau überlegt, Fürstin. Mein Platz ist hier.«

»Gut. Dann schreibe ich morgen diesen vertrockneten Alten, daß sie dich verloren haben, und lasse mir die Aussteuer und die Mitgift zurückschicken. Ich will ein richtig freundliches, nettes Briefchen schreiben und bei dem Gedanken an die Wut und Enttäuschung lachen, die jede einzelne Zeile Madre Costanza bereiten wird. Alles lasse ich mir zurückschicken! Das heißt, daß wir dir aus der Aussteuer einige Ballkleider anfertigen lassen, denn, Mädchen, damit eins klar ist: Auch wenn du dich aufopfern mußt, laß es dir bloß nicht anmerken. Zuerst einmal: Wenn morgen der Tanzlehrer zu Cavallina kommt, wirst du auch am Unterricht teilnehmen. Walzer, Mazurka und Kontertanz, alles! Wenn du dich so entschieden hast, mußt du lernen, zu tanzen und zu lächeln, denn mir gehen lange Gesichter und mangelnde Eleganz auf die Nerven, verstanden? Und jetzt verschwinde, ich muß diese zwei Zeilen an Madre Costanza schreiben.«

Ich hatte nur darauf gewartet, zu Beatrice zu flüchten, aber als ich schon in der Tür war, hörte ich:

»Ach ja, und du mußt reiten lernen ... und wir müssen uns um deinen verdammten Namen kümmern, Mädchen!«

Mit schmaler, vom Mieder eingeschnürter Taille und nur von einem zarten Spitzenbüstenhalter getragenem befreiten Busen schritt ich auf Beatrice zu, die mein Kavalier bei diesem komplizierten Kontertanz aus Verbeugungen, kaum angedeuteten Umarmungen und Drehungen war. Wie durch eine Zauberei des Mieders, das mir half, mich gerade zu halten, oder durch diese Lackstiefelchen, die noch mehr glänzten als der Marmorboden, war ich viel größer als Beatrice. Und wenn sie mich bei der Taille nahm, während der Tanzlehrer am Klavier – eins, zwei, drei, eins, zwei, drei – zum Walzer überging, flog ich durch den riesigen, nur von leeren Stühlen und wartenden Sofas gesäumten Salon. »Und jetzt in die andere Richtung! Drehen!« Rasch drehte sich Beatrice. Es war unglaublich, aber wenn sie tanzte, hinkte sie fast gar nicht, und mit starken Händen hielt sie fest meine Taille, die sich um die Wände, die Vorhänge und die Lampen drehte.

»O meine Damen, was für ein Augenschmaus: zwei Engel, mein Gott! Zwei Engel, die sich umarmen und hoch, hoch hinauf in die Wolken fliegen! Es wurde auch Zeit, daß die junge Fürstin einen Tanzpartner bekam! Nein, nein, jetzt seid Ihr dran, Fräulein Modesta, Ihr tanzt schon gut genug, um zu führen, jetzt seid Ihr dran, den Part des Kavaliers zu übernehmen! Keine Angst, außerdem wird Beatrice Euch auch führen, wenn sie sich führen läßt, keine Sorge, das ist immer so. Ich versichere Euch, es ist immer das gleiche Lied: Die Dame tut so, als ließe sie sich führen, aber statt dessen führt sie selbst, und führt und führt ... Genau so! Sehr gut! Drehen, drehen. Bravo! Bravo! Bravo! Anders kann man es nicht sagen ...«

Dieser kleine Tanzlehrer, noch kleiner als Beatrice, war nicht alt, aber dafür merkwürdig glatt und zart, und er schien immerzu zu lächeln. Vielleicht weil er weder einen Bart noch einen Schnurrbart hatte? Statt dessen trug er viele Ringe, und seine rosa Fingernägel sahen aus, als seien sie lackiert. Wenn er kam, fingen alle Frauen zu flüstern und zu kichern an. Trat er zu uns, um die Stellung einer Hand zu korrigieren, strich Beatrice ihm über die schwarzen Locken, die ihm klebrig von Parfüm und schweißnaß vom Gerenne zwischen uns und dem Klavier in die Stirn fielen.

»Wie, Modesta, hast du das etwa nicht begriffen? Das hat nichts damit zu tun, daß er Tänzer ist oder sowohl die Rolle der Frau als auch des Mannes kennen muß ... Oder vielleicht doch, wie scharfsinnig du bist! Aber wie dem auch sei, er ist eine Frau, so wie wir. Was für eine schmale Taille er hat! Und dabei trägt er nicht einmal ein Mieder! Wie lustig das wäre, ihn in ein Mieder zu stecken ...«

Wir lachten zusammen, und er sagte, angespornt von unserer Heiterkeit:

»Nein, nein, Fräulein Modesta, nicht so schwerfällig! Jetzt seid Ihr wieder die *cavalière* … leicht, leicht, Leichtigkeit, Weiblichkeit! Genau so, aber klammert Euch nicht so an die Schultern der jungen Fürstin, als hättet Ihr Angst, in einen Abgrund zu stürzen. Eine Dame, das schwöre ich, hat vor ihrem Herrn keine Angst, sie weiß, daß eine leichte Berührung … genau so … was für eine schöne Hand! Und sie ist es, die den Herrn führt. Wie ich ihn beneide! Und jetzt hinauf, hinauf ins Paradies … im Dreivierteltakt: eins, zwei, drei, eins, zwei, drei …«

Wir lachten im Dreivierteltakt: eins, zwei, drei …

»Und jetzt alle beide, wenn ich bitten darf, ohne aus dem Rhythmus zu kommen, habt die Güte, mich um die Taille zu fassen … Genau so. Und nun der große Schlußgalopp! Auf die Plätze, fertig, los!«

30

Wir tanzten so gut – Quecksilber zufolge –, daß uns oft eines der unzähligen Dienstmädchen vom Fenster aus zusah. Sogar die Fürstin ließ sich eines Tages dazu herab, einer Unterrichtsstunde beizuwohnen, um meine Fortschritte zu begutachten. Nach zehn Minuten stand sie auf und schrie, schon in der Tür:

»Gut, sehr gut, alle zusammen! Seht nur: drei Grazien ohne Kavalier! Ich muß gehen, dic Rechnungen erwarten mich. Tröstet euch, so gut ihr könnt!«

Sie hatte so laut geschrien, daß wir alle drei stillstanden, ohne auch nur zu wagen, uns anzuschauen. Der Donnerschlag, mit dem die Tür ins Schloß fiel, ließ uns zusammenfahren. Die Fürstin schlug die Türen immer zu. Gerade als der Tanzlehrer kreidebleich zum Klavier zurückging, wo das Fräulein zu spielen aufgehört hatte, wurde die Tür erneut aufgerissen.

»Ihr bringt mich vollkommen durcheinander! Ich bin doch aus einem bestimmten Grund hergekommen, und Ihr mit Eurer Hüpferei … also! Mody, wenn dieses Fest hier vorbei ist, erwarte ich dich in meinem Büro. Ich habe dir zwei oder drei Kleinigkeiten zu sagen. Und Ihr, Maestro, was steht Ihr da wie angewurzelt herum? Wollt Ihr nun die Stunde nutzen oder nicht? Ihr wißt ja, daß ich Euch saftig bezahle, und da paßt es mir nicht, wenn meine Mädchen Zeit verlieren. Los, weiterhüpfen!«

Hektisch gab der Tanzlehrer Anweisungen, mit dem Walzer fortzufahren, und Beatrice hatte mich schon wieder um die Taille gefaßt, aber ich konnte mich kaum auf den Beinen halten und ließ mich einfach von ihr mitziehen. Sie hatte mir zwei oder drei Kleinigkeiten zu sagen. Was war passiert? Lachte ich zuviel? Hatte ich bei der Schneiderin ein zu großes Interesse gezeigt? Hatte ich mich zu intensiv mit Ippolito beschäftigt? Oder lag es an den Abrechnungen? War mir bei den Abrechnungen ein Fehler unterlaufen? Mit weichen Knien schleppte ich mich zu ihrer Tür und klopfte an.

»Komm herein, Mody. Aber bitte, sachte mit der Tür. Ich kann Türenschlagen nicht vertragen. Was stehst du da wie eine Salzsäule? Komm her, setz dich. Ich und Carmine wollen zwei oder drei Sachen mit dir besprechen … Carmine, kennst du sie?«

Ich setzte mich gerade noch rechtzeitig, ehe meine Beine unter mir nachgaben.

Dieser Mann sah mich mit einem Blick an, der so blau und so hart war wie Majolikakacheln.

»Ich hatte noch nicht die Ehre, das Fräulein Modesta kennenzulernen.«

»Mody, Carmine, Mody!«

»Euer Durchlaucht mögen mir vergeben, Fürstin, aber ich komme mit ausländischen Namen nicht zurecht.«

»Zumindest in meiner Gegenwart mußt du nun aber damit zurechtkommen.«

»Bei allem Respekt, aus welcher Sprache käme denn dieses Mody?«

»Aus dem Englischen. Zuerst habe ich an Modesty gedacht, aber das ist beinahe so häßlich wie auf italienisch, und deshalb habe ich es auf meine Art abgekürzt. Ich weiß nicht, ob das korrekt ist. Aber die Engländer, dieses große Volk, lassen zumindest bei den Namen alles zu. Weißt du, Mody, was die Mutter meines Gatten, des seligen Fürsten, immer gesagt hat? Ja, diese Bürgerliche, die wir ausgenommen haben. Du brauchst gar nicht rot zu werden, als ob dir Beatrice, dieses Plappermaul, nicht schon längst davon erzählt hätte! Die hat immer gesagt, daß es reiche, die Leine ein wenig länger zu lassen, damit das Pferd glücklich sei. Die Engländer sind fest gebunden, aber an einer soviel längeren Leine, daß sie die überhaupt nicht spüren und denken, sie seien frei. Ich habe eine Menge von dieser Bürgerlichen gelernt! Die war auf Trab! Statt sich mit Kinderkriegen zu ruinieren, hat sie Bücher gelesen. Aber was erzähle ich da! Deshalb sind wir doch nicht hier. Hör zu, Carmine, um unser Gespräch zu beenden, sage ich dir, daß das Mädchen sehr tüchtig und begabt ist. Vor zwei Monaten habe ich ihr die Buchführung des Haushalts übertragen, und sie hat noch nicht einen Fehler gemacht. Es läuft besser als zuvor, als ich das noch selbst besorgt habe, und sie hat mir sogar geholfen zu sparen.«

»Daran zweifle ich nicht. Aber ein Haushalt ist etwas anderes als ...«

»Und ich? Wenn ich mich nicht irre, bin ich diejenige, die hier seit zehn Jahren alles in der Hand hat, oder etwa nicht?«

»Verzeiht mir, das mag jetzt ungehörig erscheinen, aber Ihr, Fürstin, seid eine Ausnahme: Ihr hättet als Mann zur Welt kommen sollen.«

»Und ich sage dir, Mody ist so wie ich! Ich beobachte sie seit Monaten. Außerdem brauche ich Unterstützung: Ich sehe immer schlechter. Und ich muß jemanden darauf vorbereiten, sich hier um alles zu kümmern, wenn ich einmal nicht mehr bin. Sicherlich war Leonora so gedankenlos wie Beatrice, aber sie hatte Geschmack und Verstand. Es scheint beinahe so, als hätte sie mir das Mädchen gefunden und erzogen, um mich in meinen letzten Jahren zu unterstützen. Ja, ich gebe zu, ich bin müde, und jemand muß meinen Posten übernehmen.«

»Aber ...«

»Wir haben heute schon zuviel geredet. Hier ist Mody. Leonora hat sie uns geschickt, und ab morgen, dem 3. November 1917, wird sie jeden Montag hier dabeisein, um alles zu lernen. Sie sagt jetzt nichts aus Angst vor mir, aber wie mir der Hauslehrer erzählt, ist sie nicht auf den Mund gefallen! Ich werde ihr beibringen, mit diesen Dieben von Anwälten und Notaren umzugehen, und du unterrichtest sie über die Ländereien und Pächter. Verstanden?«

»Aber, wenn ich mir erlauben darf, das Fräulein ist noch sehr jung.«

»Jung oder nicht, ich habe entschieden ... Du bist nicht überzeugt?«

»Ich erlaube mir nicht, zu antworten.«

»Wer hat dir alles beigebracht, als du noch ein junger Bursche warst?«

»Der Fürst, Gott hab ihn selig, und Ihr, Fürstin.«

»Also, weshalb erlaubst du dir dann nicht, auf meine Frage bezüglich des Mädchens zu antworten?«

»Weil ich mir, mit Eurer Erlaubnis, nicht erlaube zu antworten.«

»Dann antworte eben nicht, wenn du so dickköpfig bist. Aber ab heute mußt du sie hier, vor mir, Padrona nennen. Verstanden, Carmine? Padrona. Sag es.«

»Ich soll das Fräulein Padrona nennen?«

»Genau, Padrona.«

»Da Eurer Durchlaucht soviel daran liegt, sie aber doch noch ein Mädchen ist, darf ich sie wenigstens Padroncina nennen?«

»Na gut, aber jetzt geh, ich bin müde. Und du, was stehst du noch da herum wie ein Stock? Habe ich nicht gesagt, daß ihr gehen sollt? Du hast doch alles verstanden. Und gib dir Mühe, dir bei diesem Ehrenmann Respekt zu verschaffen.«

31

Und um mir Respekt zu verschaffen, begann ich, auf den Karten des Besitzes die Gemarkungen, die Flächen und die Grenzmauern dieser immensen Ländereien zu studieren. Immer lief gerade irgendeine Klage. Die Fürstin hatte mir das Bürgerliche Gesetzbuch mit den Worten in die Hand gedrückt: »Schau es dir gut an, es ist die einzige Möglichkeit, sich von Anwälten, Maklern und Notaren nicht zu sehr bestehlen zu lassen.«

Jeden Montag hörte ich Carmine zu, wenn er von neuen Anbaumethoden und der Ernte sprach ... Es fehlten Arbeitskräfte aufgrund der allgemeinen Mobilmachung ... Die Aufseher und Tagelöhner wollten immer mehr Geld ... Auf den Feldern von Licata hatte man ein

Lamm mit gebrochenen Beinen gefunden, das war eine Warnung: Man mußte sich mit ihnen auseinandersetzen, sonst würde alles Vieh im Wald von Ficuzza enden, und dort – wer hätte da einen Fuß hineinzusetzen gewagt – wäre daraus Dosenfleisch für die Front geworden. Südlich der Valle del Bove hatte ein Lavastrom viele Olivenhaine zerstört. Aus dem Norden kam nichts mehr. Wegen der Streiks im Fiatwerk stand alles still, und die Preise stiegen in schwindelerregende Höhen: Das Brot, das 1915 noch 53 Centesimi gekostet hatte, kostete inzwischen 56 Centesimi pro Kilo, Nudeln statt 71 jetzt 95 Centesimi. Und als ob das noch nicht genügte, hatte es im August auf dem Festland, genauer gesagt in Turin, sogar einen Aufstand wegen der Brotpreise gegeben.

»Auch hier, das können Eure Durchlaucht mir glauben, steigt die Unzufriedenheit. Die Soldaten an der Front haben den Kopf voll von all diesen rebellischen Ideen. Und sie werden früher oder später zurückkehren … Die Gottlosen können sich auch hier erheben. Vergessen wir 1893 nicht. Und heute gibt es auf der ganzen Insel keinen Mann wie Crispi. Vergessen wir nicht, daß sie in Turin die Kirche des heiligen Bernhard geplündert und gebrandschatzt haben …«

Inzwischen wußte ich, wer diese elenden Gottlosen waren. Und über diesen Crispi hatte ich gelesen, daß die Revolution von ihm blutig unterdrückt worden war. Das alles erfuhr ich von Jacopo. In einem Buch von Voltaire fand ich am Fuß einer Seite ein schwarz umrandetes Quadrat, in das er geschrieben hatte:

»Ich sollte mich über den Sieg des blutrünstigen Crispi freuen, aber die Begeisterung der anderen findet in meiner Seele keinen Widerhall. Zu genau weiß ich, daß wir eine aussterbende Rasse sind, aber es wäre mir lieber, von der Hand der Bauern zu sterben, als von den Verwaltern ausgesaugt zu werden. Denn das wird unser Ende sein.«

Daß ich in seinem Zimmer Informationen finden würde, wußte ich längst, doch ich hätte mir nie vorstellen können, welche Schätze diese kleine Bibliothek barg. Ich mußte lernen, mich auf den Tag vorbereiten, an dem ich diesen Sozialisten begegnen würde. Sie sagten auch, daß Frauen und Männern gleichberechtigt seien. Am Rand einer Buchseite von August Bebel stand in Jacopos klarer Schrift:

»21. Oktober 1913. Wie sehr habe ich versucht, wenigstens einige dieser Ideen Beatrice einzupflanzen! Aber es ist schwer, sie aus diesem barbarischen Umfeld zu lösen. Es wird wohl hundert Jahre dauern, bevor die Frau deine Stimme hören kann, alter August!«

Diese leicht hingeschriebenen Zeilen, die die Zeit manchmal fast ausgelöscht hatte, verschlang ich, als ob ich Beatrice sei ... Ich nahm ihr den Platz weg. Ich hörte Jacopos Stimme, die mich von diesen Blättern her anleitete, nicht kreuz und quer zu lesen, wie er sagte, sondern mit System, und zwar mit seinem System. Am Ende von *Candide* hieß es in einer Notiz: die *Gedanken zur Interpretation der Natur* von Diderot noch einmal lesen. Als ich dieses Buch öffnete, sprang mir das: »Junger Mann, nimm und lies«, sofort ins Auge, aber vor allem bewegte mich das Postskriptum: »Noch ein Wort, dann verlasse ich dich. Vergegenwärtige dir im Geist immer, daß die Natur nicht Gott ist, daß ein Mensch keine Maschine ist, daß eine Hypothese keine Tatsache ist. Und sei überzeugt, daß du mich überall dort nicht verstehen wirst, wo du etwas zu bemerken glaubst, was im Gegensatz zu diesen Prinzipien stünde.«

Diderot warnte vor bestimmten Philosophen: »Große

Abstraktionen«, so sagte er, »vertragen nur gedämpfte Beleuchtung. Es gibt eine Art Verdunklung, die man als ›Affektiertheit der großen Meister‹ bezeichnen könnte. Mit Vorliebe ziehen sie einen Schleier zwischen die Menge und die Natur.«

Diesen letzten Satz hatte Jacopo unterstrichen, und daneben stand der Name eines gewissen Marx: Das bedeutete, daß das jemand sein mußte, der mehr oder weniger dasselbe behauptete. Vielleicht stand er im selben Regal wie Voltaire. Ob das einer von ihnen gewesen war? … Jacopo, Jacopo, mit seinen Büchern und seiner zierlichen Handschrift, seiner heiteren Stirn auf der Fotografie, die in keinem Widerspruch zu seinen Aufzeichnungen stand; seiner Asche in der Urne, um allen zu zeigen, daß er an keinen Gott geglaubt hatte und ohne Angst gestorben war.

»Ach, Modesta, du fragst nur noch nach Jacopo. Ich habe dir doch schon alles erzählt. Außerdem ist er viel gereist und war gar nicht immer hier. Nein, er hat nie geheiratet. Er wollte keine Kinder, soviel ich weiß. Puh! Du hast jetzt so wenig Zeit für mich, warum bloß? Ich langweile mich den ganzen Vormittag ohne dich!«

Das stimmte, aber in der letzten Zeit war Beatrice, nachdem sie nicht mehr befürchten mußte, daß ich wegging, mir gegenüber weniger aufmerksam, genau, wie ich es vorausgesehen hatte. Von der Fürstin vorgewarnt, hatte ich, ohne zu zögern, begonnen, mich nicht nur vormittags wie zuvor, sondern auch nachmittags um den Fürsten Ippolito zu kümmern. Und weil ich beinahe den ganzen Tag bei ihm verbrachte und inzwischen an all die guten Gerüche im Haus gewöhnt war – wie leicht man doch diese kleinen Annehmlichkeiten erlernt –, ertrug ich es nicht, ihn schmutzig zu sehen. Mit Pietros Hilfe gelang es mir, ihn sauberzuhalten. Pietro, selig über die Fortschritte seines Herrn Fürsten, war mir inzwischen treu ergeben und schwänzelte, ungeachtet seiner massigen Statur, leichtfüßig um mich herum.

»Bei Gott, hier hat wirklich eine Frau gefehlt! Ich habe alles getan, was in meiner Macht stand, aber man spürt einfach die Hand einer Frau, wie mein Vater zu sagen pflegte. Wer hätte das gedacht, daß der Herr Fürst in so kurzer Zeit lernt, mit der Gabel zu essen. Ein Wunder! Ein Wunder, das nur eine Frau zustande bringt! Auch bei mir zu Hause haben Staub und Tränen alles verdüstert, als meine Mutter starb. Und erst als meine Tante, die gute Seele, bei uns einzog, sind Sauberkeit und Fröhlichkeit zurückgekehrt ...«

»Jetzt bist du schon zum Frühstück bei dem ›Ding‹, Modesta! Und ich muß allein essen! Puh! Wieso bloß?«

Auf diese Litanei antwortete ich mit meiner eigenen:

»Beruhige dich, Beatrice. Es muß so sein. Denk daran, daß ich für das Leben im Kloster bestimmt war, und auch wenn ich gelernt habe, zu tanzen und mich zu kleiden, und abends bei dir bin, habe ich doch eine Aufgabe zu erfüllen, die mir Madre Leonora anstelle der Berufung gegeben hat, und nichts darf mir wichtiger sein.«

Sie schmollte und schnaufte, aber wenigstens war das Interesse an mir wiedergekehrt und sogar noch gestiegen. Sie wußte das nicht, ich aber wohl. Hatte nicht Mimmo immer gesagt: »Da ist nichts zu machen, Principessa, die Suppe kann noch so schmackhaft sein und schön serviert werden, wenn man sie jeden Tag vorgesetzt bekommt, hat man sie bald satt ...«

»Du kommst nicht einmal mehr zum Tee!«

Ich mochte wirklich keinen Tee und ersparte mir so

obendrein die stumme Anwesenheit der Fürstin; mir reichte das Geschrei jeden Montagmorgen. Außerdem mußte ich neben Ippolito, den Abrechnungen und dem Unterricht auch noch für mich lernen. Ich bin arm, nicht wahr, Mimmo? Arm, und deshalb muß ich mich durch Lektüre und Studien stärken und in mir und den anderen nach einer Möglichkeit suchen, nicht unterzugehen. Viele waren arm geboren, hatten sich aber mit dem Geist und der Kraft, die das Wissen verleiht, gerettet ... Dort, vor mir, aufgereiht auf den Regalen der riesigen Bibliothek, standen ihre Namen in leuchtenden Lettern auf den braunen und goldenen Buchrücken.

32

Mit Hilfe des Arztes, eines sanftmütigen Alten, der mich mittlerweile immer ehrfurchtsvoll und mit aufgeklapptem Mund anstarrte, hatte ich die Erlaubnis der Fürstin erhalten, das Fenster von Ippolitos Zimmer zu öffnen. Und so vertrieb die frische Luft den schlechten Geruch, dem mit keiner Wäsche beizukommen gewesen war.

Mit Pietro, der über mich und seinen Herrn Fürsten wachte, war dieses Zimmer mein Zuhause geworden. Keiner durfte hier hereinkommen, und da Pietro Analphabet war, konnte ich ohne Furcht Jacopos Bücher mitnehmen, um sie in Ruhe zu lesen. Mit der Zeit entdeckte ich, daß Ippolito nicht nur glücklich war, wenn ich ihm vorsang oder Märchen erzählte, sondern auch, wenn ich laut las (vielleicht, weil ich die Wörter einzeln buchstabierte). Er hörte mir verzaubert zu, und ich lernte immer mehr, je weiter ich Jacopos Hinweisen folgte ... Inzwischen erschien mir der Hauslehrer, den ich noch vor sieben oder acht Monaten für ein Genie gehalten hatte, als kleiner Philister, dem man mißtrauen mußte. Und während Madre Leonora nichts weiter als eine Ordensschwester gewesen war, so erschien er mir wie ein armer Candide voller Enthusiasmus und Einfalt, glücklich und zufrieden in seiner Unterjochung. Voltaire hatte gesagt, daß man sich schuldig machte, wenn man mit zwanzig Jahren noch naiv war. Ich war zwar naiv, aber auch noch keine zwanzig. Ich paßte in den Unterrichtsstunden gut auf, aber nur, um sie danach auseinanderzunehmen und lediglich die Erkenntnisse herauszuziehen, die mir nützen konnten. Ippolito hörte glücklich zu ohne eine Ahnung davon, wie sehr ich mich abmühte. Denn mühsam war es wirklich! Die Röcke wurden mir in der Taille immer weiter, und ganz ungewohnt brach mir der Schweiß aus, wenn ich morgens Pietro dabei half, Ippolito zu waschen und anzukleiden.

»Du bist eine Heilige, Modesta! Eine Heilige! Aber du mußt dich schonen, es ist erschreckend, wie sehr du abgenommen hast! Ja, ich weiß, das ist deine Pflicht, aber jetzt bist du nur für mich da, nicht wahr? Du denkst doch nicht etwa auch jetzt an das häßliche ›Ding‹ dort oben? Wenigstens abends habe ich dich für mich allein, nicht wahr? Komm, laß uns spielen ...«

Auch ich erwartete voller Ungeduld den Abend, ich wollte nichts anderes als sie streicheln und umarmen. Und selbst die Müdigkeit verging sofort, kaum daß sie mein Haar berührte.

»... Stimmt es, daß Ippolito jetzt mit der Gabel ißt? Wie hast du das bloß gemacht?«

»... Stimmt es, daß er sich jetzt baden läßt? Ja, natürlich macht das Pietro, aber du hilfst ihm doch dabei, ihn anzukleiden und ihn zu kämmen. Quecksilber hat mir gesagt, daß auch Pietro jetzt mehr auf sich achtet.«

»… Was machst du eigentlich die langen Stunden bei ihm? Quecksilber sagt, Pietro hat ihr erzählt, daß du vorliest und das ›Ding‹ zuhört. Wie ist das nur möglich?«

»… Hast du ihn wirklich dazu gebracht zu beten? Padre Antonio ist so glücklich darüber, daß er ihm jeden Sonntag die Kommunion bringen kann.«

»… Ist er sehr häßlich, Modesta? Ist er wirklich so abscheulich, wie die Großmutter immer sagt?«

»Aber nicht doch, Beatrice. Außerdem ist kein Geschöpf Gottes abscheulich. Er ist nur dick und plump, aber seine Augen sind nicht so wie die von Ti… ich meine, daß sie häßlich, aber ausdrucksvoll sind.«

»An wen denkst du, Modesta? Du denkst doch nicht etwa an ihn? Hast du ihn am Ende mehr lieb als mich? Manchmal werde ich richtig wütend bei dem Gedanken, daß du so viele Stunden bei ihm bist, daß du ihn kämmst. Du streichelst ihn doch nicht etwa? Nicht, daß du ihm Wiegenlieder vorsingst so wie mir?«

»Aber was redest du denn da, Beatrice! Auch wenn Ippolito krank ist, ist er doch immer noch ein Mann! Und ich bin, auch wenn ich nicht ins Kloster gegangen bin, immer noch eine Braut Christi und habe Keuschheit gelobt.«

»Gott sei Dank, so habe ich dich wenigstens immer für mich. Ich hasse Männer.«

Es stimmte, auch wenn er krank war, war er doch immer noch ein Mann und obendrein Fürst. Beatrice hatte recht. Wieso hatte sie nicht schon früher daran gedacht? Hatte sie zuviel gearbeitet und gelernt? Oder hatte die Ruhe, die sie in Beatrices Armen überkam, ihren Verstand so umnebelt, wie Mimmo immer sagte:

»Ja, Principessa, zu viel Liebe verweichlicht. Mir ist das einmal passiert. Ich, der Arbeiter, habe mich wie eine

Kerze verzehrt. Man soll sich keinem anderen Menschen so ausliefern.«

Ich war immer davongelaufen, wenn Mimmo so redete. Aber war das Liebe, was ich für Beatrice empfand? All diese erschreckenden Bücher, die von der Liebe erzählten! Sie waren schön zu lesen, aber die Leidenschaft, von der sie sprachen, hätte Voltaire als fanatisch bezeichnet, so wie die Leidenschaft für die Religion. Und dann, wer wußte, warum, waren es immer die Frauen, die darunter litten ... Jacopo sagte, das läge daran, daß Frauen nur zur Liebe erzogen wurden ... Sie mußte sich vor Beatrice in acht nehmen und an ihr eigenes Leben denken. Was hatte sie erreicht, seit sie hier in der Villa war? Sicher, sie hatte viel gelernt und ganz unerwartet das volle Vertrauen der Fürstin gewonnen. Und selbst wenn Carmine sie keines Blickes würdigte, mußte er sie doch inzwischen akzeptieren.

Das »Ding« war immer noch ein Mann. Ich hatte einige Male beobachtet, wie er sich berührte, während er mich ansah. Und jedesmal hatte mich Pietro schnell unter irgendeinem Vorwand weggelockt. Hatte ich diese ganze Zeit verschwendet? Aber Ippolito hatte sich nur langsam an mich gewöhnt. Eines Tages hatte ich mich verspätet und ihn gefesselt mit Schaum vor dem Mund vorgefunden, dazu einen verzweifelten Pietro. Das war es, was ich tun mußte: krank werden und sie in ihrem eigenen Saft schmoren lassen, wie Mimmo gesagt hätte.

Am Morgen darauf wachte ich mit hohem Fieber auf und brachte keinen Bissen hinunter. Und während ich alle Tabletten, Tropfen und Abführmittel wegwarf, die der Arzt mir brachte, widerstand ich den Tränen der verzweifelten Beatrice, den Erkundigungen der Fürstin, die fortwährend sagte: »Ohne sie fühle ich mich, als ob mir ein Arm fehlte«, und Pietros Flehen, der mit seinem Herrn Fürsten allein nicht mehr zurechtkam. Der war nämlich völlig außer Rand und Band, seit er mich nicht mehr bei sich im Zimmer hatte.

Ich konnte mir nicht vorstellen, was passieren würde, wenn er mich wiedersah. Aber: »Eine Handlung zieht die andere nach sich und löst die Unbeweglichkeit, die sich, auch wenn sie bequem war, auf lange Sicht in einen Morast verwandelt hätte.« In diesem Jahr hatte ich feststellen können, daß der Grad von Ippolitos Idiotismus nicht so hoch war wie der von Tina. Die Verschlechterung seines Zustandes war nur eine Folge der Isolierung gewesen, die man ihm aufgezwungen hatte. Zumindest sagte er inzwischen ein paar Worte: Hunger, müde, Pipi, Mama, und Pietro nannte er merkwürdigerweise Onkel.

Zehn Tage später, als ich wieder zu ihm ging, geschah auf den ersten Blick nichts Besonderes. Nachdem Ippolito vor Freude geweint und Schaum vor dem Mund gehabt hatte, war er den ganzen Tag lang ruhig. Aber am Abend, als es Zeit für mich war zu gehen, begann er zu brüllen und mich am Rock festzuhalten. Inzwischen befürchtete er aufgrund meiner langen Abwesenheit, daß ich nicht mehr zurückkommen würde. Nur mit Mühe konnte ihn Pietro von mir lösen, und die ganze Nacht hindurch war er nicht zu bändigen, so daß man auf die Zwangsjacke und die Tabletten von früher zurückgreifen mußte. Etwas war geschehen.

In den folgenden Tagen bezogen sie im rosa Salon Stellung und kreuzten die Waffen unter meinen Augen, ohne von mir Notiz zu nehmen:

Der Arzt: »Und ich bestehe darauf, daß man eine andere Lösung finden muß, wenn er sich nicht in der ersten noch in der zweiten und auch nicht in der dritten Nacht beruhigt hat. Mit all diesen Bädern, dem Bromid und der Zwangsjacke bringen wir ihn noch um. Und für einen Mord kann ich nicht die Verantwortung übernehmen. Das ist meine Pflicht als Arzt!«

Und noch einmal der Arzt: »Es ist meine Pflicht, die Verantwortlichen darüber zu informieren – und auch Ihr, mein liebes Fräulein, seid mit dafür verantwortlich –, daß Ippolito seit heute früh jede Nahrungsaufnahme verweigert. Pietro schafft es nicht, ihm irgend etwas einzuflößen, selbst wenn er ihm den Kiefer mit der Zange auseinanderzwingt. Meine Pflicht als Arzt ...«

Die Fürstin: »Von Anfang an, mein lieber Doktor, habe ich Euch bei all Eurer Pflicht immer wieder gesagt, daß es Wahnsinn ist, ein Mädchen in die Nähe dieses ›Dings‹ zu lassen. Denn sosehr er auch ein ›Ding‹ sein mag, ist er doch immer noch ein Mann. Ich weiß gut, wieviel mich das mit diesen Besucherinnen kostet.«

Der Arzt: »Die Besucherinnen sind eine Sache, aber das Fräulein Modesta ist etwas ganz anderes. Ich bestehe darauf ...«

Don Antonio: »Und ich verbiete es! Ich sehe mich obendrein gezwungen, mich an die Kurie zu wenden, wenn Ihr weiter darauf besteht. Wir von der Kirche können nicht zulassen, daß sich eines unserer Lämmer, das sich Gott geweiht hat, kompromittiert sieht, weil es, und sei es nur als Krankenschwester, im selben Zimmer mit einem Mann schlafen muß. Ich möchte alle daran erinnern, daß der spirituelle Weg dieser Seele seiner Eminenz sehr am Herzen liegt. Er fragt mich jedesmal nach ihr.«

Beatrice weinte stumm und sah alle aus so großen Augen an, daß es einem Angst machte.

Die Fürstin: »Dann bringt ihm doch ein hübscheres Mädchen, wenn er so wählerisch geworden ist.«

Der Arzt: »Das haben wir ja schon versucht, Fürstin! Mehr als das. Wir haben sogar Carmela wieder kommen lassen.«

Die Fürstin: »Und wer ist diese Carmela?«

Der Arzt: »Das ist die, die ihm damals so gefallen hat ... Genau, die Tochter dieses Strohdreschers, der in den Zitrusplantagen von Licosa ermordet worden ist, und die nicht mehr kommen wollte, nachdem sie geheiratet hatte, erinnert Ihr Euch? Um so besser. Wie dem auch sei, gestern hat sie eingewilligt, obwohl sie drei Kinder hat. Das Ergebnis? Während er die anderen keines Blickes gewürdigt hat, hätte er Carmela erwürgt, wenn Pietro nicht dabeigewesen wäre. Da ist nichts zu machen. Mein Ippolito hat sich verliebt. Eigentlich zeigt das nur, daß er, auch wenn er nicht ganz normal ist, von den ganzen Weibern nichts mehr wissen will, seitdem er ein anständiges Mädchen kennengelernt hat. Auch Pietro hat das verstanden. Wann immer er dem Fürsten eine neue bringt, dreht der nur den Kopf weg und wiederholt stumpfsinnig: ›Maama, Maama, Maama.‹«

Die Fürstin: »Das hat doch nichts mit Mama zu tun!«

Der Arzt: »Und ob. Er hat das Fräulein Modesta vom ersten Tag an Mama genannt.«

Die Fürstin: »Sieh mal einer an!«

Ich hatte darauf gehofft, daß etwas passieren würde, aber dieses Erdbeben von zugeschlagenen Türen, Geschrei, Befehlen und Gegenbefehlen zwang mich erneut ins Bett. Ich hatte keine andere Möglichkeit, auch weil mich die Fürstin inzwischen auf eine solche Weise ansah, daß ich nicht wagte, ihren Blick zu erwidern. In meinem Refugium erfuhr ich von Quecksilber und dem Arzt alle Neuigkeiten. Die letzte Entscheidung der Fürstin war, daß ich »das

Ding« nicht mehr sehen und daß man ihm weiter Mädchen bringen sollte. Ganz sicher würde er mich vergessen. Aber der Arzt kicherte, wenn er bei mir war, und sagte immer wieder: »Was wollt Ihr, vielleicht bin ich ja auch verrückt, aber es mißfällt mir keineswegs, daß sich mein Ippolito verliebt hat.«

Die Tage verstrichen, und allmählich ging es mir, so an das Bett gefesselt, wirklich schlecht, als eines schönen abends die Tür so ungewohnt und lärmend aufgerissen wurde, daß ich mich an die Wand drückte und den Kopf zwischen den Armen versteckte. Wer konnte das sein? Sicher Schwester Costanza. Jetzt war sie die Oberin. Und wenn sie das schon vorher getan hatte, um »die üblen Laster all dieser kleinen Sünderinnen« zu entdekken, um wieviel mehr erst jetzt, da sie die Zügel des Klosters in den Händen hielt ...

»Mädchen, entschuldige, daß ich in dein Zimmer komme, aber man hat mir gesagt, daß du noch nicht wieder auf den Beinen bist. Und ich habe genug von deiner Krankheit und von all dem Geschwätz und dem Mist, die deine Anwesenheit in jenem Zimmer nach sich gezogen hat. Also müssen wir eine Entscheidung fällen. Ich habe mit Carmine gesprochen, und er sieht es genauso. Er hat mir zugestimmt, daß es keine andere Lösung gibt, auch weil du, ob du willst oder nicht, die Schuld an all dieser Aufregung trägst und daher auch die Verantwortung übernehmen mußt. Im Grunde genommen ist es, angesichts der Tatsache, daß ich in hundert Jahren gehen werde, um den Würmern ein Festmahl zu bereiten, wie dieser Possenreißer Hamlet sagt, gar nicht schlecht, daß du auch vor dem Gesetz zur Familie gehörst. Dann könntest du dich besser um alles kümmern, zumindest, solange Beatrice und das ›Ding‹ leben. Aber aufgepaßt! Ich will keine Enkel.

Dieses Geschlecht von Krüppeln und Schwachsinnigen muß mit meinem Mann aussterben. Es hat keinen Zweck, daß du dich wegdrehst und protestierst. Es ist deine Schuld und die dieser leichtsinnigen Leonora, die eine Sache richtig und dafür hundert falsch gemacht hat. Ich gebe dir drei Tage, um gesund zu werden. Denn Don Antonio wird euch in der Hauskapelle trauen, und zwar nachts. Mit mir brauchst du aber nicht zu rechnen. Ich habe das ›Ding‹ nicht mehr gesehen, seit es geboren wurde, und habe sicher nicht die Absicht, daran jetzt etwas zu ändern. Der Arzt und Pietro werden Trauzeugen sein, denn niemand, verstanden, niemand darf es sehen. Ach ja, und noch etwas: Sag deiner Freundin Cavallina, die mir seit zehn Tagen mit ihren Tränen und Seufzern auf die Nerven geht, daß sie damit aufhören soll. Gib dir Mühe, sie zu beruhigen, wenn du nicht willst, daß sie in irgendeinem Internat in der Schweiz landet. Verstanden? Mach's gut.«

Die Tür wurde noch kräftiger zugeschlagen als zuvor, aber seltsamerweise hatte mir das Geschrei die Wangen gerötet und mir einen Frieden gebracht, den ich so nie zuvor empfunden hatte. Wie nach einer wirklich gut gelungenen Arbeit, nicht wahr, Mimmo? Ich räkelte mich in diesem Frieden und suchte nach Mimmo an den mit Seide tapezierten Wänden und den wertvollen Samtvorhängen, die vor der Nacht schützten. Eine wirklich gute Arbeit, nicht wahr, Mimmo?

»Genau, meine kleine Fürstin, und danach kann man die süßeste Müdigkeit genießen.«

Mimmo hatte wie immer recht. Selbst wenn ich mit einem Monster verheiratet war, war ich doch die junge Fürstin. Und die Trägheit, die sich meiner ganz langsam bemächtigte, war genau der Schlaf, den man sich nach harter Arbeit auf den Feldern verdient hat.

33

Unter Mimmos wachsamem Blick schlief ich so tief und fest, daß ich, als ich die Augen aufschlug, Angst hatte, den Besuch der Fürstin nur geträumt zu haben. Auch weil jemand in meinem Zimmer weinte.

»Es ist schrecklich, einfach schrecklich, Modesta, ich darf gar nicht daran denken. Du hättest nicht zustimmen sollen, du kannst dich nicht so aufopfern. Dieser verrückte Arzt und Don Antonio sind an allem schuld. Es ist einfach furchtbar, daß du so für dein gutes Herz bezahlen mußt.«

Beatrice verstand wirklich nie etwas. Wenn sie so intelligent gewesen wäre, wie Jacopo es sich gewünscht hatte, hätte ich sie zu meiner Verbündeten gemacht. Es ist hart, allein zu kämpfen. Aber es hatte keinen Zweck, ich mußte allein weiter an dem Tuch weben, das mich und sie beschützen sollte.

»Das ist mein Schicksal, Beatrice.«

»Aber dann mußt du auch bei ihm schlafen.«

»Das ist mein Schicksal. Beruhige dich und denk daran, daß dieses fromme Opfer es uns ermöglicht, immer zusammenzubleiben. Daran hast du bestimmt noch nicht gedacht?«

Ich war sicher, daß ihr dieser Gedanke noch nicht gekommen war, und wirklich:

»Das stimmt! Daran habe ich noch nicht gedacht.«

»Meine liebe Beatrice, weshalb versuchst du nicht, auch die positiven Seiten der Ereignisse zu sehen? Im Leben ist nie etwas nur negativ.«

»Mein Gott, Modesta, du redest ja wie Onkel Jacopo! Schon seit einigen Monaten fällt mir das auf. Ich habe es dir nie gesagt, weil ich Angst hatte, daß du wütend wirst.«

Beatrice war gedankenlos und manchmal scharfsinnig. Die Ähnlichkeit, die dieses Dummköpfchen bemerkt hatte, war gefährlich; es war besser, das Thema zu wechseln.

»Kommst du zur Hochzeit?«

»Nein, Modesta! Darum darfst du mich nicht bitten, das könnte ich niemals. Ich habe das ›Ding‹ noch nie gesehen, und außerdem hat die Großmutter gesagt, daß niemand es sehen darf, auch wenn es heiratet.«

Um so besser. Wenn sie Ippolito gesehen hätten, wäre ihnen aufgegangen, daß er gar nicht so entsetzlich war, wie sie sich ihn in ihrer Phantasie ausmalten. Man sollte die Augen nie vor den unangenehmen Seiten des Lebens verschließen; kennt man die Realität nicht, dann wird sie von der Phantasie übersteigert und in nicht mehr steuerbare Alpträume verwandelt.

»Siehst du, genau wie Onkel Jacopo hängst du wer weiß was für Gedanken nach und entfernst dich dabei von mir. Du hast dich sehr verändert, Modesta.«

Ein Glück, daß sie nichts für sich behalten konnte und mich immer warnte.

»Ich habe mich gar nicht verändert, Beatrice, doch muß ich mich darauf vorbereiten, bald ein weiteres Kreuz zu tragen. Und bitte, hör auf, so zu weinen. Wie soll ich all das hier ertragen, wenn du weit weg von mir bist?«

»Weit weg? Wieso denn das?«

»Die Fürstin hat mir gesagt, daß sie dich in irgendein Internat in der Schweiz steckt, wenn du weiter immerzu weinst. Du weißt doch, daß sie tut, was sie sagt.«

Dank der Fürstin hörte das Weinen auf. Auch für mich war es unerträglich, sie so zu sehen. Jetzt trocknete sie ihre Tränen und versuchte zu lächeln.

»O Gott, Modesta, um Himmels willen, ich weine nie

mehr. Ich verspreche es dir! Sag ihr das, daß ich nie mehr weinen werde!«

Sie vertraute sich mir an, denn ich war jetzt diejenige, die die Verbindung zur Fürstin hatte – und das nach nur einem Jahr! Achtung, Modesta, mit der Macht muß man vorsichtig umgehen! Vor allem sollte man nie alte Freundschaften vernachlässigen, wie Shakespeare sagt. Diese demütige Art, mit der sich Beatrice mir anvertraute, bedeutete vielleicht, daß sie sich von mir entfernte.

»Meine Beatrice, laß uns nicht an schlimme Dinge denken. Komm, lächle! Wenn du lächelst, wird alles um mich herum schön.« Wo hatte sie nur diesen Unsinn gelesen, der den Mädchen so gefiel? Aber er war nützlich. »Wenn du mich anlächelst, strahlt die Sonne selbst durch die Wolken hindurch. Komm und umarme mich. In deinen Armen finde ich den Mut, die schmerzensreiche Aufgabe anzunehmen, die mich erwartet.«

»O Modesta, du bist wieder lieb zu mir, was für schöne Dinge du mir sagst! In den vergangenen drei Wochen warst du so ernst, daß ich beinahe Angst vor dir bekommen habe.«

Da, sie hatte es ausgesprochen. Ich mußte ihr diese Angst nehmen, um sie als Verbündete zu gewinnen, auch wenn sie davon nichts ahnte. Angst und Demütigung sind der Keim von Haß und Feindschaft. Und auch der Neid, so stand es geschrieben. Es war schwer, aber jetzt, wo ich langsam ein wenig Macht bekam, mußte ich dafür sorgen, daß ich nicht zu sehr beneidet wurde, auch nicht von der Dienerschaft, wie ein alter und weiser Herrscher.

Nachdem ich mich in Beatrices Armen hatte trösten lassen, stand ich auf.

»Und jetzt geh, Beatrice, ich muß beten, um Kraft zu finden.«

Sicherlich denkt ihr, die ihr diese Geschichte lest, daß meine Eroberung notwendigerweise etwas sehr Unangenehmes mit sich brachte: mit einem Behinderten zu schlafen, der zwar kein Monster, aber doch sehr häßlich war. Nun lest ihr diese Geschichte und seid mir voraus, während ich sie erlebe, immer noch lebe.

Blitzartig wird mir klar, was mich erwartet. Was hatte das Ungeheuer mit all diesen Mädchen gemacht, die in sein Zimmer gebracht worden waren? Und wen konnte ich fragen? An Pietro war nicht zu denken. Den Arzt? Wie hätte ich das tun können? Auch er war bigott. Mein Ruf als Heilige erlaubte es mir nicht, bestimmte Themen auch nur zu streifen. Kalter Schweiß lief mir den Rücken hinunter, und einen Moment lang zweifelte ich an dem, was mir als Sieg erschienen war. Gegen meinen Willen fiel ich aus Gewohnheit auf die Knie und verbarg den Kopf zwischen den Händen. Ich habe nicht gebetet, keine Sorge, sondern nur versucht, das Entsetzen zu überwinden, das mir das Gehirn vernebelte. Diesem Gefühl der Abscheu durfte ich nicht nachgeben. Und wenn so viele Mädchen in dieses Zimmer gegangen und nicht gestorben waren, dann würde auch ich das schaffen. Ich versuchte mich an irgendeinen Namen zu erinnern. Genau, Carmela, die, die Ippolito dem Arzt zufolge am liebsten gehabt hatte …

»Verzeiht, wenn ich störe, mein Fräulein. Die Fürstin läßt ausrichten, daß Ihr bei der Trauung das Kleid tragen sollt, das Madre Leonora trug, als sie mit Christus vermählt wurde. Wenn es recht ist, würde ich es mitnehmen, um es aufzubügeln.«

Nie zuvor war Quecksilber mir gegenüber so respektvoll gewesen, sie sprach langsamer, hielt den Blick gesenkt und rannte nicht mehr wie eine Verrückte im Zimmer hin und her.

»Darf ich das Kleid mitnehmen, mein Fräulein?«

Ach so, sie erwartete eine Anweisung von mir. Diese Haltung gab mir das Vertrauen zurück, das ich verloren hatte. Ich gehörte jetzt zur Familie. Und um mich in diesem Vertrauen zu bestärken, ließ ich sie einige Minuten lang warten. Ihre ehrfürchtige Starre und der gesenkte Kopf beruhigten mich endgültig. Mit der Ruhe wurden meine Gedanken wieder klarer. Zumindest mußte ich mich nicht mehr vor den Wänden, den Vorhängen und der Dienerschaft dieses Hauses fürchten wie in der Vergangenheit.

»Einen Augenblick noch, Quecksilber, ich muß dich etwas fragen. Kennst du eine gewisse Carmela Licari?«

»Nein, die kenne ich nicht. Das ist doch bloß eine der Bäuerinnen, die unten in den Hütten wohnen. Wie Ihr wißt, haben wir hier in der Villa mit solchen Leuten keinerlei Kontakt.«

»Du kannst das Kleid mitnehmen.«

Sie knickste – bevor sie sich bewegte, machte sie jetzt immer einen Knicks – und wagte zu sagen:

»Aber das Fräulein darf nicht an die da denken. Die sind gegen Bezahlung gekommen und …«

»Ich habe dich nicht nach deiner Meinung gefragt.«

So hätte die Fürstin geantwortet, und es zeigte augenblicklich Wirkung.

»O verzeiht! Ich wollte nicht. Verzeiht, wenn ich gestört habe. Zu Diensten, mein Fräulein.«

Es war gefährlich, aber ich mußte es wissen. Glücklicherweise hatte ich keinen Centesimo von dem Geld ausgegeben, das mir die Fürstin jeden Monat zahlte, seit ich die Führung des Hauses übernommen hatte.

Als die Sonne hoch am Himmel stand und ich sicher sein konnte, daß alle Männer auf den Feldern waren und man sich in der Villa wegen der großen Hitze in die Zimmer zurückgezogen hatte, warf ich einen alten Kittel über, band mir wie die Bäuerinnen das unauffälligste Tuch um den Kopf, das ich finden konnte, und lief hinunter zu der weißen Mauer hinter den Bäumen. Es gab dort eine Öffnung, die nur von Selassié, dem Hund, der mich kannte, bewacht wurde, und blitzschnell war ich draußen. Ich war noch nie außerhalb der Mauern gewesen, und die endlose Weite der zum Tal hin abfallenden Felder mit ihren wogenden Ähren schlug wie ein Peitschenhieb gegen meine Beine und meine Stirn. Der Wind wehte stark, und ich kam nicht vom Fleck. Ich war nicht daran gewöhnt, mich ohne eine Mauer, die die Grenze zur Außenwelt markierte, zu bewegen. Wenn man sich vorstellte, daß ich als kleines Mädchen den lieben langen Tag über die Chiana gestreift war ... All diese Jahre hatten mich geschwächt, ich vermochte diese tanzende goldene Unendlichkeit nicht einmal anzuschauen. Einen Moment lang war ich versucht umzukehren. Nein! Ich mußte mich überwinden! Und mit gesenktem Kopf, den Blick starr auf die weißen Hütten gerichtet, die ich unten im Tal ausmachen konnte, begann ich zu rennen, als würde ich verfolgt, und hielt erst an, als meine Hände eine Mauer fühlten, an der ich das verlorene Gleichgewicht wiederfand. Es war eine Viehtränke mit einer Menge Esel und Kinder.

»Was redet die denn da! *Iu nun la capisciu, e tu?*«

Wie ich wußte, seit ich bei den Nonnen gewesen war, sprach man außerhalb der Mauern eine andere Sprache.

»Was will die? *Na straniera havi a essiri, e chi voli?*«

Ein Glück, daß ich damals nicht aus dem Kloster geflohen war. Aber jetzt hatte ich Geld, und während ich Carmela Licaris Namen wiederholte, verteilte ich Münzen.

»Ah, die da wie eine Signora redet, sucht Carmela.«

Einer von ihnen bedeutete mir, ihm zu folgen, und führte mich wortlos zu einer Behausung, vor der ein schwarzer Schleier hing. Aber statt mich hineinzulassen, baute er sich breitbeinig vor der Tür auf, drückte sich die Mütze wie ein Erwachsener ins Gesicht und streckte die Hand aus. Ich gab ihm noch mehr Münzen, und er ging zu den anderen zurück und schrie irgend etwas, das sicherlich eine Beleidigung war. Ich klopfte an, und als die Tür aufging, stürzte ich zurück in die Vergangenheit. Eine nach Schimmel und Schweiß stinkende Dunkelheit schlug mir entgegen und ließ mich wieder zum Kind werden. Die Fliegen schwirrten gegen die Mauern. Drei Betten waren zu dem großen Bett, in dem die Mama mit Tina schlief, hinzugekommen. Hinten in der Ecke war der Herd wie immer kalt.

»Was wünscht Ihr?«

Die Stimme war nicht schrill wie die der Mama.

»O heiliger Himmel, das ist doch das Fräulein Modesta! Aber was macht Ihr denn hier, mein Fräulein? Geht es Euch nicht gut? Seid Ihr weggelaufen? O mein Gott, das hier ist kein Ort für Euch, Fräulein! Ihr seid doch nicht etwa hergekommen, um Unheil über dieses Haus zu bringen, das sowieso schon so elend ist.«

Selbst erschrocken durch ihre Angst, schrie ich, ohne es zu wollen:

»Nein, Carmela, nein, ich bin nicht geflohen. Ich wollte nur etwas wissen ...«

»Ja, ja, ich versteh schon. Auch ich hab große Angst gehabt, als sie mich das erste Mal zu ihm gebracht haben. Und das, obwohl ich – wir sind ja hier unter uns Frauen – aus Armut und Unglück schon Bescheid wußte. Und das hat mich gerettet. Es geht nicht um das Geld, *figghia**,

* (siz.) Tochter

wenn ich dir das erzähle. Es ist, weil ich nicht will, daß jemand das durchmachen muß, was ich durchgemacht habe, bevor ich in das Zimmer hinein mußte … Ich nehm das Geld, aber nur die Hälfte. Und auch nur, weil wir es, wie du siehst, bitter nötig haben. Aber ich sehe, daß du es eilig hast. Wenn die merken, daß du weg bist, kriegen wir beide Ärger. Hör gut zu, Figghia, es war nicht schwer, aber du mußt dich überwinden. Ich erzähl dir jetzt alles. Du mußt wissen, ich war die erste Frau, die dieses arme Wesen zu Gesicht bekommen hat. Also, du bist zwar eine Frau, aber trotzdem weiß ich nicht, wie ich anfangen soll … Um es kurz zu machen und damit wir uns nicht so sehr schämen müssen, ich – schau mich nicht so an, sonst schäm ich mich! –, als ich dort hingegangen bin, hab ich gedacht, daß die sich auskennen. Da war ja auch ein Arzt, aber das ist eine andere Geschichte. Was weiß ich! Ich hab gedacht, man hat dem Fürsten irgendwie erklärt, was ein Mann mit einer Frau macht. Also hab ich die Augen zugemacht und mich nicht ausgezogen, es gibt ja Männer, die das gern selbst tun … Also, ich hab die Augen zugemacht – und wenn man sich vorstellt, daß sie mir schon mit zehn Jahren den ersten Mann zwischen die Beine gesteckt haben – und hab gewartet. Eine Ewigkeit, und der da – nichts. Da hab ich die Augen wieder aufgemacht, und die arme Seele stand da, angezogen und mit … nun, wie soll ich sagen? Ja, nun, mit seinem Ding, das raushing und das er anfaßte und dabei raste. Na ja, da hab ich verstanden, daß er mit seinem Ding gar nichts anfangen konnte, und so hart, wie es war, hat es ihm sicher weh getan. Und dann – die Mutter Gottes soll mir vergeben! Dann hab ich mit heiliger Geduld …«

»Was?«

»Weil er keine Ahnung hatte und mir das lieber war,

hab ich ihm gezeigt, wie man sich dort reibt, so wie es die Männer machen. Das konnte ihm nicht schaden, da wußte ich Bescheid. Ein Matrose hat mir mal erzählt, daß die Männer es so machen, wenn sie viele Monate auf See sind. Denen hat auch der Bordarzt gesagt, daß es der Gesundheit nicht schadet. Und er hat mir sogar gestanden, daß es ihm so fast besser gefällt, als wenn er es richtig macht. Oh, Figghia, was für eine Schande, dir so was erzählen zu müssen. Aber du hast mir viel Geld gegeben. Jetzt weißt du's. Ich hab natürlich keine Ahnung, was die gemacht haben, die nach mir gekommen sind. Das kann ich dir nicht sagen. Aber nun sag du mir, wovor hast du Angst? Daß er häßlich ist? Ja, häßlich ist er, aber lieb, das kannst du mir glauben, lieb und sanftmütig. Oder hast du Angst, daß du keine Kinder bekommst, jetzt, wo sie dich mit ihm verheiraten? Natürlich, Kinder würden deine Stellung sichern, aber ich würde sie nicht mit dem Fürsten machen. Mehr sag ich nicht, du bist noch jung! Schau dich um ... Ich weiß, daß ich mich vor der Kirche versündige, aber mach es nicht so wie ich, die ich zu vertrauensselig war ... schau dich einfach um! Jetzt mußt du gehen, ich höre, daß sie von den Feldern zurückkommen. Geh, Figghia, mein Michele ist rasend eifersüchtig. Rasend eifersüchtig auf alle aus der Villa ... Nein, ich will nicht das ganze Geld, das ist zuviel. Nein, nicht doch! Na gut, wenn du es wirklich willst, dann nehme ich es eben. Ich sehe, daß du ein gutes Herz hast, und ich nehm es an, aber nur, wenn du mir versprichst, nicht zu vergessen, daß ich in deiner Schuld steh. Und jetzt lauf, lauf nach Hause, und geh nicht mehr fort ...«

Als ich hinaustrat, blendete mich das Licht wie damals vor vielen Jahren, aber die Männer kamen zurück, und ich durfte nicht an die Vergangenheit denken. Ich mußte nur noch laufen, wie Carmela mir gesagt hatte. Zurück bergauf jagte mir das grenzenlose Gelb des Korns weniger Angst ein. Und ohne mich umzusehen, flog ich mit gesenktem Kopf dem dunklen Fleck des Waldes entgegen, hinter dem eine hohe Mauer vor dem Elend schützte, dem ich zumindest bis jetzt entkommen war, das aber unerschütterlich mit dem aufgerissenen Mund und der ausgestreckten Hand eines Kindes auf mich wartete. Nie mehr würde ich diese Mauern verlassen.

»Schnelle Beine hat meine Padroncina. Wer hätte das gedacht? Wenn ich Euch nicht an der Haarfarbe erkannt hätte, hätte ich Euch von weitem für ein Mädchen von den Feldern oder für einen Hasen gehalten.«

Wie angewurzelt blieb ich stehen und griff mir an den Kopf. In der Panik, dem Elend zu entfliehen, hatte ich mein Tuch verloren. Ich verfluchte meine Vergangenheit und meine Feigheit. Jetzt hatte es keinen Zweck mehr zu fliehen. Ich ballte die Fäuste, trat ihm entgegen und sah ihm ins Gesicht. Seit Monaten hatte ich ihn nicht mehr angeschaut. Vielleicht weil er hoch oben auf dem Pferd noch größer wirkte oder weil das Majolikablau seiner Augen im Freien von roten Flammen durchsetzt war oder weil er lachte, packte mich ein noch größerer Schrecken als zuvor.

»Ihr müßt ganz schön gelaufen sein, Padroncina, Ihr seid ja ganz rot. Wenn es Euch recht ist, begleite ich Euch mit Orlando. Bergab helfen alle Heiligen, aber bergauf bleibt bergauf. Hü, Orlando, mein Freibeuter, darf ich dir meine Padroncina vorstellen? Er war es, der Euch im Korn entdeckt und mich vom Weg abgebracht hat: Also, wenn Ihr wollt, begleite ich Euch. Keine Angst, nur bis zur Mauer. Carmine ist verschwiegen. Und wenn man es mit ihm nicht verdirbt, sieht und hört er nichts. Ich bringe Euch dorthin, wo Ihr herausgekommen seid ... Sitzt auf, ich folge Euch zu Fuß.«

»Aber ich ...«

»Wollt Ihr sagen, daß Ihr ohne Sattel nicht reiten könnt?«

»Ich kann überhaupt nicht reiten.«

»Also müßt Ihr Euch, auch wenn es Euch nicht gefällt, vor mich aufs Pferd setzen ... Genau, stellt den Fuß hierher. Und jetzt mit Schwung. Sehr gut! Ihr seid wirklich gelenkig ... Entschuldigt, wenn ich hinter Euch bleiben muß.«

Diese Stimme machte mir entsetzliche Angst. Als ich ihn hinter mir spürte, leicht gebeugt und mit den Zügeln in der Hand, war mir so, als sei ich von allen Seiten mit einer Kette umgeben. Er hatte mich in die Falle gelockt, deshalb lächelte er.

»Wie kommt es, daß Ihr so zittert, Padroncina? Habt Ihr etwa Angst vor dem Pferd? Das geht allen beim ersten Mal so. Aber daran müßt Ihr Euch gewöhnen, denn wenn Ihr morgen Fürstin seid, müßt Ihr Euren Besitz nicht nur auf dem Papier, sondern auch direkt in Augenschein nehmen.«

»Ja, ja, aber ... Es macht mir ein bißchen Angst. Wie heißt es?«

»Orlando, Padroncina. Ich hoffe, daß Euch nur das Tier Angst macht und nicht auch der Besitzer des Tieres.«

Seine Stimme und der Wind ließen mich nach links und rechts schwanken. So aus der Höhe schwindelte mir von dieser tanzenden goldenen Weite derart, daß ich mich unwillkürlich an seinen Arm klammerte.

»Nein, Padroncina, die Arme müßt Ihr mir frei lassen. Orlando ist sehr eifersüchtig. Und wenn Ihr Euch zu sehr bemerkbar macht, ist er imstande, bockig zu werden und uns den Hals zu brechen. Lehnt Euch mit dem Rücken an mich. Natürlich, mit den Röcken ist das schwierig. Genau, so … Spürt Ihr, wie ich es mache? Die Schenkel und die Knie leicht an die Flanke gelegt. Sehr gut! Genau so. Ich wette, daß Ihr innerhalb eines Monats genauso gerade und sogar noch besser im Sattel sitzt wie die junge Fürstin. Sobald Ihr wollt, bringe ich es Euch bei.«

Die Flanken des Pferdes dampften. Dagegen verströmten die Arme und der Oberkörper dieses Mannes eine trockene Hitze, so als stünde man vor einem Kamin. Aus Angst, daß mich erneut dieser seltsame Schwindel befallen könnte, hielt ich die Augen geschlossen. Ich mußte irgend etwas sagen, aber mein Mund war wie zugeklebt. Wenn er wenigstens weitergeredet hätte … Aber jetzt schwieg er. In dieser Stille wurde mir bei jedem leichten Zug an den Zügeln immer schwindliger, und voller Scham spürte ich den Schweiß auf meinem Rücken, der auch sein Hemd durchnäßte. Schon bald konnte ich die beiden Stoffe nicht mehr voneinander unterscheiden. Er sagte nichts mehr, bis ich merkte, daß das Pferd stillstand. Er stieg ab und reichte mir den Arm.

»So, Padroncina, wir sind da. Wenn ich mir erlauben darf, Ihr müßt vor dem Tier keine solche Angst haben. Ich bin ganz in Eurem Schweiß gebadet. Das Tier ist brav, wenn man richtig mit ihm umgeht. Jetzt steigt ab.«

Bevor ich die Augen öffnen konnte, hatte er mich schon um die Taille gefaßt und durch die Luft gewirbelt, was mich vollends verwirrte, und beschämt hörte ich mich sagen:

»Entschuldigt, daß ich so geschwitzt habe.«

»Ihr braucht Euch wegen des Schweißes nicht zu entschuldigen: Der duftet! Bei Gott, selbst wenn meine Mutter mir das gesagt hätte, hätte ich nie geglaubt, daß Schweiß nach Orangenblüten duften kann! Küß die Hand, Padroncina.«

Lachend stieg er auf sein Pferd, ohne sich noch einmal nach mir umzudrehen. Mir zitterten die Beine so stark, daß ich nur mit Mühe warten konnte, bis er sich entfernt hatte, ehe ich mich auf die Erde fallen ließ. Selbst im Sitzen zitterte ich noch. Und als langsam die schweißige Hitze des Pferdes nachließ, kroch mir eine furchtbare Kälte in alle Glieder. Obwohl die Sonne noch hoch stand … Dort galoppierte dieser weiße Kopf durch die Felder … Verfluchter Alter! Außerhalb der Villa lachte er. Hier war er der Padrone. Beatrice hatte recht, ihren Vater zu hassen.

Die Kälte wollte mich einfach nicht loslassen und mit der Kälte der Haß gegen diese kräftigen Arme und das selbstsichere Lachen.

Voller Wut riß ich mir die Kleider vom Leib und wusch mich, als ob das Wasser die Erinnerung an die Kraft dieses Alten auslöschen könnte. Ich durfte nicht mehr daran denken.

Was hatte mich so aufgebracht? Seine Stärke? Die Leichtigkeit, mit der er mich hochgehoben hatte wie einen Stuhl? Wenn das stimmte, dann war das kein gesunder Haß, wie ich gedacht hatte. Hinter diesem Haß verbarg sich nur die Angst, die er mir einflößtc. Es war hart, sich die eigene Schwäche und Feigheit einzugestehen, aber ich mußte mich mit dieser Tatsache auseinandersetzen. Der Ausflug aus dem Schloß war ein richtiger Kampf gewesen. In seinen Mauern fühlte ich mich sicher und stark, aber die Hütte und das Kind an der Tränke hatten gereicht, um die Vergangenheit zurückkehren zu lassen.

Auf diese Art kehrte also die Vergangenheit zurück … nicht in Gestalt derselben Personen, wie im Roman, sondern mit neuen, die in uns die Erinnerung an nicht überwundene Ängste wecken. Und das war sehr gefährlich. Ich durfte nicht versuchen, die Vergangenheit zu vergessen, wie ich gedacht hatte, als ich aus Carmelas Hütte floh, sondern mußte mich im Gegenteil immer an alles erinnern, um meine Ängste zu beherrschen und mich mit ihnen für neue Auseinandersetzungen zu wappnen, die mir mit Sicherheit bevorstanden. Carmela war mir wie meine Mutter vorgekommen. Es war die alte Angst gewesen, die mich das Tuch hatte verlieren lassen. Auch Carmine hatte mir Angst gemacht, aber nicht auf dieselbe Art wie Madre Leonora. Und was für eine Angst jagte mir die Fürstin ein? Das war der richtige Weg: So wie man die Grammatik und die Musik studierte, mußte man auch die Gefühle untersuchen, die andere in uns hervorrufen.

Das Gefühl der Wärme und der Befreiung, das bei diesem Gedanken in mir aufstieg, bestätigte mir, daß ich etwas Vernünftiges entdeckt hatte. Ich schloß die Augen und sah mich durch das Korn laufen, zitternd wie ein Mädchen von sieben oder acht Jahren. Dieser Ausflug hatte mich nur dann weitergebracht, wenn ich mir von nun an stets vor Augen hielt, daß dieses kleine Mädchen mit seinen kindlichen Ängsten durch eine Mauer, einen Lichtstrahl oder ein Gesicht wieder in mir geweckt werden und mit seinem Schrecken all meine Pläne und mein Glück als Achtzehnjährige ruinieren konnte. In wenigen Monaten würde ich achtzehn Jahre alt werden. In drei Tagen, nein, in zwei, würde ich Fürstin, auch wenn das bedeutete … Wenn die Dinge wenigstens noch so stünden, wie Carmela mir gesagt hatte!

Die Dinge standen noch genau so, wie Carmela mir gesagt hatte. Und es war gar nicht schlimm, auch weil Pietro statt eines Ehebetts ein zweites kleines Bett in das Zimmer gestellt hatte, das durch einen Nachttisch von dem des Fürsten getrennt war. An der Rückenlehne war zu meiner Sicherheit eine Klingel angebracht. Sie erklang direkt über Pietros Kopf, der im Zimmer nebenan wachte. Die ersten vierzehn Tage waren hart, aber nur, weil Ippolito mich, kaum deutete ich einen Schritt in Richtung Tür an, zart am Rock festhielt. Carmela hatte recht, er war sanftmütig. Und so mußte ich immer bei ihm im Zimmer bleiben. Aber nach und nach beruhigte er sich, und ich konnte wieder mein gewohntes Leben führen. Es war schön, ein wenig Sicherheit zu haben. Jetzt konnte ich durch die Salons, die Zimmer und den Garten laufen ohne die Angst – wie in der Vergangenheit –, daß mir jemand den Boden unter den Füßen wegzog. Ich war Teil der Familie, das sah ich an der Art, wie man mir den Vortritt ließ, wenn ich Dienstboten, Zimmermädchen, den Tanzlehrer oder den Hauslehrer traf. Und selbst Don Antonio – was ich mir nie hätte vorstellen können – sprach mich nicht wie früher direkt an, sondern vorsichtig, mit dem Kopf eine leichte Verbeugung andeutend. Wie ich es mir vorgenommen hatte, wurde ich ein weiser, alter Herrscher. Ich war sehr freundlich zu allen, machte in Maßen Geschenke und ließ mich ab und zu für mein Unglück bemitleiden.

»Das Leben eines so schönen und frommen Mädchens einem Ungeheuer geopfert!«

Das rief ich allen immer wieder ins Gedächtnis, Padre Antonio im Beichtstuhl und auch den anderen. Sie durften mein Unglück nicht vergessen. Nur so konnte ich ihre volle Zustimmung finden und jeden Neid im Keim ersticken. Bei Quecksilber hatte ich damit großen Erfolg. Wann immer sie mich sah, sorgte ich dafür, daß eine leichte Traurigkeit wie ein Schleier über meinem Blick lag. Einmal warf sie sich mir sogar weinend zu Füßen:

»Mein armes Fräulein, wie macht Ihr das nur, so fröhlich und heiter zu bleiben bei dem Opfer, das Ihr bringt.«

Opfer! Ich hatte jahrelang mit Tina zusammen geschlafen!

So halfen mir die alte Gewohnheit im Umgang mit Ungeheuern und Pietro, der seinen Herrn Fürsten sehr sauberhielt, langsam dabei, seine Häßlichkeit nicht weiter zu beachten. Im Gegenteil, er weckte eine gewisse Zärtlichkeit in mir, wenn er ganz still dasaß und mich wie ein Hund anschaute. Ihn so glücklich zu sehen, wenn seine unförmigen Pranken meine Hand hielten, weckte in mir zärtliche und zwiespältige Gefühle, die längst vergessene Schauer wieder wachriefen. Aber ich fügte dem, was Carmela mir erzählt hatte, nichts Neues hinzu. Ich zog mich nie nackt vor ihm aus und wählte für die Nacht die hochgeschlossensten Nachthemden, die ich finden konnte. Aber eigentlich waren in dieser Zeit alle Nachthemden hochgeschlossen, das habe ich schon beinahe vergessen.

34

An diesem Montag überraschte mich die Fürstin mit ihrem Scharfsinn, wie Quecksilber es ausgedrückt hätte. Immer lernte ich etwas Neues von ihr. Hört zu:

»Du überanstrengst dich, Mody! Du bist ja nur noch Haut und Knochen. Paß bloß auf, wenn du mir häßlich wirst, lasse ich dich von dem ›Ding‹ verstoßen. Früher warst du eine Augenweide. Du arbeitest zuviel. Du hast das Haus am Hals, mußt dich um das ›Ding‹ kümmern, und dann studierst du auch noch! Gut, das zeigt, daß du begabt bist. Am Anfang habe ich gedacht, dein Interesse an den Büchern würde nur daher rühren, daß du es zu etwas bringen willst, aber jetzt merke ich, es ist echter Wissensdrang. Trotzdem will ich dich so nicht sehen. Also, entweder schaffst du es, zuzunehmen und wieder ein wenig Farbe zu bekommen, oder ich verbiete dir, weiter den Unterricht zu besuchen. Verstanden? Außerdem hat der Arzt vielleicht recht: Du mußt mehr an die frische Luft kommen. Ab morgen nimmst du Reitunterricht. Wenn du Beatrice eingeholt hast, die nicht schlecht ist, könnt ihr zusammen ein bißchen ausreiten. Du mußt das auch für Beatrice tun, die mir unter dem Vorwand, daß du nicht reiten kannst, fett und träge wird. Diese Blonden! Kaum haben sie die Jugend hinter sich gelassen, schwellen sie an und ab wie Ballons. Sie will ich dünner und dich dicker. Carmine, hast du verstanden? Wir müssen Mody Reitunterricht geben. Und jetzt reicht es mit dem Geplapper, an die Arbeit!«

Auch ich verstand nicht, warum ich mich weiterhin so in die Bücher verbiß. Und jetzt, als die Drohung ausgesprochen war, ließ mich der Gedanke, nicht mehr lernen zu dürfen, gleich an diesem Abend zwei Teller Nudeln und jede Menge Püree hinunterschlingen; Püree macht dick, hatte ich gehört. Und morgens Milch, Butter und viel Marmelade. Aber bei der Vorstellung, Orlando wiederzusehen, zitterte ich vor Angst. Hatte ich eigentlich Angst vor Orlando oder vor Carmine? Seit jenem Zusammentreffen hatte ich nicht mehr an ihn gedacht und ihm nicht mehr ins Gesicht gesehen, nicht einmal, wenn er im Büro der Alten vor mir saß ... Da kommt er auch schon lachend die große Allee entlang. Dieses selbstsichere

Lachen war unerträglich. Außerhalb der Mauern war er der Padrone. Das sah man daran, wie der andere Mann ihm zuhörte, der einen Schritt hinter ihm Orlando und ein weiteres Pferd an den Zügeln führte.

»Guten Tag, Padroncina. Ich freue mich wirklich, daß Ihr Euch dazu entschlossen habt, es mit dem Pferd zu versuchen. Ich überlasse Euch Rosario, unseren besten Reitlehrer, der Euch alles Nötige beibringen wird. Rosario, denk daran, die junge Fürstin hat ein wenig Angst. Ich verlasse mich auf dich. Ich empfehle mich, Padroncina.«

Rosario stellte sich sofort mit verschränkten Fingern bereit, um mir auf das Pferd zu helfen, aber man merkte, daß ihm das Mühe bereitete. Dieser dienernde Rotzbengel machte mich plötzlich so wütend, daß ich auf der anderen Seite des Tiers wieder hinunterfiel.

»Entschuldigt, Euer Durchlaucht, entschuldigt, ich habe nicht damit gerechnet, daß Ihr schon allein Schwung nehmen könnt. Glücklicherweise habt Ihr Euch nicht weh getan! Ihr habt Euch doch nicht weh getan, oder?«

»Mir geht es gut, und jammer nicht so rum. Wo ist Don Carmine hingegangen?«

»Also eigentlich ... Er wird wohl nach Hause gegangen sein ...«

»Und wo ist das?«

»Zu Fuß ist es weit. Zu Pferd gute zehn Minuten.«

»Gut, dann bring mich auf dem Pferd dorthin.«

»Aber ich habe die Anweisung ...«

»Hier gebe ich die Anweisungen! Hilf mir aufzusitzen, und paß auf, daß ich nicht noch einmal hinunterfalle!«

Er entschuldigte sich immer weiter. Wie ich ihn mager und zerbrechlich hinter mir im Sattel spürte, verabscheute ich ihn so sehr, daß ich mit Hilfe von Schenkeln und Knien eine Möglichkeit fand, mich nicht an ihn lehnen zu müssen.

»Aber Euer Durchlaucht halten ja das Gleichgewicht! Das hat Don Carmine mir nicht gesagt, da liegt der Fehler. Er hat mir gesagt, daß Ihr noch Angst habt … Das war der Fehler.«

»Nicht das war der Fehler. Los, ich habe es eilig.«

»Was sind das für Geschichten, Padroncina? Ihr sagt, daß Rosaria Euch zu Fall gebracht hat? Na so was, Rosario! Ich habe gar nicht gewußt, daß du auch schöne Mädchen zu Fall bringen kannst! Sehr gut … Und Ihr wollt nicht von ihm unterrichtet werden? Hast du das gehört, Rosario? Man merkt, daß du es nicht richtig angepackt hast. Und was sollen wir jetzt tun, Padroncina? Darüber müssen wir sprechen. Ich habe keine Zeit dazu. Was meinst du, Rosario, sollen wir es mit Beppe versuchen …? Nein, sagt Ihr? Ich selbst soll das machen? Na gut. Du gehst zurück an die Arbeit, denn so verlieren wir nur den ganzen Tag, ich werde versuchen, mich mit der jungen Fürstin zu einigen.«

Er öffnete die Tür, um Rosario hinauszulassen, und als er sie wieder geschlossen hatte, lehnte er sich mit dem Rücken dagegen und schaute mich fest an. Er lächelte nicht mehr.

»Also muß unbedingt ich es sein?«

Vor Wut über diesen Satz schaffte ich es nicht, den Mund aufzumachen.

»Antworte mir! Warum zitterst du so? Wir sitzen nicht auf dem Pferd. Antworte!«

Dieses mir so direkt ins Gesicht geschleuderte »Du« ließ mich die Arme heben, und ich schlug ihm mit geballten Fäusten gegen die Brust. Ich wollte ihn im Gesicht treffen, aber dazu war er zu groß.

»Du bist schön und stark, und du begehrst mich. Weißt du, daß du mich begehrst?«

Ich wollte ihn gerade wieder schlagen, aber die Wahrheit dieser Worte durchzuckte mich wie ein Blitz. Es stimmte. Woher sollte ich das wissen, wenn er es mir nicht sagte? Ich, die ich gedacht hatte, daß das Zittern, das mich in seiner Gegenwart befiel, einfach nur Haß sei. Sollte ich weglaufen? Und warum? Noch nie hatte ich diese Raserei verspürt, die sich in meinem Blut als Haß entfesselte. Es war eine furchteinflößende Lust, wie ich sie noch nie empfunden hatte, und um sie noch einmal zu kosten, begann ich erneut, auf ihn einzuschlagen. Er ließ mich gewähren. Die Schultern und Fäuste taten mir von den Schlägen auf diese marmorne Brust so weh, daß ich ermattet in seine unbeweglichen Arme fiel. Das war das Zeichen. Als habe er auf nichts anderes gewartet, faßte er mich bei der Taille, hob mich hoch und wirbelte mich wie einen leichten Gegenstand durch die Luft. Es war, als würde ich in einen Abgrund schauen. Und je größer der Schrecken wurde, desto mehr wuchs auch mein Verlangen hineinzustürzen. Ich fand mich auf der Erde wieder mit ihm über mir. Er hatte mich nicht ausgezogen und sich selbst auch nicht. Ich spürte ihn in mir, er tat mir nicht weh, sondern bewegte sich sanft. Als er aus mir herausging, merkte ich nur daran, wie er den Kopf an meine Schulter legte, daß er es genossen hatte. Aber er sagte nichts, und mein ganzer Körper glühte, ohne daß mich ein Schauer erlöst hätte.

»Entschuldige die Eile, Picciridda, aber ich begehre dich schon so lange, und du hast wirklich überhaupt keine Ahnung. Nach und nach bringe ich dir bei, auch zu kommen. Eure Mütter lehren Euch gar nichts, und dann müssen wir Männer das übernehmen …«

Und er lehrte mich. Jeden Morgen, kurz nach Sonnenaufgang, erst, das Pferd zu verstehen, und dann, bei ihm in seinem kleinen, schmucklosen Zimmer, das nach Tabak roch:

»Es ist wie beim Reiten. Du mußt die Schenkel um mich legen und dich zusammen mit mir bewegen. Wie Pferd und Reiter. Laß dich gehen, Figghia, mach dich nicht so steif, als wollte ich dich umbringen. Inzwischen kennst du ja das Tier, und ich möchte dir soviel Vergnügen schenken wie du mir. Siehst du, die Liebe ist nicht so, wie viele sagen, die keine richtigen Männer und Frauen sind und sich überall austoben, ohne dabei viel zu empfinden. Mit der Liebe, wenn man sie findet ... Mir ist das nur einmal passiert ... nein, nicht mit Beatrices Mutter, die so verrückt war wie alle in der Villa, voller Launen, und einen Tag wollte und am nächsten geweint hat ... nein, mit einer richtigen Frau, mit der ich jahrelang gelebt habe, bis sie mir gestorben ist. Aber das war es nicht, was ich dir sagen wollte. Wenn man die richtige Frau oder den richtigen Mann gefunden hat, dann muß man sich aufeinander einspielen. Der Körper ist ein kompliziertes Instrument, komplizierter als eine Gitarre, und je mehr du ihn kennenlernst und auf den anderen abstimmst, um so vollkommener wird der Klang und um so größer das Vergnügen. Aber du mußt dir und mir helfen. Und du darfst dich nicht schämen. So, jetzt mache ich ganz langsam, und du folgst mir. Wenn du merkst, daß die Hitze in dir hochsteigt, mußt du es mir sagen, damit ich auf dich warten kann und wir gemeinsam die Besinnung verlieren. Warum willst du es mir bloß nicht sagen, Picciridda, wenn die Hitze in dir hochsteigt? Wenn du es mir nicht mit Worten sagen willst, dann gib mir ein Zeichen, drück mich oder beiß mich ins Ohr, wie du willst. Du bist heiß und zitterst, aber ich weiß, daß du nur wenig Vergnügen empfindest. Ja, genau so, ruhig, ruhig, du brauchst dich nicht zu schämen.«

Woher sollte ich das wissen, wenn er es mir nicht sagte? Ganz langsam lernte ich, ihm auf dieser hohen Welle der Erregung zu folgen. Und als ich zum ersten Mal wirklich kam, war die Lust so groß, daß ich meinte vom Blitz getroffen worden zu sein.

»Sehr gut, jetzt bist du wirklich eine Frau, und ich habe mit dir geschrien. Ich wette, daß du mich nicht einmal gehört hast, so sehr hast du es genossen.«

Tagelang glaubte ich, meine Lektion nicht richtig gelernt zu haben. Wenn ich im Sattel rutschte, hatte ich Angst zu stürzen ... Und wenn er mich stumm um die Taille faßte und mich aufs Bett wirbelte und ich spürte, wie meine Beine steif wurden, hatte ich immer Angst, daß dieser Schauer nicht kommen würde, um mich zu befriedigen. Aber Carmine war geschickt und geduldig. Mit den Händen führte er mich und nahm mir die Furcht, die mich erstarren ließ, und immer stürzte ich gemeinsam mit ihm nach dem Lauf wie geblendet in diesen bodenlosen Abgrund.

»Los, Figghia, Galopp! Gestern hast du einen Schreck bekommen, aber wenn du heute der Angst keine Zeit läßt, die Erinnerung an das Vergnügen auszulöschen, wirst du keine mehr haben. Die Angst ist, wie böse Gedanken, ein zähes Unkraut, das man sofort aus seinem Körper ausreißen muß.«

Er lachte und überholte mich schnell auf seinem Orlando, um mich zum Galopp ins Tal zu bewegen. Dieses laute Lachen, gefolgt vom Anblick seiner harten Locken, jagte mir einen süßen Schrecken ein, der mich dazu anspornte, ihn einzuholen, um diese Locken zu packen und fest daran zu ziehen. Ich haßte ihn und wollte ihm weh tun, aber sobald ich von ihm wegging, ergriff mich wieder diese geheimnisvolle Kälte, und ich mußte zurückkehren.

»Natürlich tust du mir weh, denkst du, ich bin aus Eisen?«

»Doch, du bist aus Eisen, und ich kann dich nicht mehr sehen.«

»Gut, Figghia, dann sieh mich eben nicht. Man liebt sich ja sowieso mit geschlossenen Augen, wer weiß, warum. Du bist eine richtige Frau, leidenschaftlich und stark. Wenn man bedenkt, daß ich geglaubt habe, du magst nur die Liebkosungen von Frauen! Sieh mal einer an, wie sich auch so ein alter Mann wie ich noch täuschen kann!«

Woher wußte er das? Vor Überraschung zog ich so stark an den Zügeln, daß mich Morella beinahe abgeworfen hätte.

»Was ist los, erschrickst du wegen so einer Kleinigkeit? Denkst du, daß du die erste bist, die am Anfang durch Frauenhände geht? Da ist nichts Schlimmes dabei, Figghia. Keine Sorge, du bist und bleibst eine Frau, auch wenn du eines Tages mit einem Schnurrbart aufwachen solltest.«

35

Was ich von Carmine lernte, versuchte ich an Beatrice weiterzugeben. Meine Zärtlichkeiten wurden behutsamer und intensiver. Natürlich war ich kein Mann, aber ich drang mit der Hand tiefer in sie ein, und sie kam heftiger. Außerdem bereitete ich sie, wie Carmine sagte, darauf vor, den richtigen Mann zu treffen. Das war hier sicher schwierig, aber irgendwann würde der Krieg aufhören, und in Catania …

»Sieht man von unserem Palazzo in Catania aus das Meer?«

»Nicht nur das Meer, Modesta: Geschäfte, den Markt, schau nur, wie groß und schön Catania ist ...«

Auf dem Stadtplan wies mir die kleine Hand fiebernd die Straßen und Plätze. Sie zeigte mir Fotos der Villa, die umgeben war von Geschäften voller wundersamer Sachen.

»Und das hier ist die Villa all'Ognina, inmitten eines Orangenhains. So sieht ein Orangenhain aus. Hier gibt es nur den Wald, der so traurig ist! Ein Orangenhain ist etwas ganz anderes, weil man weiß, selbst wenn man es nicht sieht, daß das Meer in der Nähe ist. Diese Wälder sind düster, weil sie zu weit vom Meer entfernt sind. Es kommt mir wie eine Ewigkeit vor, seit ich das letzte Mal in Catania war! Verdammter Krieg! Warum führen die Männer bloß immer Krieg, Modesta?«

»Aus Eigennutz, Beatrice. Nur zu ihrem eigenen Nutzen, den sie als hehres Ziel maskieren. Und vielleicht noch aus irgendwelchen anderen unbegreiflichen Gründen.«

»Mein Gott, jetzt antwortest du mir genau wie Onkel Jacopo! Wie schade, daß du ihn nicht kennengelernt hast.«

»Durch dich habe ich ihn doch kennengelernt.«

»Manchmal glaube ich dir diesen Scherz sogar. Manchmal glaube ich wirklich, daß du ihn kennengelernt hast.«

»Das ist dein Verdienst. Durch dich habe ich ihn so gut kennengelernt, daß er mir manchmal im Schlaf erscheint und mir sagt, was wir denken und tun sollen ...«

»Modesta, erzähl mir davon, es gefällt mir, wenn du davon sprichst. Was hat er dir gesagt, was wir tun werden? Wann hast du ihn gesehen? Hat er dir gesagt, was in zwei oder drei Jahren sein wird? ... Ich heiraten? Er hat dir gesagt, daß ich heirate? Aber das will doch die Großmutter nicht, und außerdem habe ich Angst vor Männern. Ich will nur dich.«

Wann immer ich das Thema Männer anschnitt, fing sie an zu weinen und schmiegte sich an mich. Man mußte etwas dagegen tun. Sie weinte so laut, daß ich gar nicht hörte, wie Quecksilber hinter der Tür rief.

»Was ist denn los, Modesta, wer schreit da so? Und auch im Hof, hörst du, wie sie schreien?«

Ich hatte die Tür noch nicht ganz geöffnet, da wurden wir schon in den Hof hinuntergedrängt, wo uns eine Masse von Bauern und Dienern beinahe überrannte. Noch nie hatte ich so viele von ihnen auf einem Haufen gesehen. Einige trugen Fahnen, andere schleuderten ihre Mützen in die Luft, wieder andere umarmten sich weinend. Alle schrien durcheinander. Man verstand überhaupt nichts. Bis meine Ohren schließlich unter all dem Geschrei den einen Ruf erfaßten: Der Krieg ist vorbei! Der Krieg ist vorbei! Jetzt schiebt mich jemand zur Seite und ruft: Der Krieg ist vorbei! Ich finde Beatrice nicht mehr, die von Umarmungen und Händeschütteln weggezogen wurde. Plötzlich übertönt von oben eine mir bekannte, durchdringende Stimme alle anderen:

»Nicht für uns!«

In einem letzten Flüstern erstarben all die Rufe, und die erhobenen Gesichter senkten sich schweigend. Kreidebleich und riesig stand die Fürstin, an das Gitter geklammert, da und rief zum zweiten Mal in die Stille hinein:

»Nicht für uns!« Und nach einer Pause:

»Und du, Mody, und Beatrice, sofort hoch zu mir!«

»Sind wir denn verrückt geworden, uns so unter dieses törichte Lumpenvolk zu mischen? Sogar die italienische Fahne haben sie hinter sich hergeschleift! Immer dieselben Idioten, die damals erst nach dem Krieg geschrien haben. Setzt euch! Und damit wir uns von dieser Pöbelei nicht anstecken lassen, werde ich euch jetzt unsere Haltung erklären. Für uns ist der Krieg nicht vorbei. Nach Ignazios Tod wird der Krieg für mich nie vorbei sein. Und ich werde niemals erlauben, daß das Gegenteil auch nur angedeutet wird. Wir rühren uns nicht von hier fort. Ich sehe es euren Augen an, ich sehe, daß ihr genau darauf gehofft habt! Ich werde nie zulassen, daß wir nach Catania oder Palermo zurückkehren, wo ich ihn gesund und stark auf seinen Beinen habe gehen sehen. Und wenn auch ich nicht mehr sein werde, bleibt ihr hier, um euch um mein Zimmer zu kümmern, so als könne ich jederzeit zurückkehren. Wie es mein Mann, Gott hab ihn selig, für sich und für alle anderen gewollt hat. Und damit das klar ist, habe ich auch das Testament so abgefaßt. Wer dieses Haus verläßt, gehört nicht mehr zur Familie, und das Geld geht an die, die bleiben. Und wenn keiner bleibt, geht das Geld an ein frommes Institut, dessen Namen ich euch nicht einmal nenne. Und jetzt verschwindet und sagt diesen Schwachköpfen, daß sie mir ja nicht mit einem Lächeln auf dem Gesicht oder ähnlichem Unsinn unter die Augen treten sollen. Warnt auch den Hauslehrer und den Tanzlehrer. Kein Wort über diesen Frieden, mit dem ich nichts zu tun habe. Für mich und für euch geht die Trauer weiter.«

Ich wagte es nicht, Beatrice anzusehen, die sich kreidebleich in ihr Zimmer ziehen und aufs Bett legen ließ. Dann rannte ich los, um alle von der Anweisung der verrückten Alten zu unterrichten, uns nicht zu freuen.

Warum die ganzen Tanzstunden, all die Kleider, so als ob man uns auf das Leben vorbereiten wollte, nur um dann zu entscheiden, daß diese Villa unser Grab sein sollte? Sie war verrückt geworden. Und während ich mit den Dienstboten sprach, sah ich in ihren Gesichtern, in ihren ungläubig flackernden Blicken, daß auch sie sie für verrückt hielten. Sie war verrückt geworden, und im Moment war es besser, ihr nicht zu widersprechen.

»Aber Euer Durchlaucht, aber ...«

»Kein aber. Die Fürstin will es so, und so wird es gemacht. Schickt all diese Leute fort. Ja, natürlich, bietet ihnen ein wenig Wein an, aber leise, bitte schön, und dann fort mit euch, zurück an die Arbeit. Heute ist ein Tag wie jeder andere.«

36

Gaia war nicht verrückt und war es auch nie gewesen. Allmählich begann ich das Ungeheuer Mensch zu begreifen und wußte, daß jeder fremde Wille, der unserem eigenen zuwiderläuft, uns als Wahnsinn erscheint und wir unter Vernunft den verstehen, der uns genehm ist und unseren eigenen Absichten entgegenkommt. Sie war nicht verrückt. Sie hatte beschlossen, zu sterben und uns alle mit sich zu reißen. Und wie sie das beschlossen hatte! Ich zitterte vor dem fremden Willen, der sich wieder einmal vor meinen Augen entfesselte, aber nicht mehr mit dem Gefühl der Ohnmacht. Und da auch ich einen Willen oder Plan oder Entschluß – wie ihr wollt – hatte, der den anderen verrückt hätte erscheinen können, würde ich meinen Wahnsinn mit derselben festen Hand in die Tat umsetzen wie diese große Alte, die ich bewunderte, den ihren. Ich bewunderte sie, aber sie mußte sterben. Doch wie? Noch war Zeit. Sowohl Beatrice als auch ich waren erst achtzehn Jahre alt. Ich mußte Geduld haben und ihre Wünsche erfüllen, ohne daß sie Verdacht schöpfte. Die Gelegenheit würde sich bieten. Zuerst einmal mußte ich Beatrice beruhigen und mich dann um das Testament kümmern. Zumindest wissen, wo sie es aufbewahrte. Es nicht aus den Augen verlieren.

»Ich sehe, Mody, daß ich gut daran getan habe, dir zu vertrauen. Du bist die einzige, die mich in diesen Monaten nicht so angesehen hat, als sei ich verrückt geworden, und deren Verhalten sich nicht verändert hat. Gestern habe ich Don Antonio rausgeworfen. Dieses Trampeltier wollte besonders listig sein und hat versucht, mich über das Testament auszufragen: Ob mein letzter Wille sicher aufbewahrt sei, ob ich ihn dem Notar übergeben hätte, ob dieses, ob jenes und so weiter. Als ob ich irgend jemand anderen bräuchte außer mir selbst. Das Testament ist hier ... Als ob ich einen Notar oder, was weiß ich, einen Arzt bräuchte. Im Grunde genommen wollte der alte Trottel damit sagen, daß ich verrückt bin, was, Mody?«

»Ihr seid nicht verrückt, Fürstin.«

»Denkst du das wirklich?«

»Das denke ich wirklich. Ihr habt so entschieden, wie es Euch paßt, und das ist auch richtig.«

»Sehr gut, Mody! Aber daß ich egoistisch bin, das denkst du doch?«

»Natürlich denke ich das.«

»Genau. Ich habe nie behauptet, altruistisch zu sein ... und jetzt an die Arbeit! Und du, Carmine, erzähl mir, was es Neues gibt in diesen gefährlichen Friedenszeiten, die über uns gekommen sind!«

»Alles ist teurer geworden, Fürstin. Natürlich waren Teuerungen vorauszusehen, aber nun sind die Preise in den Himmel gestiegen, und wenn wir nicht vorsorgen …«

Während Carmine sprach, sah er mich voller Bewunderung an. Zum ersten Mal. Ich hatte es geschafft, daß dieser Ehrenmann mich respektierte. Zwei Siege an einem Vormittag. Jetzt wußte ich mit Sicherheit, daß das Testament hier im Haus war. Ganz in Ruhe hatte Gaia es mir innerhalb von nur drei Monaten selbst gesagt. Bis zu diesem Augenblick hatte ich im Büro und in ihrem Schlafzimmer gesucht, aber nur sehr oberflächlich. Denn es ist ein Unterschied, ob man etwas weiß oder nur hofft. Und jetzt hatte ich die Gewißheit, daß das Testament ganz in der Nähe war. Ich verwandte noch mehr Aufmerksamkeit auf Büro und Schlafzimmer. Ich spürte die Geheimfächer des Büros auf. Ich durchsuchte Seite für Seite ihre persönlichen Bücher und inspizierte jeden Einband. So entdeckte ich ihre Lieblingslektüre; es war nicht viel, und nur Lyrik. Ich brauchte fast einen Monat, um sicherzugehen, daß es in diesen beiden Räumen nicht sein konnte. Wollte ich das ganze Haus so durchsuchen, hätte ich ein volles Jahr gebraucht. Es gab keine andere Möglichkeit, als sie genau zu beobachten, in der Hoffnung, eine winzige Spur zu finden, die mich zu dem Versteck führte. Unter dem Vorwand, nichts von Lyrik zu verstehen, bat ich sie, einige ihrer Bücher ausleihen zu dürfen.

Je länger ich all diese französischen und englischen Dichter las, um so klarer wurde mir, daß ich Lyrik tatsächlich nie verstanden hatte. Natürlich hatte ich Dante, Petrarca und Leopardi gelesen, aber ohne je den tieferen Sinn ihrer Verse zu erfassen. Ehrlich gesagt, hatte ich bisher immer lieber philosophische Aufsätze, historische und politische Texte und Biographien gelesen. Diese

Entdeckung traf mich so, daß ich darüber beinahe das Testament vergaß. Ich muß wohl eine solche Verbissenheit bei der Lektüre gezeigt haben, daß es auch der Fürstin auffiel:

»Mody, nicht, daß du mir vor lauter Gedichtelesen zerstreut wirst? Ich leihe dir nichts mehr, wenn du weiter so mit aufgerissenen Augen ins Leere starrst. Es sieht aus, als suchtest du etwas …«

Merkwürdig war jedoch, daß sich unter all diesen Bänden ausgesuchter Lyrik zwei Prosawerke fanden: *Die Verlobten* von Manzoni und die Erzählungen von Edgar Allan Poe. Diese Tatsache machte mich stutzig. Ich legte *Die Verlobten*, die ich bereits kannte, beiseite und begann die Erzählungen von Poe zu lesen. In jener Nacht begegnete ich den schönsten Geschichten, die ich je gelesen hatte. Ich konnte gar nicht mehr aufhören, nicht einmal, als es hell wurde und mir der vergessene Schlaf ein wenig in den Augen brannte. Diese geheimnisvollen Zeilen, wo noch geheimnisvollere Mädchengesichter in magischen Bilderrahmen und unterirdischen Gärten erschienen, hatten mich derart gefesselt, daß ich einen Satz aus dem *Entwendeten Brief* zunächst nicht verstand, der der Schlüssel zu meiner mühevollen Suche war: »›Vielleicht ist es gerade die Einfachheit, welche Sie auf die falsche Fährte leitete.‹« Ich wollte schon zu *Der Goldkäfer* weiterblättern, als ich mich plötzlich im Bett aufrichtete und noch einmal die Seiten der Erzählung überflog, bis ich verstand, daß das Testament, wie der berühmte entwendete Brief, an einem ganz auffälligen Ort sein konnte, wo ich es nie vermutet hätte. Sofort untersuchte ich den Schreibtisch des Büros – ich gebe zu, daß ich mir Hoffnungen gemacht hatte –, die Tische im Lesesaal, die Regale in der Bibliothek, die Noten … Ich fand es schließlich auf Ignazios Nachttisch, in einer Mappe mit Entwürfen. Unser Schicksal lag hier, zwischen den von Ignazio signierten Zeichnungen, der mich von dem Foto herab bestürzt anstarrte. Kein Stäubchen auf diesem Nachttisch, der wie alles andere im Haus jeden Tag abgestaubt wurde. Wer wäre je darauf gekommen, zwischen diesen Zeichnungen eines Toten zu suchen? Und wirklich zitterten mir die Finger, als ich das Testament in die Hand nahm. Ignazios Augen ließen mir das Blut in den Adern gefrieren. Dieser Blick wollte leben, um uns alle mit seinem Tod zu durchbohren. Aber auch ich wollte leben, und zitternd legte ich das Dokument an seinen Platz zurück. Langsam, Modesta, und sei vorsichtig, damit niemand Verdacht schöpft, daß etwas angetastet worden ist. Das Gift der Angst kann zu Fehlern verleiten.

Am Morgen darauf, von meiner Entdeckung und dem Schlaf erfrischt, hätte ich mir alles vorstellen können, nur nicht, daß sich Ignazios Zorn so schnell zeigen würde. Ein Blitzschlag hatte in der Nacht die große Fensterfront seines Zimmers zertrümmert, und angeblich waren alle Vögel von Tante Adelaide tot aufgefunden worden. Entsetzt ging ich mit Beatrice zusammen hin, um festzustellen, ob das, was Quecksilber erzählte, wirklich stimmte. In dem großen Käfig waren alle Vögel entweder schon tot oder kurz davor. Und als ob das nicht gereicht hätte, krümmte sich Beatrice bei diesem Anblick und preßte die Fäuste vor den Mund. Ich nahm sie in den Arm. Sie erbrach eine dunkle, mit Blut vermischte Flüssigkeit. Quecksilber begann so laut zu schreien, daß ich sie, so gut das mit Beatrice im Arm ging, ohrfeigen mußte, damit sie wieder zu sich kam.

»Lauf, statt zu schreien! Geh und hol den Arzt, ich lege sie solange hier aufs Bett.«

Auch dort erbrach sich Beatrice weiter. Ich nahm eine Waschschüssel, und mit einem feuchten Handtuch von Tante Adelaide tupfte ich ihr den Schweiß von der Stirn, die, als das Brechen aufhörte, plötzlich gelb und kalt wie Marmor geworden war. Dann ging das Übergeben von neuem los, und Beatrices Gesicht begann zu glühen und war plötzlich mit roten Flecken übersät. Unter diesem quälenden Auf und Ab verging eine Ewigkeit, bis der Arzt kam. Vor Angst und wegen des beißenden Geruchs, der das Zimmer erfüllte, hatte auch ich das Gefühl, mich übergeben zu müssen.

»Da haben wir es! Gerade erst gestern habe ich erfahren, daß ganz Catania verseucht ist. Alle Krankenhäuser sind voll, Flure, Treppen, alles ... Wenn du dich übergeben mußt, dann halte es nicht zurück. Es ist besser, wenn das ganze Gift herauskommt.«

»Aber was ist das überhaupt?«

»Die spanische Grippe.«

»Die spanische Grippe?«

»Es sieht so aus, als hätten die von der Front zurückkehrenden Soldaten sie mitgebracht. Entschuldige meine Offenheit, aber mit irgendwem muß ich ehrlich reden können: Es ist ernst. Nicht einmal eine Woche ist es her, daß die Epidemie in Catania ausgebrochen ist, und die Toten sind schon kaum mehr zu zählen. Ich hatte gehofft, daß sie nicht bis hierher kommt, wo die Luft sauber ist und die Stadt weit weg. Ich hatte nichts davon gesagt, um euch nicht unnötig zu beunruhigen ... Nein, nein, keine Sorge. Beatrice kann uns nicht verstehen, sie hat anderes zu tun. Das Fieber ist hoch. Hilf mir, sie aufzurichten, ich will die Lunge abhören. Und jetzt gib Anweisung, daß keiner in ihre Nähe kommt. Alle in Isolation. Laß die Fürstin nicht hierher. Wir müssen Lysoform besorgen. In den Küchen muß alles ausgekocht werden. Die ganze Wäsche muß gekocht werden. Sehr gut, Modesta, ich sehe, daß du dich gefangen hast. Laß mich den Puls fühlen. Die Zunge? Normal ... Ist der Brechreiz vorbei?«

»Ja, er ist vorbei. Es war nur Einbildung. Sagt mir, was ich sonst noch tun muß.«

Innerhalb einer Woche verwandelte sich die Villa in ein Lazarett. Der Gestank von Lysoform und Erbrochenem war überall. Und alle fielen, umgerissen von diesem beißenden und süßlichen Gestank nach Tod, in die Betten, die drei- oder viermal am Tag frisch bezogen werden mußten. Abgesehen von mir, Pietro und Carmine, der den Kontakt zur Außenwelt halten mußte, brannte in allen dieses Fieber. Zwei Krankenschwestern aus Catania kamen, aber innerhalb weniger Tage lagen auch sie im Bett. Im Dienstbotenflügel waren nur Quecksilber und zwei andere auf den Beinen. Der Arzt, selbst erkrankt, gab von zu Hause aus Anweisungen. Don Antonio empfahl uns von seinem Bett aus, zu beten. Der kleine Tanzlehrer ließ sich nicht mehr blicken, aber er war nicht gestorben wie viele andere aus der Umgebung.

Carmine brachte uns jeden Abend bei der Rückkehr von seinen Unternehmungen Neuigkeiten, und wenn er nicht gewesen wäre, hätten wir nicht einmal Salz, Zucker und Medikamente gehabt. Er erzählte, daß alle Geschäfte geschlossen seien, viele mit Trauerflor behängt. Die Krankenhäuser waren brechend voll von Kranken und Sterbenden. In der Provinz von Messina waren alle Gefangenen ausgebrochen. In den größeren Städten plünderten diese Verbrecher und andere, die sich spontan zusammengerottet hatten, die Häuser, während die Kranken zuschauen mußten, ohne etwas dagegen unternehmen zu können. Alle Ärzte wurden herangezogen, sogar Studenten, die erst ein oder zwei Jahre an der Universität waren. Der Kampf gegen Ratten und Mäuse hatte begonnen. Auch hier in der Villa tauchten immer mehr davon auf, groß wie Katzen und ausgehungert. Wochenlang kämpften wir gegen Müdigkeit, Schmutz und Angst. Inmitten all der Angst tröstete mich nur eine kleine Hoffnung: diese Seuche, die sie, um ihr ein wenig den Schrecken zu nehmen, die »spanische Grippe« getauft hatten, brachte außer Kindern vor allem alte Menschen um. Aber als die Fürstin mich rufen ließ, war ich beinahe froh angesichts der nicht nur geistigen, sondern auch körperlichen Kraft dieser großen alten Dame, die stolz und unbeugsam wie auf einem Thron im Bett saß und so schrie wie eh und je:

»Und, wie geht es Cavallina?«

»Besser. Sie ist außer Gefahr.«

Beatrice, die als erste krank geworden war, befand sich erst seit ein paar Tagen außer Gefahr. Sie war so abgemagert und geschwächt, daß sich mir bei dem Gedanken, ich hätte sie anstelle der Fürstin verlieren können, die Kehle zuschnürte.

»Und Quecksilber?«

»Gut, bestens.«

»Sie war dir eine große Hilfe, nicht wahr?«

»Unendlich groß.«

»Ich werde sie dafür belohnen. Aber ich habe dich nicht deshalb gerufen, sondern um dir zu sagen, daß ich die Beine und auch diesen Arm nicht mehr bewegen kann. Kurz gesagt, die gesamte linke Seite ist gelähmt. Aber still! Mißbrauche mein Vertrauen nicht! Keine Träne und kein Wort darüber, zu niemandem. Ich will nicht, daß das bekannt wird. Keiner darf mich so sehen, außer dem Arzt natürlich. Also, da ich, wie gesagt, nicht will, daß mich irgend jemand so sieht, wirst du ab sofort im Nachbarzimmer wohnen und dich um mich kümmern. Aber kein Wort darüber. Auch nicht nach meinem Tod. Ich möchte nicht, daß man mich bemitleidet – weder im Leben noch im Tod. Jetzt geh, hol deine Sachen und deine Bücher, und komm sofort wieder zurück. Ich brauche dich hier, denn wenn ich einen Anfall bekomme, mußt du sofort zum Arzt laufen. Aber erst, nachdem du mir diese Pillen gegeben hast, und wenn du mir dazu den Mund mit der Zange aufzwingen mußt.«

In den zwanzig Tagen, die wir gemeinsam verbrachten, nahm meine Bewunderung weiter zu. Keine Klage, weder wenn ein Anfall kam, noch wenn sie sich erschöpft ausruhte oder mit mir sprach. Sie sprach über alles, aber vor allem über Poesie. Sie fragte mich, welcher Dichter mir gefalle, jetzt, da ich auch etwas von Lyrik verstünde, und bat mich, ihr vorzulesen. Je mehr ich sie bewunderte, um so mehr lauerte ich auf ihren Tod. Auch weil meine Taille inzwischen, obwohl ich das Mieder enger schnürte, anschwoll und sie meine Hüften trotz ihrer Krankheit voller Mißtrauen musterte.

»Wie bist du nur so dick geworden, Mody? Nicht, daß du mir einen Streich spielst? Ich habe dir gesagt, daß ich keine Kinder von diesem ›Ding‹ haben will. Sag mir Bescheid, wenn das der Fall sein sollte, mit einem guten Arzt ist es in den ersten Monaten eine Kleinigkeit, es loszuwerden.«

»Keine Sorge, Fürstin, es ist nichts. Ich habe nur in letzter Zeit zuviel gegessen.«

»Dann iß weniger. So gefällst du mir nicht. Du verlierst deine Anmut, und deine bäuerliche Herkunft zeigt sich in diesen Pausbacken.«

Sie mußte sterben. Mein verrückter Lebenswille gegen ihren verrückten Willen zum Tod.

»Ach, Mody, der Brief dort auf dem Nachttisch ist für Don Carmine. Sollte mich etwas Endgültiges ereilen, muß er ihn sofort bekommen. Verstanden?«

Sie mußte sterben. Ich hatte zu lange gewartet. Und beim nächsten Anfall blieb ich hinter der Tür, statt ihr die Pillen zu geben und zum Arzt zu laufen, wie ich es immer getan hatte, und wartete, bis auch das letzte Röcheln im Zimmer verklungen war. Dann trat ich ein. Sahen die aufgerissenen Augen mich an? Nein, sie starrten auf die Tür. Ich wandte den Blick ab, deshalb war ich nicht hier. Nachdem ich ihr die Augen geschlossen hatte, nahm ich den Brief und las ihn. Es war kein neues Testament. In dem Brief hatte sie Carmine geschrieben, daß sich ihr Letzter Wille an dem ihm bekannten Ort befinde, und so weiter und so weiter.

Mit dem Brief in der Hand rannte ich, um das Testament zu holen, und versteckte die beiden Dokumente in einer großen chinesischen Vase am Fuß der Haupttreppe. Später würde ich sie verbrennen. Jetzt mußte ich zum Arzt laufen. Zehn, fünfzehn Minuten konnten unbemerkt durchgehen, aber mehr hätte selbst die Gutgläubigkeit dieses kurzsichtigen Alten mit den feinen, zerzausten Haaren eines Kindes überstrapaziert.

37

Das Testament war nicht aufzufinden. Alle suchten fieberhaft und ich natürlich mit ihnen, aber nur, um Carmine zu überwachen.

Wie ich wußte, ging er, gefolgt von Don Antonio

und dem Arzt, in Ignazios Zimmer. Er musterte kurz die Papiere auf dem Nachttisch, dann wandte er sich an uns, die wir uns erwartungsvoll hinter ihm aufgestellt hatten:

»Wenn auch hier nichts ist, kann ich Euch garantieren, Don Antonio, daß kein Testament existiert.«

»Wie, kein Testament? Aber mir hat sie mehrmals ...«

»Sicher, mir auch. Aber Ihr wißt doch, wie die Fürstin, Gott hab sie selig, war. Ihr habt, genau wie ich, zwanzig Jahre lang mit ihr zu tun gehabt.«

»Und wie war sie, laßt hören?«

»War sie nicht manchmal zu Scherzen aufgelegt?«

»Das stimmt, aber ...«

»Die Fakten sprechen doch für sich. Wir haben die ganze Villa durchgekämmt. Wenn es nicht einmal hier, in ihrem Lieblingszimmer, ist, heißt das, daß sie ihre Pläne geändert oder überhaupt nie ein Testament gemacht hat. Aber weshalb seid Ihr so verbittert, Don Antonio? Wegen des Kirchenbaus? Dafür gibt es keinen Grund. Hier haben wir die Fürstin Modesta, die weiß, was sie zu tun hat. Sie war die letzte, die den Willen der Fürstin, ihrer Schwiegermutter, aus deren eigenem Mund vernommen hat, und sie wird sicherlich wissen, was der Kirche und allen anderen zusteht. Habe ich recht, Fürstin?«

Carmine sah mich nicht an, aber er wies mir den Weg. Wie sollte ich etwas über das Vermächtnis wissen, wenn er es mir nicht sagte? So gut ich konnte, beruhigte ich Don Antonio, der mir überallhin folgte, auch hierher in das Büro der Fürstin, wo wir uns nach stundenlanger Diskussion einigten. Soviel Zähigkeit und Härte hätte ich diesem alten Kirchenmännlein gar nicht zugetraut. Kaum war der schwarze Rock hinter der Tür verschwunden, brach Carmine in ein solches Gelächter aus, daß ich beinahe vom Stuhl gerutscht wäre. Seit Monaten hatte ich ihn nicht mehr lachen gehört.

»Wie sitzt es sich auf diesem Stuhl, Figghia? Nicht zu bequem, scheint mir. Du mußt viel üben, damit dich der Wind nicht aus dem Sattel hebt.«

Ich haßte ihn, wenn er so mit mir sprach.

»Was willst du damit sagen?«

»Ich sage gar nichts. Ist dir nicht aufgefallen, daß ich nichts gesagt habe? Ich sehe nur genau hin.«

»Weißt du, daß ich ein Kind von dir erwarte?«

»Bis jetzt hat man es mir noch nicht gesagt, aber ich habe es gesehen. Ich schaue genau hin.«

»Und warum hast du mir nicht gesagt, daß das passieren kann? Du bist doch alt.«

»Aber dieser alte Baum hat jungen Saft. Bist du darüber unglücklich? Das solltest du nicht, weil dieses Kind dir meiner Meinung nach gerade recht kommt. Ist es erst einmal da, vor allem, wenn es ein Sohn ist, kannst du denen unten in Catania das Maul stopfen. An deiner Stelle, Figghia, wäre ich gar nicht unglücklich, und ich würde dieses Verlangen nach der Stadt zügeln, das dich gepackt hat. Man sieht es dir an den Augen an, es ist nicht gesund. Und ich sage dir auch, warum: Einmal ist Catania noch von der Seuche befallen, und dann ist es besser, wenn du dort mit einem schönen männlichen Brandiforti auf dem Arm auftauchst.«

Ich verstand einfach nicht, was er wirklich dachte, aber ich mußte mich zurückhalten. Was sollte ich ohne ihn tun? Auch jetzt, als er aufgestanden war und meinen Kopf wortlos zwischen den Händen hielt, hätte ich ihn am liebsten weggejagt. Aber die trockene Wärme seiner Hände beruhigte mich.

»Du bist darüber nicht unglücklich, nicht wahr? Du

antwortest nicht? Auch gut. Recht hast du. Du haßt mich und willst mir keine Genugtuung geben. Aber ich schaue genau hin. Und ich sehe, daß du darüber nicht unglücklich bist. Daran, wie du deinen Bauch trägst, sieht man, daß du darüber nicht unglücklich bist.«

Nicht nur war ich darüber nicht unglücklich, sondern jetzt, da mir nicht mehr übel war und sich in der Villa der Geruch von Erbrochenem verzogen hatte, erwachte auch alles Tag für Tag zu neuem Leben. Die Vorhänge, die Salons, das Licht, das Treiben um mich herum. Ein nie gekannter Appetit ließ mir jede Speise wie ein wunderbares Geschenk des Schicksals erscheinen. Mich gelüstete nach allem: Obst, Wasser, Milch und vor allem Brot. Ich hatte den Geschmack von frisch gebackenem, noch warmem Brot mit Öl und Salz darauf vergessen. Nie wieder wollte ich etwas anderes essen. Und mit dem Appetit wurden das Licht intensiver und schmeichelhafter, das Gras frischer und grüner, die Pfirsiche und Feigen saftiger und süßer. Jeden Morgen, wenn ich sie einsammelte und in den Händen hielt, durchströmte mich eine Woge vergessener Empfindungen aus einer weit zurückliegenden Vergangenheit, die ich in einem fernen Winkel meines Gedächtnisses verborgen gehalten hatte. Auch der Schlaf war ein sinnliches Vergnügen geworden. Kaum legte ich mich ins Bett, beugten sich Luft, Schatten und Gedanken über mich, um mich in den Schlaf zu wiegen. Um dieses Gefühl von Frieden länger auszukosten, versuchte ich ihn hinauszuzögern, aber es gelang mir nicht, und die Träume kamen in Rinnsalen aus Licht und Farben über mich. Als ich kein Mieder mehr tragen konnte und meine breite Taille und den dicken Bauch im Spiegel sah, mußte ich wie über einen lustigen, harmlosen Streich, den das Leben mir gespielt hatte, lachen, statt zu verzweifeln, wie ich anfänglich gedacht hatte. Ich konnte einfach nicht ernst bleiben. Das einzig Mühsame war der Schmerz über den Tod der Fürstin, den ich vor allen zur Schau tragen mußte.

Ippolito war kein Problem gewesen. Kaum war die Fürstin gestorben, öffnete ich das Gefängnis seines Zimmers. Und wie ich es vorausgesehen hatte, wurde seine Aufmerksamkeit, als Pietro ihn herausführte, sofort von meiner Person abgelenkt. Er hatte sich so an mich geklammert, weil ich die einzige Frau war, die sich mit ihm beschäftigt hatte. Um freier zu sein, ließ ich eine besonders ausgebildete Krankenschwester aus Turin kommen. Ich wählte die hübscheste aus. Und als sich das Fräulein Inès mit ihren braunen Locken und den raschen und geschickten Bewegungen um ihn kümmerte, vergaß er mich vollkommen. So schnell, daß mich seine »Flatterhaftigkeit« beinahe enttäuscht hätte. Aber ich verspürte nach niemandem ein Bedürfnis, und nur wie durch einen Nebel erinnerte ich mich an Beatrices Zärtlichkeiten und Carmines Umarmungen …

Carmine ließ sich nicht mehr blicken, die Arbeit war ganz auf meine Schultern gefallen. Nicht einmal mehr die Bücher und das Klavier brauchte ich. Diese Entdeckung erschreckte mich ein wenig. Würde ich jetzt immer so sein? Aber schon bald verstand ich, daß diese Gefahr nicht bestand. Wie ich jetzt zugenommen hatte, würde ich danach auch wieder abnehmen und dann sicher wieder so wie vorher sein, wenn ich nicht starb. Genau, das war diese Ruhe, die mir mein Körper in Form seliger Interesselosigkeit und ausgedehnten Schlafes aufzwang. Die Natur bereitete mich auf die mir bevorstehende Anstrengung vor. Zugleich aber ahnte ich, daß diese Ruhe, wenn sie sich zu oft wiederholte wie bei den Frauen, die ein Kind nach dem anderen gebaren, jenen Zustand stumpfsinniger Abwesenheit erzeugte, der sie dem Leben entfremdete. Natürlich, wie sollte auch diese Vorbereitung des Körpers und des Geistes auf das geheimnisvollste und gefährlichste Unternehmen, dem ein menschliches Wesen sich stellen konnte, nicht auf die Dauer alles andere sinnlos und uninteressant erscheinen lassen?

Als sich der Augenblick mit einem brennenden Stoß ankündigte, der aus dem Magen nach unten drückte und die Hüften, die Nieren und den Darm aufriß, verstand sie, daß sie aus dieser Schläfrigkeit erwachen und kämpfen mußte. Es war nicht nur eine Anstrengung, wie sie gedacht hatte. Es war ein Kampf um Leben und Tod, der in ihr tobte, als ob ihr bisher unversehrter Körper in zwei Teile zersprungen wäre, dessen einer den anderen zu verschlingen suchte.

»Schrei nur! Schrei, das hilft!«

»Die Position ist richtig. Er liegt richtig. Schrei und preß! So schaffst du es!«

Wer schafft es? Diese Welle aus Schmerz, die sie mit sich riß? Sollte sie dieser Welle folgen? Ihr Körper kämpfte mit diesem anderen Körper, der wie ein Stück Eisen an die Mauer ihres Bauches schlug, um hinauszugelangen. Das war der Feind. Dieses Stück Eisen, das um sich schlug, um aus dem Gefängnis zu gelangen, um zu leben, auch wenn es ihren Körper dabei zerriß, zerstörte, der, obwohl darauf vorbereitet, es nicht schaffte, diesen Feind auszustoßen, um nicht zu unterliegen.

»Ja, so ist es gut. Du mußt dich nicht hin und her wälzen, sondern nach unten pressen, so hilfst du ihm und dir.«

Ja, sie mußte pressen, um diesen Fremdkörper, der schon einen starken, eigenen Lebenswillen hatte, hinauszulassen. Sie spürte, daß er entschlossen war zu leben, selbst auf die Gefahr hin zu töten. Und nach einem letzten Druck, der von den Schultern ausging und den Unterleib und die Schenkel hart auseinanderriß, fühlte sie ihn mit einem dumpfen Schlag hinausfallen – ins Leere.

Nein, sie hatten ihn aufgefangen. Hände hoben ihn hoch und schlugen ihn im milchigen Gegenlicht des Fensters. Es mußte im Morgengrauen sein, denn die Vögel schrien. Immer im Morgengrauen schrien die Vögel. Und auch von dort kamen Schreie, aus diesem von den Händen geschlagenen, verstümmelten Teil ihres erschöpften Körpers.

Warum schrie dieses Wesen so? Weinte es über das eroberte Leben oder weil es im Geheimen dieses körperlichen Akts erfahren hatte, daß es, um zu leben, beinahe getötet hätte? Nur mein und sein Körper kannten die verborgene Bedeutung dieses erbitterten Kampfes ohne Feindseligkeit: jeder um sein eigenes Leben.

38

Gerade noch rechtzeitig war ich von jener langen Reise zurückgekehrt, um zu merken, daß ich Beatrice beinahe zum zweiten Mal verlor. Wieso waren mir ihr starrer Blick und die streng zurückgekämmten Haare nicht aufgefallen, mit denen sie wie eine alte Frau aussah?

»Wir müssen hierbleiben und ganz nach dem Willen der Großmutter leben. Auch wenn sie kein Testament hinterlassen hat, war es doch das, was sie wollte. Und es darf nichts verändert werden. Ab sofort kümmere ich mich auch um ihr Zimmer, das genau so bleiben muß, wie es ist – als könnte sie jeden Moment zurückkehren.«

Ich war zu lange weg gewesen, und Gaia und all diese Toten hatten meine Abwesenheit ausgenutzt, um sich ihrer zu bemächtigen. Schlagartig verstand ich, was mit dem Wort Schicksal gemeint ist: der unbewußte Wunsch, das fortzuführen, was uns jahrelang aufgezwungen und aufgedrängt worden ist, was uns als der einzig richtige Weg eingeflüstert wurde. Mir schnürte sich die Kehle zu. Ich wollte sie nicht verlieren. Dieses abgezehrte, traurige, von Gaia überschattete Gesicht trieb mich aus dem Bett, trieb mich zu handeln. Und um zu handeln, durfte ich ihr nicht widersprechen. Ich half ihr dabei, die Zimmer in Ordnung zu halten, und zwang sie nicht, sich mit dem »Sohn des Dings« zu beschäftigen, wie sie dieses Bündel zarten Fleisches nannte, das an meiner Brust lag – so wie sie einst.

»Du stillst selbst? Das schickt sich nicht. Eine richtige Fürstin hätte sofort eine Amme genommen.«

Sie schlug die Türen zu wie früher ihre Großmutter. Der Lärm weckte Eriprando, der zu weinen und zu schreien begann. Er weinte immer und wehrte sich dagegen, in die Bänder gewickelt zu werden, die ihn von den Füßen bis zum Hals einschnürten. Enge und fest gebundene Bänder, damit er gerade wuchs und kräftig wurde. Strenge Bänder, um ihn zu erziehen, zu verbessern oder um seinen Körper und Geist zu versteifen? Ich konnte seine Schreie nicht ertragen und sprang aus dem Bett, voller Zorn über all die Zwänge, die sich mir nach dieser langen Reise in meinen Körper, bis an die Grenzen des Todes, in einer nie gekannten Deutlichkeit offenbarten. Und ich tat etwas, was ich noch nie zuvor getan hatte: Ich begann ebenfalls zu schreien:

»Aufhören! Sofort aufhören!«

Ich wollte Beatrice nicht hassen, aber sie zeigte mir eine feindselige Seite, die ich zerstören mußte. Ich riß die

Tür auf, rannte den Flur entlang und schrie meinen Haß heraus. Ich hörte meine Stimme, verstand aber nicht, was ich schrie, bis mir schließlich die zitternde Quecksilber in die Hände geriet. Ich fing an, sie zu ohrfeigen, und zwischen meinen Schreien und ihrem Weinen hörte ich sie jammern:

»Aber natürlich, Fürstin! Ich binde ihn nicht länger ein. Bitte hört auf! O Gott, ja, Ihr habt ja recht. Die junge Fürstin ist auf ihrem Zimmer ... Ja, ich bringe sie sofort zu Euch.«

Als auch Beatrice zitternd vor mir stand, durch diesen bedrohlichen Willen gealtert, gegen den sie nichts auszurichten vermochte, packte ich sie am Kopf, riß ihr die Haarnadeln heraus und zog an ihren Locken. Und als ich spürte, wie sie unter meinen Händen immer stärker zitterte, packte mich eine rasende Wut. Ich zerrte sie unter Ohrfeigen und Tritten in mein Zimmer, wobei ich der weinenden Quecksilber die Tür vor der Nase zuschlug. Ich wollte sie nicht hassen, aber ich hatte die Kontrolle über meine Hände verloren. Erst als sie vor mir auf den Boden fiel, hörte ich auf und ließ sie mitten im Zimmer liegen, um mich im Bad einzuschließen und meinen Kopf in die Schüssel mit kaltem Wasser zu tauchen. Mir war alles egal. Wenn sie Krieg wollte, dann bekam sie eben Krieg, aber einen offenen. Ich konnte mit ihr nicht so umgehen wie mit den anderen. Wir waren gleichgestellt, aneinander gebunden. Das kalte Wasser beruhigte mich, und ich ging ins Zimmer zurück. Eriprando, der immer noch wie eine Wurst in die Bänder gewickelt war, schrie aus Leibeskräften. Beatrice lag zusammengekrümmt am Boden und regte sich nicht. Ich lehnte an der Tür und betrachtete sie. Über das Stück Stirn, das zwischen den Haaren hervorschaute, rann Blut.

Draußen klopften sie an die Tür – ich mußte öffnen. Als ich mich bewegte, umklammerten plötzlich zwei Arme meine Knie.

»Verzeih mir, Modesta! Ich war gemein! Du hast recht, richtig gemein! Aber die Großmutter war doch immer so gut zu mir!«

Bestürzt richtete ich sie auf. Ihre Augen waren hell geworden und glänzten, und ihre geschwollenen Lippen öffneten sich zu einem Lächeln. Die Haare fielen ihr einladend auf die runden Schultern, und ohne uns um die Rufe vor der Tür zu kümmern, küßten wir uns wie einst.

39

Nachdem wir Eriprando von seinen Bändern befreit hatten, weinte er nicht mehr, sondern spielte mit meiner Brustwarze und mit Beatrices Haaren, die in der Sonne glänzten.

Wenn er zu stark an ihnen zog, schrie Beatrice auf und nahm aus Rache die andere Brustwarze in den Mund, um daran zu saugen. Sie balgten um meinen Körper und versöhnten sich in diesem spielerischen Kampf. In der vollkommenen Hingabe an diese beiden Wesen, denen ich mich verbunden fühlte wie nie zuvor einem Menschen, fand ich endlich Ruhe.

Und ich mußte mich ausruhen. Vielleicht bedeutete diese Erschöpfung, daß ich nicht länger jung war? Früher kannte ich keine Müdigkeit. Oder lag es an dem Wissen, daß ich die beiden nun ganz allein zu ernähren und zu beschützen hatte? Das mußte es sein. Alt war ich noch nicht. Nur die erste Jugend lag hinter mir, und ich hatte schon eine Vergangenheit. Meine Müdigkeit war nichts anderes als die Sehnsucht nach etwas, das man einmal besessen hat und nun verloren glaubt.

Ebenjene Sehnsucht hat mich dazu bewegt, meine Jugend auf diesen Blättern festzuhalten, denn ich will nicht, daß Beatrices langes Haar vom Schweigen ausgelöscht wird. Ihr langes Haar, das leuchtete in dieser Sonne, die uns mit ihrer unsäglichen, betäubenden Hitze aneinanderband. Gern würde ich hier aufhören. Aber noch während ich dies schreibe, klopft es an der Tür, und ein Auto erwartet uns am Tor …

Der große Lancia Tricappa glänzte im Sonnenlicht, und obwohl ich inzwischen wußte, daß es keine Kutsche war, wurde mir schwindelig bei dem Gedanken an diese zweite Reise ins Unbekannte. Auch das war ein Gefühl aus der Vergangenheit, das sich wie ein angstvolles Echo vor die Freude des Augenblicks schob und sie vergiftete. Mein Kind-Ich hatte sich zwischen mich und die Gegenwart gedrängt. Wenn ich die Augen schloß, sah ich mich, wie ich mich an Mimmos Arm klammerte. Ich mußte dieses Mädchen verscheuchen, das sich einfach nicht beruhigen wollte. Mein Blick fiel auf Beatrice, die schweigend neben mir saß und ganz und gar damit beschäftigt war, Eriprandos Haar zu streicheln. Sie hatte ihn inzwischen den ganzen Tag auf dem Arm. Sie war es jetzt auch, die keine Amme mehr wollte, nicht einmal, um ihn zu waschen oder zu füttern, und das war auch für mich ein Segen. Seit dem Tod der alten Fürstin hatte ich doppelt soviel Arbeit, und obwohl Carmine mir half, blieb mir nur wenig Zeit für mich. Als das Auto losfuhr, lachte Beatrice leise. Sie sah nicht einmal mehr zurück, um einen letzten Blick auf die Villa zu werfen, so sehr war sie mit ihrem Neffen beschäftigt. Die beiden glichen sich wie ein Ei dem anderen. In der Villa hatten das alle monatelang immer wieder gesagt. Das war nur natürlich, aber in dieser neuen Umgebung war die Ähnlichkeit wirklich frappierend, selbst angesichts der Tatsache, daß die zwei denselben Vater hatten. Ich drehte mich nach dem Haus um. Dort hatte ich nichts zurückgelassen. Mimmo war nicht da, und Jacopos Bücher hatte ich schon mit Fräulein Inès, Ippolito und Pietro vorausgeschickt – Pietro, der verbittert den hingebungsvollen Blick beobachtete, mit dem sein Herr seine neue Flamme bedachte.

»Ich bin untröstlich, Fürstin, ganz untröstlich! Ich hatte gehofft, daß dieses Strohfeuer für die Turinerin in einem Monat verlöschen würde, aber … ach, die Männer! Nehmt's Euch nicht zu Herzen. Habt Geduld! Darin sind alle Männer gleich. Auch mein Vater, Gott hab ihn selig, lief jedem Rockzipfel hinterher. Ihr müßt mir glauben, daß mein Fürst Eure Durchlaucht liebt … Wie unangenehm, über so etwas zu reden. Also, ich glaube, so wie die Dinge jetzt stehen, sollten wir doch in Catania … Euer Durchlaucht verzeihen, also, wir sollten ihn ablenken, so wie wir es zu Zeiten der Fürstin, Gott hab sie selig, gehalten haben, weil – da liegt das Problem – die Turinerin Jungfrau ist und … Aber was ist, weint Ihr?«

Armer Pietro, ganz im Gegenteil! Ich hatte die Hände vors Gesicht geschlagen, weil ich vor Lachen schier platzte. In Catania würde ich ein großes Zimmer voll von Jacopos Büchern ganz für mich allein haben, in Catania, der Stadt meiner Träume. Der Stadt, nach der ich mich immer gesehnt hatte und die so unerreichbar schien, daß ich beinahe in Panik geriet, als Beatrice rief:

»Catania! Catania! Sieh nur, wie schön, Modesta! Und du auch, Eriprando, schau dir deine Stadt an!«

Voll Staunen über diese Nähe öffnete ich die Augen

nur, um sie sofort wieder zu schließen, geblendet von der Masse schwarzer Dächer, die im Sonnenlicht glänzten und in einen blauen, sich, wohin ich auch schaute, bis in die Unendlichkeit ausdehnenden Himmel zu stürzen schienen: das Meer! Tuzzus Meer, so blau!

»Ja, das ist das Meer! Aber wer ist Tuzzu? Genau, dort, wo es heller wird, ist der Horizont.«

Die Augen voll von dieser unermeßlichen Weite strahlenden Lichts, das selbst unter meine geschlossenen Lider zu dringen schien, hörte ich mich sagen:

»Laß uns gleich hinfahren, um es aus der Nähe zu sehen.«

Unter Beatrices Führung begann das Auto zu rasen, als würde es von all den hohen schwarzen Mauern voller Fenster und eiserner Balkone verfolgt, die hinter uns herstürzten. Kaum hielt das Auto an, sprang ich außer Atem heraus, gefolgt von Beatrice. Und vielleicht weil ich erwartet hatte, wieder darauf hinabzuschauen wie zuvor, mußte ich den Blick heben, um jenen flüssigen umgekehrten Himmel zu sehen, der sich ruhig in einer grenzenlosen Freiheit verlor. Große, weiße Vögel segelten auf den Böen des Windes. Meine Lungen öffneten sich befreit, und zum ersten Mal atmete ich. Zum ersten Mal fielen mir vor Dankbarkeit Freudentränen auf die Lippen. Oder war es der beißende und intensive Geschmack dieses Windes, der sich über mich beugte, um mich zu küssen?

ZWEITER TEIL

40

Aber das Versprechen von Freiheit, das Wind und Wellen unaufhörlich wiederholten, zerschellte an den scharfen Lavazungen des Ätna und den Mauern der rosenumrankten Villen. Durch die Straßen und Gassen, über die verlogenen Plätze strömten nur Männer mit Strohhut und arrogant zur Schau gestelltem Spazierstock, gefolgt von den Blicken weiblicher Schatten, die sich hinter Vorhängen oder im Dunkel der immer heruntergelassenen Jalousien verbargen.

In der Villa der Via Etnea erwartete uns eine Flucht von feindseligen Salons. Dort marschierte bereits zwei Tage nach unserer Ankunft ein Heer von mit tadellosen schwarzen oder weißen Handschuhen und Blumenhüten bewaffneten Frauen auf, die ihre Fächer öffneten und schlossen und uns Schutz und gute Ratschläge anboten.

»Um Himmels willen, bloß nicht! Allein in die Oper? Unmöglich! Liebe Nichte, wir haben eine Loge …«

»Unbedingt! Man hat sich schon sehr über Eure Abwesenheit am Sonntag gewundert. Natürlich wart Ihr von der langen Reise erschöpft. Aber, meine Täubchen, denkt daran, am Sonntag in die Mittagsmesse. So ist es Tradition.«

»Allein ins Café? Das ist ganz unmöglich, liebe Cousine, unmöglich!«

»Sicher, es ist schon ein Unglück, weder Mann noch Bruder zu haben.«

»Ins Lichtspieltheater? Diese neumodische Teufelei? Bloß nicht! Wir gehen da nie hin, abgesehen von ganz wenigen Ausnahmen und natürlich immer nur, wenn sich einer unserer Männer vorher vergewissert hat, daß der Film nicht zu freizügig ist.«

»Einen Historienfilm nennt ihr das, liebe Cousine? Von wegen! Die Historie dient doch nur als Deckmantel für unschickliche Szenen mit leichten Mädchen in tief dekolletierten Kleidern. Orgien! Reden wir lieber nicht davon. Alle Welt spricht noch von diesem Film, *Cabiria*. Entsetzlich vulgär. Und im Parlament nehmen sie unter dem Vorwand der Freiheit den Mund voll. Aber was kann man auch von diesen Sozialisten erwarten? Und unser Heiliger Vater im Gefängnis! In der Zwischenzeit halten diese Unsitten auch in unseren Häusern Einzug. Gestern traf mich fast der Schlag, als ich hörte, wie mein Enkel, der erst vierzehn Jahre alt ist – was wächst da nur für eine rohe Generation aus der Art geschlagener Egoisten heran ... Wo war ich gerade? Ach ja, mich traf fast der Schlag, als ich hörte, wie mein Enkel seine Schwester dazu drängte, sich das Haar kurz zu schneiden wie diese Tollhäuslerinnen auf dem Kontinent, diese Suffragetten. Mein Gatte hat sie in Mailand gesehen und sagt, daß man sie mit ihrem Haarschnitt und dem flachen Busen nicht von einem Mann unterscheiden kann. Jetzt fehlt bloß noch, daß sie Hosen tragen, und Amen! Alles ist im Umbruch, alles ...«

»Falls ich mir eine Bemerkung erlauben darf, liebe Freundin, Ihr lest zuviel. Ihr verderbt Euch noch die Augen. Mein Onkel ist Arzt und sagt, daß man vom Lesen Falten bekommt ... Hat Gaia Euch das etwa erlaubt? Aber natürlich, sie war ja schon immer etwas sonderbar! Eine große Dame, da gibt es nichts, aber zu ... zu ...«

»Am vergangenen Sonntag in der Messe hat der junge Baron Ortesi ein auffallendes Interesse an unserer lieben

Beatrice gezeigt. Diese Barone sind zwar nicht von altem Adel, aber dafür vermögend! Man müßte ihn einmal mit Beatrice zusammenbringen ... O nein, doch nicht hier! Alleinstehende Frauen dürfen keinen Herrenbesuch empfangen. Man könnte allerdings die Liebenswürdigkeit der Cousine Esmeralda nutzen, die freundlicherweise angeboten hat, zu sich zum Tee zu laden. Schlecht wäre es nicht, wenn ein Mann ins Haus käme ...«

Beatrice wurde immer blasser, und mich bedrückten die vielen Zahlen und Rechnungen so sehr, daß ich nicht mehr schlafen konnte. Wenn ich mich nachts im Bett hin und her wälzte, stieß ich an die Mauern dieses Gefängnisses aus Zahlungen, Grundstückssteuern, Pachtverträgen ... Verwalter und Aufseher hatten es schwer, die Pacht einzutreiben, die Bauern begehrten auf, das Land warf nichts ab, und die Gehälter verdreifachten sich. Um ein Buch lesen zu können, mußte ich Stunden meines Schlafes opfern. Das Klavier verstummte. Jacopos Koffer stand vergessen in einer Ecke des Nachbarzimmers. In welche Falle war ich da geraten? Auch ich versuchte, ein Herrschaftssystem aufrechtzuerhalten, das überall an Boden verlor. Und dieses gigantische Haus, das wie ein Palast geführt wurde? »Ich würde Eurer Durchlaucht empfehlen, die Vorhänge im Frühjahr aufzufrischen«, hatte der Majordomus untertänig angemerkt. Was bedeutete, neue zu kaufen. Die Villa auf dem Land mußte das ganze Jahr hindurch unterhalten werden wie ein Hotel, in Erwartung der Rückkehr all dieser Toten, was zwanzig hungrige Mäuler und zwanzig Gehälter pro Monat bedeutete. Ich konnte nicht mehr schlafen. Auch Gaia hatte unter Schlaflosigkeit gelitten. Erst jetzt verstand ich ihren besessenen Blick und warum sie sich in ihrem Zimmer eingeschlossen hatte: immer mit dem Ziel, diesen aussichtslosen Kampf zu gewinnen. Wofür hatte sie sich da geopfert? Die Verpflichtung eines Namens, den man in der Achtung der anderen und vor sich selbst hochhalten mußte? Die Anwälte, Bankiers und Notare hatten genau wie sie diesen stumpfen, starren Blick. Carmine nicht. Carmine kam mir in der Erinnerung lachend auf Orlando entgegen, mit seinen weißen Locken, die unbeweglich im Wind standen. Seit Monaten sah ich ihn nur noch umgeben von Notaren und Anwälten in ihren engen schwarzen Westen und Jacken. Sobald er konnte, flüchtete er vor ihnen. Auch ich mußte aus diesen Mauern und vor diesen Männern fliehen, die ich früher einmal so bewundert hatte, als ich mit der Verwaltung des Carmelo betraut war, die mir aber inzwischen wie Häftlinge eines Gefängnisses vorkamen, das sie Tag für Tag selbst erbauten.

»Eure Durchlaucht hätten als Mann zur Welt kommen sollen, wenn ich mir die Bemerkung erlauben darf.«

Es hatte eine Zeit gegeben, da dieser Satz das höchste Lob war, das man mir aussprechen konnte. Jetzt aber lag mir die Angst, wie Gaia zu werden, schwer auf der Brust und nahm mir den Atem.

Die Stadt lehrte ihre Bewohner. Die Macht der majestätischen Kuppeln, der grimmigen Türme und Villen, die durch die eisernen Ornamente ihrer Gitter kaum freundlicher erschienen, versperrte dem elenden Gewimmel, das sich dienend und lächelnd ausbeutete, den Zutritt und mahnte ununterbrochen alle, alt wie jung, Geld anzuhäufen, um die Angst vor dem Tod zu verdrängen, diesem Wort, das eigentlich nicht erschreckender ist als Wörter wie Krankheit, Knechtschaft oder Folter. Ich wollte den Tod nicht ständig vor Augen haben, diesen Endpunkt, der, wenn man ihn nicht länger fürchtet, jede Stunde, die man in vollen Zügen genießt, in eine Ewigkeit verwandelt.

Aber man mußte frei sein, um jeden Moment auszukosten und jeden Schritt dieses Spaziergangs zu wagen, den wir Leben nennen. Frei sein, um zu beobachten, um zu lernen, um hinauszuschauen und zwischen jenem Wald aus Häusern jeden Lichtstrahl zu erhaschen, der sich vom Meer herauf zwischen die Fensterläden verirrte. Inzwischen hatte man die Straßenlaternen gelöscht, die Hafensirene begrüßte ein unsichtbares Schiff, und man hörte das Rasseln der Rolläden, die einer nach dem anderen hochgezogen wurden. Der Ruf eines Fischverkäufers drang aus den Gassen herauf, die die Via Etnea kreuzten und traf auf den eines *granita**-Verkäufers, der die Hitze beschwor, um seine Ware, den »Speichel des Berges«, anzupreisen … Aber nicht hier, nicht in dieser eleganten Straße mit den schweren Portalen der Banken, deren Prunk an Särge erinnerte. Die Tore der Banco di Sicilia standen bereits offen, und da ging auch schon der erste Angestellte über die Straße. Daß er kein kleiner Angestellter war, konnte man am perfekten Schnitt seines dunklen Anzugs und an seinem glänzenden, eleganten Spazierstock erkennen. Dieser Mann hatte gewiß den gleichen starren Blick wie Anwalt Santangelo und bereitete sich auf einen weiteren Tag als Vorgesetzter vor, froh darüber, Befehle erteilen und demütigen zu können. Nein, ich wollte nicht Sklavin meines Vermögens werden. Als erstes würde ich heute niemanden empfangen. Jacopo ruft mich mit seinem ironischen Lächeln aus den Tiefen des Koffers, ich muß diesen Koffer öffnen. Es gab eine Zeit, in der er mir von Reichtum und Armut erzählt hat, aber damals war ich zu jung. Irgendwie hatte er gesagt, daß beide Leben spenden und Tod bringen konnten:

* gestoßenes Eis mit Sirup

»Carmelo, den 27. März 1912.
Morgen reise ich ab. Ich mache mich wieder auf den Weg. In diesen Köpfen, deren Verstand vom Stolz verwirrt ist, ist kein Leben. Ich komme mir niederträchtig vor, die ganze Verantwortung auf Gaia abzuwälzen. Aber welchen Zweck hat es, sich gegen den Lauf der Geschichte zu stemmen? Meine Pflicht wäre es, mich zusammen mit ihr in dieses Gefängnis zurückzuziehen und ihr in der absurden Hoffnung zu folgen, man könne einen Stand aufrechterhalten ebenso wie einen Reichtum, den man den Armen geraubt hat und der schon bald von einem Bürgertum voll neuer Raffgier verschlungen wird. Und wenn es nicht das Bürgertum ist – ein Gespenst geht um in Europa. Es mag feige sein, aber ich mache mich wieder auf den Weg. Die einzige Schuld, die mein Gemüt und mein Gewissen belastet und die mich begleiten wird, ist Beatrice. Man müßte sie auf das Leben vorbereiten, sie studieren lassen; die neue Welt gehört den Ärzten, Ingenieuren und Chemikern. Ich gehe, der Rest ist Schweigen.«

Beatrice sagte, daß Jacopo ebenso gut ausgesehen hätte wie Ignazio, wenn er nicht diese krumme Haltung gehabt hätte. Von seiner Last gebeugt, wandert Jacopo über Straßen, die ich nicht kenne, über lange, dunkle Straßen ohne Bäume und Häuser. Wohin ist er gegangen?

»Siehst du, Beatrice, so macht er es immer. Erst spricht er zu mir, und dann verschwindet er.«

»Hör auf, du machst mir Angst. O mein Gott, ich habe Angst. Was hat er dir denn gesagt?«

»Viele schöne und wahre Dinge, die er uns beiden wünscht.«

»O Gott, genug davon, laß uns lieber schlafen. Nimm mich in den Arm, ich habe Angst, daß er auch mir erscheint.«

Beatrice drückt sich fest an mich. Ich habe es gern, wie sie zittert: wie ihr Zittern anwächst und in meinen Armen ganz langsam abklingt, bis ihre Hand herunterfällt oder der Druck ihres Kopfes auf meiner Brust mich in einen tiefen, traumlosen Schlaf zieht. Hinterher haben sie mir gesagt, ich hätte zwei ganze Tage und Nächte geschlafen.

41

»Ich verkaufe alles. Wie gesagt, ich verkaufe alles. Die Villa vermiete ich an die Bank. Anwalt Santangelo ist damit einverstanden, alles in Gold und die eine oder andere Aktie zu verwandeln. Danach sehen wir weiter. Bald brauchen wir sowieso einen Koffer voller Scheine, um ein Stück Brot zu kaufen. Die Villa am Meer reicht voll und ganz, und Ippolito wird das sogar guttun. Hier kann er nicht einmal auf die Straße, was seiner Gesundheit schadet. Auf dem Carmelo hat er immer dem Gärtner bei der Arbeit geholfen, war draußen an der frischen Luft …«

»Und das war ein Fehler! Man hat angefangen, auf den Feldern über seine Behinderung zu reden. Es ist eine Sache, sie sich vorzustellen, aber etwas anderes, sie zu sehen, Figghia. Dadurch seid ihr in der Achtung der Leute gesunken. Wenn du nach diesem Fehler noch einen weiteren begehen willst, indem du dich in dieses kleine Haus zurückziehst, wo man nicht einmal empfangen kann, wird es schwer werden, das Ansehen und die Autorität der Familie aufrechtzuerhalten.«

»Aber ich will gar kein Ansehen und keine Autorität aufrechterhalten, Carmine! Vielleicht habe ich mich nicht klar genug ausgedrückt: Ich will auch den Grund und Boden verkaufen.«

»Den Grund und Boden? Nein, das habe ich wirklich falsch verstanden. Die selige Fürstin und ich haben dir vertraut, aber nun sehe ich, daß du eine Frau bist und obendrein noch faul. Ist dir die Arbeit schon zuviel geworden?«

»Das ist meine Sache, du verstehst es sowieso nicht. Diese Arbeit gefällt mir nicht, ich will studieren.«

»Studieren? Hat man so was schon gehört? Was soll das heißen, studieren?«

»Siehst du, du verstehst es nicht. Dann bin ich eben faul und eine Frau, wie du willst.«

»Ich sage dazu nichts mehr. Aber sobald bekannt wird, daß du verkaufen willst, werden sie sich untereinander absprechen, und du findest niemanden mehr, der dir eine angemessene Summe für das Land bietet: Ein paar Pfennige werden sie dir zahlen, wie es letzten Monat den Suormarchesa aus Serradifalco ergangen ist. Ihr Land mußte öffentlich versteigert werden, und Don Calò hat es beinahe umsonst bekommen.«

»Dann warte eben nicht bis zur Versteigerung und bis Don Calò kommt. Kauf du es doch. Führe den Plan aus, den du seit zwanzig Jahren hegst.«

»Gerissen bist du. Aber ich habe niemandem etwas weggenommen, ich habe mir nur das genommen, was mir aufgrund meiner Arbeit zustand, während der Fürst und seine Söhne, ohne schlecht über die Toten reden zu wollen, ihre Zeit mit gelehrten Büchern und Sternegucken vertrödelt haben. Außerdem habe ich es für meine Söhne getan.«

»Deine Söhne? Welche Söhne?«

»Ich habe zwei Söhne … Wußtest du das nicht?«

»Woher sollte ich das wissen, du hast es mir ja nie erzählt.«

»Erzählen hätte ich es dir also sollen? Man macht die Augen auf und hört zu, Figghia. Du bist schon wie die feinen Herrschaften geworden. Immer mit unnützen Dingen beschäftigt ... In diesen vier Kriegsjahren war ich voller Sorge. Aber Gott hat gewollt, daß Mattia heimgekehrt ist, als du im Kindbett lagst, und in diesen Tagen kommt auch Vincenzo zurück, der als vermißt galt. Auch du hast einen Sohn, hast du das schon vergessen? Was willst du ihm hinterlassen, wenn du alles verkaufst? Vielleicht kann er sich zehn oder zwanzig Jahre lang ernähren, aber nur mit Grund und Boden kann man seinen Söhnen Ansehen verschaffen. Und du hast einen Sohn!«

»Der auch dein Sohn ist.«

»Aber nicht meinen Namen trägt.«

»Du sprichst wie der Alte, der du bist: der Name, das Ansehen! Mein Sohn wird sich mit seinen eigenen Händen einen Platz in der Welt schaffen. Wir jungen Leute sind anders.«

»Das mag sein. Aber wie du selbst gesagt hast, bin ich ein Mann vom alten Schlag, und für mich steht meine Vaterpflicht an erster Stelle. Und wo wir schon einmal dabei sind: Meine Söhne dürfen nichts von meinen Schwächen erfahren. Ein Kind bist du, nur wenig älter als Mattia.«

»Na und?«

»Wir können uns nicht mehr so wie früher treffen. Meine Söhne dürfen nichts wissen.«

Ich warf mich vor, um auf ihn loszugehen. Aber dieses Mal ließ er sich nicht von mir schlagen. Mit einer Hand hielt er mich fern und sagte dabei mit einer kalten Stimme, die ich an ihm nicht kannte:

»Nimm dich zusammen, Mädchen, die Zeit der Sorglosigkeit ist vorbei. Du hast dich still zu halten, verstanden?

Und zu vergessen. Carmine hat vergessen. Immer zu Diensten, Fürstin.«

»Dieses Gemälde hier müssen wir unbedingt mitnehmen, es ist einmalig, und die Landschaft hier auch, sieh mal! Selbst wenn sie dir nicht besonders gefallen, sollten wir sie behalten. Wir können sie alle zusammen in ein Zimmer hängen. Onkel Jacopo hat immer gesagt, daß einige davon eines Tages sehr, sehr viel wert sein würden. Glücklicherweise hat er aufgeschrieben, welche. Er wußte alles über die Malerei, die Bildhauerei und die Architektur. Was für eine Befreiung, Modesta! Hast du gesehen, daß ich wieder Farbe bekommen habe, wie du es dir gewünscht hast, und daß ich außerdem zugenommen habe? Los, umarme mich und lächle! Ich kann dich einfach nicht so traurig sehen. Hoffentlich geht diese Krankheit schnell vorbei. Was hat der Arzt gesagt – Anämie? Das hat er gesagt?

Ich möchte so gern mit dir zusammen Fahrstunden nehmen. Was für eine gute Idee ist es doch gewesen, diesen Leichenwagen zu verkaufen und statt dessen ein ganz kleines Automobil anzuschaffen. Ohne Fahrer können wir uns viel freier bewegen, wir fahren selbst, stell dir vor, wie wunderbar! Aber wie geht es dir? Besser? Komm doch mal her, dieser Empire-Tisch ist wirklich schön, den will ich mitnehmen. Ich möchte aber wissen, was du davon hältst.«

Hört ihr Beatrices Stimme? Carmine ist fortgegangen, und sie hat die Leere gespürt, die er hinterlassen hat, hat gespürt, daß ich sie jetzt brauche.

Bis vor einigen Minuten hatte ich vor, die Szene, wie Carmine mich verlassen hat, zu verschweigen, denn gehört es nicht allzu selbstverständlich zum Leben, daß man verläßt oder verlassen wird? Seine Worte haben jedoch gegen meinen Verstand, so wie es mit »Herzensangelegenheiten« immer ist, ihr Recht auf Leben geltend gemacht. Aber keine Sorge. Ich werde nicht in allen Einzelheiten den Kampf schildern, den jeder kennt. Ehe ich vergessen konnte, habe ich genauso gelitten wie alle anderen auch. Die Liebe ist jedoch weder absolut noch ewig, sie existiert nicht nur in ihrer vielleicht geweihten Form zwischen Mann und Frau. Man kann einen Mann lieben, eine Frau, einen Baum und möglicherweise sogar einen Esel, wie Shakespeare sagt.

Das Übel liegt in all den Wörtern, die die Tradition verabsolutiert hat, in den verfremdeten Bedeutungen, mit denen sie immer wieder neu verschleiert werden. Das Wort Liebe ist ebenso verlogen wie das Wort Tod. Viele Wörter, beinahe alle, lügen. Und das mußte ich tun: die Wörter untersuchen, wie man Pflanzen und Tiere untersucht ... und sie dann vom Schimmel reinigen, sie von den jahrhundertealten Verkrustungen der Tradition befreien, neue erfinden und vor allem die verwerfen, die man jeden Tag benutzt, die aber innerlich vollkommen verrottet sind: erhaben, Pflicht, Tradition, Entsagung, Demut, Seele, Scham, Herz, Heldentum, Gefühl, Barmherzigkeit, Opfer, Resignation.

So habe ich gelernt, Bücher auf eine andere Art zu lesen. Wenn ich auf ein bestimmtes Wort traf, löste ich es aus seinem Zusammenhang, um es zu untersuchen und zu sehen, ob ich es in »meinem« Zusammenhang verwenden konnte. Bei diesem ersten Versuch, die Lüge hinter den Wörtern, die mich einst beeindruckt hatten, zu entlarven, merkte ich erst, wie vielen von ihnen und damit auch wie vielen falschen Ideen ich zum Opfer gefallen war. Und mein Haß wuchs jeden Tag: der Haß darüber, entdecken zu müssen, daß man getäuscht worden ist.

Ich fand die Worte, mit denen ich Carmine umbringen konnte. Ich begriff, was alle Dichter wissen, daß man auch mit Worten töten kann, nicht nur mit Messer und Gift:

Du tötest mich, aber mein Gesicht
wird deinem Blick
eingebrannt bleiben.
In den Nächten
werden Tränen
unter deinen fest geschlossenen Lidern
hervorströmen.

Und wenn ich an Beatrice während der ersten Zeit unserer Liebe dachte, an die Beatrice von damals, bevor ich sie vergesse:

Was drängt es dich
nach verworrenen Zeiten?
Dich, die bereits ein Hauch von Hitze
erblassen läßt,
die gebrochen fällt
schon beim sanften Spiel der Schatten
auf einer Wiese.

Keine Angst, ich werde nicht alle Gedichte niederschreiben, die sich wie eine Flut meiner Sinne bemächtigen.

»Was machst du, Modesta? Du sollst doch nicht soviel arbeiten. Entschuldige, ich mußte einfach kommen und dich suchen. Bei dieser Hitze ist es am Meer so angenehm. Wir haben ein Feuer vorbereitet, heute abend essen wir am Strand. Pietro hat heute morgen so viele

Fische gefangen. Stell dir vor, er ist komisch, er tut so, als ob Ippolito auch welche gefangen hätte! Komm schon, wir sind so glücklich, nur du fehlst.«

Und wirklich schienen alle glücklich, Beatrices Anweisungen zu folgen, die in kurzer Zeit mit all dem Silberbesteck und dem Porzellan, die im Licht der Bootslampen schimmerten, die kleine Bucht in ein Speisezimmer verwandelt hatte. Der glücklichste war Ippolito, der Hand in Hand mit seinem Fräulein Inès aufs Meer starrte. Kündete auch ihm das Meer von Freiheit? Es schien so, denn die großen, wimpernlosen Augen, die immer tränten, weiteten sich beim Anblick des Wassers. Und als er den Blick auf mich richtete, schien ihn eine entfernte Ahnung von Verstehen zu streifen. Erschrocken hatte ich das deutliche Gefühl, daß Dankbarkeit in seinen Augen lag, als er wiederholte: »Schöön, Mama, schöön.« Glücklicherweise brach Fräulein Inès in einen ihrer unvermittelten Lachanfälle aus, die ihre schwarzen Locken, den Hals und den Busen erbeben ließen. Glücklicherweise, denn ich war kurz davor, vor diesem Mama – endlich mit kurzem *a* –, das mir galt, zu fliehen.

»Habt Ihr gehört, Fürstin? Er hat ›schön‹ gesagt. Mir hat er das schon ein paarmal gesagt, und viele andere Wörter auch. Aber wie ich befürchtet habe, schämt er sich vor Euch. Habt Ihr gesehen, wie schlank er geworden ist? Und wißt Ihr, daß er zusammen mit dem Gärtner schon beinahe den gesamten Zaun des Gemüsegartens gestrichen hat und daß seine Hände fast nicht mehr zittern?«

Mit wachsendem Schrecken beobachtete ich den Blick dieses armen »Dings«, das an Inès' Lippen hing und mich dann mit so etwas wie Genugtuung ob seiner Heldentaten anschaute, von denen seine Tante, wie er sie jetzt nannte, berichtete. Der Arme hatte einen ausgeprägten Familiensinn. Ich versuchte innerlich zu lachen. Aber bei dem Verdacht, daß er vom Leben ausgeschlossen war, nur weil man ihn weggesperrt hatte, und angesichts der Fortschritte, die er trotz seines Alters noch gemacht hatte, jetzt, da sich jemand mit ihm beschäftigte, kamen mir die Tränen. Schnell ging ich in mein Zimmer, wo ich stundenlang weinte. Habe ich um Ippolito geweint?

42

Das Meer erwartete mich, und ich betrachtete es mit Euprandos Augen und seinem kindlich umherschweifenden Blick. Es war Sommer, und ich mußte dem geizigen Meer etwas von seiner Freiheit rauben. Dazu mußte ich es verstehen, es genauso mit dem Körper erfahren, wie Beatrice es tat. Seltsam, Beatrice hinkte kaum noch, wenn sie den Strand entlanglief, ebensowenig wie wenn sie tanzte. Den Schritt ins Wasser zu wagen fiel mir so schwer wie nie etwas zuvor. Das Meer war hart, es drängte mich ungastlich zurück. Ich kämpfte, um diesen flüssigen Körper zu fassen, der sich mir entzog und mich von allen Seiten überraschte. Dabei verlor ich das Gleichgewicht und kroch panisch zurück, um mich wie eine Vertriebene atemlos am Strand wiederzufinden.

»Entschuldigt, daß ich mich einmische, mein Fräulein, aber wenn Ihr weiterhin so auf die Wellen eindrescht, werdet Ihr es nie lernen. Dem Meer muß man sich hingeben. Ich beobachte Euch bereits seit zehn Minuten und ... eigentlich wollte ich mich erkundigen, wie ich zur Villa Suvarita komme. Ich suche die Fürstin Brandiforti.«

Diese Stimme, die von oben herab mit vielen weichen

Rs über den Sand rollte, ohne die Stille zu stören, ließ mich die vom Salz brennenden Augen heben, aber ich sah nur ein weißes, in der Sonne leuchtendes Hemd.

»Entschuldigt meine Dreistigkeit, mein Fräulein, aber Ihr braucht einen Schwimmlehrer und ich eine Villa, die ich nicht finde. Die Villa einer gewissen …«

»Das habe ich verstanden. Die Fürstin bin ich. Was wünscht Ihr?«

»Oh, entschuldigt! Das hätte ich nicht gedacht. Aber was sage ich da? Bitte entschuldigt nochmals. Ich wollte Euch nicht stören. Wenn Ihr die Freundlichkeit besäßt, mir den Weg zur Villa zu weisen, dann gehe ich und warte dort auf Euch.«

»Sucht Ihr nun mich oder die Villa?«

»Euch, aber … Einen Moment, ich ziehe das Jackett an. Es war so heiß im Wald.«

»Und?«

»Ach so! Carlo Civardi ist mein Name, ich bin Arzt. Anwalt Santangelo schickt mich. Ich sehe schon, daß Ihr mich ungläubig anschaut. Daran bin ich gewöhnt, und um Euch zu beruhigen, verrate ich Euch, daß ich gar nicht so jung bin, wie ich aussehe. In einem Monat werde ich achtundzwanzig. Aber wenn mein Anblick Euch kein Vertrauen einflößt, macht Euch keine Sorgen. Auch daran bin ich gewöhnt. Ich verstehe das. Im Grunde genommen habe ich mir keine großen Hoffnungen gemacht. Sizilien gefällt mir sehr, aber leider sehe ich, daß hier noch mehr als bei uns das Vorurteil *in senectute sapientia** herrscht.«

»Woher kommt Ihr denn?«

»Aus Mailand, Fürstin, einer wunderschönen, leider

* (lat.) im Alter liegt die Weisheit

etwas feuchten Stadt. Um ehrlich zu sein, hatte ich leichte Gelenksbeschwerden, die mich freundlich vor den poetischen Nebeln des Nordens gewarnt und mich sozusagen in Richtung Süden auf die Suche nach der Sonne gedrängt haben. Wie schön ist doch diese Eure Insel! Ich habe sie ausgiebig bereist, bevor ich nach Catania gekommen bin.«

»Und warum seid Ihr nach Catania gekommen?«

»Die alte Geschichte, die jeder kennt, ganz einfach: Mein Onkel, Doktor Lenzi, ist ein Freund von Anwalt Santangelo. Ich arbeite für ihn. Wie ich sehe, seid Ihr erstaunt. Ich komme mit meinem Onkel wieder, er hat weißes Haar, und das flößt ganz offensichtlich Vertrauen ein. Zum Glück lächelt Ihr, selbst wenn ich der Anlaß dafür bin. Ich habe schon befürchtet, daß es stimmt, was Anwalt Santangelo über Euch sagt.«

»Was sagt denn Anwalt Santangelo?«

»Nun ja, daß Ihr ein eisernes Regiment führt. Daß ...«

»... daß ich niemandem traue, daß ich kalt bin, verschlossen und geizig.«

»Na ja, nicht ganz so.«

»Genau so. Anwalt Santangelo hat recht.«

»Ja dann, wenn Ihr erlaubt, empfehle ich mich.«

»Wo wollt Ihr denn hin? Ihr seht nicht nur aus wie ein kleiner Junge, sondern gebt auch sofort auf wie ein kleiner Junge.«

»Findet Ihr?«

»Warum verkleidet Ihr Euch nicht als alter Mann?«

»Wie bitte?«

»So wie es die Komiker machen: Brille, weiß gepuderte Haare, ein angeklebter Bart. Genau, wieso laßt Ihr Euch keinen Bart stehen?«

»Aber ich habe doch einen Schnurrbart. Und außerdem trägt bei uns fast niemand mehr einen Bart. Das ist hygienischer.«

»Wirklich? Das Problem ist, daß man ihn hier immer noch trägt. Warum laßt Ihr Euch keinen wachsen? Es würde Euch helfen, wenigstens wie vierundzwanzig oder fünfundzwanzig statt wie achtzehn auszusehen.«

»Oje, nur achtzehn. Ich habe schon verstanden, entschuldigt die Störung.«

»Einen Moment noch. Könnt Ihr schwimmen?«

»Wie bitte?«

»Wenn Ihr schwimmen könnt und es mir beibringt, drücke ich wegen Eures Alters ein Auge zu und vertraue Euch den Fürsten an.«

»Ist das Erpressung?«

»Nennt es, wie Ihr wollt. Ich muß schwimmen lernen.«

»Das ist für einen Arzt nicht sehr rühmlich, aber ich kann nicht anders als annehmen. Ich habe nur zwei Patienten, die überdies nicht einmal bezahlen ... Also, kann ich den Fürsten sehen? Ist es etwas Schlimmes?«

»Aber nein. Sein alter Arzt ist gestorben. Ihr könnt ihn morgen sehen, aber bringt Badekleidung mit. Jetzt möchte ich Euch bitten, mich allein zu lassen. Gespräche in der Sonne sind ermüdend. Guten Tag!«

Wie ihr schon verstanden habt, habe ich, da ich nicht wußte, wie ich mit diesem Jungen umgehen sollte, die schroffe Art der seligen Fürstin nachgeahmt. Das wirkt immer. Ich merkte, wie er nach einem Moment der Unsicherheit zurück in Richtung Wald stolperte.

Wieviel hatte ich von dieser großen alten Dame gelernt! Ich spürte sie in mir, wie sie sich in stolzer Einsamkeit erhob, während sich eine von diesem Fremden eingeschüchterte Modesta an sie klammerte. Hatte auch Gaia soviel geschrien, weil sie manchmal Angst vor den

Leuten hatte, so wie ich vor diesem wortgewandten Arzt? Warum diese Angst? Ich schließe die Augen, um die Vergangenheit zu befragen, und mir kommt ein Zug von Schwestern, Alten und den alterslosen Gesichtern der Laienschwestern entgegen. Dieser Arzt war der erste junge Mann, dem ich begegnete. Ich hatte gut daran getan, ihn wiederkommen zu lassen, ich mußte diesen Zug von Gesichtern, der mir jetzt im Vergleich zu dem angespannten Blick dieses Jungen erholsam erschien, unterbrechen. Verwundert stellte ich fest, daß ich Angst vor seinem jugendlichen Alter hatte. Aber auch ich war erst einundzwanzig Jahre alt und mußte mich – Angst hin oder her – in seiner Jugend auch meiner eigenen stellen.

»Wer war denn das?«

»Der neue Arzt.«

»Das glaube ich nicht. Der sieht ja aus wie ein kleiner Junge. Und selbst wenn, hast du ihn etwa so empfangen? Das geht doch nicht!«

Ich springe auf, um sie zu ohrfeigen, aber nicht so stark wie beim ersten Mal. Jetzt weiß ich, wie ich ihr diese Vorurteile austreiben kann, die düster vom Grund zwanzigjähriger Gewohnheit in den blauen See ihres Blickes aufsteigen. Die Tränen beruhigen sie, und ob es nun aus Furcht vor mir ist oder weil sie sich mit meinen Ohrfeigen vor sich selbst gerechtfertigt fühlt, nimmt sie das Leben wieder an und ist glücklich.

Jetzt lacht Beatrice mit diesem Arzt, den sie vorher nicht sehen wollte, sie amüsieren sich über meine unbeholfenen Versuche, mich über Wasser zu halten. Ich muß wirklich komisch aussehen, wie ich, zwei Meter vom Strand entfernt, viel Wasser trinke. Sie bewegen sich frei, indem sie dieses Meer sicher durchpflügen, und lachen, aber inzwischen gelingt es auch mir, oben zu bleiben und einige Züge zu schwimmen, jedenfalls solange der Boden zu sehen ist. Wer weiß, wann ich es schaffen werde, dorthin zu schwimmen, wo man nur dunkles Wasser sieht, das von der Sonne durchdrungen wird. Vom Boot aus hatte ich stundenlang die trägen Tentakel beobachtet, die geduldig dieses Geheimnis ausloteten. Noch ein oder zwei Monate – der Herbst war zum Glück noch weit –, und mit der Hilfe dieses Jungen hätte ich es geschafft ... Sie fangen wieder an zu lachen ... Sie sind am Felsen des Propheten angekommen. Dieser Fels war inzwischen mein Traum. Ich lernte, las und kümmerte mich um Eriprando, aber am Grund meines Herzens schimmerte dieser Fels wie ein Versprechen.

Die Tage vergingen und drehten sich um dieses Versprechen, um diese Silhouette aus Lava, die manchmal nachdenklich und manchmal zornig aus einem Wasserspiegel aufragte, der vom Strand aus immer grün wirkte. Bis ich mich aus der Nähe überzeugen konnte, daß es keine optische Täuschung war: das Meer um den großen Kopf des Propheten war tatsächlich immer grün. Mit Carlos Hilfe schaffte ich es schließlich. Ich zitterte vor Aufregung über die Entfernung und weil die Luft über Nacht kühl geworden war. Gerade noch rechtzeitig, denn schon waren am Horizont große Wolken zu sehen. Auch er war aufgeregt. Er blieb mir fern und schwieg, nachdem er mir geholfen hatte, auf den Schopf des Propheten zu klettern. Er sprach nie, wenn wir allein waren, ich mußte auf Beatrice warten, um seine Stimme zu hören. Gaia hatte zu gut funktioniert ... Aber jetzt konnte ich nicht mehr zurück. Vielleicht war es besser so. Ich konnte mich einfach nicht an diese Jugend und Intelligenz gewöhnen, die mit einer für mich neuen Glut und Sprache angriff. Ich mußte ihm seine Meisterschaft auf der Klaviatur der Wörter rauben, so wie ich die Töne in hundert Schattierungen auf dem Flügel erklingen ließ. Seit Monaten erfaßte ich im Flug jedes neue Adjektiv und wiederholte es für mich, um es nicht zu vergessen. Mit der Zeit würde ich reden wie er, so wie es mir gelungen war, die einsame und unerreichbare Lava dieser kleinen Insel unter den Füßen zu spüren.

»Sitzt du etwa ohne Schirm in der Sonne, Modesta? So ruinierst du dir die Haut! Das habe ich dir oft genug gesagt. Du bist schon ganz braun geworden! Diese dunkle Haut wie die einer Bäuerin ist häßlich.«

»Nein, wenn ich mir erlauben darf, die Fürstin ist ihrer Zeit voraus. Und vielleicht weiß sie das auch. In Riccione gibt es viele Frauen, die unter ärztlicher Anleitung eine Heliotherapie machen. Die heilenden Eigenschaften der Sonne sind seit langem bekannt, nur daß diese Wahrheit wie immer dem Schamgefühl oder besser dem ästhetischen Ideal, hinter dem es sich verbirgt, widerspricht. Im letzten Sommer hat man skandalöse Badeanzüge gesehen, für die Ehemänner, versteht sich! Aber die Zeiten ändern sich, der Fortschritt läßt sich nicht aufhalten, und die Fürstin, liebe Beatrice, vollzieht entweder wissentlich oder instinktiv, oder aus Liebe zur Sonne, wie Ihr es zu nennen pflegt, einen Akt, der die Befreiung der Frau vorantreibt. Blässe und Zerbrechlichkeit sind im Grunde nur feine Fäden, um die weibliche Natur zu zügeln und zu zähmen, genau wie die Chinesen im Namen der Schönheit ihren Töchtern die Füße binden. Nein, nein Beatrice, keine Angst, ich sehe, daß ich Sie langweile, daran ist mein Beruf schuld: professionelle Verbildung.«

»Ich langweile mich nicht, Carlo, ich habe nur Lust bekommen, Fangreifen zu spielen, gehen wir?«

Die beiden laufen davon, um Fangreifen zu spielen. Beatrice hat ihm erlaubt, sie beim Vornamen zu nennen. Das ist richtig so, sie sind beide sehr jung. Wissentlich, Heliotherapie, professionelle Verbildung. Was für schöne Ausdrücke!

»Nein, Beatrice, nein! Ihr seid sehr freundlich, aber es ist sinnlos, daß Ihr Euch solche Mühe gebt, um die Fürstin für mich zu interessieren. Seht Ihr nicht, daß sie mir nicht nur nicht zuhört, sondern die Augen schließt, als ob …«

»Ich höre Euch sehr genau zu, und um Euch das zu beweisen, sage ich Euch, daß Ihr Sympathien für diese Sozialisten hegt, von denen soviel gesprochen wird.«

»Darf ich mir erlauben, zu fragen, woran Ihr das gemerkt habt?«

»Daran, wie Ihr vor ein paar Tagen über Frauen geredet habt.«

»Und Ihr wart nicht empört? Habt mich nicht davongejagt?«

»Wieso hätte ich das tun sollen?«

»Aber … Anwalt Santangelo hatte mir nahegelegt …«

»Anwalt Santangelo interessiert mich nicht. Vielmehr interessiert mich, mehr über Eure Sympathien zu erfahren. Ihr antwortet nicht?«

»Entschuldigt, Fürstin, ich bin verwirrt. Ihr schafft es immer wieder, mich zu überraschen. Ich hätte nicht gedacht, daß Ihr Euch für Politik interessiert.«

»Nein, wir interessieren uns überhaupt nicht für Politik, Modesta! Wie kommst du dazu, über so etwas zu scherzen? Siehst du nicht, daß du ihn in Verlegenheit bringst? Carlo hat gar nichts für diese Gottlosen übrig! Ich mag es nicht, wenn du so redest. Ich gehe jetzt schwimmen.«

»Nein, Doktor, ich rate Euch, ihr nicht zu folgen, Ihr würdet sie nur verlieren. Laßt sie schwimmen. Wir können ihr hinterher erklären, daß an diesen Sozialisten nichts Verwerfliches ist. Mit Beatrice braucht man Geduld und Zeit. Ihr zögert. Glaubt mir, es ist besser so. Früher oder später wäre es doch herausgekommen. Oder habt Ihr gehofft, daß Beatrice es nie entdecken würde? Was starrt Ihr mich so an?«

»Nicht deshalb. Es ist nur, daß ich Euch noch nie so lang und sanft habe reden hören. Eure Stimme verzaubert mich. Ihr solltet öfters sprechen.«

»Ihr habt mir nicht geantwortet. Wie seid Ihr Sozialist geworden?«

»An der Universität. Zwei oder drei wertvolle Begegnungen, und mir war alles klar.«

»Gibt es in Mailand viele Sozialisten?«

»Ja, sehr viele. Und in Turin noch mehr. Auch hier auf Sizilien gibt es viele von ihnen.«

»Wirklich?«

»Ja.«

»Kennt Ihr sie?«

»Ehrlich gesagt, bin ich hier in Catania, um Kontakt zu den Genossen aufzunehmen.«

»Ach so! Jetzt verstehe ich, warum Ihr Euch in diesen Monaten nicht darum bemüht habt, außer uns noch andere Patienten zu finden. Das hat mich sehr überrascht. Aber ich habe es auf Euren Reichtum und, verzeiht, Eure Faulheit zurückgeführt.«

»Man muß zugeben, daß Euch nichts entgeht. Die Diagnose war beinahe richtig. Zwar nicht Faulheit, nein, aber eine gewisse finanzielle Unabhängigkeit, die mir erlaubte, meine Handlungen zu hinterfragen. Ich will Euch das erklären. Seit vielen Jahren schon steht meine Berufung als Arzt im Widerspruch zu einer Realität, die diesem Beruf den Heiligenschein nahm, mit dem ich ihn in meiner Jugend umgeben habe. Ich habe gemerkt, daß Arzt sein in unserer Gesellschaft nichts anderes bedeutet, als die Schäden auszubessern, die die Arbeitsbedingungen in den Bergwerken und Fabriken, Vorurteile, Armut und Schmutz mit einer Geschwindigkeit verursachen, die die guten Absichten eines einzelnen kleinen Arztes weit hinter sich läßt. Was nützt es, im Lauf eines Lebens hundert Menschen gerettet zu haben, von denen neunundneunzig reich oder wohlhabend sind, wenn man eingesehen hat, daß die Medizin unterschiedslos dem Leid aller vorbeugen müßte? Der Beruf des Arztes gleicht unter diesen Bedingungen dem eines Missionars, der nach Afrika geht, um Leprakranke zu heilen und ein paar Seelen zu retten … vor allem seine eigene! Denkt man genau darüber nach, sind das Toren: Wenn sie den Schmerz wirklich ausmerzten, wie könnten sie sich dann weiter an ihren Spielereien, die sie die Seele, das Böse und die Erlösung nennen, ergötzen? Das war nur ein Scherz. Auch weil ich schulmeisterlich werde. Und um diesen überaus schulmeisterlichen Vortrag zu beenden: Der Arztberuf ist nur dann etwas wert, wenn er von politischem Engagement mit dem Ziel begleitet wird, für alle Menschen gesunde und bewohnbare Häuser und funktionierende Krankenhäuser zu erkämpfen. Um das zu erreichen, muß man handeln, mit aller Kraft handeln. Es gibt keinen anderen Weg.«

»Ist das Sozialismus?«

»Ja, aber ich sehe Euch gedankenvoll. Ich befürchte, Euch gelangweilt zu haben.«

»Ihr wißt genau, daß Ihr mich nicht nur nicht gelangweilt habt, sondern … Seid nicht kokett!«

»Ihr habt recht.«

»Ihr greift zur Koketterie, weil ich eine Frau bin, und das legt Euch die Annahme nahe, daß Eure Ausführungen zu tiefschürfend sind für ...«

»Getroffen. Ich bitte um Verzeihung. Doch man begegnet so selten einer Frau wie Euch! Unter den Sozialisten gibt es außergewöhnliche Frauen, wirklich außergewöhnliche, aber es sind leider erst wenige!«

»Ihr habt mir Schwimmen beigebracht, nicht wahr?«

»Ja.«

»Würdet Ihr mir beibringen ... Würdet Ihr mir einige dieser Sozialisten vorstellen?«

»Ich möchte Euch die Hand küssen. Was für eine schöne Hand! Danke, daß Ihr sie nicht zurückgezogen habt. Ich liebe Euch, Fürstin!«

»Aber wart Ihr nicht in Beatrice verliebt?«

»Ich habe Beatrice von ganzem Herzen gern, aber als ich Euch reden hörte, habe ich gemerkt, daß ich Beatrice benutzt habe, um zu Euch zu gelangen. Vergebt mir. Nein, zieht die Hand nicht weg. *I am not fond in love.* Ich habe im Namen der Liebe schon zu sehr gelitten. Wenn Ihr vorhabt, mir alle Hoffnung zu rauben, dann erlaubt mir, nicht mehr hierherzukommen. In der Stadt gibt es viele Ärzte. Ich gehe jetzt, Fürstin. Nein, seid mir nicht böse, wenn ich morgen nicht komme. Es besteht keine Hoffnung, das sehe ich. Haltet mich von mir aus für feige, aber nehmt es mir nicht übel, denn ich habe Euch eine Stunde lang geliebt.«

43

Die erste Woche ohne Carlo

»Kommt er wirklich nicht mehr? Warum denn nicht, Modesta?«

Es war besser, nicht zu antworten ... »Haltet mich für feige, aber nehmt es mir nicht übel, denn ich habe Euch eine Stunde lang geliebt!« Dieser schmächtige Junge mit dem schlaksigen Gang hatte Charakter.

Die zweite Woche ohne Carlo

»Also stimmte es, was du über ihn herausgefunden hattest? Das war kein Scherz?«

»Was habe ich denn herausgefunden, Beatrice?«

»Hast du das etwa vergessen? Komm schon, natürlich erinnerst du dich! Daß er Sozialist ist! Deshalb hast du ihn davongejagt?«

»Du selbst hast mich darauf aufmerksam gemacht, daß wir glücklicherweise keinen von diesen Gottlosen kennen.«

»Also stimmte es? Kaum zu glauben. Wie schade, er war so fröhlich!«

Es war besser, nicht zu antworten.

»Warum antwortest du mir nicht mehr, sobald ich über ihn rede? Wenn du dich so benimmst, bist du unerträglich! Dann erinnerst du mich an Großmutter Gaia. Du bist genau wie sie, verschlossen und egoistisch. Nie denkst du an mich.«

»Und wieso denke ich nie an dich?«

»Überhaupt nicht! Was interessiert es dich, wenn Carlo nicht mehr kommt. Du schließt dich immer in dieses vermaledeite Zimmer ein, um zu arbeiten! Puh! Morgens mit dem Anwalt Santangelo, nachmittags allein und dann immer mit Eriprando und ...«

»Und mit dir, oder?«

»Natürlich, für mich die Reste ... Und außerdem langweile ich mich, puh! Vor allem jetzt, bei all den Wolken. Wie langweilig!«

»Es ist Herbst, Beatrice.«

»Vorher konnte man wenigstens an den Strand gehen. Und dann, nicht, daß ich Eriprando nicht mag, aber er ist klein. Worüber soll ich mit ihm reden? Mit Carlo konnte man sich so gut unterhalten!«

»Er war Sozialist, Beatrice, vergiß das nicht!«

»Nein, das vergesse ich nicht. Das ist etwas sehr Schlimmes, ich weiß. Nicht wahr, Modesta?«

Die dritte Woche ohne Carlo

»Wie viele Spiele er mir beigebracht hat! Erinnerst du dich noch, als er mit dem Trommelballspiel angekommen ist? Du hast ja keine Ahnung, wieviel Spaß das gemacht hat, das kannst du nicht verstehen, du hast es ja nie lernen wollen. Er hatte mir versprochen, nach dem Sommer viele neue Spiele mitzubringen ... Man muß sich einfach Ablenkungen ausdenken, hat er gesagt, wenn der Sommer vorbei ist und man im Haus bleiben muß, um nicht zusammen mit der Natur in Winterschlaf zu fallen. Er hat auch gesagt, daß Herbst und Winter zwar schwierigere Jahreszeiten sind, aber viel ... viel ...«

»Konstruktiver, Beatrice.«

»Genau, konstruktiver. Ja, wegen der Phantasie! Und weil der Sommer, so faszinierend er auch ist, auf die Dauer zu stark zerstreut. Wie gewählt sich doch die vom Festland ausdrücken! Vielleicht weil sie, wie er gesagt hat, lange Winter haben und gezwungen sind, viel nachzudenken?«

»Du könntest auch sagen: mit ihrer Phantasie zu spielen.«

»Ach ja, so hat er es ausgedrückt, hübsch, nicht wahr? Komisch, aber ich habe gedacht, daß die vom Festland alle blond und ernst sind, aber er hat schwarze Haare, dunkle Augen und scherzt immer. Natürlich sind seine Hände weiß, erinnerst du dich, wie weiß seine Hände waren? Aber was sage ich da? Du hast ihn dir ja nie angeschaut! Was haben die bloß alle gegen die Sozialisten, Modesta? Er wirkte nicht wie ein Kinderfresser. Vielleicht ist er eine Ausnahme wie Onkel Jacopo, der so lieb war, auch wenn er nicht an Gott geglaubt hat.«

»Er wird eine Ausnahme gewesen sein, Beatrice.«

»Wenn dem so ist, wieso schreibst du ihm dann nicht und holst ihn zurück? Vielleicht hört er mit der Zeit und unter deinem Einfluß auf, Sozialist zu sein.«

»Wenn er dir so sehr fehlt, wieso schreibst du ihm dann nicht?«

»Ich? Bist du verrückt geworden? Ich bin eine Brandiforti und unverheiratet!«

»Ich bin nicht verrückt. Dir fehlt er doch, also müßtest du ...«

»Du bist eifersüchtig, das ist es! Darum willst du ihm nicht schreiben. Ich habe dich durchschaut, weißt du? Unter dem Vorwand, daß er Sozialist ist, hast du mir den Mund verschlossen. Du bist eifersüchtig ...«

Es war besser, nicht zu antworten und sie weinen zu lassen, auch wenn mich dieses Weinen dazu drängte, sie in den Arm zu nehmen, und ich dabei dieses schmerzliche Zittern spürte, das unerträglich war und sie seit einigen Tagen stärker hinken ließ.

»Du bist eifersüchtig auf Carlo, gib es zu! Eifersüchtig bist du!«

Zwei Tage nach der dritten Woche ohne Carlo

»Ich habe mich dazu durchgerungen, Carlo zu schreiben, weil mir klargeworden ist, daß du ihn nicht wegen seiner Aktivität als Sozialist, sondern aus Eifersucht fortgejagt hast. Und außerdem hatte Onkel Jacopo vielleicht recht, und es ist gar nicht so schrecklich, Sozialist zu sein, wie alle sagen.«

»Dir steht frei, das zu tun, was du willst, Beatrice.«

»Was soll das heißen? Auch die Großmutter hat das immer gesagt, und dann ... Was soll das heißen? Daß du ihn unhöflich empfängst oder gar nicht? Sag es mir wenigstens vorher, damit ich mich darauf einstellen kann.«

Jetzt, da sie endlich aufbegehrte, konnte ich reden, auch weil ich nicht wollte, daß sie mich mit Gaia verwechselte. Ich umarmte sie und versuchte, diese von Jahren der Angst und Unsicherheit geschüttelten Locken einen Moment lang zu beruhigen. Ich mußte dieses Gesichtchen beruhigen, das beim geringsten Schatten oder Geräusch zusammenfuhr.

Ich lege die Hände an ihre Wangen, und ihre Haare fallen so leicht wie früher über meine Finger. Und obwohl jetzt kein Schauer mehr meinen Blick trübt, bringt mir die Berührung einen Frieden, der vielleicht intensiver ist als die Lust von einst.

»Hör zu, Beatrice! Hör mir einmal zu! Wie deine Großmutter bin ich nicht, auch wenn ich viel von ihr gelernt habe. Ich habe dich ganz anders lieb als sie und will dich nur glücklich sehen. Gegen Carlo habe ich nichts, ich vertraue dir, und daß er dir so wichtig ist, überzeugt mich davon, daß vielleicht nichts dabei ist, Sozialist zu sein. Was wissen wir schon von denen?«

»Nichts, wirklich gar nichts.«

»Wer hat in unserem Beisein eigentlich schlecht über die Sozialisten gesprochen? Versuche dich zu erinnern.«

»Na ja, Anwalt Santangelo, die Tanten und ... all die anderen.«

»Aber das sind doch alles unsympathische Leute, nicht wahr, Beatrice? Langweiler.«

»O Modesta, bitte, sprich nicht davon! Also ist dir Carlo überhaupt nicht unsympathisch?«

»Beatrice, halt einen Moment das Köpfchen still und versuche mir in die Augen zu schauen. Carlo ist mir weder sympathisch noch unsympathisch. Er war für mich lediglich Ippolitos und Eriprandos Arzt. Aber wenn dir seine Gesellschaft wichtig ist, werde ich mich bemühen, ihn kennenzulernen und ihn so zu mögen wie du.«

»Aber ich mag ihn doch gar nicht, Modesta, was redest du denn da? Ich finde ihn nur unterhaltsam.«

»Na gut. Dann werde ich eben versuchen, seine Gespräche auch unterhaltsam zu finden.«

»O ja, genau das wollte ich, Modesta! Wie gut, daß du das verstanden hast. Ich habe schlecht über dich gedacht. Aber wenn du nichts mehr sagst, bekomme ich Angst. Ich bin nicht so gescheit wie du oder die Großmutter, ihr versteht selbst ohne Worte. Auch Onkel Jacopo war wie du, aber mir ... muß man alles erklären, und jetzt, wo du mit mir redest, glaube ich dir. Ich glaube dir und habe dich sehr, sehr lieb. Du brauchst nicht eifersüchtig zu sein. Ich finde ihn nur unterhaltsam.«

»Und wann kommt er?«

Eine tiefe Röte, wie ich sie noch nie bei ihr gesehen hatte, stieg ihr vom Hals bis ins Gesicht und wühlte mich so sehr auf, daß ich einen Moment lang glaubte, die alte Leidenschaft für sie sei zurückgekehrt. Ich schloß die Augen, um besser zu verstehen. Nein, es war nur die Erinnerung daran (die Sehnsucht danach?), wie ich, Hand in Hand mit ihr auf den Fluren und im Garten, bei jeder ihrer plötzlichen und unvorhersehbaren Gefühlsschwankungen gezittert hatte.

»Warum hast du die Augen zugemacht, Modesta? Geht es dir nicht gut? Wie schön du mit geschlossenen Augen bist! Wenn du die Augen zumachst, bist du viel schöner, und ich würde dich am liebsten immer küssen, aber das geht nicht.«

»Und warum nicht?«

»Weil ich zu tun habe.«

»Hat dir Carlo denn geantwortet? Wann kommt er?«

»Er ist unten im Salon und wartet. Deshalb kann ich dich nicht küssen. Ich hatte Angst, daß du ihn nicht sehen willst, und habe deshalb Quecksilber gesagt, daß sie ihn unten warten lassen soll. Er wartet schon lange. Komm mit, jetzt, wo alles geklärt ist.«

»Warum gehst du nicht allein hinunter?«

»Aber das schickt sich doch nicht, Modesta. Ich bin unverheiratet, komm schon!«

»Ja, natürlich, aber ich komme nur heute mit. In Zukunft erlaube ich dir, ihn allein zu sehen. In diesem Haus bin ich der Herr, oder? Die Zeiten ändern sich, Beatrice.«

»Was werden die Leute sagen?«

»Hatten wir nicht entschieden, uns nicht darum zu kümmern, was die Leute sagen, so wie Jacopo es uns geraten hat?«

»Du hast recht. In Zukunft werden wir sehen, aber heute nicht! Ich habe Angst!«

Das zitternde Händchen zog mich so wie einst hinter sich her (wie lange lag das zurück?). Aber damals hatte sich über das blasse Gesicht keine solch glühende Röte ergossen, die sie mir jetzt fremd erscheinen läßt. Fremd und doch teuer. Aber das ist gut so.

Im Salon vor Carlo verschwand diese Röte ebenso schnell, wie sie gekommen war. So schnell, daß ich den

Arm um Beatrice legte aus Angst (wie ertrug der kleine Körper diese Aufregung?), ihre zarte Taille könnte entzweibrechen. Dankbar lehnte sich Beatrice an mich, und zusammen gingen wir diesem Jungen entgegen, der jetzt, da er einen winterlichen Zweireiher trug, größer und steifer wirkte, wie gealtert.

»Ihr seht, Fürstin, ich habe Euren Rat befolgt und mir einen Bart stehenlassen. Und genau wie Ihr vorausgesagt habt, habe ich an Jahren und Patienten gewonnen. Ihr seid sehr wertvoll, Fürstin!«

»Ich freue mich, Euch behilflich gewesen zu sein, auch weil Euch der Bart sehr gut steht. Nicht wahr, Beatrice, steht er ihm nicht gut?«

»Na ja, vorerst ist das ja noch kein richtiger Bart wie die, die man in Catania sieht … Es wird mindestens noch ein oder zwei Monate dauern, bevor man ihn als einen solchen bezeichnen kann. Das hoffe ich zumindest.«

»Aber trotzdem sieht man schon, daß er Euch gut steht. Nicht wahr, Beatrice?«

Beatrice stand stocksteif da und lehnte sich so schwer gegen meine Brust, daß ich kaum sprechen konnte. Carlo durfte sich in Anwesenheit von zwei Damen, die stur stehen blieben, nicht hinsetzen, das hätte gegen die Etikette verstoßen. Wie wir so unbeweglich mitten im Zimmer standen, wirkten wir wie drei angriffsbereite Zinnsoldaten in Erwartung eines Befehls.

»Ich befürchte, daß Beatrice mein Bart nicht gefällt. Sie schaut mich an, als würde sie mich nicht wiedererkennen.«

Beatrice antwortete nicht. Und während mir der Schweiß ausbrach und ich versuchte, sie in Richtung eines Sessels zu schieben, verzerrte sich Carlos Lächeln zu einer Grimasse der Enttäuschung.

»Ganz eindeutig hat mein Bart unter Freunden nicht denselben Erfolg wie draußen bei meinen Feinden. Was würde die Fürstin dazu sagen, wenn ich nach Hause ginge, um mich zu rasieren, und in einer Stunde zurückkehrte? Dann könnten wir von vorn anfangen, so als ob es diesen Bart nie gegeben hätte.«

Ganz unerwartet drehte sich Beatrice zu mir um und brach in ein so schallendes Gelächter aus, daß Carlo einen Schritt zurücksprang und ich die Beine fest auf den Boden stemmen mußte, um nicht das Gleichgewicht zu verlieren.

»O mein Gott, ist er nicht zu komisch, Modesta? Hast du gesehen, wie er an den vier Barthaaren gezogen hat, als er ›ganz eindeutig‹ sagte? Meine Güte, Carlo, wie komisch du mit diesem Bart aussiehst! Ich habe noch nie im Leben so gelacht! Ich ersticke fast!«

Ganz langsam steckte dieses Lachen auch uns an, und plötzlich fanden wir drei reglosen Zinnsoldaten uns lachend auf dem Sofa wieder. »Wie Kinder«, sagte Carlo und fügte hinzu: »Kinder mit angeklebtem Bart natürlich.«

Das unterdrückte Lachen schüttelte uns erneut, bis Beatrice aufsprang und rief:

»Genug! Genug, Carlo! Hab Erbarmen, ich ersticke!«

»Hab Erbarmen? Ich soll Erbarmen mit dir haben, die keins mit meinem Versuch gehabt hat, mit vier Haaren in die feindliche Welt unserer männlichen, bärtigen Helden zu treten?«

»Nein! Sag dieses Wort nicht mehr, ich ersticke!«

»Na gut, dann werde ich das anstößige Wort eben nicht mehr aussprechen, Fräulein Beatrice! Aber ich habe die Pflicht, den Bart zu verteidigen, der schon immer ein Symbol des Geistes und der Männlichkeit gewesen ist, jedenfalls in diesem unserem Lande, in dem man mit Haaren verschwenderisch umgeht. Würdest du, mein kleines Mädchen, angesichts der Bärte von Garibaldi, Galileo Galilei oder Turati lachen?«

»Wer ist denn Turati? Kennst du den, Modesta?«

»Oje, ungebildetes und unwissendes, gedankenloses Mädchen! Das ist wirklich eine Respektlosigkeit nicht nur unseren Vorvätern, sondern auch der strahlenden Größe unserer Zeitgenossen gegenüber, die mit ihren mühevollen Bärten die Säulen unserer bärtigen Kultur errichtet haben.«

»O mein Gott, Modesta, die bärtige Kultur! Die bärtige Kultur!«

Und wir lachten, bis Quecksilber eintrat und den Tee servierte. Erschöpft von all dem Gelächter, stürzten wir uns schweigend auf das Gebäck, ich hatte nicht gewußt, daß Fröhlichkeit so ermüdet.

»Wirklich, Fürstin, so müde habe ich mich nicht mehr gefühlt, seit ich sechs oder sieben Jahre alt war. Aber es ist eine gute, schöne Müdigkeit ... die ich vergessen hatte. Ich erinnere mich daran, wie wir vor vielen, vielen Jahren, als ich mit meinen Eltern noch auf dem Land lebte ...«

44

»Nein, wir sind nicht aus Mailand, sondern vom Lande. Und ja, Fürstin, das macht einen großen Unterschied, wie übrigens auch hier auf Sizilien. Meine Vorfahren sind aus Nordeuropa gekommen: reiche Bauern, die aber nicht reich genug waren, um als reiche Leute in der Heimat zu leben, und die auf der Suche nach fruchtbarem Land zu einem niedrigen Preis waren. In unserem Clan, wie wir zu Hause diese Gruppe von sieben Familien mit ihren dreißig oder vierzig Personen genannt haben – ich habe sie nie genau gezählt –, sprach man von diesen Pioniervorfahren wie von einem nicht näher bestimmten Heldengeschlecht. Aber wie mein Vater immer sagte, waren sie nichts weiter als die üblichen Beutejäger, die seit Urzeiten in unserem Land ihr Unwesen treiben. Man könnte sie Kolonialisten in eigener Sache nennen, fällt mir gerade ein. ›Eine starke, durch keinen Kontakt zu eingeborenen Elementen verwässerte Rasse, eine Rasse, die von Kälte und strengen Sitten verlesen wurde.‹ … und von den ständigen Diebstählen, fügte ich in Gedanken am Ende dieser Predigt hinzu, die uns irgendein Onkel mindestens dreimal pro Woche vor dem Abendessen hielt. Du lachst, Beatrice? Da gibt es wenig zu lachen. Ich hätte dich sehen mögen! Ich fürchtete mich so vor dieser starken Rasse! Und dann die Frauen! Noch heute erinnere ich mich an die Angst, die mir die Stimme meiner Großmutter einjagte. Eine solche Angst, daß ich nach ihrem Tod nicht ihr Gesicht, sondern nur ihre Stimme im Gedächtnis behielt. Und das, obwohl ich sie während meiner gesamten Kindheit beim Frühstück, beim Mittagessen und beim Abendessen vor mir sitzen hatte. Ja, lach nur, lach! Aber ich habe bis heute die schreckliche Stimme von Großmutter Valentina im Ohr, die mich andonnert: ›Das ist ja ein Zwerg! Dieses Kind wächst nicht!‹ Und so mußte ich ständig Koteletts hinunterwürgen. Der Geruch von Fleisch drang mir aus allen Poren. Und das mir, der ich Fleisch immer gehaßt habe! Oder vielleicht habe ich es seitdem gehaßt? Das ist unwichtig, Psychologie interessiert mich nicht. Mein Gott, wie langweilig all diese leicht psychologisierenden Romane sind! Überlassen wir die unserer lieben Genossin Montessori. Die ist vielleicht langweilig!«

»Wer ist diese Montessori?«

»Eine von unseren Genossinnen, die sich mit Kinderpsychologie beschäftigt. Ich habe noch nichts von ihr gelesen, aber alle sagen, es sei interessant. Sie hat eine neue Methode der Kindererziehung erfunden, glaube ich. Das scheint Euch zu interessieren, Fürstin. Ich werde Euch ihre Schriften besorgen.«

»Euch interessiert das nicht, weil es eine Frau geschrieben hat?«

»Nein, nein, Fürstin, ich habe gesagt, daß die Psychologie mich nicht interessiert.«

»Puh, jetzt streitet ihr schon wieder. Laß sie, Carlo. Erzähl mir von der Großmutter Valentina und dem Clan. Waren das Engländer?«

»Von wegen Engländer, aus einem barbarischen Norden kamen sie, beladen mit Hausrat und Federvieh, und bliesen in ihr Horn, um sich einen Weg über die Alpen zu bahnen. Du hättest die Handgelenke meiner Großmutter sehen sollen, wenn sie zur Muskete griff, um einen verirrten Hühnerdieb zu verjagen, oder wenn sie in der großen Küche das Messer schwang, um selbst das Fleisch für den Zwerg auszusuchen ...«

»Als du klein warst?«

»Klein? Das ging so, bis ich vierzehn Jahre alt war, Beatrice! Sie packte mich am Ohr, zog mich zu sich heran und schrie: ›Willst du Zwerg nun endlich wachsen?‹«

»Du, ein Zwerg?«

»Ja, und ich habe ihr geglaubt! Später in Padua und Mailand, in der zivilisierten Welt also, verstand ich, daß ich zwar nicht riesig, aber auch kein Zwerg war. Dort jedoch, inmitten all dieser blonden, hochgewachsenen Onkel und Vettern ...«

»Aber du bist dunkel.«

»Daran ist meine Mutter schuld.«

»O mein Gott, wie komisch du bist, Carlo. Modesta, hast du gehört, wie er das gesagt hat?«

»Das war jedenfalls die ständige Rede von Großmutter Valentina: Schuld meiner Mutter, vor allem jedoch meines Vaters, der ein sehr tüchtiges und ehrbares Familienmitglied war, aber zerstreut und ohne den geringsten Realitätssinn, immer nur an seinem Mikroskop interessiert. Und in seiner Zerstreutheit hat er sich in Mailand, der Stadt des Teufels, in ein kleines schwarzes Zwergenmädchen verliebt, das überdies noch aus Neapel kam, auch wenn es adelig und reich war. Bambolina hat die Großmutter sie mit geheuchelter Freundlichkeit genannt: ›Nein! Bambolina ist zerbrechlich, es ist besser, wenn du gehst. Bambolina ist heute schon zweimal die Treppe hinuntergestiegen. Sie ist zart, ich möchte nicht, daß sie krank wird wie letztes Jahr!‹ Aber mir war dieser Name teuer, denn sie sah mit ihren schwarzen Locken, dem rosigen Mündchen und den Wimpern, die so lang waren, daß sie Schatten auf die Wange warfen, wenn sie den Blick senkte, wirklich wie eine Porzellanpuppe aus. Ich erinnere mich daran, daß ich sie schon mit vierzehn Jahren in ihr Zimmer hinauftragen konnte, wenn sie müde war. Und auch daran, daß ich es war, der sie das letzte Mal aus dem Sessel gehoben hat, in dem sie zu schlafen schien. Da ist es mir nicht aufgefallen. Sie war nur ein wenig schwerer als sonst.«

»War sie gestorben?«

»Ja, an der Schwindsucht. Von ihr habe ich außer meinem zwergenhaften Wuchs auch die schwachen Bronchien. Das haben sie jedenfalls gesagt. Aber mir sind all diese von Bambolina ererbten Gebrechen teuer, und ich hüte sie wie kostbare Gaben.«

»Warum sagst du Bambolina? Hast du sie nicht Mama genannt?«

»Natürlich! Aber seit sie tot ist, ich weiß auch nicht, warum, kann ich nur so an sie denken. Vielleicht auch, weil mein Vater sie immer so nannte. Er hat sie sehr geliebt und ihren Tod nie überwunden. Und wenn er schon vorher manchmal wochenlang von zu Hause verschwand, war er danach fast nie mehr da. Er kümmerte sich nur noch um die Politik.«

»Aha, auch Euer Vater befaßte sich also mit Politik?«

»Ja, Fürstin. Das war das zweite schwere Kreuz für Großmutter Valentina, die deshalb häufig in den unmöglichsten Augenblicken von dumpfem Groll gepackt wurde, dem sie Luft machte, indem sie auf und ab lief, oder besser, indem sie im Wohnzimmer mit ihren langen, sehnigen Beinen auf und ab marschierte. Wenn ich diese Riesenfüße über das Parkett donnern hörte – bei uns zu Hause gab es keine Teppiche, die sah man als Verweichlichung an! Nur in Bambolinas Zimmer hatte man Teppiche gelegt. Ich bin gern durch dieses bunte, warme Zimmer gelaufen, wenn sie im Bett lag. Sie hat mir erlaubt, die Schuhe auszuziehen und ...«

»Und ist Großmutter Valentina da nicht wütend geworden?«

»Sie kam nie in Bambolinas Zimmer. Ja, einmal als die Mama mit Fieber im Bett lag, hörte ich, wie sie zum Arzt sagte: ›In dieses Zimmer setze ich keinen Fuß mehr. Da erstickt man ja! Nicht genug damit, daß sie nie das Fenster öffnet, sie parfümiert sich auch wie ... Lassen wir das. Diese Südländer! Die würden es schaffen, selbst eine Kirche ...‹, verzeiht, Fürstin, ›in ein Bordell zu verwandeln!‹«

»Hat sie dieses Wort wirklich in den Mund genommen?«

»Aber ja. Manchmal hat sie auch geflucht. Doch Ihr könnt mir glauben, daß sie das immer nur tat, um ihren tief empfundenen Unmut über die Verweichlichung der Welt zum Ausdruck zu bringen.«

»Du hast erzählt, wie es war, wenn du sie über das Parkett hast donnern hören.«

»Ach ja. Sobald ich dieses Donnern hörte, versteckte ich mich unter meinem Bett.«

»Und was hast du dort gemacht?«

»Ich habe gedöst, um ihren Aufmarsch nicht zu hören, oder alle verbotenen Bücher meines Vaters gelesen.«

»Was waren das für Bücher, Carlo?«

»Politische Bücher.«

»Politische Bücher? Also warst du da schon erwachsen?«

»Es ist schlimm, das zugeben zu müssen, Beatrice, aber ich hatte nie das Zeug zum Helden. Ja, ich war vierzehn Jahre alt, als ich mich unter dem Bett für Politik zu interessieren begann und damit wie mein Vater und Großvater unter diesen Zauberbann fiel, den irgendeine Hexe über die klaren und gesunden Gedanken unseres Hauses gelegt haben muß. Meine Verwandten gingen immer schnell an der Bibliothek meines Großvaters vorbei und warfen feurige Blicke auf die Bücher und Zeitschriften: Werkzeuge des Verderbens, die der Teufel nachts in seinen Töpfen schmiedete. In den anderen Häusern des Clans war nur das heilige Buch der Bibel erlaubt.«

»Und warum haben sie nie etwas gesagt?«

»Aus einem uralten, schon zur Zeit des Predigers Salomon gültigen Grund, der gern vor sich hinbrütete und die Resultate niederschrieb.«

»Was redest du denn da, der Prediger Salomon aus der Bibel?«

»Natürlich, liebe Beatrice: ›Das Geld muß ihnen alles zuwege bringen. Fluche dem Reichen nicht in deiner

Schlafkammer.‹ Wir waren die Reichsten des Clans. Und dann war da noch Tante Clara, eine unbescholtene, heitere und rührige alte Jungfer, die die Gemüter mit ihrem vorbehaltlosen Vertrauen in die Kraft unseres gesunden, widerstandsfähigen Stammes beruhigte. Sie sagte immer: ›Nun übertreibt mal nicht, diese Politik ist nur eine Kinderkrankheit, die mein Federico sich eingefangen hat!‹ Federico war ihr Bruder, mein Großvater, um genau zu sein. Nur daß er von dieser Kinderkrankheit bis zu seinem Sterbebett nicht genas: ›Eine leichte Kinderkrankheit‹, wiederholte Tante Clara ihr ganzes gesegnetes Leben lang. Ich hingegen würde sie nicht als so leicht bezeichnen, wenn man die ungeheuren Ausgaben für äußerst teure Bücher bedenkt, die nächtlichen Abstecher nach Rom zu gewissen Carbonari, die gelegentlich mit dem Ertränken eines päpstlichen Spions im Tiber verbunden waren. Alles Kindereien, die Tante Clara nicht schrecken konnten. Aber als Federico schließlich ganz offiziell diesem Banditen Garibaldi nach Sizilien folgte, war das ein furchtbarer Skandal! Und er wäre nie an den Busen des Clans zurückgekehrt, wenn sich Garibaldi in Teano nicht mit König Victor Emmanuel, dem Re Galantuomo, getroffen hätte. Obwohl er mir gegenüber später voller Bitterkeit über diesen zerbrochenen Traum von einem republikanischen Italien sprach, war ich innerlich für den ›Verrat des Generals‹ dankbar, durch den ich den Großvater überhaupt kennengelernt hatte. Er war ein naiver, bärtiger Kerl mit wehrlosem Blick … Wie soll ich ihn dir beschreiben, Beatrice? Er schien einem Märchenbuch entsprungen zu sein. Wenn er von seinen Erfahrungen im Krieg erzählte, die, ehrlich gesagt, grausam waren, wußte er sie mit einem Nimbus von Abenteuer und Geheimnis zu umgeben, damit sie begeisterten und erheiterten wie gute Märchen.«

»Warum sagst du gut, Carlo? Sind nicht alle Märchen gut?«

»Eben nicht, Beatrice, nicht alle Märchen sind gut. Im Gegenteil sind laut unserer Genossin Montessori – und darin bin ich ihrer Meinung – fast alle Märchen böse und ein Mittel, um Kinder zu erschrecken und sie zur Furcht vor dem Gesetz und den Obrigkeiten zu erziehen. Wir haben lange darüber gesprochen, oder besser gesagt, sie hat mir davon erzählt und mich dazu ermuntert, neue Märchen zu schreiben. Ich erinnere mich, daß in Rom alle wegliefen, sobald ich dieses Thema auch nur andeutete. Natürlich ist ihre Kritik an den Märchen von Andersen, Grimm und vielen anderen richtig. Aber zu verlangen, daß alle Genossen, Ärzte, Ingenieure oder Heizer sich abends, statt zu schlafen, neue Geschichten und Abenteuer für die Revolution abringen …«

»Eine Revolution mit Märchen! Das ist schön.«

»Natürlich, Fürstin. Aber zuerst gibt es ein wenig ernstere Probleme zu lösen: Arbeitslosigkeit, Hunger …«

»Ich meine zu verstehen, daß Montessori Märchen auch zu diesen ernsten Problemen zählt. Märchen sind wie Brot die Nahrung der Kinder, und es ist wichtig, daß diese Nahrung sich ändert.«

»Ihr erstaunt mich immer wieder, Fürstin! Wenn Montessori ihre Ideen so klar zum Ausdruck gebracht hätte …«

»Puh, nicht schon wieder! Carlo hat recht damit, Modesta, daß diese Montessori langweilig ist. Warum unterbrichst du ihn immer? Laß ihn erzählen!«

Unbewußt nannte Beatrice mich langweilig. Alles wandelt sich. Eriprando entwindet sich meinen Armen; jetzt, da er schon auf einem beinahe echten Pferd das Gleichgewicht halten und allein schaukeln kann, langweilt ihn der Ritt auf meinen Knien. Auch mir ist inzwischen Beatrices elegante Leichtigkeit, mit der sie Carlos Blick verzaubert, gleichgültig, ja, sie irritiert mich manchmal sogar.

»Und du, Carlo, hör auf damit, Modesta immer mehr Bücher anzuschleppen. Sie liest nur noch. Das tut ihr nicht gut. Und außerdem wird sie dadurch noch ernster, als sie sowieso schon ist.«

»Hört, hört, unsere Beatrice redet wie Großmutter Valentina.«

»Was hat das damit zu tun! Ich habe nichts gegen Bücher, aber das ist ein bißchen zuviel, wie mir scheint. Los, erzähl die Geschichte zu Ende, bevor das Abendessen serviert wird. Ich höre, daß Quecksilber bereits eindeckt. Danach bleibst du doch noch? Wir können Mikado spielen.«

»Welche Geschichte? Über dem Gedanken an die Köstlichkeiten, die Quecksilber gekocht haben wird, habe ich den Faden verloren. Unsere Quecksilber ist ein richtiger Paganini, sie wiederholt sich nie.«

»Die Geschichte von der Kinderkrankheit! Mein Gott, wie komisch, eine so ernste Angelegenheit wie die Politik so zu nennen. Denn daß das eine ernste Angelegenheit ist, habe ich begriffen, Modesta, was glaubst du denn! Ich habe es begriffen, du brauchst mich gar nicht so streng anzuschauen.«

»Ach ja, genau, Tante Clara. Die Arme! Es war eine schreckliche Erkenntnis für sie, daß die Kinderkrankheit des Großvaters erblich war. Am selben Abend des fernen Jahres 1889, an dem mein Vater mit Turati speiste und die Geburt der sozialistischen Liga von Mailand feierte, Turati höchstpersönlich meinem Vater zuprostete und ihn Genosse nannte, erlag sie diesem Schlag und starb.

Sie ist vor Kummer gestorben, die Arme! Jedenfalls behauptete das meine Großmutter immer bei Tisch und starrte meinen Vater dabei voller Groll an. Aber der antwortete mild: ›Von wegen Schmerz, Mama, das Alter verwirrt dich, du weißt ganz genau, daß sie an Verdauungsstörungen gestorben ist.‹«

»Und auch du hast diese Krankheit geerbt?«

»So wird es wohl sein, auch wenn man aus der Geschichte der Medizin nichts darüber weiß, daß der Keim einer Idee in den keuschen Schoß einer Mutter eindringen kann. Aber selbst wenn man dieser Hypothese Glauben schenkt, manifestierten sich bei mir die Symptome der sogenannten Erbkrankheit erst spät, denn ihr Ausbruch wurde von der Erinnerung an den Schmerz meines von Garibaldi verratenen Großvaters und meines von Turatis Spaziergang 1898 durch die Via Volta enttäuschten Vaters unterdrückt.«

»Auch deinen Vater hat man verraten? Wie konnte man ihn denn beim Spazierengehen verraten?«

»Er ging spazieren, ja, das ist das richtige Wort! Wenn ich genau darüber nachdenke, muß es das Schicksal meiner Familie sein. In jeder Generation ein Verrat. Gar nicht schlecht, das hat nicht jeder. Was meint Ihr dazu?«

»Aber Herr Doktor, meint Ihr den Turati ...«

»Ja, genau den, derselbe Filippo Turati, der sich heute im Parlament immer noch soviel Mühe gibt.«

»Aber der muß doch uralt sein.«

»Du mußt wissen, mein süßes, ahnungsloses, kleines Mädchen, daß Gott, oder wer immer dort sein mag, den Politisierern – nicht den Politikern – ein langes, langes Leben beschert. Natürlich nur, wenn nicht irgendein Anarchist dafür sorgt ...«

»O mein Gott, Carlo, wofür sorgt dieser Anarchist? Was sind überhaupt Anarchisten?«

»Sanftmütige, moralische und leichtsinnige Leute so wie du. Laß es dir von der Fürstin erzählen, die längst genausoviel darüber weiß wie ich, wenn nicht sogar mehr. Unsere Fürstin hat Talent zur Politik.«

»Ach so, jetzt verstehe ich, Carlo. Turati hat deinen Vater verraten, indem auch er Monarchist geworden ist?«

»O mein Gott, Beatrice! Jetzt bringst du mich zum Lachen. Habt Ihr das gehört, Fürstin? Diese geniale Idee ist gar nicht so weit von der Realität entfernt. Beatrice hat die Quintessenz von Turatis Sozialismus erfaßt. Damit will ich sagen, daß die Sozialisten in die psychologische Falle des liberalen Gedankenguts gegangen sind. Auch sie glauben an die grundsätzliche Richtigkeit demokratischer Institutionen. Während wir nach dem Erfolg der russischen Revolution wissen, daß es absolut unnütz ist, hier und da ein Gesetz zu korrigieren oder furchtsam etwas zu verbessern, wenn man nicht alles von Grund auf ändert. Man muß den Privatbesitz und die Klassen abschaffen und alle Menschen an der Macht beteiligen.«

»O Gott, Carlo, halt, ich verstehe gar nichts mehr. Warum sagst du ›sie glauben‹, glaubst du etwa nicht daran?«

»Ich gehöre zur kommunistischen Fraktion und warte darauf, daß sich diese zu einer kommunistischen Partei Italiens formiert. Das wird bald passieren, in wenigen Monaten.

Aber ich sehe am bewölkten Gesicht unserer Beatrice, daß ich gerade wieder langweilig werde. Entschuldigt, ich habe mich hinreißen lassen. Also, mein Vater hat 1898 an dem Aufstand teilgenommen, der sich spontan erhoben hatte, um gegen die Unmenschlichkeit von elf Stunden, ich wiederhole: elf Stunden, Arbeit pro Tag zu protestieren. Die Gelegenheit bot sich in der Fabrik von Pirelli, der ansonsten ein guter Freund meines Vaters war, außer natürlich in der Politik, versteht sich ... Weißt du, wie man Pirelli genannt hat? Darf ich, Fürstin?«

»Aber natürlich, Herr Doktor, was denkt Ihr denn.«

»Man nannte ihn den heimlichen Kuppler.«

»Wie lustig. Und warum?«

»Weil er Verheiratete und Unverheiratete mit unzulänglichen Busen, Schultern, Hüften, Schenkeln und auch Waden, glaube ich, ›vervollständigte‹. Bei den Waden bin ich mir allerdings nicht sicher.«

»Genau, damals waren ja solche Kurven modern. Ich habe das im ›Domenica del Corriere‹ gesehen. Wie komisch.«

»Der Aufstand brach also ganz plötzlich und heftig los. Die Truppen von General Bava Beccaris erschienen, mit allen Tötungsinstrumenten der Moderne bewaffnet. Mein Vater stand, das Hemd voller Steine vor den Bauch gebunden, auf den Barrikaden. Etliche fielen, aber andere hielten stand, während unser Turati in den Pausen der Auseinandersetzung von zwei Genossen auf den Schultern umhergetragen wurde und sich die Kehle aus dem Leib schrie bei dem Versuch, alle zum Nachgeben zu bewegen. Ich kann ihn regelrecht hören, denn auch heute predigt er tagein, tagaus Ruhe und Gewaltlosigkeit ... Jedenfalls sagte er damals: ›Als Abgeordneter eurer Körperschaft bitte ich euch inständig um Ruhe und Geduld! Nicht um die Geduld eines Esels, versteht mich nicht falsch, sondern um die Geduld der Vernunft. Hört auf meinen Rat, ich rede euch ins Gewissen, die Stunde ist noch nicht gekommen, die Stunde ist noch nicht gekommen!‹ Da schrie ein Genosse Arbeiter neben ihm im stärksten Dialekt: ›Und wann kommt er endlich, der Tag?‹ Habt Ihr verstanden? Ich sehe, daß Ihr lacht; um so besser, ich übersetze nicht gern … Um zum Schluß zu kommen: Diese ›gottesfürchtigen‹ Sozialisten, wie mein Vater sie nannte, ließen sich überzeugen und die Arbeiter einen Aufstand ausbaden, der ansonsten … Na ja, wer weiß das schon.«

»Und deshalb hat dein Vater nicht mehr gesprochen, der Arme? Das ist eine traurige Geschichte, Carlo. Ich weiß nicht, warum, aber sie ist traurig. Sie ist nicht wie die anderen.«

»Genau, so traurig, daß sie in mir als Kind wie ein Mittel gegen das Gift der Politik wirkte. Und niemals hätte ich mich dafür interessiert, wenn ich nicht in Turin einen Zwerg wie mich kennengelernt hätte … ja, und wenn ich darüber nachdenke, dann habe ich außer wegen der Intelligenz und Güte in seinem Gesicht auch auf ihn gehört, weil ich endlich jemandem in die Augen schauen konnte.«

»Wer war dieser Zwerg?«

»›Wer ist‹, mußt du fragen, Beatrice. Denn er ist glücklicherweise quicklebendig. Antonio Gramsci heißt er.«

45

Aus Beatrices Tagebuch, das Modesta viele Jahre später gefunden hat

7. Januar 1921

Warum kann man nicht immer glücklich sein? Warum steht unserem Glück immer etwas im Wege?

Seit einem Jahr habe ich mich nicht mehr an dich gewandt, liebes Tagebuch, weil ich glücklich war und viel zu tun hatte: mich für den Abend fertigmachen, in den Schränken oder der Truhe irgendeine Bluse oder ein Tuch finden, um die Kleider und Röcke aufzufrischen, die Modesta mir hat anfertigen lassen, als wir noch reich waren. Was für schöne Sachen die Großmutter hatte! Wer hätte das gedacht? Wie viele Bänder und Gürtel ich gefunden habe! Und dann gemeinsam mit Quecksilber immer neue Arten entdecken, mich zu frisieren. Die Frisur zu variieren ist wichtig. Auch Modesta sollte das tun, ich habe es ihr oft genug gesagt. Es reicht ein neuer Kamm, ein Band, eine Blume; aber sie ist schon wie die Großmutter und kümmert sich nicht um ihr Aussehen. Vielleicht, weil sie wie die Großmutter zu gescheit ist, aber schade ist es doch, denn jedesmal, wenn ich sie frisieren durfte, sah sie wunderbar aus, was auch Carlo aufgefallen ist. Wie schön es war, im Garten und auf dem Markt immer neue Blumen für den Salon und das Speisezimmer zu suchen und zusammen mit Quecksilber Carlos Geschmack zu erraten – auf dem Festland haben sie einen ganz anderen Geschmack –, damit er unserer Speisen nicht überdrüssig wird. Leicht war das nicht, denn wie Quecksilber richtig sagt, reden Männer nicht gern übers Kochen, und man muß geschickt darin sein, ihre Vorlieben ohne Fragen herauszufinden. Und außerdem essen sie gern gut, selbst wenn sie so gescheit und zerstreut sind wie Carlo. Ich höre an dieser Stelle lieber auf, liebes Tagebuch, denn es tut mir allzu weh, seinen Namen geschrieben zu sehen. Seit einem Monat ist er nun schon in Livorno, um die Gründung dieser neuen Partei zu organisieren. Wer weiß, warum das so lange dauert! Außerdem müßte es schon längst passiert sein, nach dem, was er uns gesagt hat. Was ist, wenn diese kommunistische Partei, die ich fürchte, und dieser

Zwerg ihn noch brauchen und nicht mehr zurückkehren lassen?

5. März 1921

Je mehr Zeit vergeht, um so mehr hasse ich diese neue Partei und Carlos Genossen. Wie peinlich der Sonntag war, an dem er uns mit dorthin genommen hat. Vorher waren wir abends immer im Salon, und an den Sonntagnachmittagen ist er mit uns ins Kino oder ins Theater gegangen. Aber an jenem Sonntag hat Modesta darauf bestanden … Ich muß aufhören, denn bei dem Gedanken an die Sonntage in dem traurigen, kalten Haus kommen mir die Tränen, aber wenigstens war er da noch bei uns. Es stimmt, was Dante sagt:

> Wer fühlt wohl größres Leiden
> Als der, dem schöner Zeiten Bild erscheint
> Im Mißgeschick?

Ich muß aufhören, denn ich sehe schon die Tränen auf das Papier laufen. Ich möchte dich nicht beflecken, liebes Tagebuch.

12. März 1921, fünf Uhr nachmittags

Ich habe viel geweint, liebes Tagebuch, aber jetzt kehre ich zu dir zurück. Mit dir zu sprechen ist mir ein großer Trost. Eine weitere Woche ist vergangen, ohne daß wir etwas von Carlo gehört haben. Auch Modesta weiß nicht, wann er zurückkommt. Oder vielleicht weiß sie, daß er nicht zurückkommt, und will mich nicht traurig machen? Eigentlich müßte sie es wissen, denn inzwischen ist sie jeden Nachmittag und sogar am Abend mit diesen Sozialisten zusammen. Sie kommt zum Abendessen und eilt danach zu ihnen. Ich hasse diese Leute und verstehe überhaupt nicht, was Modesta an dem riesigen Zimmer voll staubiger Bücher findet, in dem nur ein Tisch und viele unbequeme Stühle stehen – es gibt nicht einmal ein Sofa –, und an all diesen schlecht gekleideten Männern, die ohne jeden Respekt für uns Frauen schreien und rauchen. Wie unwohl ich mich an diesem Sonntag gefühlt habe. Nicht nur waren wir die einzigen Frauen dort, es hat sich bei unserem Eintritt auch keiner erhoben. Ich glaube nicht, daß sie schlecht erzogen sind, immerhin sind es Freunde von Carlo. Sie sehen und hören einfach nichts mehr, wenn sie einmal angefangen haben zu diskutieren, wie mir diese Frau, die einzige außer uns, die da war, gesagt hat.

12. März 1921, 22.30 Uhr

Ich schäme mich sogar vor dir, liebes Tagebuch, aber ich bin eifersüchtig auf diese Frau. Sie hat mir mit ihrer Art zu reden, der hohen Stirn und dem Männerhaarschnitt Modesta gestohlen. Modesta spricht nicht darüber, aber ich weiß, daß sie sie sehr bewundert. Sie liest nur noch. Als ob die Bücher und Zeitschriften, die Carlo ihr geschenkt hat, nicht reichten! Jetzt kommt sie immer mit Packen von Zeitungen zurück. Das seien alte Ausgaben der Zeitung, die diese Frau herausgibt. Ich befürchte, daß sie nicht nur zu ihr nach Hause, sondern auch in die Druckerei geht, denn manchmal kommt sie mit der Bluse voller Tintenflecken zurück. Sicher, ich sollte nichts sagen und würde das vor Fremden nie tun, aber du bist mein einziger Vertrauter. Wir kennen uns, seit ich elf Jahre alt bin, und du hast mich nie verraten. Ich weiß, daß ich diese Frau nicht verurteilen sollte und nicht eifersüchtig auf sie sein dürfte, und ich schäme mich vor dir und vor Gott, aber ich kann nichts dagegen tun. Ich hasse sie auch, und das ist noch beschämender, weil sie wunderschön ist … Da, ich habe es gesagt. Ich verlasse dich, um zu beten und dieses häßliche Gefühl zu verscheuchen, das mich Tag und Nacht verfolgt.

13. März

Ich habe gebetet und hoffe, daß es mir gelingt, unvoreingenommen, wenn schon nicht freundschaftlich an sie zu denken. Und das auch, weil sie eine gute Freundin von Carlo ist und, wie Carlo uns gesagt hat, eine Heldin ihrer »Idee«. Schon als junges Mädchen hat sie mit den Gewerkschaften zusammengearbeitet, sie ist oft im Gefängnis gewesen und gefoltert worden. Sie wird gar nicht so jung sein, wie sie aussieht, denn Carlo zufolge ist sie eine der Genossinnen, die an den Streiks auf dem Festland teilgenommen haben – auch sie ist keine Sizilianerin –, um für die Arbeiter den Neun-Stunden- statt des heute üblichen Elf-Stunden-Tags zu erkämpfen. Ich habe mich Modesta gegenüber falsch verhalten, und jetzt bezahle ich dafür. Ich hätte sie in Ruhe mit Carlo sprechen lassen und nicht immer unterbrechen sollen, um zu spielen. Die Großmutter hatte recht, ich bin verwöhnt und faul, aber ich werde mich ändern, das schwöre ich vor dir und vor Gott. Und wenn Carlo zurückkehrt – ich bete jeden Abend zur Mutter Gottes um diese Gnade –, wenn er zurückkehrt, dann lasse ich sie über alles reden und werde versuchen, diese Bücher auch zu lesen. Ich werde es für Modesta tun und um meinen Egoismus zu zügeln.

15. März

Ich habe versucht, das *Manifest der Kommunistischen Partei* zu lesen, aber mehr als eine Seite habe ich, jedenfalls heute, nicht geschafft. Ich verstehe es, aber es macht mich traurig. Warum, weiß ich nicht, aber es macht mich traurig und jagt mir Angst ein. Ob das an dem Gespenst liegt, das in Europa umgeht? Warum hat Marx dieses häßliche Wort Gespenst gewählt? Hätte er nicht ein anderes Wort finden können, was weiß ich, Engel? Aber so steht es nun einmal da, und ich muß meine Angst überwinden! Ab morgen werde ich jeden Tag darin lesen.

20. März

Ich habe keine Hoffnung mehr, daß Carlo zurückkehrt. Heute ist wieder eine Postkarte von ihm gekommen: »Viele neblige Grüße aus dem nebligen Turin an die Sonnengöttinnen.« Mir ist, als hörte ich in diesen paar Worten seine Stimme. Aber wenn er eine Karte geschickt hat, dann heißt das, daß er noch nicht zurückkehrt. Ich habe keine Kraft mehr, zu weinen und zu beten, liebes Tagebuch, und ich glaube, ich habe nicht einmal mehr die Kraft, mit dir zu sprechen. Was soll ich dir auch sagen? Es regnet. Gott sei Dank haben wir Eriprando mit seinen Spielen und seiner Fröhlichkeit! Quecksilber sagt, daß dieses Haus sonst so traurig wäre wie ... aber lassen wir das.

25. März, nachmittags

Auch wenn Carlo nicht zurückgekehrt ist, hat mir die Mutter Gottes wenigstens in bezug auf Modesta eine Gnade erwiesen: Seit gestern geht sie nicht mehr zu den Sozialisten. Wer weiß, warum? Aber was immer vorgefallen sein mag, ich bin dadurch weniger einsam. Natürlich bin ich neugierig auf den Grund. Wenn ich den Mut dazu finde, denn auch sie ist sehr traurig, frage ich sie heute abend.

26. März, morgens

Ich habe den Mut gefunden, sie zu fragen. Mit einem Lächeln hat sie mir so geantwortet – ich schreibe das nieder, um es besser zu verstehen, so wie sie es mit Gedichten macht: »Beatrice, eigentlich ist dieses Haus eine Kirche voller Madonnen- und Heiligenfresken! Aber es ist besser, wie Jacopo gesagt hat, aus Kirchen zu fliehen, wenn man ihre Kunstwerke bewundert hat.« Das verstehe ich nun wirklich nicht, sie spricht von diesem Haus wie von einer Kirche. Mir ist es dort sogar beinahe schmutzig vorgekommen. Und welche Fresken? Ja, da hingen ein paar Bilder, aber … Manchmal ist Modesta wirklich rätselhaft. Oder hat sie vielleicht gescherzt?

30. März 1921

Nur ganz kurz, liebes Tagebuch, weil ich so glücklich bin, daß mir die Hände zittern. Carlo ist in Catania und kommt heute abend zum Essen. Jetzt verlasse ich dich. Ich habe noch viel zu tun und große Angst. Ich verstehe gar nicht, warum, aber seit heute morgen brennt meine Stirn, und ich friere. Ich habe das Thermometer nicht benutzt aus Angst, Fieber zu haben. Gerade jetzt! Und nicht nur davor habe ich Angst. In diesen Tagen habe ich immer und immer wieder an das gedacht, was mir Quecksilber in ihrer Dreistigkeit an jenem Abend gesagt hat. Das kann nicht sein! Aber sie war schon einmal verliebt und weiß mehr darüber als ich. Und wenn es nun stimmte? Es ist schrecklich, aber ich fürchte, liebes Tagebuch, daß Quecksilber recht hat. Wenn ich wenigstens Modesta fragen könnte! Sie ist so gescheit und weiß viele Dinge. Aber wie sollte ich das tun? Dann würde sie vielleicht wieder eifersüchtig und … Ich darf gar nicht daran denken. Denn niemals, niemals, auch wenn dieses Mißgeschick wirklich passiert sein sollte, würde ich Modesta verlassen. Das habe ich mir geschworen. Wie käme sie ohne mich, die sie versorgt und sich um das Haus kümmert, zurecht? So viel, wie sie mit den ganzen Anwälten und Notaren zu tun hat, und so zerstreut und unpraktisch, wie sie als gescheiter Mensch nun einmal ist? Erst gestern hätte sie gar nicht gefrühstückt, wenn ich nicht gewesen wäre, und in der letzten Zeit ist sie so dünn geworden! Niemals würde ich sie verlassen, auch weil ich damit das mir heilige Andenken der Großmutter verletzen würde. Ich werde diese Liebe in mir ersticken, denn so kann ich ihn wenigstens gemeinsam mit Modesta sehen, und wir können für immer zusammen glücklich sein.

46

»Als ich Euch die Treppe herablaufen sah wie – mit Verlaub, Fürstin – zwei richtige Lausbuben, wäre ich fast geflohen vor diesem dumpfen Galopp über meinem Kopf, der so ähnlich klang wie ...«

»Großmutter Valentinas Marschschritt?«

»Nein, leider nicht, Beatrice. Großmutter Valentina wäre zweifellos dem Ansturm der staatlichen Wachen vorzuziehen gewesen. Dieses unselige Turin ist extra so erbaut worden, daß zwei Carabinieri zu Pferd oder eine Kanone ein ganzes Stadtviertel in Schach halten können. Undankbares Turin, oder undankbares Festland, wie Ihr sagt. Wie sehr habe ich dem sanften Müßiggang Eures Salons und den sicheren Gassen Catanias nachgetrauert!«

»Um Himmels willen, Carlo, du erschreckst mich, gab es dort etwa Kanonen?«

»Nein, jedenfalls im Moment noch nicht. Ich habe nur

nach meiner langen Abwesenheit Turin in seiner ganzen Erbarmungslosigkeit erlebt. Das ist jedoch auch ein Vorteil des Reisens. Ab und zu muß man sich von den Orten entfernen, an denen die Gewohnheit alle Objektivität zunichte gemacht hat. Genauso ist es auch mit den Sprachen. Wenn man wie ich monatelang eine fremde sprechen muß, merkt man nach der Rückkehr zur Muttersprache, daß die Distanz dazu gedient hat, deren ureigenes Wesen wiederzuentdecken. Man könnte einen lustigen Slogan kreieren: ›Lernt Englisch, Französisch und Deutsch, um … euer Italienisch zu verbessern.‹ Und wieder einmal bringe ich mit pedantischen und müßigen Überlegungen meine Freude darüber zum Ausdruck, bei Euch zu sein, und … ja, dank meines langen Aufenthaltes in der Sonne Eurer Insel bin ich zu einem ehrenwerten und arbeitsscheuen *terrone** geworden. Und ich habe auch verstanden, warum der Norden den Süden so sehr verachtet: Man beneidet Euch dort, glaubt mir!«

»Du bist traurig, Carlo, traurig, auch wenn du scherzt.«

»Na ja, die allgemeine Lage ist nicht gerade das, was man beruhigend nennen würde.«

»Wegen dieses Mussolini? Aber alle sagen, daß das nur eine Posse ist, nicht wahr, Modesta, das hast du unten in Catania auch gehört?«

»Ja, aber ich habe einige Verletzte gesehen, die wenig von einer Posse hatten.«

»Wie dankbar ich bin, daß wenigstens Ihr das verstanden habt, Fürstin, und daß Ihr Euch nicht von der weitverbreiteten Angewohnheit anstecken laßt, den Gegner zu verharmlosen. Die ist nämlich laut Gramsci ihrerseits ›Zeugnis der Unterlegenheit der von ihr Befallenen.

* (it.) pejorativ für Süditaliener

Tatsächlich neigt man dazu, den Gegner verbissen zu verharmlosen, um leichter an den eigenen Sieg glauben zu können.‹ Aber genug davon, ich langweile Euch. Dieser Aufenthalt im Norden hat mich den letzten Rest meines ohnehin schon spärlichen Humors gekostet. Aber jetzt habe ich genug geredet! Wie geht es Euch, Fürstin? Die Genossen in Catania haben mir gesagt, daß Ihr krank seid. Statt dessen finde ich Euch wohlauf und bin froh darüber. Ich bin sehr neugierig, will aber nicht ...«

»Keine Sorge. Bei ihnen habe ich eine Krankheit vorgeschoben, um keine nutzlosen Erklärungen abgeben zu müssen.«

»Da Ihr mir erlaubt habt, indiskret zu sein, dürfte ich nach dem Grund fragen, oder ist das zuviel verlangt?«

»Es liegt an alldem, wovon Ihr bereits gesprochen habt. Auch wenn man dort nicht ›seid gut, seid heilig, seid demütig‹ sagt, so doch etwas ganz Ähnliches, und ... da habe ich den Mut verloren.«

»Aber wie ich weiß, stellt Ihr weiterhin Geld für die Zeitung zur Verfügung, das verstehe ich nicht.«

»Das hat damit nichts zu tun ... Aber ich fürchte, Doktor, daß wir Beatrice aus ihrer Schweigsamkeit reißen müssen, in die sie sich mir zu Gefallen zurückgezogen hat. Komm, Beatrice, mach die Augen auf, genug der ernsten Gespräche.«

»Oje, Fürstin, unsere arme Kleine ist eingeschlafen.«

»Sie glüht ja, Doktor, fühlt nur, wie sie glüht.«

»Das ist nicht nur der Schlaf der Gerechten ob unserer langweiligen Gespräche, sondern Fieber. Und zwar ein sehr hohes, würde ich sagen. Wir müssen sie sofort zu Bett bringen.«

»Ich rufe Quecksilber.«

»Nein, nein, Großmutter, bitte nicht! Ich will nicht ins Internat, laß mich hier bei Modesta bleiben!«

»Aber was ist denn, Doktor, was hat sie?«

»Nichts, Fürstin, kein Grund zur Sorge. Weder an der Brust noch am Herzen ist etwas Beunruhigendes festzustellen. Es ist nur Fieber.«

»Geh nicht weg, Modesta! Ich will nicht fort von hier, ich will nicht!«

»Kommt hierher, Fürstin, umarmt sie. Vielleicht beruhigt sie Eure Nähe.«

»Ach, hier bist du. Geh nicht weg, bitte. Ich weiß, ich war gemein, ich tu es auch nie wieder, nie wieder.«

»Ein letzter Blick auf unsere kleine Patientin, und dann gehen wir alle zu Bett. Es ist beinahe Morgen. Etwas Ernstes ist es nicht, Fürstin, das Salizylat hat schon Wirkung gezeigt und das Fieber gesenkt. Aber Ihr müßt Euren ganzen Einfluß auf Beatrice geltend machen, die Kleine ist nicht gerade das, was man eine Roßnatur nennt. Sie muß sich wirklich schonen. Wenn Ihr erlaubt, verordne ich jetzt auch Euch Bettruhe. Kommt, ich begleite Euch in Euer Zimmer. Ihr habt keinen Moment geschlafen, und das sieht man!«

»Auch Ihr habt nicht geschlafen.«

»Ich bin daran gewöhnt, das gehört zu meinem Beruf. Ab ins Bett! Ich muß wohl streng werden, so blaß, wie Ihr seid. Ihr müßt ins Bett und ich nach Catania. Um acht habe ich einen wichtigen Patientenbesuch, aber danach komme ich sofort wieder. Verzeiht, Fürstin, aber von welcher Großmutter hat Beatrice im Delirium gesprochen? Ich sollte nicht fragen, aber bei ihrem Flehen hat sich mir das Herz im Leib herumgedreht, sie wirkte richtig verzweifelt.«

»Ihr werdet sie ungefähr verstanden haben, Doktor, denn es war eine schreckliche Großmutter so wie Eure Valentina. Aber Beatrice hatte keine Mutter wie Bambolina, bei der sie Zuflucht hätte suchen können.«

»Das ist wirklich ein Unglück! Und Ihr, Fürstin? Habt Ihr auch eine Großmutter gehabt, oder ist Euch das erspart geblieben? Ihr redet nie von Eurer Vergangenheit, und daher nehme ich an ...«

»Nein, nein, meine Vergangenheit interessiert mich einfach nicht. Nur die Gegenwart zählt.«

»Schade. Denn wenn auch Ihr eine schreckliche Großmutter hättet, könnten wir einen Verein gründen. Und aus dem Verein würde eine Partei, die im Abgeordnetenhaus einen Antrag auf Abschaffung scheußlicher Großmütter stellen könnte. Aber es will mir einfach nicht gelingen, Euch ein Lächeln zu entlocken. Bitte, sorgt Euch nicht. Wie gesagt ist dieses Fieber nicht gefährlich, und auch Beatrices zarte Konstitution ist es nicht. Ihr glaubt mir nicht? Schätzt Ihr mich etwa als Arzt nicht? Aber natürlich, wenn man einen Menschen so lieb hat wie Ihr Beatrice, dann kann weder das Wort eines Arztes noch eines Freundes trösten ... Hört mich an, Fürstin, ich liebe Euch. Ich weiß, daß das nicht der richtige Augenblick dafür ist, aber leider habe ich vergebens versucht, diese Liebe zu Euch zu unterdrücken, weil mir Eure und Beatrices Freundschaft sehr viel bedeutet. Wenn Ihr um die Einsamkeit von uns Männern wüßtet, die immer und ausschließlich in den Limbus der Männerfreundschaften verbannt sind. Frei denkende und gebildete Frauen findet man kaum, und das ist für mich ein großes Problem! Ich weiß nicht, wie sich die anderen zufriedengeben mit ... Aber darüber können wir noch sprechen. Nein, nein, wir werden nicht darüber sprechen, denn ich merke, daß es mir nicht gelungen ist, meine Liebe zu Euch zu ersticken. Die ganze Nacht habe ich Euch angesehen und festgestellt, daß all meine Mühe umsonst war. Erlaubt mir, nach Beatrices Genesung nicht mehr zu kommen. Außerdem wird es mir guttun, nach Turin zurückzukehren, zum Kampf …«

»Nein, Carlo, bleib hier.«

»O mein Gott, Fürstin, was habt Ihr gesagt?«

»Bleib hier, Carlo, umarme mich.«

»Ich dich umarmen? Ja … aber jetzt muß ich nach Catania. Nicht wegen des Patientenbesuchs, das war nicht so wichtig, sondern … Ich bin verwirrt, Modesta.«

»Das glaube ich dir, aber bleib hier, komm zu mir.«

»Ich liebe dich, Modesta, ich liebe dich so sehr! Weißt du, ich fühle, daß auch du mich liebst, du bist so zärtlich und zitterst … Du sagst nichts? Recht hast du, die Stille ist wunderbar.«

Er hob mich hoch und legte mich aufs Bett, zog mich aber nicht aus. Ich wußte es, schon einmal war es so gewesen. Wie damals drang er mit seiner Wärme in mich ein, ohne mir weh zu tun. Als sein Kopf auf meine Brust sank, wußte ich, daß er es so genossen hatte wie damals und daß er gleich sagen würde: »Entschuldige die Eile, figghia …« Statt dessen hörte ich mich sagen:

»Bringen eure Mütter euch gar nichts bei?«

»Was hast du gesagt? Wie kommst du auf meine Mutter? Woran hast du gedacht?«

»An uns, an uns alle, und besonders an uns beide und daran, wie wenig wir von der Liebe wissen.«

»Und was soll das, wenn ich fragen darf? … Kann ich das Licht anmachen, oder schämst du dich?«

»Ich mich schämen? Warum?«

»Normalerweise schämt man sich, ich schäme mich

jedenfalls ein wenig ... Zieh dich ruhig an, ich drehe mich um.«

»Warum schaust du mich nicht an?«

»Na ja, dein Rock ist hochgerutscht, und ...«

»Ich habe keinen Schlüpfer an? Entschuldige, Carlo, du warst es doch, der ihn mir ausgezogen hat.«

»Natürlich, aber ...«

»Aber was? Glaub mir, ich verstehe dich nicht. Schämst du dich, oder gefalle ich dir nicht? Das kann passieren, Carlo, ich wäre nicht beleidigt.«

»Ich liebe dich sehr, Modesta. Du bist seltsam, aber ich liebe dich so sehr! ... Wie schön du nackt bist! Ich mache jetzt das Licht aus.«

»Wenn du mich schön findest, weshalb hast du dann das Licht gelöscht?«

»Ich weiß nicht, du bist seltsam, Modesta. Du liebst mich nicht.«

»Warum sagst du, ich würde dich nicht lieben, Carlo, das mußt du mir erklären.«

»Ich muß jetzt gehen. Du liebst mich nicht. Warum sagst du mir nicht, daß du mich liebst? Sag es mir, ich bitte dich.«

»Ich liebe dich, Carlo.«

Im Dunkeln regnete es Küsse auf meine Haare, meine Stirn, ängstliche und leichte Küsse dieser zarten, weichen Lippen, die denen von Eriprando ähnelten. Ich wollte sein Gesicht in meinen Händen halten und suchte mit der Zunge nach seiner, aber diese Lippen, die mit den Zähnen heftig gegen meinen Mund stießen, weckten in mir keine Lust.

»Ich liebe dich, Carlo, aber jetzt geh.«

Während er glücklich fortging und mir dabei mit einer Hand winkte, die plötzlich klein und zart wirkte, blieb ich in Gedanken an Eriprando bebend im Bett sitzen: »Eure Mütter lehren euch gar nichts.« Ehrlich gesagt, Carmine, lehren sie weder uns noch euch etwas. Aber so wie du Geduld mit mir gehabt hast, werde auch ich Geduld mit Carlo haben.

Die erste Woche von Beatrices Krankheit

»Du liebst mich nicht, Modesta.«

»Warum sagst du so etwas, Carlo? Habe ich dich etwa abgewiesen?«

»Nein, das nicht. Aber du sagst mir nie, daß du mich liebst, während wir uns umarmen.«

»Während wir miteinander schlafen, meinst du?«

»Siehst du, wie roh und gefühllos du bist? Außerdem spüre ich, daß du danach kühl und distanziert bist.«

»Wie eine Dirne soll das heißen?«

»Bist du verrückt geworden? Ich habe nur mit freien Frauen, aber mit anständigen, zu tun gehabt. Und was weißt du schon von Dirnen?«

»Hast du diese anständigen Frauen je umarmt, wie du es nennst?«

»Natürlich, warum denn nicht?«

»Und wie haben die sich danach gefühlt? Waren sie nicht kühl und distanziert wie ich? Wie waren sie?«

»Du stellst vielleicht Fragen, Modesta. Woher soll ich das wissen, ich kann doch nicht in sie hineinschauen.«

»Du hast also viele Frauen geliebt und kannst mir nicht einmal sagen, was sie dabei empfunden haben?«

»Es hat keinen Zweck, dir etwas vorzumachen. Das habe ich inzwischen begriffen. Du weißt immer alles. Vor dir hatte ich nur solche Frauen, die unser Turati höflich ›Liebesarbeiterinnen‹ nennt. Bist du nun zufrieden?«

»Ach, so nennt er sie?«

»Nur einmal habe ich richtig geliebt, oder zumindest dachte ich das, bevor ich dich kennengelernt habe.«

»Also hast du doch eine Frau gehabt, die keine ›Liebesarbeiterin‹ war?«

»Bist du verrückt geworden! Sie war ein Mädchen aus sehr gutem Hause und …«

»Habt ihr euch wenigstens manchmal geküßt oder …«

»Geküßt? Nicht mal im Traum! Ich war unglaublich verliebt und habe sie respektiert.«

»Und wie ist es ausgegangen?«

»So wie fast immer: Sie hat sich für meinen besten Freund entschieden.«

»Wahrscheinlich hat dieser Freund sie geküßt, während du sie respektiert hast.«

»Als ginge es immer nur um …«

»Worum, Carlo? Weshalb sprichst du es nicht aus? Um Sex? Ist das so ein häßliches Wort? Findest du mich jetzt häßlich, da ich deine zornigen Lippen sehe und nur küssen will, statt böse zu werden?«

»O Modesta, was für volle, süße Lippen du hast! Ich hätte Lust hineinzubeißen.«

»Beiß nur, aber sachte, Carlo, sachte, um Himmels willen!«

Unter der Decke tastete ich mich mit der Hand an seinem Oberkörper und den schmalen Hüften entlang. Er hatte beinahe eine so zarte Haut wie Beatrice, aber die Haare und der Penis zwischen seinen Beinen waren kräftig und männlich. Was für eine Hast packte ihn nur und ließ ihn dann nicht voll genießen? Der Penis von Carmine war danach immer klein und weich geworden. Und ich hatte mit ihm gespielt.

»Es stimmt nicht, daß ich dich nicht liebe, Carlo, aber du befriedigst mich nicht. Hilf mir und sei weniger nervös. Du darfst dich mir nicht entziehen, so als wolltest du den Akt am liebsten ungeschehen machen. Nein, geh nicht weg! Das ist kein Vorwurf, auch ich habe es seinerzeit lernen müssen.«

»Und von wem? Du wirst mir doch nicht weismachen wollen, daß der Fürst dir das beigebracht hat?«

»Nein, Carlo, sondern ...«

»Also stimmt das, was man sich in Catania erzählt.«

»Natürlich! Wie sollte ich von diesem armen Ding ein Kind bekommen haben?«

»Beatrice hat mir erzählt, daß du dich aufgeopfert hast. Die arme Getäuschte, und ich habe ihr geglaubt!«

»Beatrice ist zart besaitet und muß geschützt werden. Aber du als Mann hättest das begreifen müssen.«

»Wie soll ich etwas begreifen, wenn du nie sprichst?«

»Worte sind da überflüssig. Man schaut genau hin, man beobachtet. Oder hat dir vielleicht die Vorstellung gefallen, daß ich mich aufgeopfert habe? Du antwortest nicht? Jetzt verstehe ich: Du hast dir so wie Dante eine Heilige geschaffen. Oder gefiel dir Petrarca besser? Also hast du aus mir deine keusche, heilige Laura gemacht. Ihr armen Jungen! Wir haben Madame Bovary und ihr eure Laura. Komm schon, Carlo, wir leben im Jahr 1921!«

»Wer weiß, wie viele von diesen Lehrern du gehabt hast, was? Jetzt verstehe ich, wieso du dich so schnell ausziehst und mich streichelst wie ...«

»Sag es doch, wenn schon nicht das richtige Wort Hure, so doch wenigstens Turatis Euphemismus. Los, sag es, wie eine Liebesarbeiterin?«

Ein Schauer, diesmal nicht von Küssen, sondern von Ohrfeigen, ging auf mein Gesicht nieder und ließ meine Wangen ein wenig brennen, wie wenn Eriprando wütend wurde und mit den Fäusten auf meine Schultern, den

Hals und das Gesicht trommelte. Man mußte ihn lassen und nicht ungeduldig werden, das war nur der schwache Zorn eines anmaßenden, in seinen Erwartungen enttäuschten Kindes. Aber Prando begriff manchmal, nachdem er seine Wut an mir ausgelassen hatte.

Die zweite Woche von Beatrices Krankheit

»Verzeih mir, Modesta, ich habe noch einmal über deine Worte nachgedacht, und vielleicht hast du recht. Ich lasse dich nicht reden, unterbreche dich in einem fort. In diesen Nächten, die ich ferngeblieben bin, habe ich kein Auge zugetan. Kaum schlief ich doch einmal ein, erwachte ich sogleich wieder und suchte nach deinem Körper. O Modesta, nenne mich schwach oder was immer du willst, aber ich liebe dich so sehr. Du siehst mich nicht an? Recht hast du. Ich bin wie ein Feigling geflüchtet.«

»Du bist kein Feigling, Carlo, ich kann dich verstehen. Weder du noch ich sind schuld, sondern allein unsere Vergangenheiten, die so unterschiedlich sind. Und dann vielleicht noch meine Müdigkeit und die Sorge um Beatrice. Entschuldige, aber ich kann vor Kopfschmerz kaum die Augen offenhalten.«

Ich erwartete eine wütende Antwort, denn ihn anzulügen war nicht leicht. Ich spürte, daß mich dieser Junge auf eine geheimnisvolle Weise so gut kannte wie niemand zuvor.

»Wie schön du mit geschlossenen Augen bist, Modesta!«

Vor Überraschung riß ich die Augen weit auf. Er hatte mich aus dem Sessel gehoben, wie er es an jenem fernen Abend mit Beatrice getan hatte.

»Nein, Modesta, schließ die Augen. Ja, genau so! Darf ich dich ins Bett bringen? Ich ziehe dich aus wie ein

Kind, und dann schläfst du, und ich schaue dich an. Erlaubst du mir, bei dir zu bleiben und dich ein wenig anzuschauen?«

In seinen Armen auf dem kurzen Weg vom Sessel zum Bett schöpfte ich Hoffnung. Alles endet und beginnt dann von neuem, alles stirbt, um wiedergeboren zu werden, hoffte ich. Mit sicheren Händen zog er mich aus, und ich ließ mich fallen. Unter der Decke überließ sich sein Körper vorsichtig dem meinen, und sein Mund legte sich auf meine Brust. Da er mich nicht sehen konnte, öffnete ich ungläubig die Augen. Mit den Lippen umschloß er meine Brustwarze und sog daran. Ich hoffte, und mit der Hand versuchte ich – jetzt war ich es, die zitterte – seinen Penis zu streicheln. Hatte ich zuviel gewagt? Nein, denn sanft drang er in mich ein und trug mich im richtigen Rhythmus wie damals weit weg in ein kleines, kahles, nach Tabak duftendes Zimmer: »Du mußt mir und dir helfen, Figghia, damit wir gemeinsam die Besinnung verlieren.« Ich biß mir auf die Lippen, denn vom Grund meines verwirrten Herzens war ein Name aufgestiegen. Aber ich hatte ihn nicht ausgesprochen, denn Carlo tobte sich, leicht verschwitzt wie ein Kind, zwischen meinen Brüsten und Hüften aus und flüsterte: »Halt still ... So gefällst du mir, still mit geschlossenen Augen.« Jetzt hob er glücklich den Kopf. Ich wollte die Augen geschlossen lassen und nicht sprechen, aber die Tränen, die gegen meinen Willen unter den zusammengepreßten Lidern hervorrannen, sprachen für mich.

»Was hast du, Modesta, weinst du?«

»Nichts, Carlo, ich bin nur gerührt.«

»Gerührt? Du denkst an diesen Mann. Ich ziehe mich an, um acht Uhr habe ich einen Termin, danach reden wir.«

Wütend nahm er seine Kleider und schlug die Badezimmertür hinter sich zu. Minutenlang blieb das Bad verschlossen. Jedesmal nachdem wir uns geliebt hatten, wusch er sich. Warum? Ich löschte das Licht, und während ich Carmines Namen flüsterte, erreichte ich allein den Orgasmus, auf den ich seit Wochen gewartet hatte.

»Warum hast du das Licht ausgemacht?«

»Ich bin müde, Carlo.«

»Das stimmt nicht, vorhin habe ich dir geglaubt, aber jetzt nicht mehr. Mach die Augen auf, wir müssen miteinander reden.«

»Bitte, Carlo, morgen. Bisher warst du es immer, der nicht reden wollte.«

»Bisher schon. Aber jetzt möchte ich alles wissen. Du hast an diesen Mann gedacht, gib es zu!«

»Nein, Carlo, oder besser gesagt, ich habe an die Freiheit dieses Mannes gedacht.«

»Was soll das heißen?«

»Man liebt sich zu zweit, Carlo. Du hast viele Dinge gelernt, aber ...«

»Aber was? Da bin ich gespannt!«

»Wenn du die richtige Frau findest, dann laß sie teilhaben, oder bring ihr bei, was sie noch nicht kann.«

»Wenn ich die richtige Frau finde, hast du gesagt? Soll das heißen, daß ich nicht der richtige Mann für dich bin und daß du mich nicht mehr liebst? Oder hast du mich vielleicht nie geliebt?«

»Ich liebe dich, Carlo, selbst wenn du mich so wie jetzt mit diesem inquisitorischen Blick anschaust, ich liebe und schätze dich. Wir harmonieren einfach körperlich nicht miteinander. Oder vielleicht habe ich die Faszination, die du bei unseren Gesprächen auf mich ausgeübt hast und immer noch ausübst, mit Liebe verwechselt. Es ist schwer zu erklären, aber in den letzten Wochen habe ich begonnen, dieses vielgebrauchte Wort, über das wir so wenig wissen, zu verstehen.«

»Alles nur Ausreden! Du bist immer noch in diesen Mann verliebt!«

»Nein, nicht in diesen Mann, Carlo, aber in den Einklang unserer Körper, wenn wir uns geliebt haben.«

»Du wirst vulgär, Modesta.«

»Für dich ist jede Wahrheit vulgär.«

»O Gott, ich kann nicht mehr. Entweder gehe ich jetzt, oder ich bringe dich um! Ich bringe dich um! Aber wir reden noch darüber.«

47

Während Beatrices Genesung

»Nein, es hat keinen Zweck, daß du vor mir davonläufst!«

»Ich laufe nicht davon, Carlo!«

»Natürlich tust du das! Aber wir müssen miteinander reden, vor allem, weil du früher immer reden wolltest, statt mich so zu lieben, wie ich dich geliebt habe.«

»Und wie hätte ich dich lieben sollen, Carlo? Als stumme Statue, die du anbeten kannst?«

»Aber die Liebe ist Geheimnis, Stille. Ich habe dich still angebetet. Tagelang war ich glücklich, wenn ich dich nur angeschaut habe. Ich brauchte keine Worte. Die Liebe ist ein Wunder und als solches ...«

»Die Liebe ist kein Wunder, Carlo, sie ist eine Kunst, ein Handwerk, eine Übung des Geistes und der Sinne wie jede andere auch. Als ob man ein Instrument spielt, tanzt oder einen Tisch zimmert.«

»Du meinst den Sex.«

»Ist denn Liebe nicht Sex? Sex ist das Kind der Liebe und umgekehrt. Was ist Liebe ohne Sex? Eine Statuen-, eine Madonnenverehrung. Und Sex ohne Liebe? Eine Schlacht der Genitalien, nichts weiter.«

»Also verneinst du das immaterielle Wesen der Liebe? Verneinst ihre Spontaneität und die Tatsache, daß sie je spontaner, um so authentischer, reiner und wunderbarer ist?«

»Du klingst schon wie deine Genossen aus Catania, Carlo: ›Die Askese des russischen Volkes, die Heiligkeit der Arbeiterklasse, das Martyrium des Proletariats, die Natur als Gott, der Künstler als Gott‹. Wie ist das möglich?«

»Was hat das damit zu tun?«

»Sehr viel, denn bei deinen Genossen habe ich nur schlecht verborgenes Streben nach Heiligkeit und Berufung zum Martyrium gefunden. Oder aber ein verbissenes Dogma, um die Angst vor der Suche, dem Experiment, der Entdeckung und der Unbeständigkeit des Lebens zu verbergen. Wenn du es genau wissen willst, habe ich nichts gefunden, das der Freiheit des Materialismus gleicht. Und ja, ich bin geflohen, denn ich will nicht in eine noch gefährlichere Falle geraten als die der Kirche, aus der ich mich befreit habe.«

»Aber Modesta, weißt du, was du da sagst? Du sprichst denen, die für die Belange des Proletariats und für eine bessere Gesellschaft ohne Klassenunterschiede und Ausbeutung kämpfen, Opfer und Verzicht ab. Ohne …«

»Ich spreche keinem etwas ab, sondern kritisiere eine Geisteshaltung, die sich zuwenig von der zu bekämpfenden der alten Welt unterscheidet! Wenn man so denkt wie ihr, dann schafft man bestenfalls eine Gesellschaft, die ein Abbild, und überdies ein schlechtes, der alten christlichen, bürgerlichen Gesellschaft ist.«

»Aber für einen tiefgreifenden Wandel braucht man Zeit. Erst einmal müssen mit der Revolution das Bürgertum gestürzt und die Produktionsverhältnisse verändert werden. Der Rest kommt dann von allein, weil der von der bürgerlichen Ideologie geschaffene Überbau wegbricht ... Aber eigentlich wollte ich über uns reden. Ich verstehe nicht, was diese theoretische Diskussion mit uns zu tun hat. Darüber sprechen wir noch.«

Und während wir darüber sprachen und ich mir tausenderlei Anschuldigungen anhörte – wie grausam, kalt und rational ich sei, wie unverdient ich geliebt worden und wie heilig und geheimnisvoll die Liebe sei –, merkte ich auf einmal, daß ich nicht mehr zuhörte. Ich starrte seine Hände an, die meine Knie umklammerten, und dachte an all die zukünftigen Diskussionen, die ich, wenn ich nur lange genug lebte, mit Alberto, Giovanni und Michel führen würde ... Michel mit den smaragdgrünen Augen. Diskussionen, die genau so noch zehn, zwanzig oder dreißig Jahre lang immer wieder anstehen würden. Der Gedanke an meine Zukunft, an die vielen Jahre, die vielleicht noch vor mir lagen, erfrischte mich wie ein leichter Aprilregen und nahm mir die Gereiztheit, die Carlos Stimme inzwischen in mir auslöste.

Aber ich mußte Geduld haben mit diesem angespannten, enttäuschten Kindergesicht, das sich nicht damit abfinden wollte, sein Spielzeug von einer unbedachten Bewegung (meiner oder seiner?) oder einem Windstoß unwiederbringlich zerstört vor sich liegen zu sehen. Diese leidenschaftliche Intelligenz, die stets zum Nachdenken anregte, einem immer neue Erkenntnisse, Ideen und Wörter schenkte, wollte ich nicht verlieren. Und als auch ich die Enttäuschung über ein schönes, kaputtes Spielzeug überwunden hatte, verstand ich allmählich: Er liebte mich ebenfalls nicht mehr, wollte aber nicht zugeben, selbst der Grund dafür gewesen zu sein.

»Es ist deine Schuld, du hast alles kaputtgemacht!«

»Ja, Carlo, es ist meine Schuld.«

Das Eingeständnis meiner Schuld vermochte ihn zu beruhigen. Er griff jetzt nicht mehr an, sondern betrachtete mich ruhig und erschöpft. Dann ließ er meine Knie los und fuhr sich mit der Hand übers Gesicht. Er wußte nicht, wo er hinschauen sollte, und drehte müde den Kopf nach rechts und links.

»Du hast keine Ahnung von den Männern, die ich von klein auf kennengelernt habe, den Männer, die mich, sagen wir, geprägt haben: Von ihrer Einsamkeit, ihrer Unkenntnis der Frauen, über die sie aber, kaum daß sie sich zum ersten Mal zu einer Prostituierten gewagt hatten, alles zu wissen glaubten. Jetzt ist mir klar, ich hätte dir lieber gleich sagen sollen, daß ich vor dir nur diese armen Frauen kennengelernt hatte, die von der Gesellschaft dazu gezwungen werden, ihren Körper zu verkaufen. Du hättest mich verstanden, und wir hätten die jahrhundertealte Einsamkeit zwischen Mann und Frau überwunden.«

Ich schaute ihn an, er lächelte jetzt, als er seine Rede beendet hatte. Er lächelte sein gelassenes, schüchternes Lächeln. Und vielleicht weil hinter den Möwen leichte Wolken unsicher herzogen, noch unbekannte, zu entdeckende Räume, Welten und Gesichter verheißend, oder weil uns eine abgemagerte, aber gesunde Beatrice entgegenlief, bald von der Sonne erhellt, deutlich und leibhaftig, bald wie durchsichtig im Licht dieser schüchternen Wolken des scheidenden Winters, sah ich Carlos Gesicht wieder so, wie ich es früher gesehen hatte.

»Ich schätze dich sehr, Modesta, aber trotzdem will ich dir für dein eigenes Wohl und deine Zukunft etwas sagen.

Ich bin vielleicht zu empfindlich, das stimmt, aber du bist zu dramatisch!«

»Modesta! O mein Gott, Modesta, Carlo, um Himmels willen! Eriprando, Eriprando! Die Großmutter hatte recht mit dem Fluch! Schnell, er liegt auf dem Teppich und schreit. Das Füßchen, Modesta, er hat ein steifes Füßchen so wie ich. Schnell! Als Quecksilber ihn hochheben wollte, um ihm zu essen zu geben, hat er angefangen zu brüllen.«

Ich konnte mich nicht bewegen, weil Beatrice mich verzweifelt umarmte und an meiner Schulter weinte. Da schrie ich aus nie gekanntem Zorn auf diese zarte, schmale Taille, die zwischen meinen Armen zitterte und mich zur Unbeweglichkeit zwang:

»Sei still! Hör endlich auf mit diesem abergläubischen Gerede!«

Ich mußte sie mit Gewalt zurückgestoßen haben. Während ich auf das Haus zulief, sah ich, wie Carlo ihr vom Boden aufhalf. Aber er verlor keine Zeit damit, sie zu trösten, denn als ich bei dem kleinen Wesen im Zimmer angelangt war, das sich auf dem Teppich krümmte, während mir Quecksilbers Weinen im Kopf dröhnte, fingen mich seine Arme gerade noch rechtzeitig auf.

»Nur Mut, Modesta! Wir brauchen einen Chirurgen, lauf zum Auto und warte, oder wenn du nicht fahren willst, dann ruf Pietro.«

»Nein, ich fahre selbst. Was hat er, Carlo, was hat er bloß?«

»Los, fahren wir, Modesta! Wir haben keine Zeit zu verlieren. Ich will dir keine falschen Hoffnungen machen.«

Ganz allein kämpfte Eriprando, in eine Decke gehüllt, in Carlos Armen gegen sein Leiden. Und ich durfte weder schreien noch weinen, noch fragen. Von seinen Klagen angetrieben, die jetzt nicht mehr schrill, sondern langgezogen wie ein mißtönendes Wiegenlied klangen, mußte ich fahren.

Als ich vor der weißen, stummen Tür zurückblieb, mit nichts als dem unbeweglichen Gesicht einer Krankenschwester, die mich teilnahmslos anstarrte, dröhnte mir die Stille lauter im Kopf als Eriprandos Schreie und zwang mich hinter eine unüberwindbare Mauer des Wartens. Oder waren es immer noch die schlüpfrigen Brunnenwände, an denen ich auf allen vieren ans Licht emporzukriechen versuchte? … Dort oben würde vielleicht Mimmo mit mir sprechen. Ich blieb in diesem toten Brunnen, bis ich Mimmos unverwechselbare Stimme hörte:

»Beruhigt Euch, Fürstin, es ist nichts Ernstes, keine Kinderlähmung. Wir mußten nur eine Sehne einschneiden. Carlo wird es Euch erklären.«

»Modesta, ich möchte dir meinen Kollegen und Freund Arturo Galgani aus Mailand vorstellen. Zum Glück war er hier!«

»Es freut mich, Sie kennenzulernen, Herr Doktor.«

»Das Vergnügen ist ganz auf meiner Seite, Fürstin.«

Die Scheinwerfer tasteten sich vorsichtig über das vom Regen blank polierte schwarze Lavapflaster. Carlo fuhr vorsichtig, ohne einen Ruck oder ein plötzliches Bremsen, um den Schlaf des kleinen Wesens nicht zu stören, das schwer auf meinem Schoß lastete. Ich konnte nicht in dieses Gesicht schauen, das innerhalb weniger Stunden spitz und weiß geworden war, als ob der Blick des Sensenmannes es gestreift hätte. Ich durfte ihn nicht anschauen. Der große blonde Mann hatte gelächelt und gesagt:

»Wenn man es früh genug behandelt, ist es nur ein kleiner Unfall, aber ich rate Euch, ihn nach Hause zu bringen. Er muß in seiner gewohnten Umgebung aufwachen, und wenn Ihr Euch bei seinem Erwachen weder nervös noch besorgt zeigt, wird er sich an nichts mehr erinnern. Es ist äußerst wichtig, daß er vergißt und die Übungen und Massagen als etwas vollkommen Normales hinnimmt.«

»Ist dir nicht gut, Modesta, oder warum schließt du die Augen?«

»Nein, Carlo, ich bin nur sehr müde.«

Um ihn zu beruhigen, öffnete ich die Augen, und das ruhige Gesicht des Freundes von einst lächelte mich einen Moment lang an, bevor er seine Aufmerksamkeit wieder auf die Straße richtete.

»Wie heißt diese Muskelverkrampfung, Carlo?«

»Man nennt sie Pferdefuß. Denkst du immer noch daran? Das kann ernst werden, weil die Verkrampfung das Wachstum des Beines behindert, aber wenn man früh genug etwas dagegen unternimmt, ist es absolut ungefährlich.«

»Wie bei Beatrice?«

»Ja, genau.«

»Danke, Carlo. Wenn du nicht gewesen wärst!«

»Aber ich war da. Ich bin immer da. Das ist keine Anmaßung, glaub mir, sondern einfach eine Feststellung der Tatsachen, ich kann nichts dagegen tun. Immer wenn mich jemand braucht, ich weiß auch nicht, warum, bin ich da. Bequem für die anderen, aber nicht unbedingt für mich. Was will man machen! Das muß diese verdammte Berufung zum Arzt sein!«

Er scherzte. Und wenn Carlo scherzte, dann würde Eriprando sicher gesund.

»Berufung hin oder her, Carlo, ich bin dir dankbar und … verzeih mir.«

»Was denn?«

»Also ohne Groll, Carlo?«

»Ohne Groll und mit Liebe, würde ich sagen, Fürstin.«

48

»Kann ich hereinkommen? Was ist, Modesta, du bist ja noch im Morgenrock. Carlo wartet unten auf uns und …«

»Beatrice, ich bin in den vergangenen zwei Monaten nach deiner Krankheit wie versprochen jeden Abend mit euch zusammengewesen, in der Hoffnung, daß du diese törichte Klammerei – ein anderes Wort finde ich nach unseren Gesprächen dafür nicht – an alte Traditionen und Vorurteile endlich ablegst. Ab heute reicht es.«

»Aber …«

»Kein Aber! Ich komme nicht mit hinunter. Weißt du eigentlich, wieviel Zeit ich damit verloren habe, Eriprando von deiner Nervosität und Quecksilbers Sorge abzulenken? Jetzt, wo er bei Elena fröhlich ist, muß ich mich wieder an die Arbeit machen.«

»Diese Elena! Du hast mir und Quecksilber eine stumme, kalte Ausländerin vorgezogen, Modesta! Auch heute hast du mich nur ein paar Minuten zu ihm gelassen und uns wie ein Gendarm überwacht.«

»Ich hatte nicht den Eindruck, daß du vorher sehr viel mehr Zeit mit ihm verbracht hast. Außerdem ist diese Elena sicher nicht zuletzt deshalb stumm und kalt, weil ihr sie nicht besonders gut behandelt habt.«

»Sie ist eine Fremde!«

»Sie tut ihre Arbeit. Sperr Augen und Ohren auf, Beatrice. Hörst du Eriprando lachen? Wie hätte dir das gelingen sollen, wo du bei seinem Anblick sofort in Tränen ausbrichst? Natürlich hat er dich an deine Krankheit erinnert, denn auch du hattest nichts weiter als eine Krankheit, Beatrice! Komm schon, sobald du selbst alles überwunden hast, darfst du ihn sehen, wann immer du willst. Aber solange du dieses zerknirschte Gesicht machst, brauchen wir von Eriprando nicht einmal zu reden!«

»Natürlich, das hat Carlo auch gesagt, aber ich kann nichts dagegen tun, ich habe immer Angst, daß er ...«

»Gut. Jetzt geh, ich muß diese Briefe zu Ende schreiben.«

»Also kommst du wirklich nicht mit?«

»Ich kann nicht, Beatrice, wie soll ich dir das begreiflich machen? Mit deiner und Eriprandos Krankheit habe ich zuviel Zeit verloren. Schau dir die vielen Briefe, zu unterschreibenden Papiere und die Rechnungen an, die verdammten Rechnungen!«

»Aber zum Abendessen kommst du, nicht wahr?«

»Natürlich, ich muß doch etwas essen, oder?«

»Und danach?«

»Danach sehe ich weiter.«

»Mein Gott, Modesta, was für ein Haufen Papier. Ich bin wirklich undankbar, du arbeitest für uns. Ich hasse mich, Modesta, ich hasse mich. Und all diese beschriebenen Blätter ... Was für eine kleine, seltsame Handschrift, wie die eines Arztes. Völlig unleserlich. Was sind das für Blätter?«

»Meine Arbeit, Gedichte, Notizen.«

»Ach, genau, das hast du mir schon gesagt. Die Großmutter hatte recht, ich bin wirklich gedankenlos.«

»Jetzt reicht es aber mit deiner Großmutter! Ich möchte den Namen nicht mehr hören. Sie ist tot, Beatrice.«

»Aber sie hat dich so geschätzt ... Und ich bin sicher, daß sie dich immer noch schätzt.«

»Ich glaube kaum. Oder wer weiß, warum nicht? Du hast gar nicht so unrecht. Es ist typisch für Leute wie sie, die Personen zu schätzen, die sie schachmatt setzen. Erinnerst du dich, wie glücklich sie war, als der alte Arzt beim Schach gegen sie gewonnen hat?«

»Aber du hast sie nicht schachmatt gesetzt, du hast ihr bloß nicht gehorcht, und ich glaube ...«

»Nicht gehorcht? Hast du ›nicht gehorcht‹ gesagt, Beatrice? Da muß ich aber lachen.«

»O Modesta, endlich lächelst du! Endlich siehst du mich an, du hast mich schon seit Monaten nicht mehr angesehen.«

Und wirklich waren Monate vergangen ... seit Eriprandos Schreien, die mich immer noch ab und zu nachts weckten und die nur der Anblick seines schlafenden Gesichts verjagen konnte. Sie hatte recht, und ich beherrschte mich, legte den Arm um ihre Taille und küßte ihr feines, nach Heu duftendes Haar: derselbe Geruch wie bei Eriprando und Carmine. Nur die Konsistenz war anders. Ihr Haar war noch weich wie das von Eriprando als Baby, bevor der Kampf gegen die Krankheit die Locken so hart wie die von Carmine hatte werden lassen, Eriprandos und Beatrices Vater. So aus der Nähe sah ich die ersten weißen Strähnen in dem Blond. Von der väterlichen Seite hatte Beatrice das vorzeitige Weißwerden und den kranken Fuß geerbt. Vom bäuerlichen Stamm dieses Ehrenmannes rührten zwei höchst verfeinerte Merkmale, exquisit und dekadent.

»O Modesta, du lächelst und berührst mein Haar. Haßt du mich nicht mehr?«

»Ich habe dich nie gehaßt, Beatrice, nur ...«

»Ja, ja, Carlo hat mir gesagt, daß es nur Sorge und Müdigkeit waren. Er hat auch das Wort dafür genannt ... Wie hieß das noch?«

»Trauma, Beatrice.«

»Ja, daß du, genau wie ich, ein Trauma gehabt hast. Aber ich ertrage es einfach nicht, dich so weit weg von mir zu spüren. Ich kann nichts dagegen tun, ich fühle mich schuldig, klammere mich aber zugleich an Dinge, von denen ich selbst weiß, daß sie falsch sind. Warum tue ich bloß all das, was ich nicht tun soll?«

»Wer weiß, vielleicht liegt es nur daran, daß du nicht an Zuneigung gewöhnt bist. Was weißt du schon davon? Man hat immer nur mit dir geschimpft.«

»Das muß es sein, Modesta, denn ich träume immer, daß ich deiner, Eriprandos und Carlos nicht würdig bin.«

»Gut. Jetzt ist es aber genug! Wir haben ihn ganz vergessen, und der Arme wartet unten. Auf, Beatrice, geh zu deinem Carlo. Und fühle dich nicht unwürdig, denn du bist das schönste und liebste aller Mädchen.«

»Findest du? Aber warum hast du ›dein Carlo‹ gesagt, Modesta?«

»Weil wir ihn gern haben. Ich hätte ebensogut mein Carlo sagen können. Komm schon, kein Grund zur Aufregung. Wir sind ihm sehr dankbar, nicht wahr? Er hat unseren Eriprando gerettet. Da, siehst du? Ich habe ›unser Eriprando‹ gesagt. Das ist dasselbe, oder?«

»Genau, unser Carlo und unser Eriprando. O mein Gott! Es ist schon halb sieben, ich muß mich beeilen. Wir erwarten dich zum Abendessen. Quecksilber hat eines deiner Lieblingsgerichte zubereitet, aber ich darf dir nicht verraten, was, du wirst sehen, es ist eine Überraschung.«

Gerade noch rechtzeitig schloß sich die Tür hinter ihrem Spitzenrock, der ebenso elfenbeinfarben schimmerte wie ihr Hals und ihre Arme. Nein, das war kein Rock. Vielleicht ein Tuch? Wo fand Beatrice nur all diese Spitzen und Seiden? Gerade noch rechtzeitig hatte sich die Tür geschlossen, als sich ihr der lange hinten im Hals zurückgehaltene bittere Speichel über Zunge und Zähne ergoß. »Quecksilber hat eines deiner Lieblingsgerichte zubereitet.« Sie lief zu dem elfenbeinfarbenen, mit Blümchen übersäten Waschtisch. Auch hier glattes, tanzendes Elfenbein. Die Überraschung war sicher eine Crème, irgendein Crèmepudding. Sie übergab sich auf diese unter ihrem Blick wogende Crème. Es war die Bestätigung der süßen Mattigkeit, die sie seit Wochen ins Bett zog, das von einem Tag auf den anderen behaglich und weich wie die heißen Arme eines Geliebten geworden war, oder sie stundenlang an den Lehnstuhl am offenen Fenster fesselte und die Bäume, den Himmel und das weit entfernte Meer anstarren ließ. Ohne einen weiteren Blick auf das Elfenbein putzte sie sich die Zähne, spülte den Mund aus und betrachtete sich furchtsam im Spiegel: Zwei große Augen schauten sie verwundert und fröhlich an. Die Wangen waren schmaler geworden, aber schon drückten Busen und Hüfte gegen Rock und Bluse. Sie ließ sich in diesem Spiegel zurück und floh, um aufs Meer hinauszuschauen. Sie mußte arbeiten. Hinter ihr, auf dem Schreibtisch, warteten Berge von Papier. Gewaltsam riß sie sich vom Fenster los, setzte sich hin und betrachtete das Tintenfaß, die Feder und die Rechnungen. Von dem bitteren Tintengeruch angeekelt, schloß sie das Tintenfaß und legte den Kopf auf die Arme. Die Wärme ihrer Arme war süß, weich und frisch zugleich, und ihre glühende Stirn fand in dieser angenehmen Kühle Erquickung … Es war schön, zwischen der Hitze und der Kühle von Sand und Wald zu träumen.

»Darf ich eintreten, Fürstin?«

Wieviel Zeit war vergangen? Wahrscheinlich Stunden, und Beatrice rief hinter der Tür nach ihr. Nein, Beatrice nannte sie nicht »Fürstin«, und das war eine männliche Stimme. Carlo?

»Herein.«

Pietro stand vor ihr mit der Mütze in der Hand und schaute sie aus seinen runden Augen ausdruckslos von seiner Höhe herab an, den Schädel, glatt wie eine Marmorkugel, respektvoll gesenkt. Was für eine Angst hatte dieser Mann ihr und Beatrice einst eingejagt! Während sie jetzt, wäre da nicht dieses unumgängliche »Fürstin« gewesen, zu ihm gelaufen wäre und ihn umarmt hätte. Ein weiteres Indiz für ihren Zustand: daß sie sich nur danach sehnte, von den starken Armen dieses Mannes, der gut und zartfühlend wie ein Kind war, beschützt, umarmt und gewiegt zu werden. Die Augen waren nicht ausdruckslos, sie waren nur zu sanft für seinen wuchtigen Körper, und dieser Gegensatz erschreckte. Was machte dieser Mann ohne Frau oder Verlobte, ganz seinem Herrn Fürsten ergeben? Wahrscheinlich masturbierte er und ging nachmittags zu Huren, wie Tuzzu es von seinem Vater erzählt hatte: »Was sollte er als Witwer tun, eine Stiefmutter ins Haus schleppen, um uns alle verrückt zu machen?«

»Euer Durchlaucht mögen mir die Störung verzeihen, die ich weiß Gott vermieden hätte, wenn es sich nicht um eine Angelegenheit von äußerster Dringlichkeit handelte.«

»Aber nicht doch, Pietro, du störst nicht. Was für eine dringliche Angelegenheit?«

»Es ist so … Ich weiß gar nicht, wie ich die Sache angehen soll. Diese Angelegenheit hat weder Hand noch Fuß und ist kompliziert, Fürstin, sehr kompliziert.«

»Fang einfach an, wo du willst, wie es dir paßt, du weißt ja, daß wir zwei uns verstehen.«

»Ihr seid zu gut, Fürstin, aber ich fürchte, Euch damit zu verletzen.«

»Geht es um den Fürsten?«

»Nein. Es geht um das Fräulein Inès.«

»Das Fräulein Inès? Was ist mit dem Fräulein Inès, Pietro? Versteht ihr euch nicht mehr, oder warum bist du so verbittert?«

»Nein, das ist es nicht. Sie ist liebenswürdig, hilfsbereit und dem Herrn Fürsten ergeben, aber …«

»Pietro, du weißt doch, daß du mit mir reden kannst. Hast du dich etwa in das Fräulein Inès verliebt?«

»Ich mich in ein so gelehrtes und anständiges Fräulein verlieben? Euer Durchlaucht mögen verzeihen, aber da täuscht Ihr Euch. Pietro ist vernünftig und kennt seinen Platz.«

»Also, was ist es dann? Du schwitzt ja richtig.«

»Vielleicht hat die Fürstin in diesen Monaten den Abrechnungen und vor allem den Ausgaben für die ›Zerstreuung‹ meines Herrn Fürsten keine Beachtung geschenkt. Das wäre zu verstehen bei der Sorge um Beatrice und wegen dieses Fluches, der …«

»Krankheit, Pietro, kein Fluch, sondern eine Krankheit.«

»Ihr habt recht, wegen dieser Krankheit, die den kleinen Fürsten befallen hat.«

»Die ihn befallen hatte, Pietro. Du hast ja selbst gesehen, daß jetzt wieder alles in Ordnung ist.«

»Natürlich, ein Wunder, Fürstin, ein Wunder, das Ihr …«

»Gut, Pietro, ich habe verstanden. Was ist mit diesen Rechnungen? Sind die Ausgaben für die ›Zerstreuung‹ des Fürsten zu hoch?«

»Nein, eben nicht, Fürstin, schon seit Monaten will er diese Frauen nicht mehr! Ich hätte es sofort begreifen müssen! Aber wer wäre auf den Gedanken gekommen, daß ein so anständiges und vernünftiges Fräulein wie das Fräulein Inès …«

»Nein, nicht im Ernst! Der Fürst hat sich verliebt?«

»Mir fällt ein Stein vom Herzen, Fürstin. Ihr lächelt und werdet nicht wütend. Eine Heilige seid Ihr! Jetzt habe ich den Mut fortzufahren.«

»Nun komm schon, Pietro, sprich weiter. Du brauchst dich nicht zu schämen.«

»Tatsache ist, daß das Fräulein Inès – wer hätte das gedacht! –, daß das Fräulein, wie soll man bestimmte Dinge einer Frau gegenüber aussprechen, also: Sie hat dem Herrn Fürsten nachgegeben. Jetzt ist es heraus, und Ihr müßt entscheiden, ob das Fräulein Inès zurück nach Hause geschickt werden soll.«

»Warum denn, Pietro? Wie geht es dem Fürsten?«

»Ach, was das angeht, der ist überglücklich, so glücklich wie ein dreijähriges Kindchen!«

»Weshalb sollten wir dann das Fräulein Inès zurück nach Hause schicken?«

»Die Fürstin, Gott hab sie selig, hätte das getan.«

»Pietro, wir beide haben den Fürsten gern, nicht wahr?«

»Bei Gott, das haben wir.«

»Wenn er glücklich ist, ist dann das Fräulein Inès nicht besser als diese Frauen? So sind wir sicher, daß er nicht irgendwann eine schlimme Krankheit bekommt. Du brauchst nicht rot zu werden, Pietro.«

»Daran habe ich gar nicht gedacht. Ihr seid wirklich stark und großzügig wie ein Mann, Euer Durchlaucht. Wie die selige Fürstin Gaia, Gott hole sie zu sich in die Herrlichkeit. Und da die Dinge, so wie sie stehen, Eurer Durchlaucht genehm sind, darf ich zugeben, daß es auch für mich eine wahre Erleichterung ist, den Herrn Fürsten zufrieden zu sehen.«

»Gut, Pietro, wenn Ippolito zufrieden ist und du auch, bin ich ebenfalls froh. Was willst du mehr? Jetzt geh.«

»Aber natürlich. Ich habe Eurer Durchlaucht schon zuviel Zeit gestohlen. Küß die Hand, Fürstin, und Gott segne Euch.«

»Dich segne er auch, Pietro ... Ach ja, einen Moment noch! Unterrichte das Fräulein Inès von diesem Gespräch, und sag ihr, daß ich sie so schnell wie möglich sprechen möchte.«

Ich brauche nicht zu sagen, daß ich Pietro gerade noch rechtzeitig wegschicken konnte, bevor mich ein nicht mehr zu unterdrückendes Lachen packte und ich mich aufs Bett werfen mußte, um es mit dem Kissen zu ersticken. Langsam verwandelte sich dieses Lachen in eine bleierne Müdigkeit. »Ich habe nicht mehr so gelacht, seit ich sechs oder sieben Jahre alt war, Fürstin ... Lachen tut gut, es ermüdet zwar, aber diese Müdigkeit ist gesund wie die nach dem Schwimmen.«

Es mußte bereits spät sein, denn draußen wurde es langsam dunkel. Hatte sie geschlafen? Schon weckte Quecksilber sie mit einem leichten Klopfen an der Tür. Seit sie nicht kraft ihrer Abstammung, sondern kraft der Natur, wie Mimmo sagte, Fürstin geworden war, platzte Quecksilber nicht mehr ins Zimmer, sondern klopfte vorsichtig an und sprach nie ohne Erlaubnis.

Herein, *come in, entrez* … Sie mußte schon wieder lachen. »So gefällst du mir, Principessa, wenn du lachst. Auch im Unglück darf man den Geschmack an einem herzlichen Lachen nicht verlieren.« Genau, Mimmo, du hast mir beigebracht zu lachen, und das kann mir keiner mehr nehmen.

Mimmos stilles, ernstes Gesicht löste sich sanft von meinen Wimpern und entfernte sich in Richtung Fenster. Er redet gern mit seiner kleinen Fürstin und geht nur widerwillig, auch wenn schon bald Nacht ist. Am Fenster zögerte noch das Licht, von der trägen Jahreszeit verwirrt, die bereits im Hinterhalt lauerte. Schon bald würden die Sonnenuntergänge länger werden, um das wartende Meer mit Liebkosungen zu überschütten. Das Meer erwartete sie pünktlich. Würde sie nach diesem langen Winter noch schwimmen können? »Wenn man ein Handwerk gelernt hat, meine kleine Fürstin, dann vergißt man es nicht mehr. Das sagt dir Mimmo, der Tische schreinern kann und flicken … So ist es auch bei dir. Wenn du einmal schwimmen gelernt hast, kann dir diese Kunst keiner mehr nehmen, das sagt dir Carlo.«

»O verzeiht, Fürstin, habt Ihr geschlafen? Dann lasse ich Euch allein! Entschuldigt, aber Pietro hat mir ausgerichtet, daß Ihr dringend mit mir zu sprechen wünscht. Dann komme ich ein andermal wieder. Wann würde es Euch passen?«

Das Fräulein Inès stand wie angewurzelt vor dem Fenster und sprach davon, zu gehen, bewegte sich jedoch nicht. Reglos zeichnete sich ihre Silhouette gegen das letzte hereinfallende Licht ab.

»Entschuldige, Inès, aber ich bin sehr müde.«

»Natürlich, Fürstin, ich gehe, und verzeiht nochmals.«

Diese sich in den Fensterscheiben spiegelnde Silhouette

wölbte sich in der Taille und um die Hüften. »Nicht, daß du mir einen Streich spielst, Mody? Du mußt abnehmen, auch weil man dir, wenn du so dick bist, deine Herkunft ansieht, iß weniger, Mädchen, wenn es daran liegt!«

»Nein, warte, Inès, wo du mich einmal geweckt hast. In diesem Haus hat man nie seine Ruhe!«

»Aber Pietro ...«

»Mach das Licht an, Mädchen. Ich muß dir zwei oder drei Dinge sagen, und angesichts der Lage tue ich das lieber sofort.«

Im Licht der Lampe konnte ich sie endlich richtig betrachten, aber da sie den Kopf gesenkt hielt, sah ich ihre Augen nicht.

»Nun, du brauchst nicht wie eine Madonnenstatue herumzustehen. Komm hierher und setz dich in den Sessel. Nein, warte, hol mir erst ein wenig Wasser, ich komme um vor Durst.«

Ich richtete mich im Bett auf und lehnte mich an das Kopfende wie damals Gaia. Diese große alte Dame! Sie hatte gelähmt im Bett wie auf einem Thron gesessen. Mit ihren Augen verfolgte ich die Bewegungen des Mädchens. Es stimmte, die Taille und die Hüften waren angeschwollen, die eleganten Bewegungen, die so *ladylike* waren, verschwunden, und ihre bäuerliche Herkunft begann sich zu zeigen. Eine unerwartete Sympathie für dieses Mädchen bemächtigte sich meiner, und beinahe hätte ich angefangen zu lachen ... als ich dem Blick ihrer großen, verstörten Augen voll zurückgehaltener Tränen begegnete. Diese Tränen entstellten sie. Nein, das waren nicht meine Augen von einst, ich mußte vorsichtig sein.

»Also, Mädchen, mir scheint, als ob die Dinge zwischen dir und dem Fürsten über die Verliebtheit hinausgegangen seien, von der mir Pietro in seiner Naivität erzählt hat.«

Ich hatte den Satz noch nicht beendet, als sie sich (das war wirklich nicht ich!) vor mir auf die Knie warf und unter unzusammenhängendem Gestammel so heftig zu weinen und nach allen Seiten Tränen zu verspritzen begann, daß ich aus dem Bett sprang vor Angst, sie würde sich auf mich werfen. Ohne sie zu berühren – sie tat mir leid, aber ich durfte meine Autorität nicht verlieren –, ging ich zum Schreibtisch und sagte:

»Komm schon, Mädchen, kein Grund zur Verzweiflung! Nimm dich zusammen! Trink auch du ein Glas Wasser, und dann setz dich, damit wir in Ruhe miteinander reden können, ja, genau so, so ist's gut.«

Mit dem Schreibtisch zwischen uns – ein Schutzschild, damit ich sie nicht umarmen und trösten konnte – suchte ich in mir nach einem Kompromiß zwischen Modesta und Gaia, damit das Zittern der Lippen, der Hände und, als ob das noch nicht reichte, der Locken aufhörte. Ich suchte immer noch nach einem Kompromiß, als das Fräulein Inès, von meinem Schweigen wahrscheinlich erschreckt, erneut zu weinen und wie eine Laienschauspielerin zu reden begann. Man verstand kein Wort. Sie trocknete sich die Tränen mit einem weißen Spitzentaschentuch, das sie in den Händen knetete oder in den Ausschnitt ihres Kleides steckte, um es gleich darauf wieder hervorzuziehen und mit verdrehten Augen auf ihr Kußmündchen zu drücken. Ein haarsträubendes Schauspiel! Genau wie im Theater, wenn ich, verwirrt in den Sessel gedrückt, nur darauf wartete, daß die Hauptszene endlich vorbei war. Diderot hatte recht mit seinem »Paradox über den Schauspieler«, und das galt nicht nur auf der Bühne, sondern auch hier im Zimmer. Diese schlechte

Schauspielerin ließ sich von ihren Gefühlen zu sehr hinreißen, verlor die Distanz und machte damit aus ihrer Leidenschaft ein peinliches Spektakel. Wie im Theater wollte ich geduldig warten und versuchen, von der Darstellung abzusehen, um wenigstens den Text zu verstehen.

»Ich wäre von allein gekommen, um zu beichten! Heute noch! Selbst wenn Pietro nicht zu Euch gegangen wäre … Damit will ich ihm keinen Vorwurf machen. Er hat nur seine Pflicht getan, aber ich, ich … wäre heute oder morgen selbst gekommen! Was ich Euch und Eurem Haus angetan habe, ist entsetzlich, einfach entsetzlich! Ich wäre … ich wäre zu Euch gekommen, um alles zu beichten und dann zu verschwinden, fortzugehen.«

Langsam verstand ich, daß auch der Text abscheulich war.

»Wohin wolltest du denn gehen, Mädchen?«

»Was weiß ich, irgendwohin, um meine Scham und meine Sünde zu verbergen.«

»Versuchen wir vernünftig zu sein, Fräulein Inès. Beruhigt Euch, ich glaube Euch: Ihr wärt selbst gekommen, Ihr bereut alles, aber bitte beruhigt Euch, ja?«

Das Taschentuch verschwand erneut im Ausschnitt ihres Kleides, während sie weiter nervös die Hände aneinanderpreßte, aber wenigstens weinte sie nicht mehr und schaute mich beinahe froh an.

»Danke, Fürstin. Ihr seid gut, das wußte ich, aber ich will Eure Großzügigkeit und Güte nicht ausnutzen, deren ich nicht würdig bin. Morgen früh verschwinde ich!«

Das hatte sie sich in den Kopf gesetzt, zu verschwinden, aber ich mußte vorsichtig sein: Wenn die da verschwand, wem vermachte ich dann meinen Fürsten Ippolito?

»Inès, wir kennen uns jetzt schon lange. Ich schätze Euch. Warum setzt Ihr Euch weiter so zu? Wer ohne Sünde ist, werfe den ersten Stein, so steht es geschrieben. Ich bin nicht diejenige, die Euch vergeben muß, sondern unser Herrgott. Es ist nicht an mir, Euch zu richten.«

Bei ihr wie bei mir zeigte dieser Tonfall sofort Wirkung: Sie lächelte demütig und beinahe strahlend, während ich jede Sympathie für dieses blökende Lockenköpfchen verlor.

»Ach, o weh, Fürstin, mir fällt ein Stein vom Herzen.«

Schon den ganzen Nachmittag fielen dank meiner irgendwem irgendwelche Steine vom Herzen, ich hatte genug davon.

»Natürlich schmälert das meine Schuld nicht, und ich werde Gott mit immer neuen Gebeten um die Vergebung bitten, die Ihr mir voller Güte zugestanden habt.«

»Gut, Inès, bete! Tu nichts anderes, reg dich nicht auf, weine nicht, verschwinde nicht, sondern bete! Das allein zählt!«

»Also darf ich bleiben?«

»Seit einer Stunde versuche ich, dir das zu sagen, Inès.«

»O Fürstin, danke, vielen Dank!«

Ich hielt mich mit aller Kraft am Schreibtisch fest, um sicherzugehen, daß er mich vor ihren Dankesbezeugungen schützte.

»Gut, Mädchen. Aber leider müssen wir jetzt über deinen Zustand reden. Wir haben keine Zeit zu verlieren. In welchem Monat bist du?«

»Ich glaube, im dritten, Fürstin. O mein Gott, ich schäme mich, ich schäme mich so!«

»Ruhig, Inès, fang bitte nicht von vorne an. Es ist nicht schlimm, für einen guten Arzt ist das eine Kleinigkeit.«

»Ein guter Arzt? O nein, Ihr seid zu großherzig! Ein Arzt bei der Entbindung ist Luxus, mir reicht eine Hebamme. Bei mir zu Hause haben die Frauen …«

»Was habt Ihr denn verstanden, Inès? (Sowohl Modesta als auch Gaia verloren langsam die Geduld.) Willst du es etwa behalten, das Kind de…«

»Ja, Fürstin, ich weiß, das Kind der Sünde.«

»Sünde hin oder her, Inès, komm zu dir! Das Kind eines Mongoloiden, Herrgott noch mal! Du bist Krankenschwester und weißt, was das bedeutet, oder nicht?«

»Natürlich, Fürstin, aber dieses Wesen atmet in mir. Und wenn Gott will, daß es mir zur Strafe so geboren wird wie sein Vater, ist das ein Zeichen für mich, nicht nur im Gebet, sondern mit ihm vor Augen büßen zu müssen. Dieses Kind wird mein Kreuz sein, wie es unser Erlöser zu tragen hatte.«

»Wir müssen büßen und beten, Modesta.« Seit Jahren hatte ich Madre Leonoras Stimme nicht mehr gehört. Und während diese Worte langsam wie abgegriffene Perlen eines Rosenkranzes zwischen verschwitzten, nach Weihrauch riechenden Fingern von ihren herzförmigen Lippen glitten, mußte ich den Mund voll saurem, bitterem Speichel fest zusammenpressen, um mich nicht zu übergeben. Ich senkte den Kopf. Das Tintenfaß war geschlossen, die Federhalter lagen, fein säuberlich aufgereiht, nebeneinander, und Briefe und Rechnungen erwarteten mich. Ich mußte arbeiten, mindestens eine Stunde. Mit Mühe schluckte ich den Speichel und den zuckrigen Rosenkranz hinunter und sprang auf.

»Jetzt reicht es aber, Mädchen! Erst Tränen und Entschuldigungen und jetzt diese unerhörte Anmaßung! Schluß damit! Du erwartest doch nicht etwa, daß ich dich das Kind des Fürsten, meines Mannes, austragen lasse? Ich meinte keinen Arzt für die Entbindung, sondern für ...«

Ich konnte den Satz nicht zu Ende sprechen, weil sie mit unerwarteter Behendigkeit aufsprang und wie eine vom Licht geblendete Fledermaus durch das Zimmer zu rennen begann. Diese Szene war nicht schlecht, und ihr gelang es, sowohl mich als auch Gaia zum Schweigen zu bringen, nicht zuletzt weil sie so aufgebracht flatternd richtig hübsch und lebendig aussah. Ich stützte die Ellenbogen auf den Tisch und das Kinn in die Hände: Mich interessierte, wie viele Runden durch das Zimmer sie schaffen würde, unter Ausrufen wie: »O mein Gott! Was für eine Sünde! Eine Seele töten! O nein, eher brächte ich mich um ... Ins Meer! Ich stürze mich lieber ins Meer, als ...«

Diese Art getanzter Fuge, der das weiße Taschentuch vorauseilte, verzauberte mich wie die Paillettenkleider der Kunstreiter im Zirkus. Sie tobte sich aus, und ich dachte: Soll ich sie stoppen? Ihr zwei Ohrfeigen geben und sie nach Hause zurückschicken? Und Ippolito? Was mache ich mit Ippolito? Eigentlich ist sie ja reizend und kämpft auf ihre Weise für ihren verrückten Lebenswillen, so wie ich es seinerzeit getan hatte. Sie war kein Feigling, wie ich gedacht hatte. Auf ihre Art, liebe Gaia, weiß sie, daß sie für das Funktionieren dieses Hauses notwendig ist, und hat uns den Mund verschlossen: Schachmatt! Außerdem braucht man Mut, um mit dem »Ding« ins Bett zu gehen! Wer weiß, ob ich diesen Mut damals gehabt hätte?

Ein letzter Schrei, und plumps, fiel sie zu Boden. Ich hatte gewußt, daß diese Ohnmacht früher oder später kommen würde, sie war obligatorisch. Sehr elegant war sie nicht hingefallen, aber das erlaubte mir einen Blick auf die vollkommen geformten Beine und die runden Arme mit Handgelenken, so schmal wie die eines Kindes … An einem Handgelenk trug sie eine kleine, sehr hübsche Uhr. Es gelang mir nicht, sie aufzurichten, weil sie zuviel wog, und ich wußte nicht, was ich tun sollte. Noch nie hatte ich ein ohnmächtiges »Fräulein« in den Armen gehalten. »Falls Ihr Euch nicht gut fühlt, mein Fräulein, findet Ihr dort in der Lehne das Riechsalz.« Riechsalz? Ich hatte keins. Vielleicht kaltes Wasser. Ihre von weitem wie Marmor wirkenden Schultern und Arme fühlten sich unter meinen Händen verführerisch weich an. Mein Herr Gemahl, der Fürst, hatte Geschmack! Mir waren – wie euch ja auch – Zweifel gekommen, daß das Kind wirklich von dem »Ding« sei, und ich hatte mir geschworen, das genau zu prüfen. Aber jetzt weckte ihr bleiches Gesichtchen in meinem Arm in mir den Eindruck, daß diese Inès zwar einen eigenen, verrückten Willen hatte, aber nicht den Mut zu lügen. Ich versuchte sie leicht zu schütteln, aber es war nichts zu machen. Diese weiche, nach Puder duftende Haut zog mich an, und wenn ich nicht meine Autorität vor ihr und den anderen hätte aufrecht erhalten müssen, hätte ich sie an meinen Busen gedrückt und überall geküßt. Achtung, Modesta! Schutzlose Fräulein sind schon immer eine Gefahr für dich gewesen … Ich wollte sie gerade wieder auf den Teppich legen und Quecksilber rufen, als sie plötzlich ihr süßes Lammköpfchen hob, sich an meinen Hals klammerte und mich aus zwei weit aufgerissenen, glänzenden Augen anstarrte.

»Nein, Fürstin, jagt mich nicht fort! Ich wäre zu Euch gekommen und hätte alles gebeichtet! Wirklich, das schwöre ich Euch!«

»Natürlich, Inès, dessen bin ich mir sicher, aber jetzt steh auf, du wiegst ganz schön viel, mein Kind …«

»Wo bin ich überhaupt? Was ist passiert? Mein Gott! Ich liege ja mit nackten Beinen hier vor Euch!«

Ach ja, auch die vollen, festen Schenkel gingen in zwei zarte, anmutige Fesseln über.

»Das ist nichts, Inès, ein kleiner Schwächeanfall. Aber jetzt ist es vorbei. Nimm dich zusammen, geh und leg dich hin …«

»Wie gütig Ihr seid, Fürstin!«

»Und denk gut über deine Entscheidung nach, denn später will ich weder Gejammer noch Tränen, verstanden? Wenn du dieses Wesen, das in dir atmet, behalten willst …«

»O ja, Fürstin!«

»Denke gut darüber nach, denn es ist das Kind eines Schwachsinnigen.«

»Der Fürst ist gar nicht schwachsinnig, Fürstin, er ist gutmütig und versteht vieles.«

Jetzt war sie beleidigt: Das Näschen in die Luft gestreckt, nahm sie eine reservierte, strenge Haltung ein. Es beleidigte sie, wenn jemand das Objekt ihrer Verliebtheit angriff.

»Außerdem ist Eriprando gesund und intelligent.«

Da, sie hatte mir den Mund verschlossen. Gaia knurrte so laut in mir, daß ich mich sagen hörte:

»Na gut, Inès. Aber wir müssen ein paar Abmachungen treffen. Bei euch Frauen weiß man nie: klare Verhältnisse und ewige Feindschaft.«

»Habt Ihr Feindschaft gesagt, Fürstin?«

»Freundschaft, wollte ich sagen, Inès … Also, Ihr erinnert Euch vielleicht an Doktor Civardis Rat, jetzt, da Eriprando die Welt um sich herum wahrzunehmen beginnt, den Fürsten, seinen Vater, von ihm fernzuhalten und eine kleine Lüge über seine Krankheit zu erfinden, weil die ständige Nähe des Fürsten das Gleichgewicht des Kindes stören könnte?«

»Ja, ich erinnere mich.«

»Gut, also treffen wir folgende Abmachung: Wenn dieses Wesen gesund zur Welt kommt …«

»Mit Gottes Vergebung!«

»Natürlich … Also, wenn es gesund zur Welt kommt, gibst du es mir, schon zu seinem eigenen Wohl. Und Eriprando kann ein Brüderchen oder Schwesterchen nicht schaden. Wenn es wie der Fürst zur Welt kommt, geben wir es in irgendeine Anstalt für Behinderte oder …«

»Nicht doch, Fürstin, nie würde ich das Kreuz zurückweisen, das Gott mir für meine Sünden auferlegt.«

»Das sehen wir dann, Inès, wir wollen das Fell des Bären nicht verteilen, bevor er erlegt ist, wie man so schön sagt. Wir werden sehen, denk du morgen über alles nach. Und wisse, daß ihr, mit oder ohne Kind, in einem Monat in das Häuschen zieht, das ich dir gezeigt habe und das endlich frei geworden ist.«

»Aber das ist weit weg!«

»Weit weg von hier, aber näher an Catania, Inès … Warum gehst du nicht ab und zu ins Kino, in Gottes Namen? Oder kaufst dir ein paar Bänder oder ein Buch, was weiß ich …«

»Eine Frau darf nicht allein ausgehen!«

»Aber du hast doch Quecksilber, diese zweite lebendig Begrabene, ihr könnt gemeinsam ausgehen.«

»Zwei Frauen, Fürstin, das ist dasselbe, wenn nicht noch schlimmer!«

»Jetzt reicht's aber! Macht, was ihr wollt! Pietro wird natürlich bei euch bleiben, aber er muß pendeln, denn ich brauche ihn hier vielleicht mehr als der Fürst. Ist der Fürst ruhig?«

»Wie ein Engel! Er hat uns keine Sorgen mehr gemacht.«

»Gut, wenn du nicht weiter so launisch und melancholisch bist wie in der letzten Stunde ... du bist schon mindestens seit einer Stunde hier! ... was wollte ich sagen? Ach ja! Dann will ich mit Anwalt Santangelo klären, wieviel wir uns erlauben können. Damit du auch für den Fall, daß der Fürst einmal stirbt ...

»Oh, möge das nie geschehen!«

»Wird es nicht. Nun hör schon auf! Herrgott noch mal, ich tue das für dich! Und richte dir den Ausschnitt, man sieht den ganzen Busen. Also, was immer geschehen mag: Auch ich könnte morgen sterben ... Nein, Ruhe! Ich hinterlasse dir eine kleine Pension und das Häuschen. Verstanden?«

»O Fürstin, wie gütig und großzügig Ihr seid!«

»Ruhe! Es reicht! Verschwinde! Ich habe schon genug Zeit mit dir verloren. Unten erwartet man mich, und ich muß mich noch ankleiden. Nein, hör auf, du brauchst mich nicht zu küssen. Denk über alles nach, und gib mir morgen Antwort.«

49

Zerknirscht ging sie zur Tür hinaus, während ich noch ihre heißen Lippen auf meiner Hand spürte. Mein Gemahl hatte Geschmack, aber ich mußte meine Autorität aufrechterhalten. Als sich die Tür hinter ihr schloß, vergingen mit einer Hitzewallung, die mich vom Kopf bis zu den Füßen durchlief, Übelkeit und Brechreiz. Auch beim letzten Mal, als ich mit Eriprando schwanger gewesen war, hatten mich nur Frauen angezogen. Ob das eine Art Verteidigung des an männlichen Körpersäften gesättigten Organismus war, der ein größeres Bedürfnis nach Zärtlichkeit als nach Penetration hatte, die vielleicht die Entwicklung dieses kleinen Wesens in ihr stören konnte? Natürlich tat diese sanfte Wärme gut. Es wäre schön gewesen, hierzubleiben und sich an diese Wärme zu erinnern, aber ich mußte zum Abendessen gehen ... Beatrice zuliebe. Ich hatte für diesen Nachmittag genug Frauengejammer gehabt.

»Hilfe, Hilfe, Modesta!«

»Was ist, Beatrice? Was, um Himmels willen, ist denn? Hat der Blitz eingeschlagen?«

»Nein, wenn es nur das wäre!«

»Was dann, Beatrice? Du bist leichenblaß! Nun sprich schon, statt zu wimmern wie ein Lämmchen.«

»Carlo, Carlo!«

»Ja?«

»Er hat mich geküßt, Modesta! Oh! Hilf mir, halt mich fest. Er hat mich auf den Mund geküßt, genau so, wie du es tust.«

Unvorhersehbare Cavallina, nicht nur hatte sie, die sonst so zurückhaltend war, ohne anzuklopfen die Tür aufgerissen, sondern überdies noch alle Lampen angemacht. Eben noch blaß, war sie jetzt so rot wie während ihres Fiebers. Und obwohl ich ihre Arme gut festhielt – ich wollte nicht, daß sie mich umarmte –, gelang es ihr, meinen Kopf zu packen und mich mit vielen kleinen Küssen zu übersäen. Im Handumdrehen umarmt sie mich und küßt mir die Stirn, den Mund und den Hals, während Tränen zwischen unseren Gesichtern herablaufen. Von oben herab – wieso ist sie so groß, größer als ich? – flüstert sie, ohne meinen Kopf loszulassen:

»In dem Moment war ich so überrascht, daß ich ihn habe gewähren lassen. Wer hätte das von einem so anständigen Jungen wie Carlo gedacht? Du etwa? Aber dann habe ich ihn sofort, glaub mir, Modesta, sofort weggejagt und will ihn nie wieder sehen! Wer hätte das gedacht? Er hat mich ganz genauso geküßt wie du. Die Großmutter hatte recht, die Männer sind alle gleich!«

Quecksilber stand mit vor Neugier weit aufgerissenen Augen in der Tür und wagte weder einzutreten noch die Tür zu schließen. Auch sie war leichenblaß. »Diese empfindlichen Mädchen, werden nach Belieben blaß und rot, und mit Tränen und Ohnmachten lenken sie dich wie eine Marionette.« Ja, lieber Mimmo, dazu werden sie erzogen, wie der gute Genosse Bebel sagt. Man muß Geduld haben.

»Was ist, Quecksilber? Hast du ein Gespenst gesehen? Darf man fragen, was los ist?«

»Nichts, gar nichts, Fürstin, nur, daß der Herr Doktor wie eine Furie davongestürmt ist.«

»Er wird zu tun gehabt haben.«

»Natürlich. Ein so vornehmer Herr, es ist nur, das Soufflé ...«

»Zum Teufel mit dem Soufflé! Ihr könnt es in der Küche essen, und jetzt verschwinde!«

»Aber das Abendessen?«

»Mach die Tür zu und verschwinde! Siehst du nicht, daß es Beatrice nicht gut geht?«

»Aber ...«

»Kein aber! Heute abend wird nicht gegessen. Davon stirbt keiner, wir sind alle erwachsen und wohlgenährt, Quecksilber. Willst du wohl diese verdammte Tür zumachen und uns in Ruhe lassen?«

»Natürlich, Fürstin, entschuldigt.«

Noch so ein Frauchen! Tödlich beleidigt wegen ihres zusammengefallenen Soufflés.

»Ich habe dir doch gesagt, daß du gehen sollst, oder muß ich dich ganz aus dem Haus jagen?«

Da lächelt sie demütig und verschwindet hinter der endlich geschlossenen Tür. In der Zwischenzeit bewegt sich mein Magen in mir kichernd wie ein betrunkener Alter. Nein, das war nicht mein Magen. Cavallina drückte sich immer fester an mich, das Gesicht zuckend an meinem Hals vergraben. Unvorhersehbare Cavallina, in meinen Armen war sie wieder klein geworden. Wie schaffte sie es, nach Belieben groß und winzig klein zu erscheinen? Jetzt lachte sie so heftig, daß sie beinahe zu ersticken schien.

»Was gibt es denn jetzt zu lachen?«

»Ich lache, weil ich an Quecksilbers Gesicht gedacht habe, als du geschrien hast. Wie komisch sie aussieht, wenn sie Angst hat, ihr Gesicht wird dann rund wie ein Ei und der Mund eine nach unten gezogene Linie. O mein Gott, sieht das komisch aus! Wie eines der Gesichter, die Eriprando überall hinmalt. Früher hatte ich auch Angst vor dir, aber dann habe ich begriffen, daß du genau wie Großmutter Gaia bist, erst bellst du, und dann ... Aber das machst du richtig. So respektiert man dich, mir gelingt das nicht. Wenn du nicht wärst, würde die mir auch noch das Schlüsselbund vom Gürtel nehmen, und dann gute Nacht! Dann würde sie sich hier im Haus noch mehr als Herrin aufspielen.«

Ach ja, Cavallina trug die Schlüssel der Schubladen und Schränke aufgereiht auf einem großen Goldring zusammen mit einigen Gold-, Silber- und Elfenbeinanhängern an ihrem Gürtel. Es gab auch ein Korallenästchen, einen Mohrenkopf mit Turban, eine kleine Hand aus Elfenbein ... nein, dieses Händchen war nicht aus Elfenbein, sondern aus Silber. Wie es in früheren Zeiten die Tante, die Großtante und die Großmutter getan hatten. Die zarte Taille reckte sich stolz, wenn sie den Ring am Gürtel trug. Die Schlüssel waren Medaillen, Auszeichnungen eines verborgenen Krieges, das Zeichen ihrer Macht über uns.

»Du wirst mir zu schwer, Cavallina!«

»Wie schön, du hast mich Cavallina genannt, sag es noch einmal! So hast du mich schon lange nicht mehr genannt.«

Wieso gefiel ihr dieser Spitzname, der in meinen Ohren wie eine Verurteilung klang?

»O Modesta, sag es noch einmal, los! Es klingt so schön, wenn du es sagst!«

»Na gut, Cavallina, aber du lehnst schwer an meiner Brust, und ich bin müde.«

Nicht, daß diese kleine Cavallina es sich in ihr zerstreutes, aber hartnäckiges Köpfchen gesetzt hatte, mich die ganze Nacht hier mitten im Zimmer auf den Beinen zu halten?

»Läßt du mich bei dir schlafen, Modesta? Bitte, laß mich bei dir schlafen. Schon seit Monaten willst du nicht. Heute abend habe ich solche Angst, bitte, bitte.«

»Angst wovor?«

»Angst, mich an die Enttäuschung zu erinnern, die Carlo mir bereitet hat.«

»Warum Enttäuschung?«

»Weil ich ihn für einen ehrbaren Mann gehalten habe! Ich kann einfach nicht vergessen, mit welcher Dreistigkeit er mich geküßt hat. Das war schrecklich, und ich habe Angst! Laß mich bei dir schlafen!«

»Na gut. Zieh dich aus, und ab ins Bett. Ich kann wirklich nicht mehr!«

Im Handumdrehen hatte sie sich ausgezogen. In einem

meiner Nachthemden trat sie wieder ins Zimmer und legte sich vorsichtig unter die Decken.

»Darf ich dich umarmen?«

Ihr Kopf lag in der Beuge zwischen meinem Hals und der Schulter, die feinen Haare streiften mein Kinn, und die auf meinem Busen ruhende Hand … – *Wer nicht schläft, kriegt's auf den Po* – Nein, dieses Schlaflied durfte ich nicht singen. Ihre Hand lag ruhig auf meinem Busen, kein Zittern ging von der kühlen Handfläche aus. Beatrice hatte keinen Durst, und ich war nicht mehr ihre Tata, sondern ihre Schwester. Das war richtig so. Und ich mußte mit ihr von Schwester zu Schwester reden.

»Hör mal, Cavallina, eigentlich war dieser Kuß von Carlo …«

Sie antwortete nicht. Im Schein der Lampe betrachtete ich sie: Sie schlief so friedlich wie Eriprando früher, nachdem ich ihn abends gestillt hatte.

Ein greller Lichtschrei sprang von der Decke herab. Die Sonne war geboren, und in ihrem Licht glänzten die Kacheln und das Messing im Bad freudig. Aber diese Sonne log und stand im Gegensatz zu der Mattigkeit, die sich von meinem Bauch aus in Brust, Arme und Wangen ausbreitete. Ich mußte mich beeilen. Schon bald würde diese Mattigkeit mit ihrem verrückten Lebenswillen meine Stirn erreichen, und dann war jeder Widerstand zwecklos. Nach einem heißen Bad zog ich mich an, um auszugehen. Dann kehrte ich in die Nacht zurück, die noch träge bei Beatrices zartem, zusammengekauertem Körper verweilte. Sie hatte sich nicht bewegt, oder nur so viel, um das Kissen zu umarmen. Schlief sie?

»Nein, Modesta. Du bist ja schon angezogen. Komm hierher zu mir, es ist noch früh, und ich bin so müde.«

»Es ist Morgen, Beatrice, und gestern waren wir schon um neun Uhr im Bett.«

»Ich habe Hunger!«

»Das glaube ich. Läute die Glocke, es wird uns guttun zu frühstücken.«

»Nein, ich komme nicht an die Glocke, läute du, Modesta, ich bin müde.«

Es war nicht der Augenblick, um zu diskutieren oder Gehorsam zu fordern. Ich hatte es eilig und mußte den Arzt finden, den Gaia mir damals empfohlen hatte, oder irgendeinen anderen.

»Guten Morgen, Fürstin! Oh, Ihr habt die Gardinen schon aufgezogen! Das tut mir leid. Hättet Ihr einen Moment gewartet, hätte ich das getan, es tut mir leid ...«

»Natürlich, Quecksilber! Es ist alles in Ordnung, keine Sorge. Laß das Tablett hier, und geh wieder hinunter. Geh hinunter, habe ich gesagt. Ich bin in Eile! Und laß die Kleider, die kannst du später ordnen. Ich habe dir doch gesagt, daß ich es eilig habe, los, verschwinde!«

»Wie Ihr wollt, Fürstin.«

Unter den Sonnenstrahlen entzünden sich Beatrices Haare in hundert Farben. Sie versteckt das Gesicht im Kissen.

»Hier ist es zu hell, Modesta, mir tun die Augen weh. Bitte, zieh die Vorhänge wieder zu. Warum hast du sie so weit geöffnet?«

Ich zog die Gardinen zu. Man mußte vorsichtig sein. Wie erwartet, war ihre Stimme schrill und eintönig geworden, ein Zeichen der Lustlosigkeit und Traurigkeit, die sich ihrer langsam bemächtigten. Schon bald würde sie wieder schwerelos durch die Zimmer gleiten wie damals, als Carlo verschwunden war. Kein zweites Mal könnte ich dieses Gesichtchen ertragen, das in nur einer

Nacht – wie war das möglich? – so dünn geworden war wie nach Tagen des Fastens.

»Komm schon, Beatrice, schau mal, was für ein wunderbares Frühstück! Da ist auch die Orangenmarmelade mit den Fruchtstückchen, die du so magst ... Nein, nein, ich trinke nur Kaffee.«

»Warum nur Kaffee? Du läßt mich allein essen. Iß wenigstens ein wenig Brot und Butter, es macht mich traurig, wenn ich allein essen muß, puh!«

»Na gut, schau mal, was für eine dicke Scheibe ich mir streiche, bist du jetzt zufrieden?«

Ich ertrug das nicht, noch zehn Minuten, und ich würde sie aus dem Fenster schmeißen.

»Modesta, weißt du, ich habe nachgedacht.«

»Worüber?«

»Nun ... über Carlo. Natürlich ist das, was er gestern getan hat, unmöglich, ein unmögliches Verhalten für einen anständigen Mann, aber ... ich muß ehrlich zu dir sein, Modesta, ich habe ihn gern.«

Ich traute meinen Ohren nicht, war es möglich, daß sich alles so schnell klärte?

»Ich habe ihn sehr gern. Und obwohl ich weiß, daß Großmutter Gaia mir nie, nie, nie verzeihen würde, wenn ich dich verließe ... wo du dich für uns aufgeopfert hast, und außerdem hinke ich und ...«

Ich hatte sie nie über etwas reden hören, das sie persönlich betraf. Während sie sprach, wurden ihre Züge wieder lebendig und hübsch. Wenn dieses Wesen, das mir aus dem Bauch in die Brust und die Schultern aufstieg, ein Mädchen wäre, würde es sicher hübsch. Ein Mädchen, so zart und elegant wie Carlo ... Ich wandte den Blick von diesen immer noch größeren und leuchtenderen Augen ab, die mich wie der Meeresgrund anzogen, und ein Blick auf den fernen Grund meiner Zukunft verriet mir, daß diese Mattigkeit ein Junge würde, entstanden aus Beatrice und Carlo. Nein, ich wollte dieses Kind nicht. Ich bewunderte Carlo, aber ein Kind von ihm war etwas anderes.

»Du antwortest mir nicht, Modesta? Denkst du, daß auch das unmöglich wäre?«

»Entschuldige, Beatrice, ich war abgelenkt. Gestern habe ich nichts geschafft, und heute habe ich die doppelte Arbeit. Verzeih, was hast du gesagt?«

»Natürlich, ich weiß, daß du viele Sorgen hast, verzeih du mir. Ich habe gesagt, daß man, oder besser, daß du mit Carlo sprechen und ihm die Situation erklären könntest, damit wir Freunde bleiben. Oder findest du zu schlimm, was er getan hat?«

»Aber nicht doch, da ist nicht Schlimmes dabei, die Zeiten ändern sich, Beatrice, und wenn er dich geküßt hat ...«

»Nein, sag das Wort nicht!«

»Na gut. Aber wenn er das getan hat, was er getan hat, dann nur, dessen bin ich mir sicher, weil er dich liebt, und nicht, weil er ein unmoralisches Ungeheuer ist, wie Großmutter Gaia behauptet hätte. Das weiß ich genau. Carlo ist ein Ehrenmann, Beatrice, er ist klug, ein Arzt, arbeitet hart, und wenn er um deine ...«

»Nein, Modesta, nein!«

»Und warum nicht, wenn du ihn liebhast?«

»Warum nicht? Darum! Und außerdem ist er nicht adelig, was würde man in Catania dazu sagen ...«

»Dann lassen wir sie eben noch einmal Anstoß nehmen, wie Onkel Jacopo sagt. Nein, wir werden uns über ihre Empörung amüsieren, wie damals in der Oper. Erinnerst du dich an ihre komischen, verwirrten Gesichter?

Sie wußten nicht, ob sie uns anschauen und grüßen sollten. Erinnerst du dich, wie wir die ersten Male mit Carlo darüber gelacht haben?«

»Ja, das stimmt. Später haben sie sich daran gewöhnt. Also redest du mit Carlo? Sprich mit ihm ... aber nur Freundschaft, darauf mußt du bestehen, nur Freundschaft. Mach, daß er wiederkommt, Modesta.«

»Natürlich, Beatrice. Ich werde mit Carlo reden. Auch wenn ich sicher bin, daß sich Onkel Jacopos Worte bewahrheiten werden, erinnerst du dich?«

»Nein, was hat er gesagt?«

»Er hat gesagt: Auch unsere Beatrice wird einmal einen Mann finden, der ihrer würdig ist.«

»Ach ja, stimmt! Auf dem Carmelo hat er das gesagt, aber damals war ich noch klein. Seitdem ist so viel Zeit vergangen, daß ich es vergessen habe. Du hast ein gutes Gedächtnis, was hat er genau gesagt? Erzähl es mir, Modesta ...«

»Hör zu, Inès. Wir diskutieren jetzt schon seit zwei Stunden, und ich bin sehr müde. Die Zeit drängt, und wenn der Arzt recht hat ... wenigstens die Monate hättest du selbst ausrechnen können, oder? Eure Mütter bringen euch wirklich gar nichts bei!«

»Ich bin Waise, Fürstin.«

»Na gut. Wenn der Doktor recht hat, bist du bald im fünften Monat, und ein Schwangerschaftsabbruch kann gefährlich werden. Du mußt dich entscheiden. Jetzt ist es zehn Uhr, um zwölf habe ich einen geschäftlichen Termin unten in Catania. Zum Abendessen bin ich ebenfalls verabredet, und ob wir uns morgen sehen können, weiß ich nicht, denn wenn das Abendessen zu lange dauert, bleibe ich in Catania und übernachte bei Anwalt Santangelo.«

»O Fürstin, ich weiß nicht, was ich machen soll! Ich habe Angst, große Angst! Im Kloster habe ich schreckliche Dinge sowohl über Abtreibung als auch über die Geburt gehört und kann mich nicht entscheiden.«

»Weibergeschwätz, Inès, sei vernünftig, die Zeiten haben sich geändert. Mit einem guten Arzt und einer guten Betäubung ist eine Abtreibung kein Problem mehr. Und was die Geburt angeht, alle Frauen gebären. Ich habe auch ein Kind bekommen, oder? Und stehe ich nicht gesund und munter vor dir?«

»Natürlich, Fürstin.«

»Ich wiederhole, du wirst die nötige Hilfe bekommen, ob du dich nun für oder gegen das Kind entscheidest. Aber denk daran, daß du dich versündigst, wenn du dich dagegen entscheidest.«

»Ich lebe doch sowieso schon in Sünde.«

Unglaublich, diese kleinen Gottesseelen! Sie nahmen das Wort Sünde und warfen es in die Luft wie Zirkusjongleure ihre weißen, leichten Bälle. Wenn mich nicht der Arzt erwartet hätte, hätte ich mit Vergnügen die hundert Bewegungen dieser Bälle beobachtet. Eine Sünde, daß sie aus diesen zarten Händen auf den Kopf, die Brust und die Arme sprangen, um dann gehorsam in die geöffneten Händchen des Fräulein Inès zurückzukehren, dieses in Acireale geborenen Waisenkindes, das, wer weiß, wie, in einem Turiner Kloster gelandet war.

»Willst du nach einer Todsünde eine weitere begehen? Und dann denke ich, daß die Angst vor der Geburt vorzuziehen ist, wenn man beide Ängste miteinander vergleicht. Sei vernünftig, bleibe bei dieser reinen, unbefleckten Angst, und folge Gottes Willen. Denk daran, daß eine Abtreibung etwas Furchtbares ist für Körper und Seele.«

Hört nur, was mich das Fräulein Inès sagen ließ! Andererseits konnte ich nicht anders. Carlo zufolge konnte sie bei der Abtreibung sterben, wenn man nicht genau wußte, in welchem Monat sie war.

»O Fürstin, Ihr seid eine wahre Christin! Während ich, ich … auch die Mutter Oberin hat das immer gesagt, ich bin nicht gut. Obwohl ich immer bete, schaffe ich es nicht …«

»Dann vertrau mir.«

»Natürlich, wie ich Mutter Antonia vertraut habe!«

»Gut, dann geh, und Gott steh dir bei, mein Kind. Nein, kein Handkuß, hinaus mit dir, es ist schon spät.«

Trotz des Schreibtisches, den ich inzwischen selbst im Schlaf zwischen mich und das Fräulein Inès stellte, versuchte sie jedesmal, mich zu berühren. Ich sprang auf, damit sie sich mir nicht näherte, und sah stocksteif zu, wie sie endlich zur Tür ging. Die Hand schon auf dem Knauf, der so weiß und zart war wie ihre Haut, drehte sie sich unsicher um:

»Und … wegen der Hinterlassenschaft, Fürstin, ich schäme mich, aber da ich Waise bin und Ihr versprochen habt …«

»Es ist alles geregelt, Inès, das war nicht nur ein Versprechen. Morgen fährst du mit Pietro nach Catania zu Anwalt Santangelo. Er wird dir ein Schriftstück über das Haus und den Unterhalt vorlesen und dich unterschreiben lassen, ebenso einen Abschnitt aus meinem Testament, der dich betrifft, falls es in Zukunft Schwierigkeiten geben sollte.«

»Oh, Euer Testament, mögt Ihr nie …«

»Das wird nicht geschehen, Inès! Keine Sorge.«

Dieses unheilvolle Gesicht mit dem kaum angedeuteten Lächeln ließ mich erstarren. Noch nie war mir das passiert, aber kaum war sie aus der Tür, klopfte ich auf Holz und kreuzte die Finger. Auch weil mich ein kleines, sauberes Zimmer mit rosafarbenen Gladiolen und dieser Betrüger Doktor Modica erwarteten.

50

Nach langem Schweigen nahm Beatrice Carlos Heiratsantrag an, aber nur unter der Bedingung – da war sie unerbittlich –, daß alles den Traditionen gemäß vonstatten ging.

»Ich darf ihn nicht sofort sehen. Richte du ihm meine Entscheidung aus. Er kann gewiß sein, denn dir, die du mir Vater, Mutter und ältere Schwester bist, habe ich versprochen, seine Braut zu werden. In drei Tagen werde ich ihn wie vorgeschrieben in deiner Gegenwart und der eines Notars treffen, der die Verlobungsurkunde aufsetzt. Sofort nach der Zusammenkunft muß ich gehen.

Danach darf er drei Monate lang jeden Tag kommen, aber im zuverlässigen Licht des Nachmittags und nicht bei Dunkelheit, die ein schlechter Ratgeber ist. Und auch jeweils nur zwei Stunden entweder in deiner Gegenwart oder in der einer von dir beauftragten Person, wenn du viel zu tun hast. In diesen drei Monaten müssen wir ernsthaft über unsere Zukunft reden und uns kennenlernen. Natürlich ist das nicht sehr lang. Aber da es in unserer Familie in letzter Zeit keinen Trauerfall gegeben hat, die Zeiten sich, wie du richtig sagst, geändert haben und Carlo und ich uns schon ein wenig kennen, bin ich mit drei Monaten Verlobung einverstanden.

Falls in diesen drei Monaten entweder Carlo oder ich merken sollten, daß wir von einer gemeinsamen Zukunft zu unterschiedliche Vorstellungen haben – Braut und Bräutigam sollen ein einziger Gedanke, ein einziges Herz werden –, muß die Verlobung ohne Makel für ihn, für mich, für unsere oder seine Familie aufgelöst werden.«

Beatrice und Quecksilber öffneten die große Truhe mit der Aussteuer und zählten die Bettücher, Bezüge, Decken und Überdecken so vorsichtig, als wären sie aus Glas. Dann verstauten sie sie in großen Koffern für den Tag des Abschieds vom eigenen Land und Blut.

»Schau dir diese Decke an, Modesta! Die haben die Tata und ich gemeinsam gehäkelt. Es war die erste, deshalb erinnere ich mich daran; ich war erst sieben oder acht Jahre alt! Siehst du diese unregelmäßigen Maschen? Das sind meine …«

Beatrice sprach sehr ernst mit Carlo, ohne ihm je in die Augen zu schauen wie früher. Sie erzählte ihm von sich, von ihren Fehlern und Vorzügen. Sie fragte ihn, ob er Kinder haben wollte. Carlo strahlte sie verzaubert an, stimmte allem zu und beantwortete jede Frage. Wurde sein Blick zu intensiv, erhob sich Beatrice mit verhaltener Strenge, hielt ihm die Schale hin und fragte, ohne ihn anzusehen:

»Wünscht Ihr noch etwas Gebäck, Carlo?«

Schlug es sieben Uhr, erhob sich Beatrice anmutig, egal, wovon man gerade sprach oder welche Musik man spielte, verabschiedete sich von Carlo, küßte mich auf die Stirn und verschwand.

»Ich möchte, daß Quecksilber bei dir bleibt. Du wirst dich ohne mich sehr einsam fühlen.«

»Aber Beatrice, mit dem Auto bin ich in zwanzig Minuten in Catania.«

»Ich weiß, aber ich mache mir Sorgen. Ich darf gar nicht daran denken, daß du allein hierbleibst – behalte Quecksilber bei dir.«

»Nie und nimmer. Sie ist dir treu ergeben und weint dir ununterbrochen hinterher. Außerdem weißt du doch, daß sie mit mir nicht redet. Sei nicht beleidigt, Beatrice, aber mir geht Quecksilber ein wenig auf die Nerven. Ich finde schon eine andere Köchin.«

»Bist du sicher? Wenn dir das wirklich recht ist, wird sie mir in dem fremden Haus ein großer Trost sein.«

Carlo durfte das von seiner Braut für ihn eingerichtete Haus nicht sehen, auch wenn ihm die Zimmereinteilung, die Anordnung der Möbel und sogar die Blumenvasen in den zwei Stunden im Salon beschrieben und zur Prüfung unterbreitet wurden.

Ganz von diesen ruhigen Handlungen eingenommen, entfernte sich Beatrice von mir. Sie verjüngte sich auf ihrem einsamen Weg, ihre Augen wurden größer und staunender, und sie wusch alle durchlebten Gefühlen ab, um ihrem Bräutigam rein entgegenzutreten.

Und nie hatte ich sie so strahlend und »lauter«, wie Carlo sagte, gesehen wie an jenem Morgen im Glanz der Sonne und des weißen Brautschleiers. Aber ich höre vor dem Kirchenportal auf, denn ich erinnere mich nur an große Langeweile wie bei allen Hochzeiten, Taufen und Firmungen, denen ich beiwohnen mußte. Gerade noch rechtzeitig kehre ich nach Hause zurück, denn der Überdruß an dieser langen Zeremonie weckt in meinem Geist erneut den latenten Haß, den ich in diesen Monaten voller Formalitäten, Traditionen und Riten irgendwie hatte unterdrücken können. Natürlich entschädigten mich die

Schönheit und Heiterkeit einer glücklichen Beatrice, aber noch zehn Minuten Weihrauch, Umarmungen und Tränen, und ich hätte sie mein Leben lang gehaßt.

Kaum war ich durch das Tor gegangen, erschien mir der Park riesig groß und verlassen. Im Salon glitt Grabesstille über die Sofas, Sessel und das Klavier. Der große Kopf des Mohren auf dem Flügel war nichts weiter als ein Totenschädel. Ich mußte ihn mit Blumen füllen, wie es Beatrice immer getan hatte, oder die leblose Vase wegwerfen. Im Garten suchte ich nach Rosen und Weinlaub, aber die Dunkelheit hatte sich herabgesenkt und die Farben verborgen, so daß meine Finger nur Dornen fanden. Kein Laut drang aus dem ersten und zweiten Stock. Vielleicht war jemand in der Küche, aber das war weit weg. Und während ich das Blut von den Fingern saugte, weinte ich plötzlich kleine, schmerzlose Tränen ... eine Laune der Gefühle! Ich wäre am liebsten zu Eriprando hochgelaufen, um mich von ihm umarmen zu lassen, ihn zum Lachen zu bringen und mit ihm zu spielen, aber um diese Zeit schlief er. Im Schlaf wurde er selbständig und entfernte sich von mir.

Der Finger blutete nicht mehr. Modesta konnte sich endlich aus dem Abendkleid befreien und im Morgenrock das kleine Märchen von der Alge und dem Fisch zu Ende schreiben, das sie für Eriprando begonnen hatte. Aber als sie ihre kleine Handschrift sah – warum schrieb sie so klein? –, hörte sie auf und lauschte, den Kopf auf die Arme gelegt, der Stille, die von den Bäumen im Park in den Salon drang, die Treppe hinaufstieg und jetzt die stummen Handflächen an die Tür legte. Sie hatte Angst. Eine neue, unbekannte Angst. In der Ebene hatte sie sich vor dem Zorn der Mutter und Tuzzus Gleichgültigkeit gefürchtet. Im Kloster hatte sie gefürchtet, dort eingesperrt zu bleiben, und später, in diesem anderen Kloster aus Seide, hatte sie vor Gaia, Quecksilber und Beatrice selbst Angst gehabt. Das war es: Sie war nie allein in einem leeren Haus gewesen und hatte kommen und gehen können, wie es ihr paßte. Das war die Angst, die sie beinahe mit Sehnsucht nach Beatrice, ja sogar nach Quecksilber verwechselt hatte. Nein, ihnen trauerte sie nicht nach, sondern einer Art zu leben, die ihre Gefühle so lange geprägt hatte, daß sie sie nicht von einer Minute auf die andere ändern konnte. Sie mußte die Angst akzeptieren und sich langsam an diese Einsamkeit gewöhnen, die inzwischen das Wort Freiheit in sich barg, wie sie wußte. Um sich zu beweisen, daß diese Einsamkeit ein Schatz war, verglichen mit dem Laster der Gewohnheit, sprang sie aus dem Bett und machte alle Lampen im Zimmer an. Sie zog Rock und Bluse an und band sich einen Schal um. Dann tat sie, was sie früher nie hätte tun können, ohne Beatrice zu betrüben, nahm den Revolver und rannte los, Haus und Park weit hinter sich lassend, begleitet von Menelik, der glücklich voraussprang und alles anbellte: den Meeresschaum und die Palmen, vom Mondschein wiedererweckte Türme, Schlösser und Bisonhökker zwischen den Sanddünen, die kilometerweit die rege Phantasie der Nacht entfalteten.

Als er sich ausgetobt hatte, starrte Menelik ängstlich das Schweißtuch an, das der Mond über das Meer gebreitet hatte. Oder hatte ihn wie mich, von der Freude am Laufen erschöpft, die Sehnsucht nach dem Auftritt der Sonne auf der Bühne des Horizonts gepackt, die, mit Schild und Krummsäbel bewaffnet, das bleiche, mit seinen leeren Augenhöhlen Trauer und Wahnsinn nährende Antlitz des Mondes zerstören würde?

Durch Meneliks wütendes Gebell auf ein gedämpftes Donnern hinter mir aufmerksam geworden, drehte ich mich um. Angst hatte ich nicht. Menelik war ein zuverlässiger Hund, und mehr als einmal hatte ich ihn ohne Gnade zubeißen sehen. Schon warf er sich auf einen Schatten, duckte sich dann aber merkwürdigerweise zu dessen Füßen. Dieser Schatten war ein Pferd, und als ich den Blick hob, sah ich weiße Locken, vom Mond magnetisch angezogen, auf mich zukommen.

»Sehr gut, Menelik, du hast mich erkannt! Hunde haben ein gutes Gedächtnis, Menschen nicht. Hast du gesehen, wie mich die Padroncina anschaut? Was meint du, ob ich sie begrüßen soll?«

»Ich habe dich erkannt, Carmine. Was führt dich in diese Gegend?«

»Seit drei Nächten treibe ich mich hier herum!«

»Und warum?«

»Um dich zu sehen.«

»Konntest du nicht an die Tür klopfen?«

»Carmine klopft an keine Tür, sondern wartet auf einen Wink des Schicksals.«

»Warum wolltet du mich sehen?«

»Ich bin vom Tod gezeichnet, Figghia, hier in der Brust: das Herz. In der mir verbleibenden Zeit – drei, vier Monate – ist mir der Wunsch gekommen, dich wiederzusehen, natürlich nur, wenn du mich erkennst.«

»Ich erkenne dich, Carmine. Aber in mir habe ich dich umgebracht.«

»Ich weiß. Auch deshalb bin ich hier. Mein Tod gehört dir. Damals habe ich dir und mir Unrecht zufügen müssen, aber nichts vergeht, und Carmine hat dich immer im Herzen getragen. Nachdem ich dich nun gesehen und mit dir gesprochen habe, kehre ich zufrieden nach Hause zurück, auch weil deine Stimme freundlich war. Leb wohl, Padroncina, und Gott segne dich. Los, Orlando, mein Alter, es ist Zeit zu gehen.«

Der Mond war hinter dem Berg verschwunden, und ich konnte kaum erkennen, wie sich die weißen Locken und der breite Rücken auf den riesigen Schatten des Pferdes zu bewegte. Es war dunkel, aber schon lugte an einigen Stellen der Sonnenaufgang zwischen den niedrigen Büschen auf den Dünen hervor, und plötzlich zitterte ich vor Kälte und klapperte mit den Zähnen. Aus meiner Vergangenheit tauchten diese mächtigen Schultern und der gemessene Schritt riesenhaft vergrößert wieder empor. »Gezeichnet«, hatte er gesagt. Kein Hinweis darauf, weder in dem ruhigen Lächeln im Mondlicht noch in dem sicheren Schritt, der zwischen uns bereits einen unüberwindbaren Abstand geschaffen hatte.

»Komm zurück! Ich will dich sehen, Carmine!«

Langsam kehrte der Schatten zu mir zurück.

»Hier bin ich, schau mich an.«

»Es ist dunkel.«

»Ich sehe dich. Hast du Angst, oder warum zitterst du?«

»Mir ist kalt, Carmine.«

»Das ist die Kälte des Sonnenaufgangs, Figghia, geh nach Hause.«

»Bis nach Hause ist es weit. Wie du mir einmal gesagt hast: Hinunter geht es leicht, aber hinauf ...«

»Daran erinnerst du dich?«

»Ich erinnere mich an alles. Wie einen Hasen hast du mich damals in den Feldern aufgespürt.«

»Genau, und wie ein Hase bist du gerannt.«

»Bring mich auf Orlando nach Hause, so wie damals.«

»Zu Diensten, Padroncina.«

»Wir sind noch nie nachts geritten, Carmine.«

»Nein.«

»Es ist schön nachts. Schade, daß wir das nie gemacht haben.«

»Dazu ist immer noch Zeit, jedenfalls für dich.«

Er hatte die Arme um mich gelegt, und seine Brust brannte an meinem Rücken. Schon liefen mir Schweißtropfen vom Hals über die Schultern. Warum schwieg er und ritt so langsam? Ich wollte ihn anschauen, im Licht anschauen.

»Warum reitest du so langsam?«

»Um in deiner Nähe zu sein und aus Rücksicht auf den armen Menelik. Siehst du, wie er sich hinter Orlando herschleppt?«

»Laß ihn hier. Er kennt den Weg, und ich bin müde und friere.«

Ich sah ihn im Säulengang unter dem Licht der großen, mondförmigen Lampe, ein blasser Mond, der von Sonnenuntergang bis -aufgang immer brannte.

»Da sind wir. Ich gehe jetzt.«

Nein, das Licht reichte nicht aus, ich wollte ihn sehen und ausspionieren.

»Was willst du schon sehen, Figghia? Um diese Uhrzeit kannst du keinen Mann empfangen.

»In diesem Haus bin ich die Herrin. Komm herein.«

»Da du mich einmal hast eintreten lassen, darf ich rauchen?«

»Natürlich.«

»Die Fürstin, Gott hab sie selig, hat das nicht erlaubt. Sie sagte immer, daß danach alles stinkt.«

»Ich mag Tabakduft.«

Während er den Tabakbeutel hervorholte und die Pfeife stopfte, schaute ich ihn an. Vergebens suchte ich in seinen

Zügen, zwischen den Falten nach einem Zeichen des Todesurteils: kein Mal, keine tiefere Falte oder ein Zittern der Hände. Dieser Mann aus Eisen, der den Tabak so ruhig mit dem Daumen zerdrückte, als verginge die Zeit genauso langsam und gleichmäßig wie vor seiner Verabredung mit dem Tod, saß mir gegenüber wie damals, und wie damals weckte sein Anblick in mir gleichzeitig ein Gefühl von Geborgenheit und Angst. Er würde jetzt nicht mehr sprechen oder seinen Blick heben, bis eine kleine Glut zwischen seinen langen, sorgfältigen Fingern aufglomm.

»Eins nach dem anderen, Figghia. Wenn man alles gleichzeitig macht, verliert man den Geschmack am Leben: eine gute Tasse Kaffee, der Tabak, dein Speichel … Langsam will ich deinen Mund schmecken, langsam.«

Ob er gelogen hatte? Nein, Carmine war ein Ehrenmann. Ich mußte zu ihm gehen und ihn aus der Nähe betrachten, aber sein Gesicht war hinter Rauchwolken verborgen. Zumindest dieses Gesicht berühren.

»Begehrst du mich, Figghia, oder warum tastest du mich ab, als könntest du mich nicht sehen? Willst du mich etwa immer noch? Das hätte ich nie zu hoffen gewagt! Ich begehre dich sehr, möchte aber deine Wünsche nicht durchkreuzen.«

Stocksteif vor Überraschung – woher sollte ich das wissen, wenn er es mir nicht sagte? –, kann ich mich weder rühren noch sprechen. Ich habe ihn umgebracht und will seinen heißen, schweren Körper auf meinem spüren. Ich muß ihn verjagen, mit erhobenen Fäusten auf dieses Gesicht einschlagen, das, obwohl ausgelöscht, lächelnd vor mir erscheint. Aber ich habe den Augenblick verpaßt, und schon heben mich seine Arme mühelos hoch, der Haß vergeht und läßt nur eine angenehme Müdigkeit in Körper und Geist zurück.

»Was ist, Figghia, weinst du? Früher bist du wütend auf mich geworden und hast mich gekratzt. Hast du so sehr gelitten?«

»Ich habe nicht gelitten, und ich hasse dich!«

»Das ist gut so. Aber schämen mußt du dich nicht. Man braucht sich seines Leids nicht zu schämen, wenn sich das Schicksal gegen einen stellt. Auch ich, und ich war schon alt, habe darunter gelitten, dir das Unrecht antun zu müssen, dich heiß, wie du unter meinen Händen geworden warst, zurückzulassen. Aber in diesen drei Nächten, die ich hier herumgestreift bin, war ich mir sicher, daß du jemanden an deiner Seite hast, und habe nicht zu hoffen gewagt. Auch deshalb war ich vorsichtig und habe nicht an deine Tür geklopft.«

»Feige, nicht vorsichtig, feige, Carmine! Geh zu deinen Söhnen zurück! Was fällt dir ein, nach eigenem Gutdünken zurückzukehren? Erfüllst du deine Vaterpflichten, wann es dir paßt?«

»Nein, Figghia. Der Tod entscheidet. Der Tod hat mich befreit, und frei kehre ich zu dir zurück.«

Eine nie gekannte Zärtlichkeit für diesen großen Körper, der sanft auf meinem ruht, drängt meine Hände an seinen Mund: Um ihn zum Schweigen zu bringen, denn seine vom Tod befreite Stimme weckt eine vergessene Hitze in meinem Magen, und die harten Brustwarzen schmerzen von der Berührung mit seiner Jacke.

»Du willst mich, Modesta, meine Hände fühlen es.«

Sein Mund spricht durch meine Finger hindurch. Es ist sinnlos, den Regen, den Wind oder die Sonne zu verleugnen. Man muß die Glut des Sommers und das Eis des Winters hinnehmen. Ohne zu antworten, führe ich, so wie er es früher, als ich noch nichts wußte, bei mir getan hatte, seinen Mund an diese Klumpen aus Lust und

Schmerz, zu denen meine Brüste geworden sind. Mein vergeßlicher Körper erwartet ihn, aber als sich meine Schenkel unter ihm öffnen, fährt eine Klinge aus Eis zwischen die heißen Wellen der Lust und zwingt meine Hand gegen meinen Willen dazu, dieses betäubende, Leben schenkende Pulsieren aufzuhalten.

»Was ist, Figghia, wieso unterbrichst du mich? Bist du so von Zorn erfüllt, daß du nicht vergeben kannst?«

Eine nie gekannte Zärtlichkeit für diesen großen Körper, der nackt und enttäuscht schwer auf meinem Bauch und den geschlossenen Schenkeln lastet, drängt mich beinahe dazu, seinen Penis loszulassen. Aber die Hand gehorcht mir nicht und bleibt eiskalt zwischen sein und mein Geschlecht gepreßt liegen.

»Was ist, Modesta? Mit Carmine kannst du reden. Wenn du so sehr gelitten hast, daß du nicht vergeben kannst, versteht Carmine das.«

»Nein. Es ist aus Angst, Carmine.«

»Angst wovor, Picciridda? Das verstehe ich nicht.«

»In diesem alten Baum ist junger Saft, Carmine, das spüren meine Hände.«

»Ach, das ist's! Recht hast du. Verzeih mir, Figghia. Daran hätte ich denken müssen, aber ich habe dich zu sehr begehrt und nur an mein Vergnügen gedacht.«

Sanft löst er sich von mir und legt sich neben mich.

»Recht hast du. Ich will dein Leben nicht mit einer weiteren Schwangerschaft durcheinanderbringen, aber laß mich nicht so liegen. Ich hab Schmerzen, fühl nur, wie hart mein Leben ist. Ja, genau so, befriedige mich mit der Hand und dem Mund. Aber sobald du merkst, daß ich komme, geh mit dem Mund weg, du sollst dich nicht vor mir ekeln.«

Mit vorsichtiger Hand lenkt er meine Liebkosungen

wie einst. Noch nie habe ich ihn so geküßt, und eine neue Zärtlichkeit verjagt das Eis von vorhin. Eine Flamme packt meinen Körper und läßt meine Sinne im Einklang mit seinen schwingen. Und als sein Leben in Wellen zwischen meiner Zunge und meinem Gaumen ansteigt, kann ich nicht davon ablassen und komme zusammen mit ihm während ich diesen unbekannten Samen aufsauge, der aus der Tiefe seines Seins kommt, um den Durst meines von der Hitze verbrannten Mundes zu löschen. Ein bittersüßer Geschmack nach Harz oder geronnener Milch des Mannes, der ebenfalls geboren wurde, um zu stillen.

Sein Penis ist wieder klein geworden und liegt träge auf den harten, krausen Haaren. Es macht mir Spaß, damit zu spielen. Wie damals zeigt er keinen Widerstand, und wie damals – eine Laune der Gefühle – muß ich lachen.

»Was gibt es da zu lachen, du freches Ding?«

»Wie komisch er so klein und kraftlos aussieht! Und außerdem, Carmine, das ist mir vorher gar nicht aufgefallen, wieso sind die Haare hier unten dunkel, ohne eine weiße Strähne?«

»Wenn du genau hinschaust, findest du sicher welche.«

»Nein, Carmine, nichts, kein einziges weißes Haar! Sie sehen so aus wie die von Eriprando.«

»Hat er unsere Farbe? Das freut mich.«

»Aber wie kommt das, Carmine, daß deine Haare ganz weiß sind und die hier unten dunkel?«

»Was soll ich dir sagen? Vielleicht, weil ich alt und jung zugleich bin, was weiß ich.«

»Und unter den Achseln? Laß mich sehen, heb den Arm hoch.«

Langsam bewege ich mich über seinen Körper. Auch unter dem Arm ist alles dunkel, aber auf der Brust hat er ein paar weiße Haare.

»Was für eine behaarte Brust du hast, Carmine! Behaart und kraus, aber die Haare auf den Armen sind glatt und weich.«

Langsam kehre ich auf dem großen Körper wieder zurück. Ich will die Haare dort unten noch einmal sehen. Ich will sehen, ob sie wirklich so dunkel sind, wie sie wirkten, bevor ich zu den Schultern hochgestiegen bin.

»Du kletterst auf mir herum wie eine Katze, Figghia! Deine Haare kitzeln mich. Was suchst du?«

Nach der langen Reise von seinen Schultern bis zu den Knöcheln legte ich den Kopf auf die dunklen, krausen Haare. Ich bin müde, schließe die Augen und spiele wieder mit seinem Leben, das befriedigt beinahe in meine Handfläche paßt.

»Vorher war er richtig groß und jetzt ist er ganz klein. Wie kommt das, Carmine?«

»Geh und frag den uralten, weisen Olivenbaum aus den Zeiten der Sarazenen, der sich mit dieser Sonderbarkeit einen Spaß erlaubt hat. Carmine hat keine Ahnung von der Natur.«

»Nichts. Kein einziges, alle Haare sind dunkel, Carmine. Wie viele Jahre hast du auf dem Buckel, Alter?«

»Ich werde dreiundfünfzig, wenn ich es bis Allerseelen schaffe.«

»Du bist am zweiten November geboren?«

»Genau, Figghia. Meine Mutter hat immer gesagt, daß in jenem Jahr die Toten Carmine als Geschenk gebracht haben. Und wer weiß, warum diese schöne alte Frau lachte und sich über diese Vorstellung amüsierte. Mir hat das anfangs nicht behagt, und lange Zeit habe ich allen außerhalb der Familie erzählt, daß ich am dritten geboren bin. Mit der Zeit war es mir dann egal, und wie meine Mutter lachte ich über Tote und Lebende, Gott und den Teufel!«

Noch nie hatte ich ihn so lange reden gehört. Seine Stimme wiegte mich, die ich sein Leben in den Händen hielt. Ich wollte nicht, daß sie verstummte.

»Wie war deine Mutter, Carmine?«

»Habe ich dir doch gesagt: Schön, groß und stark wie ein Mann. Sie konnte weder lesen noch schreiben. Und wenn einer von uns nicht spurte, gab es Schläge, ohne daß sie auf meinen Vater gewartet hätte wie andere Frauen. Mehr als einmal trug ich ein blaues Auge davon. Und vor meinen Kameraden erzählte ich dann, daß mich einer meiner Brüder verprügelt hätte. Ich konnte doch nicht sagen, daß mich eine Frau zugerichtet hatte wie einen Boxer nach dem Kampf. Und das auch, weil ich Boxer werden wollte.«

»Was wußtest du schon über den Boxkampf?«

»Einer meiner Onkel, ein Boxer aus Amerika mit Geld und vielen Frauen, hatte mir bei seinem letzten Besuch bei uns ein wenig von dieser edlen Kunst beigebracht. Das war mir zur fixen Idee geworden, und ich schaffte es nicht, mich Zahlen und Wörtern zu widmen. Immer wieder bat ich meinen Vater um die Erlaubnis, nach Amerika zu Onkel Antonio gehen und später auch Boxer werden zu dürfen. Du mußt wissen, daß Onkel Antonio keine Kinder hatte und meinen Vater oft darum bat, mich zu ihm zu schicken.«

»Und dein Vater?«

»Der antwortete nicht, sondern sagte nur: ›Bitte deine Mutter um Erlaubnis.‹«

»Und sie?«

»Ohne einen Ton zu sagen, ging sie mit den Fäusten auf mich los, und ich respektierte das und gab einige Monate lang Ruhe.«

»Und dann?«

»Dann packte mich wieder die Leidenschaft für die Boxhandschuhe. Wenn ich das Interesse an den Feldern verlor, ging ich zu meinem Vater, der mich zu meiner Mutter schickte, und ihre Schläge trieben mir die Träumereien aus.«

»Wie alt warst du damals?«

»Na ja, vierzehn oder fünfzehn Jahre.«

»Da hast du dich noch schlagen lassen?«

»Ich hab dir doch gesagt, daß ich Respekt vor ihr hatte. Außerdem hat sie für uns gewaschen und gekocht und dabei immer gelacht und gesungen. Und ich schwöre dir, daß ich nach ihrem Tod nie wieder ein so gutes *maccu* gegessen habe.«

Jetzt schweigt er. In der Stille zeichnet sein ruhiger Atem sanft gewellte Sanddünen vor mein inneres Auge. Vorsichtig lege ich das Ohr auf seine Brust, dorthin, wo er mir unter dem neidischen Blick des Mondes mit geschlossener Faust die Stelle gezeigt hat, an der dieser glatzköpfige Alte seinen Samen ausgesät hat. Aber dem langsamen Schlag seines Herzens ist nichts anzumerken, kein Schrei, keine Klage. Der Schleier aus Schweigen wird schwer, aber ich will nicht schlafen.

»Wie kommt es, Carmine, daß du jetzt redest? Früher hast du immer geschwiegen.«

»Stört dich das, Picciridda? Wenn es dich stört, bin ich still.«

»Nein, im Gegenteil, ich höre deine Stimme gern. Aber wie kommt das?«

»Wer weiß, Picciridda! Oder vielleicht weiß ich es doch. Siehst du, Figghia, als die mir unten in Catania gesagt haben, daß ich noch drei oder vier Monate zu leben habe, sind mir Erinnerungen an all die schönen und schlimmen Dinge, an geliebte und seit langem verschwundene

Gesichter und an großartige Länder, die ich gesehen habe, in den Sinn gekommen. Wie soll ich dir's erklären? Es ist wie eine Sehnsucht nach den schönen Dingen und den Frühlingen, die das Schicksal und das Glück mir zugestanden haben. Carmine hat Glück gehabt und auch im Unglück in vollen Zügen gelebt. Und deshalb hat mich bei dem Wort Ende der Wunsch gepackt, dieses Leben noch einmal zu leben. Und zum Beispiel auch heute nacht – welcher Alte hier in der Gegend oder auf der ganzen Welt hat das Glück, ein so schönes Gewicht wie deines auf sich zu spüren?«

»Hast du keine Angst?«

»Angst wovor, Figghia? Mein Vater ist ruhig gestorben. Auch ihm hat das Schicksal ein erfülltes Leben beschert. Er hat für uns und meine Mutter, die erst vor sechs Jahren im hohen Alter gestorben ist, Häuser und Ländereien angehäuft. Wenn du natürlich, wie mein Vater immer sagte, mit schwachem Geist und Körper geboren wirst und auf die Phantasiegespinste der Priester hereinfällst, dann muß dir der Sensenmann Angst machen. Mein Großvater, mein Vater und ich mußten uns mit den Händen und dem Gewehr Respekt verschaffen, um das zu bekommen, was uns zustand. Oft hat der Sensenmann mich gestreift. Und wie die Flinte oder das Messer nachts pfiff! Aber jetzt bin ich bei dir, und all das kümmert mich nicht.«

»Also glaubst du nicht an Gott?«

»Was hat das mit Gott zu tun?«

Die vom Tod befreite Stimme, einziges Zeichen seiner Verurteilung, weht durch mein Haar und spült mich gegen die Felsen der Gefühle. Um nicht zu ertrinken, klammere ich mich an seinen Hals und schließe seine Lippen mit meinen.

»Nein, Kätzchen, hör auf, sonst bekomme ich wieder Lust, und dann – ich kenne euch Frauen – stoppst du mich mit der Hand. Und obwohl deine Lippen honigsüß sind, will ich doch bis zum Herz in dich eindringen.«

»Und was sollen wir da machen?«

»Carmine kümmert sich darum, morgen sorge ich vor, aber jetzt sei brav. Das ist eine Laune, die Laune einer frechen Göre! Du bist todmüde, und ich muß gehen.«

»Kommst du wieder?«

»Natürlich komme ich wieder. Wenn es im Haus still wird, wie heute nacht, komme ich wieder.«

51

Jede Nacht, wenn es im Haus still wurde, kam Carmine wieder. Wie fand dieser Alte durch den Park bis zum Eingang und dann durch das Labyrinth aus Fluren und Treppen bis in mein Zimmer hinauf?

»Carmine ist an die Dunkelheit gewöhnt und erinnert sich an Tore, Winkel und Büsche, wo Gefahren lauern können.«

»Gibt es Gefahren in diesem Haus? Warum bist du wiedergekommen?«

»Weil ich meine Pfeife vergessen habe.«

»Die gebe ich dir nicht, du brauchst gar nicht danach zu suchen!«

»Und warum, wenn ich fragen darf? Warum willst du sie mir nicht geben?«

»Weil du sie anzünden kannst und ich nicht. Ich habe es versucht und mich dabei verbrannt. Es lief nur eine bittere Flüßigkeit heraus, und es kam kein Rauch wie bei dir.«

»Was soll das überhaupt? Du bist eine Frau, was hast du mit Pfeife und Tabak zu tun?«

»Sehr viel! Ich gebe sie dir nur, wenn du mir zeigst, wie man sie anzündet.«

»Hat man so was schon gehört? Ein Mädchen mit einer Pfeife im Mund!«

»Nur einmal, Carmine, zeig mir, wie das geht!«

»Na gut. Aber nur einmal. Ich kenne dich, du bist stur wie ein Esel, und ohne meine Pfeife kann ich nicht leben! Wenn es nach den Weißkitteln ginge, dürfte ich weder rauchen noch trinken, noch ... Aber lassen wir das! Komm, ich zeig's dir. Figghia, diese Laune will ich befriedigen, aber nicht, daß du zu rauchen anfängst wie ein Junge?«

»Was spricht dagegen?«

»Was spricht dafür? Sag mir das erst einmal!«

»Daß ich ein Junge bin!«

»Das ist wirklich hübsch! Ein Junge bist du?«

»Ja. Halb Junge, halb Mädchen.«

»Und wer hat dir das gesagt?«

»Das habe ich vorausgesehen. In meiner Zukunft habe ich mich schießen, rauchen und laufen sehen wie Carmine als junger Bursche. Weißt du, ich habe dich als jungen Mann gesehen und dann mich in deinem jetzigen Alter und viel älter. Du mußt sterben, aber ich werde dreimal so alt wie du, das hat mir die Zukunft gesagt.«

»Sehr gut, wenn dir das deine Frau Zukunft gesagt hat, bin ich still. Komm her und schau zu, so stopft man sie. Den Tabak locker hinein und dann ganz vorsichtig zerdrücken ... genau so. Ich muß wirklich lachen, wenn ich dich mit der Pfeife im Mund sehe! Und jetzt schauen wir mal. Zünde sie an und zieh daran ... Paß auf, der Rauch darf nur bis in den Mund kommen! Daß du dich nicht übergibst! Nicht so stark ziehen! Schaut sie euch an! Was ist das mit der Raucherei für eine Laune? Gibst du sie mir jetzt, wo du sie angezündet hast?«

»Nein, ich behalte sie.«

»Paß auf, Mädchen, mach mich nicht wütend. Bei Gott, du bist wie mein Sohn! *Lazzarolu* und *cocciu di tacca* wie Mattia.«

»Was heißt das, lazzarolu und cocciu di tacca, Carmine?«

»Ach, wir haben wohl so eifrig studiert, daß wir die eigene Sprache nicht mehr kennen, was?«

»Ich habe dich gefragt, was lazzarolu heißt!«

»Jung, schön und oberflächlich.«

»Und cocciu di tacca?«

»Auch jung und mutig, ein Wildfang.«

»Aha! Ist dein Sohn so?«

»Ich denke schon. Manchmal schön, aber ohne Schneid, dann wieder feurig und mutig. Wer weiß das schon? Alles kann man verstehen außer dem eigenen Fleisch und Blut. Aber jetzt mach mich nicht wütend, und gib mir die Pfeife zurück, sonst bringe ich dich mit einer Ohrfeige zur Vernunft wie Mattia.«

»Nein! Ich gebe sie dir nur, wenn du versprichst, mir genau so eine mitzubringen, wenn es im Haus still wird.«

»Hör zu, Modesta, mancher braucht Jahre, bis er eine Pfeife richtig zu rauchen versteht.«

»Gut, bring mir eine mit, mit der Zeit werde ich es lernen. Und wieso nennst du mich jetzt Modesta?«

»Habe ich dich Modesta genannt? Das habe ich gar nicht gemerkt.«

»Doch, zuerst Figghia und jetzt Modesta.«

»Stimmt. Es wird wohl einen Grund dafür geben, aber den kenne ich nicht … Gibst du mir nun die Pfeife?«

»Ich gebe sie dir nur, wenn du versprichst ...«

»Schon gut, ich versprech's. Morgen besorge ich dir eine gute, es ist sowieso leichter, den Wind umzustimmen als dich. Stur und schön bist du! Gib sie mir!«

»Ja, aber ich will sie dir in den Mund stecken. Du darfst sie nicht berühren.«

»Von mir aus.«

»Nein, nicht die Arme bewegen. Ich stecke sie dir in den Mund und ziehe sie wieder heraus.«

»Wer bewegt denn hier was? Merkst du nicht, daß ich die Arme um deine Taille gelegt habe? Wie weich deine Hüften sind! Du wiegst nichts, hast aber volle Schenkel und einen runden Bauch. Schaut nur, wie sie mich rauchen läßt! Und wenn das Feuer ausgeht? Es geht leicht aus, Modesta, und muß gehegt und gepflegt werden wie das Feuer der Liebe.«

»Du hast mich schon wieder Modesta genannt, wieso? Sag es mir! Warum willst du es mir nicht sagen?«

»Frag nicht, und nimm mir die Pfeife aus dem Mund. Laß dich streicheln ... Du bist ganz heiß, meine Hände schwitzen schon.«

»Sag es mir!«

»Aber das ist unwichtig! Ein Fehler, den ich mit dir gemacht habe. Und nicht zum ersten Mal.«

»Was für ein Fehler?«

»Ich hatte eine Frau, meine Ehefrau und Goldmine. Diese Goldmine hatte mir das Schicksal einfach so geschenkt, ohne daß ich mich darum bemühen mußte, verstehst du? Und das schien mir selbstverständlich. Ich grub und grub nach Gold auf ihren Lippen und in ihrer Umarmung, ohne ihr Anerkennung und Aufmerksamkeit zu schenken. Nachdem sie mir zwei Söhne geboren hatte, wollte ich noch eine Tochter. Das war mein sehnlichster Wunsch, an sie dachte ich dabei nicht. Ich hätte wissen müssen, daß das zuviel verlangt war, so erschöpft und blaß, wie sie war. Aber ich dachte an nichts anderes. Und so starb sie mir im Kindbett. Das haben sie mir geschrieben. Erst da wurde mir klar, was ich verloren hatte.«

»Sie haben es dir geschrieben? Wo warst du denn?«

»In Amerika, wegen Onkel Antonios Testament, angefochten von einer Frau, halb Sizilianerin, halb Amerikanerin, die uns nichts von dem geben wollte, was uns zustand. Aber lassen wir das. Das sind Schweinereien, komm, ich will dich küssen.«

»Du hast um das herumgeredet, was du mir sagen wolltest.«

»Wieso willst du das nicht verstehen? Als ich zurückkam, war der Sarg schon unter der Erde. Hätte ich ihren Leichnam küssen können, hätte sich mein Körper vielleicht damit abgefunden. Statt dessen sah ich sie lebendig mit ihren schwarzen, erschöpften Augen jahrelang vor mir ... und mied die Gesichter fremder Frauen, die ihren Platz einnehmen wollten.«

»Ja und?«

»Nichts und. Bei dir hab ich denselben Fehler gemacht. Ein junges Ding erschienst du mir aus der Höhe meiner Jahre und Erfahrung. Und von der Heimkehr meiner Söhne verwirrt – Carmine schämt sich nicht, das zu sagen –, habe ich dich selbstsicher verlassen. Aber bereits nach einer Woche habe ich dich nachts gesucht und tagsüber auf den Feldern gesehen. Und schon fing ich an, mich überall herumzutreiben und zu den leichten Mädchen zu laufen, wo Lust bezahlt werden muß. Aber um überhaupt ein wenig Lust zu empfinden, habe ich im Geist deinen Namen wiederholt. Jetzt weißt du alles. Die

Entfernung ist ein Lehrmeister: Deinen Namen habe ich gelernt. Je öfter ich ihn sagte, um so schöner erschien er mir. Aber ich habe zuviel geredet. Verstehst du das nicht? Oder bist du zu jung, um zu verstehen, daß du so ruhig an meiner Schulter schläfst?«

»Ich schlafe nicht, Carmine, ich liege nur gern hier und höre mir an, wie du mich begehrt hast und immer noch begehrst, ohne dir sofort das zu geben, was du willst.«

»Du bist eine Frau! Deshalb habe ich nichts sagen wollen. Meine Worte haben dir Macht gegeben, und jetzt willst du dich rächen. Aber Carmine kann dir die Genugtuung verschaffen, ihn warten zu lassen.«

»Bei den leichten Mädchen hast du meinen Namen gesagt?«

»Ich habe ›Modesta‹ gesagt und sie nicht angeschaut.«

»Sag es noch einmal.«

»Modesta!«

»Noch einmal!«

»Modesta!«

»Noch einmal!«

»Modesta, du machst mich verrückt!«

»Und jetzt sag: ›Modesta, meine Goldmine‹!«

»Meine Goldmine, Modesta, ich will in dich bis zum Herzen eindringen.«

Aus seinem Mund vernommen, verliert das Wort Herz für mich die Zweideutigkeit, die es mich früher hassen ließ. Und ich sehe mein Herz, Auge und Mittelpunkt, Uhrwerk und Ventil meines Körpers. Mit den Handflächen lausche ich im Dunkeln seinem wilden Schlagen, das vom Busen bis zu den schweißnassen Schläfen vor Freude aufschreit und sich nicht beruhigen will.

»Was ist Modesta, weshalb tastest du mit offenen Augen deine Brust ab? Früher bist du nach der Liebe eingeschlafen. Falls du Angst vor einer Schwangerschaft hast, keine Sorge, daran habe ich wie versprochen gedacht.«

»Nein, nein! Vielleicht hatte ich gestern Angst davor, aber jetzt … jetzt nennst du mich Modesta und bist bis zu meinem Herzen gelangt. Weißt du, ich habe das Herz gesehen.«

»Wie sah es aus?«

»Wie das Holzrad, das die Jungen zu Pfingsten anzünden und den Berg hinunterrollen. Ich habe es vor langer Zeit einmal von einem Fenster aus gesehen. Damals konnte ich jene Mauern nicht verlassen. Hier in der Gegend kennen sie das Rad nicht, Carmine, warum?«

»Nein! Hier gibt es kaum fruchtbare Erde. Was wissen die hier schon von Roggen- und Weizenfeldern?«

»Hast du das große Rad aus der Nähe gesehen?«

»Natürlich, und ich hab's nicht nur gesehen, sondern hatte drei Jahre lang, als mir die ersten Barthaare sprossen, wie mein Vater und mein Großvater vor mir – wir Tudia waren schon immer kräftig gebaut – die Ehre, gemeinsam mit einem Musumeci – eine weitere Familie von großer Statur, aber mit schwarzen Haaren und schwarzer Seele – das Rad anzuzünden und den Berg hinunterzutreiben, um der Sonne zu helfen, uns die Weizen und Roggen nährende Wärme zu spenden.«

»Ach deshalb? Das bedeutet es also?«

»Natürlich, ein alter Brauch.«

»Aber habt ihr euch dabei nicht verbrannt?«

»Darin besteht die Kunst. Wenn es angezündet den Hang hinuntergerollt wird und wie ein wildes, wahnsinnig gewordenes Tier flieht, braucht man eine flinke Hand und schnelle Reaktionen, um den Flammen auszuweichen, und muß den Wind kennen. Auch wenn die Luft still wie Glas zu sein scheint, muß man den Wind verstehen. Einmal waren plötzlich all meine Haare zu Asche geworden! Deshalb trugen wir Jungen, die das Rad antrieben, beinahe drei Jahre lang den Kopf fast kahlrasiert.«

»Wie habt ihr es überhaupt in Bewegung gesetzt?«

»Daß du das nicht weißt, wundert mich, Modesta.«

»Von weitem konnte man es nicht erkennen, man sah nur das Rad.«

»Aber Mädchen und Frauen schauen beim Bau des Rads zu.«

»Ich war in einem Kloster, Carmine, vergiß das nicht.«

»Stell dir ein Wagenrad vor. Jedes Jahr bekam der fähigste Meister den Auftrag, ein möglichst großes Rad anzufertigen, in dessen Mitte eine Holzstange, so hart wie Eisen, angebracht ist. Mit dieser Stange kann es ein Junge auf jeder Seite anschieben oder bremsen, je nach Untergrund, wie du dir vorstellen kannst.«

»Ich habe Angst, Carmine!«

»Nein, das ist keine Angst, Modesta, du bist müde.«

»Warum kommt mit der Müdigkeit die Angst?«

»Das ist ganz normal, zuwenig Schlaf und Brot bringen Kälte und wirre Gedanken mit sich, die dir wie Angst erscheinen können. Der erschöpfte Körper leistet schlimmen Erinnerungen keinen Widerstand und gibt sich Hirngespinsten hin. Jetzt schlaf, und morgen früh wirst du dich nicht einmal mehr erinnern. Du kannst ruhig schlafen, Carmine hat wie versprochen mit der Lust keine Spur in deinem Schoß hinterlassen.«

Bei Morgengrauen geht Carmine ... Im Schlaf sehe ich ihn sich schattengleich entfernen. Wie gelang es ihm, aufzutauchen und zu verschwinden und immer anwesend zu sein?

»Weil du mich im Herzen trägst, Modesta. Mir geht es genauso. Wenn ich weggehe, nehme ich dich in meinem Herzen mit.«

»Hat dein Herz eine Tasche, in die du mich hineinstecken kannst?«

»Natürlich! Das Herz hat eine Tasche, groß wie ein Korb, in den alles hineinpaßt.«

»Ja, natürlich ... alles. Und dann geht er kaputt, wie es dir passiert ist.«

»Wenn er kaputtgeht, bedeutet das, daß er genug Schweres und Süßes getragen hat.«

»Warum gehst du weg? Beim ersten Morgengrauen verschwindest du. Selbst im Schlaf merke ich, daß du gehst.«

»Jetzt bin ich gerade erst zurückgekommen.«

»Weil Nacht ist, aber sobald ich einschlafe, nutzt du die Gelegenheit und gehst. Schläfst du nie?«

»Natürlich schlafe ich.«

»Gestern hast du bei mir geschlafen, aber als ich aufwachte, warst du nicht mehr da. Wie merkst du, daß der Tag anbricht?«

»Mein ganzes Leben lang bin ich im Morgengrauen aufgestanden.«

»Dann geh gleich, wenn du fortmußt. Jetzt!«

»Aber jetzt ist es dunkel, und Orlando ist ganz verschwitzt. Laß mich ausruhen.«

»Du ruhst dich aus, und dann gehst du, was soll das?«

»Alles Grillen, Figghia!«

»Nenn mich nicht Figghia!«

»Wenn du launisch bist und bockst, wirst du meine Figghia.«

»Warum mußt du immer gehen?«

»Um dein und mein Haus nicht zu stören.«

»Wen kümmert das schon?«

»Du hast unten in Catania hohes Ansehen erlangt. Man achtet dich dafür, wie du deine Angelegenheiten geregelt hast.«

»Aber ich sehe sie nie, und wenn, haben sie nur wütende Blicke für mich übrig!«

»Die Frauen natürlich! Sie beneiden dich, vergiß sie, sie zählen nicht. Aber die Männer achten dich dafür, wie du deine Geschäfte führst und die Familie lenkst.«

»Das stimmt nicht.«

»Nein? Und wie ist es dann? Wie kommt es, daß beinahe alle Brandiforti bei Cavallinas Hochzeit waren?«

»Nenn sie nicht Cavallina! Meine Beatrice ist groß und eine glückliche Frau!«

»Das freut mich. Und genau deshalb frage ich dich, weshalb wir sie und alle anderen mit solchen Kindereien stören sollen? Und auch dort oben auf dem Carmelo, warum sollen wir bei mir zu Hause Anstoß erregen, wo wir unsere Nächte haben? Laß dich streicheln.«

»Du hattest recht, Carmine, das Blut ist gekommen. Wie hast du das gemacht? Danach wollte ich dich immer fragen, habe es aber vergessen.«

»Soviel Zeit ist schon vergangen, Modesta? Laß dich streicheln, soviel Zeit ist vergangen, und es kommt mir wie gestern vor.«

»Wie hast du das bloß gemacht?«

»Frag nicht. Das sind Männerangelegenheiten.«

»Nun sag schon!«

»Ich hab die Luft angehalten!«

»Sicher, die Luft! Da muß ich lachen.«

»Dann lach doch. Du bist wie meine Linuzza! Immer alles wissen wollen, fragen …«

»Sprich den Namen nicht noch einmal aus, sonst schlage ich dir den Schädel ein!«

»Du bist wirklich wie sie! Sie war auf meine Mutter eifersüchtig und du auf eine Tote.«

»Das interessiert mich nicht.«

»Sie ist tot, Modesta.«

»Und wenn sie noch lebte, wäre sie jetzt alt.«

»Auch ich bin alt, und trotzdem begehrst du mich.«

»Willst du damit sagen, daß du sie mehr als mich begehren würdest, wenn sie noch lebte?«

»Ich will gar nichts sagen. Ich kann nicht über Dinge reden, die ich nicht erlebt habe.«

»Die ist jung gestorben, um dich für immer an sich zu binden.«

»Wenn du das sagst, könnte es stimmen, denn du bist eine so schlaue Frau, wie sie es war, und verstehst sie sicher besser als ich.«

»Ich bin deine Goldmine, und nur an mich darfst du denken, jetzt, wo du mich hast.«

»Fühlst du nicht, daß ich dich wie das Gold meines Lebens in den Armen halte?«

Er grub zwischen meinen Schenkeln, und das Gold meiner Jugend kam unter seinen Händen zum Vorschein: Tagsüber, wenn ich allein war und sein Gesicht zwischen den Feldern und in der Sonne sah, und nachts in seinen nach Heu und Tabak duftenden Armen.

»Hast du Tabak gesagt, Modesta? Natürlich, ich rauche ununterbrochen. Mir bleibt nur noch der Tabak.«

»Und ich?«

»Du bist etwas anderes.«

»Was bin ich?«

»Du bist meine Jugend, die mich nicht loslassen will. Die Jugend heftet sich einem an die Fersen! Auch wenn du dir deiner Jahre bewußt bist, ruft sie dich und zwingt dich dazu, sie zu suchen. Die kleinste Kleinigkeit reicht, um dir vorzumachen, du hättest sie gefunden, und du läßt dich willig blenden. Du hast keine andere Wahl.«

»Ich bin jung, nicht wahr, Carmine?«

»Natürlich! Was denn sonst?«

»Manchmal fühle ich mich alt.«

»Genau das ist ein Merkmal der Jugend! Je jünger man ist, desto älter fühlt man sich manchmal. Aber man muß aufpassen, denn sich alt zu fühlen macht manchmal alt. Wie mein Sohn Vincenzo, der gesund und stark aus dem Krieg zurückgekehrt ist und innerhalb eines Jahres alt und traurig geworden ist an der Seite dieses vertrockneten Fräuleins, das nur aus Getue und Ohnmachten besteht.«

»Hört euch diesen Alten an, der seinem Sohn die Schuld gibt! Du hast ihn doch mit der kleinen Modica verheiratet. Alle Modicas sind dürr und traurig, wußtest du das nicht?«

»Aber große Ländereien hat uns diese Modica gebracht. Und er müßte die ihm daraus erwachsene Macht zu schätzen wissen, die Freude und den Stolz, mit dem Geld seiner Frau etwas zu dem beizutragen, was ich selbst, mein Vater und mein Großvater erarbeitet haben. Die neuen Herren sind heute meine Söhne und …«

»Die Tudia nehmen den Platz der alten Herren ein, hört ihn euch an! Und mit der Zeit und weiteren Opfern werdet ihr Tudia auch noch adlig, nicht wahr?«

»Natürlich! Ein Tudia muß stolz darauf sein können, von Sonnenaufgang bis Sonnenuntergang zu reiten, ohne seine Ländereien jemals zu verlassen, und darf sich nicht um Frauengejammer scheren. Er muß reiten und sein Vergnügen außerhalb des Hauses suchen.«

»Ich hasse dich, Carmine!«

»Was ist daran neu? So ist es zwischen uns immer gewesen.«

»Und so wird es immer sein. Warum lachst du, Alter? Was lacht in deinen Augen?«

»Dein Haß, Figghia. Hätte ich doch eine Figghia so wie dich gehabt!«

»Was soll das heißen?«

»Daß du mich haßt, weil du, wie die Fürstin, Gott hab sie selig, verstanden hat …«

»Was hat sie verstanden?«

»Daß Mody genau wie Carmine ist. Daß wir uns wie ein Ei dem anderen gleichen.«

»Ich bin nicht wie du, Carmine! Die Zeiten ändern sich, und ich hoffe, daß deine Söhne, Enkel und die ganze Jugend euch und eure Güter in die Luft jagen!«

»Nun hört sie euch an! Wer hat dir diese Ideen in den Kopf gesetzt, dein Schwager etwa? Oder hast du das in einem Buch gelesen? Und was hättest du davon, Fürstin Brandiforti?«

»Ein herzliches Gelächter, das hätte ich davon.«

»Das sind fremdländische Ideen, Modesta. Noch nie ist etwas Gutes von außerhalb zu uns auf die Insel gekommen. Es wäre sinnvoll, sich mit jemandem zu verschwägern, der angesehen ist und eines Tages ein Freund der Freunde werden kann.«

»Carlo würde sich dazu niemals hergeben.«

»Bei Gott, du klingst wie Mattia! Sich immer für irgendwen ereifern, Picciriddi seid ihr! Du für diesen Sozialisten Carlo und er für Mussolini. Das sind Fremde! Erst heute morgen habe ich Mattia unter Schlägen das schwarze Hemd vom Leib und aus der Seele gerissen! Natürlich muß man ihm Geld geben, denn dieser Mussolini ist der einzige, der für Ordnung sorgt – ein richtiger Crispi, bei Gott! –, aber nicht die Seele … Geschickt hat er sich an die Jugend gewandt und sie gegen die Alten aufgewiegelt. Das war schlau, denn schon immer hat die Jugend schnell Feuer gefangen. Gebt einem Jungen einen Orlando und einen Rinaldo, und laßt sie bei neuen Wörtern und Uniformen träumen, laßt sie glauben, sie seien die Herren, und schon gehen sie, ohne es zu merken, in die Sklaverei.«

»Du hast recht mit dem was du sagst, Carmine, aber Carlo auch. Und seine Wahrheit paßt mir besser.«

»Und wenn schon! Diese Wahrheit sagen sie zu leise, und aus ihrem Mund kommen zu viele verwässerte Wörter. Seit Anbeginn der Welt hat die Jugend Mythen und Heldentaten gebraucht. Deshalb habe ich Angst um Mattia. Er muß zur Vernunft kommen, auf seinen Vorteil bedacht sein und sich nicht einfangen lassen.«

»Dein Mattia, du und alle Alten deines Schlags interessieren mich nicht! Ich weiß, daß Carlo recht hat und du das nicht verstehst.«

»Ich verstehe das sehr gut, ich kann lesen, Modesta, mach mich nicht wütend! Ihre Pläne sind zu hochfahrend, werden aber zu zaghaft vorangetrieben.«

»Nicht in Rußland. Dort sind Köpfe gerollt, Carmine.«

»Rußland ist weit! Und muß weit weg von dieser Insel bleiben. Ich wiederhole meine Frage, Figghia: Was hast du davon?«

»Das habe ich dir doch gesagt, ich will einmal herzlich lachen.«

»Und wie willst du ohne Gold leben? Was hinterläßt du deinem Sohn?«

»Ich hinterlasse meinem Sohn gar nichts. Er wird studieren und arbeiten wie Carlo.«

»Und du?«

»Ich werde auch arbeiten, das habe ich dir doch gesagt, und ich hasse dich!«

»Wen liebst du? Diesen Carlo?«

»Wenn ich muß, werde ich arbeiten. Das verstehst du nicht.«

»Doch, Carmine versteht. Mich wundert nur eines.«

»Was?«

»Wäre es bei all diesen Vorstellungen nicht einfacher gewesen, im Kloster zu bleiben und Nonne zu werden, Figghia.«

»Ich hasse dich, Carmine.«

»So war es immer zwischen uns.«

»Nein, diesmal ist es echter Haß, Carmine, und keine Abhängigkeit mehr von dir, denn ich bin erwachsen geworden und weiß, daß du mein Feind bist.«

»Wer hat dir all das gesagt, dein Mailänder Freund?«

»Ein Mann, der kein Herr ist!«

»Wenn ich richtig verstanden habe, liebst du Carlo, begehrst aber mich. Wie kann das sein, Modesta?«

»Ich liebe Carlo, aber mein Körper will dich. Ich habe gelernt, nicht gegen meinen Körper zu handeln: ihn zu befriedigen, aber ihm nicht meine Seele zu geben, wie du es ausdrückst. Ich befriedige ihn mit deinen Küssen, ich sättige ihn, und wenn er satt ist, werden meine Gedanken frei sein, um dich zu verjagen. Was glaubt du, weshalb ich dich habe zurückkehren lassen? Um für immer deine Goldmine zu sein, wie du vielleicht in deinem Stolz als Herr gedacht hast? Nein! Um das Gespräch zu beenden, das du nach eigenem Gutdünken unterbrochen hast. Um dir das zu nehmen, was mir zusteht, und dich dann gehen zu lassen.«

»Genau das will ich auch. Darum lasse ich mich schlagen und beleidigen. Ich will mich an dir sättigen und satt fortgehen. Ich bin zum Tod verurteilt, Figghia. Vergiß das nicht.«

»Das stimmt nicht! In diesen Monaten habe ich kein Anzeichen dafür gefunden, weder an deinem Körper noch in deinen Gedanken. Das war eine Lüge, um zurückzukehren.«

»Wenn du das glauben willst und es dich beruhigt, von mir aus. Du bist ganz verschwitzt, laß dich küssen.«

»Spiel nicht das Lamm, Carmine, du bist ein Wolf! Nimm, was du kriegen kannst, ohne so zu tun, als würdest du darum bitten. Küß mich, solange mein Körper dich will, denn danach, vielleicht in einem Monat oder in einer Stunde, wird das Urteil vollstreckt, das ich über dich gesprochen habe. Ich bringe dich um, nicht der Sensenmann! Ich bin jung, das hast du selbst gesagt, und werde nie einen Herren dulden!«

»Genau das gefällt mir an dir. Aber mit Männern scherzt man nicht, denn ich kann dich mit einem Kind an mich binden. Und dann müßtest du mindestens ein Jahr lang an mich denken.«

»Deine Rechnung geht nicht auf, Carmine. Glaubst du, daß ich in diesen Monaten so ruhig gewesen wäre, wenn ich nicht einen Ausweg in die Freiheit gehabt hätte?«

»Natürlich, aber das, was du meinst, bringt oft Leid und Tod.«

»Dort wollte ich dich haben! Nicht für den, der Geld hat, Carmine, Geld und Wissen. Hast du mich in der Nacht, in der du zurückgekehrt bist, krank oder häßlich vorgefunden?«

»Schöner und stärker, laß dich küssen.«

»Erst kurz zuvor hatte ich mich in einem kleinen, sauberen Zimmer ohne Schmerzen durch eine einfache Operation von einem Fluch befreit. Und das werde ich wieder tun, falls du vorhaben solltest, mich an dich zu binden. Modesta duldet keinen Herren.«

»Modesta ist schlau und listig. Und Carmine gibt sich geschlagen ... Willst du so auf mir liegen? Bleib auf mir und nimm mich. Carmine ist alt und hat die Weisheit erlangt zu verlieren.«

»Du kannst dir den Luxus erlauben, Lamm zu spielen, wo die Natur dir den Gefallen erwiesen hat, dich als Wolf in die Welt zu setzen.«

Auf ihm, dem Lamm, gebe ich den Rhythmus vor, und gemeinsam mit ihm komme ich. Aber jetzt weiß ich, daß sich hinter meinem Haß Neid verbirgt.

»Man kann viele Dinge lehren: reiten, sich lieben, aber Erfahrungen kann man keinem weitergeben. Jeder muß mit der Zeit seine eigenen machen, sich irren und anhalten, umkehren und von neuem beginnen.«

»Und wie geht das?«

»Wenn man das lehren könnte, wären wir alle gleich!«

»Weißt du, Carmine, manchmal denke ich, daß es schön wäre, alt zur Welt zu kommen und als Kind zu sterben.«

»Was für Ideen du hast! Ich mag, wie du denkst. Natürlich wäre das schön, und es tut gut zu träumen. Aber die Natur sieht es anders vor.«

»Also habe ich gewonnen, Carmine?«

»Ja, das hast du. Man muß rebellieren. Hätte Vincenzo rebelliert, wirklich, meine ich, hätte ich diese Modica nie ins Haus gelassen. Zu meiner Zeit habe ich gegen den Willen meines Vaters gehandelt, als es um eine Frau ging. Und da ich in diesem Punkt standhaft blieb und ihm immer wertvolle Dienste geleistet habe – für vier habe ich gearbeitet und geschossen –, mußte er nachgeben. Mein Vater war ein großer Mann! Man spürte immer, wenn er sich näherte. Und wenn er aus der Tür ging, blieb er unter uns noch lange gegenwärtig.«

»Auch du bist so.«

»Das müssen die anderen spüren und sagen, ich weiß das nicht.«

»Ich habe es dir gesagt.«

»Wenn du das sagst, glaub ich's.«

»Spiel nicht das Lamm, Carmine, sonst steigt mir das Blut in den Kopf und der Zorn packt mich erneut. Jetzt, wo du mir soviel Lust geschenkt hast, will ich dich nicht hassen.«

»Und so hast du dich eines Kindes entledigt, Modesta? Ich frage nicht, von wem der Samen war.«

»Ja.«

»Ohne Schmerzen? Wie ist das möglich?«

»Die Zeiten ändern sich, Carmine, die Wissenschaft entdeckt vieles. Und das zugunsten der Frauen. Mit Hilfe der Ärzte und der Wissenschaft wird sich die Frau bald von vielen Zwängen befreien, die die Natur und die Herren ihr auferlegt haben.«

»Sind das die Worte dieses Arztes, Carlo? Redet der so?«

»Ja.«

»Und deshalb nimmst du dieses schwer auszusprechende Wort in den Mund?«

»Welches Wort?«

»Liebe.«

»Ja.«

»Hat er dir viel beigebracht?«

»Ja, sehr viel, auch Schwimmen.«

»Bring mich nicht zum Lachen, Modesta. Das kann nicht sein, einmal den Kinderschuhen entwachsen, lernt man das nicht mehr. Ich hab's versucht, aber ich war zu alt und fürchtete das Wasser schon.«

»Weil du keinen hattest, der es dir beigebracht hat. Ich habe es gelernt.«

»Teils glaube ich dir und teils nicht, Modesta. Oder willst du mir eins auswischen und mich auf diesen Mann eifersüchtig machen?«

»Den Zweifel kann ich ausräumen, komm mit …«

Trotz meiner Angst will ich es schaffen, ihn zu verblüffen. Ohne Sonne ist das Meer tief und feindselig wie einst geworden. Wenn ich dem vom Mond leuchtend auf diese schwarze Fläche gezeichneten Weg folge, kann ich meine Angst vielleicht überwinden. Vom Ufer folgt mir Carmine mit mißtrauischem Blick, die Hosen bis zu den Schenkeln aufgekrempelt. Schon liebkosen Wellen leicht wie Palmenzweige meine Schultern. Ich fröstele, aber ich will ihn verblüffen, koste es, was es wolle. Niemals könnte ich mich umdrehen und in seine lachenden Wolfsaugen schauen. Obwohl ich zittere, löse ich die Füße vom Sand und schwimme, den Blick nur auf den Weg des Mondes gerichtet, in Richtung Horizont. Weit draußen, damit mein Sieg vollkommen ist, drehe ich mich zum Himmel um und spiele toter Mann. Vielleicht legt sich das Zittern, wenn ich mich entspanne. Mit Augen, die nicht sehen, den Augen einer Toten, starre ich den Mond an, der sich ausdruckslos lächelnd hin und her wiegt …

Jemand ruft vom Ufer her. Das muß er sein. Ich kann nicht antworten. Und wenn ich nicht zurückkehrte? Dreimal hat er gerufen und vielleicht viele Schritte in meine Richtung gemacht, denn als er mich empfängt, schlägt der Mond Wellen gegen das Weiß seines Hemdes.

»Genug, Modesta! Du hast mir Angst gemacht. Dumme Scherze sind das, Figghia! Wieso mußtest du so weit hinausschwimmen? Bei Gott, du hast mir Angst gemacht! Wenn dir nun schlecht geworden wäre? Du bist ganz kalt und zitterst. Machtlos an die Erde gefesselt, hätte ich nur zuschauen können!«

Ins Leben zurückgekehrt, lasse ich mich in seine Arme treiben.

»Gehen wir. Du brauchst das Kleid nicht anzuziehen. Weißt du, was ich mache? Ich wickle dich in Orlandos Decke. Siehst du, selbst Orlando stampft, ich schwöre, daß auch er erschrocken ist.«

»Du und er seid erschrocken ... Ich friere bloß.«

»Natürlich frierst du! Wickle dich nur gut in die Decke ein. Laß mich das machen, genau so.«

»Hast du gesehen, daß ich schwimmen kann?«

»Und ob ich das gesehen habe! Der Schlag hätte mich treffen sollen, als ich dich herausgefordert habe! Du bist gefährlich, Mädchen! Komm, laß dich in die Decke wikkeln.«

»Von mir aus, aber du mußt sagen: ›Modesta kann schwimmen.‹«

»Modesta kann schwimmen, aber jetzt muß sie auch still sein. Und sich von Carmine wie eine brave Picciridda nach Hause bringen lassen.«

Unter der warmen Decke wieder zu mir gekommen und von seinen Armen und dem schweren Schlag seines Herzens gewiegt, will ich nicht schlafen. Ich möchte keinen seiner Schritte versäumen, die von der Nacht verstärkt widerhallen. Im Dickicht der Bäume verlöscht das Mondlicht, und das Dunkel der Palmenzweige senkt sich auf meine Lider, aber ich will nicht schlafen. Mit Mühe hebe ich den Kopf an seinen Hals und greife nach den harten Locken, die unbeweglich in dem leichten, plötzlich aufgekommenen Wind stehen. Um den Schlaf zu verscheuchen, brauche ich nur das unter den dichten Koteletten verborgene Ohr in den Mund zu nehmen und daran zu saugen.

»Sing, Carmine.«

»Ich kann nicht singen, Picciridda.«

»Wie weit sind wir schon gekommen, Carmine?«

»Sehr weit, Modesta.«

»Und wie weit müssen wir noch?«

»Sehr weit.«

»Du mußt nicht sterben, nicht wahr, Carmine? Das war eine Lüge als Vorwand für deine Rückkehr.«

»Kann sein, Modesta. Wer weiß das schon.«

»Mir kannst du es sagen, Carmine, denn ich habe dich erkannt, als du zurückgekehrt bist … Wann bist du zurückgekehrt?«

»Ein Jahrhundert ist's her!«

»Sag mir, daß es nicht stimmt. Mir kannst du es sagen, denn du fühlst, daß ich in diesem Jahrhundert mit dir glücklich gewesen bin.«

»Ich kann dir gar nichts sagen. Aber wenn es dir guttut zu träumen, dann träum und schlaf. Träume und Schlaf sind nahrhafter als Brot.«

»Ich will nicht schlafen.«

»Dann schlaf nicht.«

»Hast du gesehen, daß ich schwimmen kann?«

»Und ob ich das gesehen habe! Aber mach das nicht noch einmal, jedenfalls nicht in meiner Anwesenheit, der ich aus dem Hinterland bin.«

»Du hast wohl Angst bekommen, was?«

»Und ob!«

»Weshalb ist dann dein Herz nicht stehengeblieben? Du antwortest nicht? Ich weiß, warum.«

»Und warum? Warum antworte ich nicht?«

»Weil es nicht stimmt, daß du sterben mußt.«

»Nein, ich antworte nicht, weil ich meine Phantasie zu zügeln versuche. Ich geh nicht gern den trügerischen

Bildern auf den Leim, die die Einbildung mir vorgaukelt.«

»Was soll das heißen?«

»Das soll heißen, daß Carmine die finsteren Winkel der Vorstellung, aus denen die Klinge des Verdachts hervorspringen und dich rücklings treffen kann, nicht gefallen.«

»Ich kann dir nicht folgen, Carmine.«

»Auch ich konnte dir nicht folgen, als ich dich dort weit draußen im Meer gesehen habe. Aber jetzt schlaf. Ich decke dich zu. Morgen komme ich nicht, du brauchst nicht auf mich zu warten.«

»Warum nicht?«

»Weil ich die Wolken von meiner Stirn vertreiben muß, die dich mir entfremden. Jetzt schlaf, und mach dir keine Sorgen.«

»Nein, ich schlafe nicht, bevor du mir nicht sagst, woher dieses Gefühl der Entfremdung kommt.«

»Carmine, Mädchen, ist es nicht gewöhnt, zu fragen und nachzuspüren. Er überläßt das der Polizei. Doch wenn er nicht klarsieht, ändert er seinen Weg ... Laß mich los! Es hat keinen Zweck, mich festzuhalten. Erst Verdacht schüren und mir dann um den Bart gehen, um die Anspielungen wegzuwischen, das ist zu einfach.«

»Nein, es ist noch nicht Morgen, du darfst nicht gehen! Siehst du, ich habe recht, es stimmt nicht, daß du sterben mußt, wenn du mit so viel Kraft deinen Weg weitergehen und mich vergessen kannst, als hättest du noch zehn Jahre vor dir.«

»Ich hab noch nie gehört, daß das Bewußtsein des eigenen Todes feige macht.«

»Verdammter Alter! Dann geh mit deinem Zweifel!«

»Genau das versuche ich, Mädchen! Nimm deine Arme von meinem Hals, ich will dir nicht weh tun.«

»Warum kann ich dich nicht fortjagen?«

»Das weißt du.«

»Wenn du wirklich so genau hinschaust, müßte dir das alles sagen, wie ich mich an dich klammere.«

»Das tut es auch, aber du mußt es mir mit der Stimme bestätigen. Nur so kann ich herausfinden, ob mein Zweifel die trügerische Einbildung eines Geliebten war.«

»Ich habe an dich gedacht, Carmine, als Carlo mich umarmte. Und als er fort war, habe ich mich gestreichelt und deinen Namen gesagt.«

»Öffne die Schenkel, ich will dich dort küssen, wo du dich gestreichelt hast ... Dein Körper ist voller Düfte.«

»Ich muß gehen, Modesta, der Wald beginnt zu zittern, mir bleibt gerade noch Zeit für eine Pfeife.«

»Ich will auch rauchen.«

»Nimm deine eigene Pfeife. Wozu habe ich sie dir sonst mitgebracht?«

»Nein, ich rauche deine und du meine.«

»Zu Befehl, Padroncina.«

»Warum wolltest du mich damals nicht Padrona nennen, Carmine?«

»Weil du ein junges Ding warst, das habe ich dir doch gesagt.«

»Und was bin ich jetzt?«

»Eine starke und gefährliche Frau ... Nun schaut euch das an! So eine kleine Pfeife muß ich rauchen! Gib mir meine zurück!«

»Warum hast du mir eine kleine mitgebracht?«

»Die Pfeife muß Handgröße haben, Modesta. Meine Großmutter hat so eine an Sommerabenden unter dem Jasminbaum vor unserem Haus geraucht.«

»Deine Großmutter hat geraucht? Das erstaunt mich.«

»Ja, sie und ihre Schwestern. Ich weiß nicht, woher sie kamen, als sie, mit Gold und Edelsteinen beladen, zusammen mit ihrem Vater und ihren Brüdern auf unserer Insel landeten. Darüber weiß ich wenig, denn bei uns zu Hause wurde kaum davon gesprochen.«

»Und dann?«

»Dann waren mein Großvater und sein Bruder so schlau, zwei der Mädchen, die goldbeladen wie Madonnen waren, an dieses Land zu binden.«

»Und die anderen, die Männer?«

»Dem wenigen zufolge, was ich in langen Jahren aus meiner Mutter herausgebracht habe, gingen sie ihrer Wege ... Nomaden, Händler ... Diebe, wer weiß das schon? Mein Gott, die Pfeife steht dir wirklich gut! Sag mal, Modesta, warum hast du dieses Wort gebraucht? Liebe ist ein mächtiges Wort, damit geht man vorsichtig um.«

»Um dich zu verletzen, Alter. Und das ist mir gelungen. Mindestens zwei Stunden lang haben dich Zweifel gequält, und du hast meinetwegen gelitten so wie ich, als du mich verlassen hast. Hast du das etwa nicht verstanden? Du bist gar nicht so stark, Carmine.«

»Die Liebe schwächt, man wird wie Glas. Deshalb bin ich auf dem Carmelo vor dir geflohen. Wer ist mir damals bis zu meiner Türschwelle gefolgt?«

»Ich, Carmine. Wärst du zu mir gekommen, wenn ich das nicht getan hätte?«

»Wer kann von Dingen reden, die nicht passiert sind? Aber wie ich mich kenne, nicht, das ist beinahe sicher. Wie oft habe ich den Blick von einem Balkon voller Frangipani abgewandt, wo ich am Tag zuvor zwei feurige Augen angestarrt habe, und bin vor diesem Wort geflohen, das dein Leben schneller als Wein und Spiel zerstören kann.«

»Also liebst du mich.«

»Das habe ich dir doch schon gesagt.«

»Nein! Du mußt es aussprechen: Ich liebe dich, Modesta.«

»Ich sage dieses Wort nicht gern, mach mich nicht wütend.«

»Es hat keinen Zweck, daß du aufstehst, ich lasse dich nicht gehen, bevor du nicht ›ich liebe dich‹ gesagt hast.«

»Wenn du dich so an mich klammerst und mir deinen Lebensatem zwischen die Lippen hauchst, muß ich es dir sagen.«

»Dann sag es.«

»Ich liebe dich, Modesta.«

»Wie oft hast du das in deinem Leben schon gesagt, Carmine?«

»Zweimal vor dir, Figghia, mit dir dreimal. Und ich danke dem Schicksal, daß es mich diesen Mann nicht an deiner Seite hat finden lassen.«

»Ich hatte Angst, du würdest nicht wiederkommen.«

»Warum, Modesta?«

»Gestern nacht hast du es angedroht.«

»Nun schaut euch diese Picciridda an! Jetzt weint sie sogar.«

»Aber du hast es angedroht.«

»Zuerst ja, aber dann haben wir zusammen geraucht, weißt du nicht mehr?«

»Also kommst du immer wieder, nicht wahr, Carmine?«

»Natürlich! Wohin sollte ich sonst gehen? Ich könnte mir vorstellen, sogar als Toter zurückzukehren, um dich anzuschauen. Ich komme aus dem ewigen Schlaf zurück, schaue dich an, bringe Geschenke und passe auf, daß sich keiner zu dir gesellt.«

»Du führst mich nicht mehr in die Irre, alter Fuchs, du stirbst nie.«

»Möglich, alles ist möglich. Wir Menschen wissen nichts ... Wieso umarmst du mich nicht? Das ist nicht gut. Ich habe mich daran gewöhnt. Picciriddi und Tiere muß man immer gleich behandeln, sonst verkümmern sie.«

»Du bist weder Picciriddu noch Tier.«

»Nein, wir alle, auch ich, sind Picciriddi und Tiere. Umarmst du mich?«

»Ich will nicht.«

»Warum nicht?«

»Weil du nicht zurückgekommen bist.«

»Aber ich bin doch hier! Siehst du mich nicht? Oder ist das eine deiner Launen, daß du mit mir streiten willst?«

»Ich will mit dir streiten, weil ich geträumt habe, wie du auf Orlando hier vorbeigekommen bist, den Blick von meinem Fenster abgewandt hast und deiner Wege gegangen bist.«

»Was habe ich mit den Bildern zu tun, die dir deine Phantasie im Schlaf vorgaukelt?«

»Hast du nicht gesagt, daß man vor der Liebe fliehen kann?«

»Ich mag, wie du denkst, Modesta. Aber was du mir gerade gesagt hast, klingt nicht nach dir. Das sind dumme Weibergedanken, nicht die einer starken Frau wie du. Man kann vor allem fliehen, wenn man lernt, das zu erkennen, was einem nur schadet.«

»Und was ist mit dem Schicksal?«

»Mit diesem Wort werden die Armen beruhigt! Das Schicksal kannst du nach Belieben beeinflussen, wenn du stark genug bist.«

»Das denke ich auch.«

»Weshalb redest du dann anders, als du denkst?«

»Damit du mich bestätigst.«

»Teufelsmädchen! Hast mich meinen Atem verschwenden lassen, statt mich zu umarmen!«

»Auch weil mir Zweifel an meiner Art zu denken gekommen sind.«

»Was für Zweifel?«

»Carlo …«

»Sprich den Namen nicht aus!«

»Ich konnte ihn lieben, wenn ich nicht an dich dachte.«

»Was für eine Erkenntnis! Pech für ihn, wenn er es mit mir nicht aufnehmen konnte.«

»Verdammt! Das wollte ich von dir hören. Und was ist, wenn ich nach dir niemanden finde, der es mit dir aufnehmen kann?«

»Pech für dich, wenn du so jemanden nicht mehr zu finden weißt!«

»Und Glück für dich, der mich immer in der Hand halten will?«

»Natürlich! Seit Anbeginn der Welt war das mit kostbaren Dingen so.«

»Wenn du könntest, würdest du mich mit ins Grab nehmen, nicht wahr?«

»Nein, das nicht! Du gefällst mir lebendig. Ein lebloser Körper ist abstoßend, auch für die Toten. Und da heute eine Nacht der Worte ist und nicht der Umarmungen, mußt du mir etwas versprechen. Wenn ich morgen oder übermorgen nacht nicht zurückkehre …«

»Du hast gesagt, daß du immer wiederkommst, lüg nicht.«

»Na gut. Wenn ich in Hunderten von Nächten nicht mehr komme, versprich mir, nicht nach mir zu suchen.«

»Und warum? Hast du vor wegzugehen, wie damals?«

»Nein, wenn ich noch hundert Jahre lebe, komme ich weiter zu dir. Aber wenn du mich nicht wiedersiehst, hat mein Herz, wie die da gesagt haben, aufgehört zu schlagen. Versprich mir, dann nicht nach mir zu suchen. Ich will nicht, daß du mich tot siehst.«

»Warum nicht?«

»Ich möchte dir lebend im Gedächtnis bleiben! Du antwortest nicht? Carmine hat dich nie um etwas gebeten, und zumindest das könntest du ihm zugestehen. Antworte mir, Modesta, dein Schweigen bohrt sich wie ein Dorn in mein Herz, und so kann ich dich nicht küssen. Versprich es Carmine.«

»Ein Versprechen ist ein Versprechen, und wer es nicht hält, trägt einen tödlichen Makel.«

»Versprich es mir, Modesta, wenn du mich liebhast.«

»Ich verspreche es dir, Carmine, und hoffe, ohne Makel zu bleiben.«

52

Als ob seine Lebensgeister nur auf dieses Versprechen gewartet hätten, sah ich ihn nicht wieder. Carmine wollte es so, um meine Phantasie an seinen lebendigen Körper zu fesseln. Und wirklich laufe ich von Sonnenaufgang bis Sonnenuntergang durch die Zimmer, die Treppen hinauf und hinunter und durch den Park und wiederhole innerlich: Er ist tot. Aber bei jedem Schatten und jedem kleinen Geräusch sehe ich ihn lebendig vor mir und höre seine Stimme: »Hätte ich sie wenigstens als Tote gesehen! Dann hätte ich mich damit abfinden können.«

Schon färbt der Sonnenaufgang zur Besiegelung seines Todes die Mauern weiß, aber ich rede mit ihm, der ruhig rauchend vor mir sitzt. »Ein gebrochenes Versprechen ist ein nicht wiedergutzumachendes Vergehen für uns Sizilianer, nicht wahr, Carmine?« – »Ja, Modesta, du hast es geschworen und mußt dein Versprechen halten.«

Auf dem Carmelo liegt Carmine ausgestreckt auf Gaias großem Bett und lächelt mit gesenkten Lidern. Du hast gehofft, dich mit deiner Schande verstecken zu können, aber ich habe dich aufgespürt, Carmine. Wer stirbt, hat unrecht, nur wer lebt, hat recht. Und als Lebende schaue ich dich an, du schöner alter Mann aus Marmor, und dulde weder Gesetze noch Schwüre, noch Urteile …

Kaum ist die hagere Alte, die mich hereingelassen hat, hinter der Tür verschwunden, gehe ich, obwohl mich meine Beine kaum tragen, auf das mächtige Bett zu, um seinen Tod besser sehen zu können. Diese verschwitzte wächserne Stirn ist abstoßend und hat nicht mehr Carmines Farbe. Um meinem jungen Körper vergessen zu helfen, ihm Rechenschaft abzulegen, drücke ich die Lippen auf seine Stirn und seinen Mund. Eisiger, widerlicher Schweiß läuft mir die Schultern herab. Aber ich warte darauf, daß sich Carmines Tod und die Unmöglichkeit seiner Rückkehr tief in mein körperliches Gedächtnis einprägen.

»Eure Anwesenheit ehrt unser Haus sehr, Fürstin. Verzeiht, daß Ihr hier allein habt warten müssen … Nunziata hat vergessen, mich zu benachrichtigen. Sie ist eine alte Frau, und der Tod ihres Herrn hat sie zutiefst erschüttert.«

Zwei hochgewachsene Männer starren mich aus dem Halbdunkel an. »Wir Tudia waren schon immer kräftig gebaut.« Diese langsame, trotz des dialektalen Einschlags kultiviert klingende Stimme ist nicht die von Carmine, aber als ich die Augen hebe, begegne ich dem vor blauer Ironie sprühenden Blick des Alten, den ich bei keinem anderen erwartet hätte. Um meine Verwunderung zu verbergen, drehe ich mich zu dem zweiten, etwas größeren, aber gebeugten Mann um, der seinen dunklen Kopf gesenkt hält und mich nicht länger beachtet, sondern konzentriert und wie erschrocken den reglosen Körper auf dem Bett anstarrt.

»Ich bitte für meinen Bruder um Verzeihung, Fürstin, aber er hat unter dem Unglück zu sehr gelitten.«

Wieder zuckt die blaue Ironie dieser Stimme durch das Halbdunkel und zwingt mich dazu, ihm in die Augen zu sehen. »Keiner kennt sein eigen Fleisch und Blut, Mody.«

Einen Moment lang lese ich in diesen harten Augen, die den Blick nicht einmal andeutungsweise vor meinem senken, wie Eriprando mich in zehn oder fünfzehn Jahren anschauen wird ... Wird er mir fremd werden? Oder hat der Alte gelogen?

»Bist du Mattia?«

»Ich hatte nicht gehofft, daß Euer Durchlaucht mich erkennen.«

»Carmine hat euch immer im Herzen getragen, dich, Mattia, und dich, Vincenzo. So habe ich euch kennengelernt.«

Bei diesen Worten richtet Vincenzo einen Augenblick lang den Blick auf mich, aber Tränen zwingen ihn, den Kopf zu senken.

»Mit Freude stelle ich fest, daß es unbedachte Stimmen waren, die behaupteten, zwischen den Tudia und den Brandiforti flösse böses Blut.«

»Unbedachte Stimmen, Tudia. Carmine war ein Ehrenmann und hat uns Brandiforti unschätzbare Dienste geleistet. Meine Anwesenheit hier bestätigt diese Worte.

Und damit das alle erfahren, gehen wir gemeinsam zur Totenwache.«

Ich sitze zwischen Mattia und Vincenzo an dem ovalen Tisch mit Brot und Salz, Wasser für die Frauen und Rotwein für die Männer unter den von schwarzen Seidentüchern verhüllten Spiegeln und lausche den Erzählungen über Don Carmines Taten, Freuden und Schmerzen, während durch die weit geöffnete Tür bis zum Einbruch der Nacht ohne Unterlaß Männer und Frauen mit Blumen und Obst hereinkommen.

Als es Nacht ist, kann ich mich von denen verabschieden, die bleiben, und gehen.

»Ihr wollt allein nach Hause fahren, sagt Ihr? Das ist zu gefährlich! Erst gestern haben sie zwischen Malpasso und Doria einen Wagen überfallen, und von einer ganzen Familie sind nur ein paar verkohlte Knochen übriggeblieben. Ja, Fürstin, eigentlich müßtet Ihr wissen, daß das hier in der Gegend so üblich ist: erst rauben sie sie aus, und dann verbrennen sie sicherheitshalber alles übrige ...«

»Aber ich habe einen Revolver.«

»Der ist sicher nützlich, wenn Ihr es mit nur einer Person zu tun habt. Aber die sind immer zu mehreren unterwegs, um sich zu amüsieren. Erlaubt mir, darauf zu bestehen, daß Ihr nicht allein zurückfahrt.«

Nach den Stunden feindseligen Schweigens ertrage ich die Gegenwart dieses Jungen keinen Moment länger. Er ist nicht wie Eriprando, oder wenn er so ist, habe ich nicht den Mut, in die Zukunft zu schauen. Unter Aufbietung all meiner Kraft gehe ich auf bleiernen Beinen zum Auto. Aber es ist nichts zu machen. Mit einem schnellen Satz stellt sich mir Eriprandos Stimme, die jetzt gedankenlos und schrill klingt, in den Weg: »Nein, nein, nein,

Mama! Heute geh ich mit meiner lieben Elena weg. Ich will Elena!«

Nichts kann den sturen Willen dieses jungen Carmine beugen. Genauso habe ich ihn in jener Nacht im Traum gesehen. Oder habe ich ihn mit hoch erhobenem Kopf voller vom Licht des Sonnenuntergangs rot gefärbter Locken auf Orlando vorbeijagen sehen?

»Zu Pferd sagt Ihr, Fürstin? Nein, ich habe ein Motorrad. Dort steht mein Tier. Von wegen Orlando! Das dort hat die Kraft von hundert Pferden zusammen!«

Entweder verwirrten mich die Müdigkeit und die eisige Kälte dieses widernatürlichen, in mein Fleisch gebrannten Kusses, oder dieser Junge, der jetzt lachend die glänzenden Flanken seines eisernen Pferdes streichelt, ist kein Feigling, wie du angenommen hast, Carmine.

»Ihr könnt Euch ja kaum auf den Beinen halten, Fürstin, erlaubt mir, Euch zum Auto zu führen.«

Der Griff seiner Hand um meinen Arm rüttelt mich aus den wirren Phantasien, die mich seit Stunden gefangenhalten – seine Finger haben die gleiche trockene Hitze wie die von Carmine.

»Weißt du, Junge, daß du genau wie dein Vater bist?«

Was rede ich da? Ein starkes Zittern schüttelt jetzt seinen Körper, und beinahe verärgert entfernt er sich in der Dunkelheit von mir.

»Was interessiert das jetzt? Ich bringe Euch nur nach Hause, und das war's ... Und außerdem ...«

»Paßt dir die Ähnlichkeit mit Carmine nicht, oder warum ist deine Stimmung umgeschlagen?«

»Die Ähnlichkeit mit Carmine? Wie war Carmine denn? Meiner seligen Mutter zufolge ein Gott! Kann man einem Gott gleichen? Hört zu, Fürstin, Ihr könnt Euch kaum noch auf den Beinen halten, und ich muß

Euch nach Hause bringen. Ich sehe, daß Euch mein Motorrad nicht mißfällt. Es fühlt sich schön an, nicht wahr? Die Haut ist ganz glatt.«

»Warum sollte es mir nicht gefallen?«

»Frauen gefällt es nicht.«

Jetzt fordert er mich genau so heraus wie Eriprando, wenn er um die Wette laufen will. Ich muß seine Herausforderung annehmen, um zu sehen, wie Eriprando einmal sein wird ... und höre mich sagen:

»Warum begleitest du mich nicht auf dem Motorrad? Nach dem Auto schicke ich morgen.«

»Eine Frau auf dem Motorrad? Wo gibt es denn so was? Das ist gefährlich, man muß sich darauf zu halten wissen.«

»Bring es mir bei, so schwer kann es nicht sein.«

»Man muß starke Muskeln haben.«

»Ich kann reiten, keine Sorge.«

»Sicher, sicher. Aber nicht, daß Ihr erst wollt und dann Angst bekommt? Ich kenne euch Frauen ... was für eine Situation! Aber es reizt mich, und wenn auch nur, um später meinen Enkeln davon zu erzählen.«

»Sehr gut. So hast du im Alter etwas zu erzählen.«

»Jetzt scherzt Ihr auch noch! Dort im Haus schient Ihr eine Leiche zu sein. Warum leidet Ihr so unter einem fremden Tod, Fürstin?«

»Lenk nicht ab, Mattia, gib zu, daß du Angst hast, eine Frau auf dem Motorrad mitzunehmen.«

»Mattia hat vor nichts Angst!«

»Das sieht nicht so aus.«

»Ich zeig's Euch, Fürstin. Los, setzt Euch hinter mich, wir werden ja sehen. Und fest an mich drücken, denkt daran, fühlt Ihr, wie der Motor vibriert? Das ist noch gar nichts! Ich will Euch nicht die Böschung hinunterfallen sehen.«

Ich schaute die Straße entlang: Sie schlängelte sich durch eine schreckliche, tiefe, kaum vom Mond befleckte Dunkelheit. Schon zitterten meine von der Anstrengung oder dem Vibrieren dieses Ungeheuers steifen Beine, und beinahe bereute ich und wollte ihn schon rufen, als ein wilder Ruck mir das Herz bis zum Hals schlagen ließ. Mit aller Kraft klammerte ich mich wie eine Ertrinkende an ihn, während eine auf wundersame Weise in schneidende Lava verwandelte Luftlawine meinen Kopf traf und mich schwanken ließ.

»Gut festhalten, um Gottes willen, Fürstin!«

Mattias Stimme erreicht mich wie ein fernes Brausen. Auf hoher See, denke ich, wir sind Opfer eines Unwetters auf hoher See … Was sagt er jetzt? Auch ich schreie, aber meine Stimme bricht sich weit weg, oder ist es mein Herz, das aus mir herausspringt? Endlich fühle ich es sich wiederbeleben, als ob feurige Finger es herausgerissen und mit Gewalt massiert hätten. Und um es lebendig und frei von Trauer zu spüren, richte ich die Augen auf den tiefen Abgrund, zu dem die Nacht vor uns geworden ist … ein Abgrund, der vom Donner der Blech- und Blasinstrumente widerhallt, die plötzlich alle zusammen in nie gehörten metallisch mitreißenden Klängen entfesselt werden.

»Das ist wunderschön, Mattia!«

»Ihr seid furchtlos, Fürstin! Wenn ich mir erlauben darf, Ihr wirkt jetzt wie ein Mädchen.«

»Oh, es ist wunderschön! Laß uns umkehren und die ganze Nacht fahren! Und dann mußt du mir beibringen, selbst zu fahren, nicht wahr? Morgen kommst du wieder und bringst es mir bei!«

»Morgen? Wer weiß, wo wir morgen sind! Aber würdet Ihr es wirklich selbst fahren?«

»Warum nicht?«

»Also stimmt es ...«

»Was?«

»Das, was mein Vater wortlos mit Blicken sagte, wenn Euer Name genannt wurde ... Küß die Hand, Fürstin. Nur eine Frage noch, ohne Euch beleidigen zu wollen. Macht Ihr das mit allen Männern so? Ihr solltet Euch nicht einfach von einem Mann allein begleiten lassen, wenn ich mir erlauben darf.«

»Und du, warum wolltest du Vincenzo nicht dabei haben? Er hatte es angeboten. Was hast du? Weshalb siehst du mich so an?«

»Ich versuche herauszufinden ...«

»Was?«

»Wie gesagt, ich versuche etwas herauszufinden.«

»Du brauchst mich nicht zu bespitzeln, Mattia! Schau mich nicht so an, was willst du wissen? Du antwortest nicht? Ich habe deinem Vater lange gehört.«

»Der alte Wolf! Feiger Carmine! Er hatte dich, und nicht genug damit, daß er Vincenzo ruiniert hat, wollte er auch mir so eine dumme Gans andienen.«

»Aber du hast nicht gehorcht, und das mußte er akzeptieren. Warum schreist du so?«

»Ich schreie, weil ich ihn und dich hasse!«

Schreiend rennt Mattia zu seinem Motorrad und gibt dem Motor, der blitzschnell zu stampfen beginnt, mit einem Tritt die Sporen. Ich sollte hineingehen, das Tor schließen und diesen Jungen seinem Schmerz überlassen. Auch er hat ihn geliebt, wenn er so weinen kann ... Ich sehe ihn weit weg über sein mondweißes Stahlroß gebeugt. Carmine hat nichts verstanden, weder sich selbst noch die anderen, und ich muß in mein eigenes Leben zurückkehren. Aber die auf mich zukommende schwarze

Masse des Waldes atmet so sehr Tod und Einsamkeit, daß in meinem Körper das Eis dieses letzten Kusses wachgerufen wird.

»Warum gehst du nicht hinein?«

»Und du, warum fährst du nicht weg, statt den Motor so zu quälen?«

»Ich habe den Motor ausgemacht. Hörst du nicht, wie still es ist? Jetzt siehst du aus wie eine Leiche …«

»Hör auf zu schreien, Mattia, störe mein Haus nicht!«

»Könnte ich doch dein Haus so stören, wie du meins gestört hast! Ich hasse dich, Fürstin! Warum wolltest du mir mit deinen Worten meinen Vater ausliefern …«

»Du wußtest doch alles, Mattia.«

»Verdacht und Wissen ist zweierlei. Du hast ihn ein zweites Mal umgebracht.«

»Keiner konnte ihn umbringen. Carmine ist gegangen, als es ihm paßte.«

»Sprich den Namen nicht aus!«

»Sei vorsichtig, Mattia, was du für Haß hältst, ist Neid, Neid auf deinen Vater.«

»Was weißt du schon davon?«

»Ich glaubte ebenfalls, ihn zu hassen, und es war bloß Neid. Auch weil ich wütend und neidisch darauf bin, wie er gestorben ist.«

»Du bist keine Frau, sondern ein Lavateufel.«

»Ich bin eine Frau, wenn Carmine mich geliebt hat.«

»Das stimmt nicht! Er hat nur meine Mutter und uns Söhne geliebt.«

»Damals ja. Aber nach dem Tod deiner Mutter hat er jahrelang eine andere Frau geliebt.«

»Das ist nicht wahr!«

»Sie hieß Assunta, falls du das nicht weißt. Eine Tochter, die ihm wie aus dem Gesicht geschnitten ist, läuft in

Acireale herum. Und ein weiterer Sohn von ihm schläft dort oben im Haus.«

»Sei still, oder ich bring dich um und schicke dich zu ihm, den du so begehrst.«

»Komm nicht näher, ich habe eine Pistole in den Händen.«

»Also stimmt es, was er gesagt hat, dich kann nichts erschrecken. Wer bist du?«

»Komm nicht näher! Ich schieß dir ins Bein, Mattia, ich habe dich gewarnt! Geh nach Hause, bis sich der Haß in dir gelegt hat.«

Ich müßte, die Pistole auf ihn gerichtet, drei Schritte zurück machen und das Tor schließen, aber gegen meinen Willen gehe ich auf ihn zu.

»Was erlaubst du dir, Bursche, über mein Leben und das deines Vaters zu urteilen? Wolltest du eine Lüge hören? Du enttäuschst mich. Ich habe geglaubt, mit Carmines Sohn zu sprechen. Statt dessen rede ich mit einem Lazzarolu, der nur nach einfältigen Worten sucht. Mach dich aus dem Staub, und laß dich von den Weibern trösten!«

»Nein! Das mußt du tun.«

»Und wie?«

»Ich habe meine Meinung über dich geändert. Du hast mir gleich die Wahrheit gesagt. Du mußt mich trösten.«

»Niemand kann uns trösten.«

»Laß dich anfassen, so wie er dich angefaßt hat ... Ich will wissen ...«

Plötzlich entzündet seine Hand auf meiner eine vergessene Hitze in meinem eisigen Körper, und ohne die Pistole von sich abzuwenden, flüstert er leise:

»Schieß doch, los, schieß!«

»Hast du ihn so sehr geliebt, Mattia?«

»Mein Leben und das meiner Mutter hat er mit seinen

Befehlen zerstört. Einen Engel von einer Frau habe ich seinetwegen verlassen, aber ich habe an ihn und sein Wort geglaubt.«

»Welches Wort?«

»Daß er sein Leben lang nur uns geliebt hat.«

»Wir lügen alle.«

»Nein! Er nicht! Du hast die Pistole fallen lassen, Fürstin.«

»Dann heb sie doch auf. Heute ist eine Todesnacht, Mattia. Wenn einer stirbt, ruft er die zu sich, die er geliebt hat.«

»Was machst du, gehst du?«

»Ich gehe zu meinem Sohn.«

»Der auch sein Sohn ist.«

»Sein Abbild, mußt du sagen.«

»Das stimmt nicht.«

»Komm morgen bei Tageslicht wieder, dann zeige ich dir meinen jungen Carmine.«

»Warte. Ich glaube dir ... Bevor du hineingehst, sag mir die Wahrheit. Ich muß wissen, ob das Gerede stimmt.«

»Was?«

»Wie ist meine Mutter gestorben?«

»Im Kindbett. Das hat der Alte gesagt.«

»Mir haben sie erzählt, daß sie sich umgebracht hat ... unehrenhaft umgebracht ... mit Rattengift ... und daß sie Carmine und ihre Söhne verflucht hat.«

»Davon weiß ich nichts, Mattia, geh weg! Was du da sagst, ist schrecklich.«

»Schrecklich, nicht wahr? Aber du müßtest wissen, ob diese Dinge stimmen oder nicht, wenn du ihm wirklich gehört hast. Laß mich mit dir hineingehen, ich muß es wissen, koste es, was es wolle.«

»Komm mit, ich habe dich nicht fortgeschickt.«

»Ist er hierhergekommen?«

»Jede Nacht.«

»Warum legst du dich jetzt hin?«

»Ich bin müde, Mattia, ich habe seit gestern nicht mehr geschlafen. Die ganze Nacht habe ich auf ihn gewartet.«

»Sollte er auch gestern nacht kommen?«

»Ja.«

»Und du hast ihn gesucht, als er nicht gekommen ist?«

»Um ihn als Toten zu sehen.«

»Du wußtest davon? Er hat sich dir, einer Fremden, anvertraut! Ich habe den Revolver auf den Tisch gelegt, Fürstin, so wie du lebst, kann er dir nützen. Du antwortest nicht?«

»Ich bin müde, Mattia, und friere. Außerdem ist es sinnlos, mit dir zu reden. Du hast Angst vor der Wahrheit und wirst ausfallend.«

»Wenn meine Mutter nicht so gestorben wäre ...«

»Wer hat das gesagt? Vielleicht ist es eine Lüge.«

»Nein! Die Schwester hat es mir gesagt ... und sie hat auch gesagt ... Oder vielleicht hast du recht, du bist eine Frau und weißt so etwas ... Wie schön du bist, wenn ich dir in die Augen schaue. Oder sind nur deine Augen schön ... Wer bist du? Eine Sphinx. Wie alt bist du? Laß dich streicheln. Ich will es wissen.«

»Wissen?«

»Wie kommt es, daß du mir so sehr gefällst? Du bist voll und heiß ... Vom ersten Moment an hast du mir gefallen ... Deine Haare sind wie aus Seide. Hat er sie gestreichelt? Und hat er mit dir geredet?«

»Später ja.«

»Später wann?«

»Als er wußte, daß er sterben würde. Aber vorher war er immer stumm.«

»Hast du auch unter ihm gelitten?«

»Er ist tot, Mattia.«

»Denkst du an ihn, oder warum schaust du mich nicht an?«

»Er ist tot, Mattia, lassen wir ihn in Frieden ruhen.«

»Habe ich geschlafen, Modesta? Wie konnte das passieren?«

»Du warst übermüdet.«

»Er ist wirklich tot, wenn ich in dir eingeschlafen bin.«

»Ja, aber wir leben noch, mein Sohn. Hast du gespürt, wie lebendig wir sind?«

»Warum nennst du mich so? Und warum weinst du jetzt? Ich ertrage keine Frauentränen. Weinst du um ihn?«

»Auch. Jetzt geht es schon wieder.«

»Und warum faßt du dir an den Bauch und die Brust?«

»Ich versuche herauszufinden, ob ich ein Kind von dir empfangen habe. Für jedes Leben, das verlischt, entsteht ein neues.«

»Und deshalb weinst du?«

»Nein, gern würde ich für einen Tod neues Leben geben.«

»Sprich nicht so unverständlich, sondern streichle mein Haar noch einmal wie eben. Ich habe es im Schlaf gespürt. Noch nie hat mich jemand so gestreichelt.«

»Hat dir niemand die Mutter ersetzt? Deine Tante?«

»Vielleicht wollte sie das, aber sie war hart und kalt wie ihr Bruder.«

»Ach so, sie war Carmines Schwester?«

»Ja, und ihm hörig wie eine Sklavin. Er hat immer gesagt, daß niemand den Platz seiner Braut einnehmen darf, und sonntags nach der Messe nahm er uns mit in ihr Zimmer, das unangetastet geblieben war ... es roch noch nach ihr – sagte er –, und dann öffnete er die Schränke mit all ihren Kleidern. Auf Knien mußten der immer zitternde Vincenzo und ich ihrer gedenken ... was soll ich sagen, es war wie ein Gebet, mindestens fünf Minuten lang, die mir aber wie Jahrhunderte vorkamen. Mir ist, als hätte ich meine ganze Kindheit dort verbracht. Dann habe ich dagegen rebelliert, und wenn ich sah, wie er sich mit Vincenzo in dieses Zimmer einschloß, packte mich der unbezähmbare Wunsch, weit weg zu laufen. Und ich rannte stundenlang über die Felder, bis ich keine Luft mehr bekam. Warum, Modesta, warum?«

»Du hast kräftiges, lockiges Haar wie ...«

»Wie wer?«

»Wie Eriprando, mein Sohn.«

»Ah, so heißt er? Diesen Namen habe ich noch nie gehört, er muß ausländisch sein.«

»Ich weiß nicht, wie mir dieser Sohn mit diesem Namen heranwächst.«

»Macht dir das Sorgen? Auch mein Bruder Vincenzo ist mir manchmal fremd.«

»Dein Vater hat dasselbe über dich gesagt.«

»Er ist wirklich tot, Modesta, wenn ich diese Worte hören kann, ohne daß es mir das Herz bricht.«

»Er ist tot, Mattia. Der Wald beginnt zu zittern. Bald wird es Tag, du mußt gehen.«

»Warum?«

»Hier kannst du nicht bleiben.«

»Hast du einen anderen Mann?«

»Ich habe einen Sohn.«

»Was soll das heißen?«

»Ich will niemanden stören.«

»Du redest wie Carmine: nicht stören! Aber derweil tut man schmutzige Dinge, nicht wahr?«

»Hör auf zu schreien.«

»Sag mir die Wahrheit! Hast du einen anderen Mann?«

»Nein, Mattia, sei vernünftig, wir kennen uns doch gar nicht! Komm morgen wieder. Wir müssen gut darüber nachdenken ...«

»Erst geht sie mit einem Mann ins Bett, und dann sagt sie, daß wir uns nicht kennen!«

»Ich habe dir gesagt, daß du nicht schreien sollst! Diese Anmaßung schadet meinem Haus.«

»Warum gelingt es mir nicht, mich von dir loszureißen? Hattest du vielleicht auch über ihn eine solche Macht? Wieso schaffe ich es nicht zu gehen?«

»Mir geht es genauso, aber wir müssen warten.«

»Heute nacht hast du anders geredet.«

»Es war eine eiskalte Nacht.«

»Je länger ich dich anschaue, um so schöner erscheinst du mir. Darf ich wiederkommen?«

»Nachts kannst du kommen, wann immer du willst.«

»Und wie öffne ich das Tor?«

»Am Schlüsselbund deines Vaters findest du die Schlüssel.«

»Sogar die Schlüssel hast du ihm gegeben!«

»Carmine und ich haben uns geliebt, Bursche.«

»Geliebt? Und wenn er nun vielmehr, wie ich denke, nur zu dir gekommen ist, weil du im Dunkeln allen Männern die Tür öffnest?«

»Deine Reden gefallen mir nicht. Wir zwei verstehen uns nicht. Geh deinen eigenen Weg weiter, und laß mir meinen.«

»Ich spucke auf deinen Weg!« schreit Mattia und springt auf. Sein nackter Körper im Spiegel des Morgengrauens überrascht meine Pupillen. Ich darf diese schönen Gliedmaßen nicht anschauen. In den Bewegungen seines kräftigen Rückens, dem Stamm eines jungen Baumes, erkenne ich eine mir fremde Zukunft. Und obwohl das Verlangen, ihn zu rufen und ihn fest an mich zu drücken, groß ist, schließe ich die Augen: Ich darf nicht zulassen, daß sich sein Bild in meinen Geist einschleicht. Carmine hat recht: Man kann den Blick abwenden und sein eigener Herr bleiben. »Mit dem Wort Liebe muß man vorsichtig umgehen, es ist eine Falle der Natur, die sie mitten im duftendsten Gras auslegt und in die selbst die listigsten Tiere gehen.« Wie viele Hasen und Kaninchen haben wir im Morgengrauen darin gefunden, nicht wahr, Carmine? Wenn wir beim ersten Tageslicht aufwachten und in den Wald liefen, um nachzuschauen. Aber obwohl plötzlich das gleiche Licht ins Zimmer fällt, kommt Carmine nicht unter das Fenster, um Modesta und Beatrice zu rufen, die lernen müssen, das Gewehr in der Hand zu halten wie zwei richtige Männer. »Wie Ihr wollt, Fürstin! Wegen der Padroncina mache ich mir keine Sorgen, aber die junge Fürstin zittert am ganzen Körper und kann nicht ...« Carmine entfernt sich zwischen Bäumen und Himmel ... Oder ist es sein Sohn, der bereits mit langsamen Schritten durch das Tor geht? Hinter dem Fenster verfolge ich diese Schritte, bis das Grün sie verschlingt.

Schon scheinen die ersten Sonnenstrahlen auf meine heitere, wie von einer drückenden Angst befreite Stirn. Monatelang hatte mich diese Last bei jedem kleinen Schatten oder Geräusch zusammenfahren lassen, und jetzt breitet sich eine nie gekannte Ruhe in mir aus. Ich will hinausgehen und unter dieser strahlenden, freudigen Sonne umherlaufen, die mir immer wieder zuruft: Du bist frei. Das Glück, nicht mehr zu warten, nicht mehr von einem fremden Willen abzuhängen. Niemand nimmt mir dieses Glück, Mattia. Am Feldweg sind kleine Blume erblüht, über Nacht? Oder habe ich, von deinem Willen abgelenkt, alter Carmine, die Mühen des Frühlings nicht bemerkt, der an die Erde geklopft hat, um hinauszugelangen?

»Modesta, Mody! O Fürstin, Gott sei Dank seid Ihr wach!«

»Was ist denn, Pietro?«

»Komm herunter, Mody, was für ein Durcheinander!«

»Ist das Kind da, Pietro, oder warum stotterst du vor Rührung?«

»Ja, es ist geboren!«

»An deinem Lächeln erkenne ich, daß es ein Junge ist.«

»Ja, Mody, ein Junge! Zwei Ärzte und der Herr Carlo haben ihn untersucht. Gesund und stark ist er, bei Gott! Mein Herr Fürst hat einen Riesen zustande gebracht. Er ist mit offenen Augen zur Welt gekommen, Mody!«

»Gut, Pietro. Jetzt beruhige dich, ich zieh mich an, und dann brechen wir sofort auf.«

»Ja, Mody, sofort, sofort ...«

Ich befürchtete, daß sich Pietro in seiner Freude getäuscht hatte, aber angesichts dieser von Fräulein Inès in die Welt gesetzten viereinhalb Kilo ging ein stolzes Lächeln über mein Gesicht, die Natur herausgefordert zu haben. Aber das durfte ich nicht zeigen, und mit dem Taschentuch vor dem Mund versuchte ich, das Lachen zu verbergen. Zwei Ärzte und eine Krankenschwester starrten mich ernst an, das Fräulein Inès lag erschöpft im Bett und jammerte:

»Nein, nein! Ich will ihn nicht! O Fürstin, wie schrecklich! Diese Schmerzen! Sagt's denen, Ihr habt doch auch entbunden, ich kann nicht stillen. Diese ganze

Höllennacht lang haben die mich angeschrien: ›Pressen, pressen!‹«

Inès lag dick und schlaff im Bett und starrte mit weit aufgerissenen Augen an die Zimmerdecke, während sie mit mir redete.

»Es war eine schwierige Entbindung, Fürstin. Danach haben wir sie schlafen lassen. Leider hat jetzt die Wirkung des Schlafmittels nachgelassen. Aber Ihr könnt mir glauben, daß sie eben erst erwacht ist.«

»Dann gebt ihr noch mehr Schlafmittel.«

»Aber sie müßte stillen ...«

Bei diesen Worten begann Inès erneut, sich im Bett hin und her zu wälzen und zu schreien:

»Wenn ich das vorher gewußt hätte, hätte ich mich nie darauf eingelassen! Nie mehr, nie mehr!«

Sie hatte einen solchen Schreck bekommen, daß sie es nie wieder versuchen würde; das war besser so.

»Nun laßt sie doch in Ruhe! Seht ihr nicht, daß sie ihn nicht in den Arm nehmen möchte? Schwester, bringt das Kind weg.«

»Wie Ihr wollt, Fürstin. Wir haben auf Euch gewartet, um eine Entscheidung zu treffen ...«

»Ja, ja, laßt sie schlafen, und bringt mir das Kind nach nebenan. Ich muß es in Ruhe sehen. Bei Gott, dieses Zimmer gleicht einem Schlachthof und keiner Klinik.«

Gerade noch rechtzeitig flüchte ich in den kleinen Salon, denn trotz des Taschentuchs kann ich das Lachen nicht mehr zurückhalten.

»Nein, so etwas! Wie kann man sich so gegen den Segen eines Kindes wehren, das der Herrgott einem geschenkt hat?«

»Wir haben Euch nicht nach Eurer Meinung gefragt, Schwester Clara. Zeigt der Fürstin das Kind, und verschont uns mit Euren Kommentaren! O Modesta, endlich sehen wir uns wieder! Aber was soll das Taschentuch vor deinem Mund, geht es dir nicht gut?«

Wütend starrte uns Schwester Clara an.

»Legt es in die Wiege und laßt uns allein.«

»Gott sei Dank hast du sie weggeschickt, Carlo, ich konnte nicht mehr.«

»Was hast du, lachst du?«

»Was sollte ich sonst tun? Ich habe einen solchen Lachkrampf bekommen, ich kann nicht mehr an mich halten.«

»Wie immer unberechenbar, Modesta. Wenn ich dich anschaue, muß ich auch lachen. Wie schön, dich zu sehen!«

»Warum, haben wir uns länger nicht gesehen?«

»Allerdings, Fürstin! Seit Monaten ...«

»Aber wir waren doch ...«

»Ja, mit den anderen ... Ich wollte so gern mit dir reden, wie in alten Zeiten.«

Carlo mit seiner schwarzen Mähne über den wachsamen Augen starrt mich vorwurfsvoll an und drückt mit seinen zarten Händen die meinen. Sein heiterer Blick macht mir bewußt, wie sehr er mir in all diesen Monaten gefehlt hat. Ich bin von einer langen, weiten Reise zurückgekehrt, von der ich nicht berichten kann. Seine Stimme, seine Art zu reden und der Gegensatz zwischen meiner von Leidenschaft durchdrungenen Sprache und seiner klaren und eleganten, die ich zwar liebte, die ich aber mit meinem innersten Empfinden nicht in Einklang zu bringen vermochte, ließen mich den Kampf erahnen, der mir in Zukunft bevorstand. Ob ich es je schaffen würde, diese Gegensätze zu vereinen, die es mir nicht erlaubt hatten, Carlo zu lieben?

»Ob ich es schaffen werde, Carlo?«

»Das ist ganz meine Modesta, deren Miene sich von einer Sekunde auf die andere wandelt und deren Stimmung blitzschnell umschlägt. Ob du was schaffen wirst?«

»Wenn ich doch bloß mit dir reden könnte!«

»Worüber, Modesta?«

»Über unklare Dinge tief in mir drin … Dinge, über die man schwer sprechen kann und die meinen Geist und meine Gefühle gefangenhalten.«

»Man kann über alles reden. Das habe ich von dir gelernt.«

Voller Verzweiflung las ich in seinen Augen, daß mein Bild immer von einem weißen Kreidestrich in zwei Hälften geteilt bleiben würde.

»Was ist, Modesta?«

»Carlo, ich brauche Hilfe.«

»Mit mir kannst du reden, das weißt du.«

»Ich weiß, danke. Nur das wollte ich von dir hören.«

Mit meinen Händen in seinen einen Kreis bildend, verlieh ich ihm Sicherheit und er mir das Bewußtsein, nicht allein zu sein.

»Wer weint da, Carlo?«

»Wie, wer weint da, Modesta? Du bist seltsam. So habe ich dich noch nie gesehen, du bist wie verjüngt, aber weit weg.«

»Er ist gesund, nicht wahr, Carlo?«

»Vollkommen gesund! Komm und sieh ihn dir an, und dann mußt du ihm eine Amme suchen, wenn du ihn behalten willst. Drei haben schon angefragt.«

»Warum weint er?«

»Aber Modesta, er hat Hunger! Du hast doch selbst einen Sohn, hast du alles vergessen? Komm, schau ihn dir an.«

»Ich behalte ihn!«

»Du hast ihn doch noch gar nicht gesehen.«

»Was macht das schon? Es reicht mir, daß du ihn gesehen hast.«

»Nein, da bleibe ich hart. Du mußt ihn dir selbst anschauen und dich vergewissern, daß er normal ist. Er wirkt kräftiger als Eriprando.«

»Der ist auch nicht Ippolitos Sohn.«

»Das hast du mir schon gesagt. Hör mal, Modesta, hast du immer noch vor dem Mongolismus des Vaters Angst?«

»Meine Schwester war ebenfalls mongoloid.«

»Wirklich?«

»Aber das weiß keiner, selbst Beatrice nicht.«

»Und das quält dich?«

»Überhaupt nicht. Ich habe es dir bloß gesagt, weil ich zum ersten Mal in meinem Leben weiß, daß ich mit jemandem über alles reden kann. Und ich bin glücklich darüber, dir eines meiner Geheimnisse anvertraut zu haben, das ich wie so viele andere tief in mir vergraben mußte. Unausgesprochene Dinge verfaulen in uns.«

»Modesta, du rührst mich.«

»Wie leise er weint … Eriprando hat wie ein Besessener geschrien.«

»Aber wenn wir weiter reden, ohne ihm etwas zu essen zu geben, wirst du auch ihn bald schreien hören, komm und schau ihn dir an. Er ist ein Prachtexemplar, als wollte die Natur ihre vorherigen Verbrechen wiedergutmachen.«

In dem Bettchen ruht anstelle dieses konturlosen Häufchens, das Eriprando einst war, ein fein gezeichnetes Gesichtchen mit nachdenklicher Stirn auf dem Kissen.

»Pietro hat recht, seine Augen sind geöffnet! Eriprando hat dafür viele Wochen gebraucht.«

»Ja, aber jetzt gibt es immer häufiger solcher Fälle.«

»Ob er uns erkennt?«

»Ich glaube nicht.«

»Er hat auch ein etwas vorstehendes Kinn ... Er ähnelt ...«

»Wem, Modesta?«

»Jacopo, Beatrices Onkel.«

Bei diesem leise geflüsterten Namen starrten mich die hellen Augen an – eine leichte graue Wolke. Natürlich konnte er nichts sehen, aber in der Gewißheit, daß er mich wiedererkannt hatte, beugte ich mich über das Bettchen und streckte die Arme nach ihm aus.

»Was machst du da?«

»Ich will ihn sofort!«

»Du bist ja närrisch! Erst wolltest du ihn nicht sehen, und jetzt ...«

»Jetzt habe ich ihn gesehen, mich verliebt und nehme ihn mit. Ich stehle ihn und nenne ihn Jacopo. Jacopo! Siehst du nicht, daß er mit dem Blick antwortet? Das ist sein Name.«

»Ihr Frauen seid vielleicht verrückt! Schon verstanden, dann wickle ihn gut ein, und laß uns gehen. Ich bringe dich nach Hause, wo du ihm hoffentlich etwas zu essen gibst.«

»Wegen der Amme brauchst du dir keine Sorgen zu machen. Vor zwei Tagen hat Stella ebenfalls einen Sohn zur Welt gebracht, und ich bin sicher, daß sie Jacopo gefällt. Stella ist die schönste Bäuerin der ganzen Gegend.«

53

Carlo fuhr langsam und achtete auf die Straße wie beim letzten Mal, um Vertiefungen, zu scharfen Kurven, einem plötzlich auftauchenden Hund oder Fahrrad auszuweichen. Er beschleunigte vorsichtig, wenn er einen Wagen, einen beladenen Esel oder eine Schafherde, die die Luft in ein Meer aus Staub verwandelte, überholte. Seit Monaten hatte es nicht mehr geregnet. Aber schon bald würden auf ein unsichtbares Zeichen hin die großen weißen Wolken über den glühenden Dünen mit ihren erfrischenden Tränen das Sommerende beweinen.

Wie beim letzten Mal traf mich ab und zu sein Blick im Rückspiegel und half mir, dieses Leben in den Armen zu halten. Das erste Mal, seit ich auf der Welt war, konnte ich über ein schweres Holzstück reden, das ich hatte schleppen müssen, über eine Hütte in einem Meer aus Schlamm, über ein von meiner Hand gegen eine Tür geschleudertes Feuer ...

»Du hast mir Schwimmen beigebracht, Carlo, und Sprechen, bring mir auch deine Art zu denken bei. Männer wie du sind unsere Zukunft.«

Sein sanfter Blick im Spiegel ist wie ein leichter Kuß auf meine Stirn, aber in seinen Augen erschien kurz eine neue Traurigkeit, wie eine Wolke oder der Regen der letzten Sommertage.

»Macht dich der Gedanke traurig, daß ich nie so werden kann wie du, Carlo?«

»Nein, Modesta, ich bin traurig, weil ich befürchte, daß wir Männer der Zukunft, wie du uns nennst, einige nicht wiedergutzumachende Fehler begangen haben. Ich höre dir zu und wage nicht mehr wie noch vor einem Jahr, von Sicherheiten zu sprechen. Schau mal dort, vor der Herde. Auch hier Ständer wie in Rom mit der Aufschrift: ›Ich pfeif drauf‹. In einem einzigen Jahr dieses anormale Wachstum von Totenköpfen und gekreuzten Knochen überall! Der ehrenwerte Benito Mussolini hat den Ball im Flug gefangen. Seine Partei braucht kein

Programm: ›Erst handeln, dann reden!‹ Die Kohlekrise, säumige Schuldner aus England und, um die Situation zu retten, eine große Anleihe bei den Vereinigten Staaten. Alles nur, um dann zu erpressen: ›Faschistische Revolte – wir dulden kein bolschewistisches Regime!‹«

»Bist du deshalb traurig?«

»Nein, ich mache mir keine Sorgen, sie werden es nicht schaffen ... Ich bin traurig über unsere Fehler in der Vergangenheit und habe ein wenig Angst vor all dem Vertrauen, das du in mich setzt. Ändere dich lieber nicht, ahme die Männer nicht nach. Ich habe die unbestimmte Ahnung, daß in Beatrice und dir eine neue Kraft liegt.«

»Früher hast du mich unmoralisch genannt, und ich ...«

»Früher habe ich nichts verstanden ... Warum fängst du wieder an zu lachen, Modesta?«

»Ich lache, weil dieser Jacopo eine unglaubliche Kraft hat. Er ist wirklich gesund! Wir werden mit ihm nicht solche Probleme haben wie mit Eriprando.«

»Welche Probleme, Modesta?«

»Er wollte sich nicht stillen lassen.«

»Und darüber mußt du lachen?«

»Ich wünschte, diese Fahrt ginge nie zu Ende, Carlo! Es ist schön, von dir begleitet zu werden. Beatrice hat mir gesagt, daß ihr oft am Fuß des Ätna spazierengeht.«

»Ja.«

»Auch deshalb ist sie so kräftig und fröhlich geworden. Stützt sie sich auf deinen Arm, wenn ihr spazierengeht?«

»Natürlich.«

»Ich beneide sie, Carlo.«

»Und ich beneide dich darum, ›ich beneide sie‹ sagen zu können. Ändere dich bloß nie, Modesta! Mach uns nicht nach!«

»Warum ist sie nicht gekommen?«

»Als ob du sie nicht kennen würdest! Jetzt, wo du sie losgeworden bist, stellst du solche Fragen, schäm dich!«

»Es amüsiert mich, aus deinem Munde zu hören, was ich längst weiß. Sie ist deine Frau, und du mußt dich um sie kümmern. Sie hat es dir nicht leicht gemacht, oder?«

»Allerdings! Monatelang wollte sie nicht einmal daran denken, daß eine Plebejerin wie diese Inès ihr einen Neffen zur Welt bringt.«

»Mir ist, als hörte ich sie reden!«

»Dann, mehr aus Angst vor dir, konnte man wenigstens darüber sprechen. Aber gekommen ist sie nicht. Da war nichts zu machen. ›Ich in eine Klinik, wie eine gemeine Bürgerliche? Niemals!‹«

»Und wo ist sie jetzt?«

»Bei dir zu Hause, hat dir das Pietro nicht gesagt? Der Ärmste! Sie hat ihn böse davongejagt, als er die Nachricht überbracht hat. ›Nur um Modesta nicht zu beleidigen, mache ich ihr meine Aufwartung. Aber nie im Leben schaue ich mir diesen Bastard an!‹«

»O Carlo, wie gut du sie nachahmst! Ich komme um vor Lachen, mach das noch einmal, bitte!«

»Nie im Leben, Modesta, nie darfst du mich darum bitten, sie nachzuahmen, nie! Puh, nie!«

Vor dem Tor

Pietro geht mit einer für seinen riesigen Körper unglaublichen Schnelligkeit auf und ab und trocknet sich von Zeit zu Zeit den verschwitzten Schädel unter Fräulein Elenas verstörtem Blick, die unbeweglich und stumm dasteht und mühsam ein ungewohntes Zittern der Lippen und der Hände zu beherrschen versucht.

»O Fürstin, Gott sei Dank seid Ihr hier! Ich kann nicht mehr! Vergebt mir, aber diese Spannung ertrage ich einfach nicht! Schaut ihn Euch an, er hat Euch nicht einmal bemerkt. Er ist außer sich und furchterregend!«

»Was ist denn, Pietro, was ist los?«

»Mody, Beatrice hat mich erneut weggejagt! Das ist ein Zeichen, daß sie ihn wirklich nicht will! Sie will das Kind meines Herrn Fürsten nicht!«

»Wer ist der Herr hier im Haus, Pietro?«

»Ihr, Fürstin.«

»Dann beruhige dich. Hier wird das gemacht, was ich sage.«

»Ja, ja, Mody, aber lieblos, wenn Beatrice ihn nicht will, ohne Liebe! Und das hat es im Hause Brandiforti noch nie gegeben!«

»Was redet er denn da, Fürstin? Seit einer Stunde grollt er. Ich möchte darauf hinweisen, daß diese Spannung Eriprando schadet. Gerade noch rechtzeitig habe ich ihn mit Nunzio zum Spielen an den Strand geschickt ...«

»Genau das sagt Pietro mit anderen Worten auch, Elena.«

»Aber er hat doch damit angefangen, Quecksilber anzuschreien.«

»Warum denn Quecksilber?«

»Das will ich dir erklären, Mody: Die vom Festland versteht gar nichts! Quecksilber ist es, die, statt das Feuer zu löschen und Beatrice zu beruhigen, sie noch anstachelt. Das ist ungerecht! Herrgott im Himmel, sie und Beatrice sind ungerecht! Beatrice, nun gut! Aber warum muß die da noch Öl ins Feuer gießen?«

»Und wir überlisten dieses Feuer, keine Sorge, Pietro, beruhige dich! ... Nimm du Jacopo, er ist schwer. Siehst du nicht, daß ich ihn auf dem Arm habe? Da, bring ihn zu Stella, sonst stirbt er uns vor Hunger.«

»Aber ich weiß gar nicht, wie man ihn hält! Und wenn

er mir nun herunterfällt und kaputtgeht? Fräulein Elena, nehmt Ihr ihn ...«

»Nun geh, Pietro, mach kein Theater!«

»Verzeiht, Fürstin, und auch Ihr, Fräulein Elena, aber ich war außer mir, weil ich schon beschlossen hatte, meinen Abschied zu nehmen, wenn keine Gerechtigkeit waltet. Und von meiner Mody und meiner Beatrice wegzugehen wäre ein furchtbarer Schritt für Pietro.«

»Wie du siehst, mußt du diesen Schritt nicht tun, aber jetzt geh!«

»Oh, er weint, Mody! Nicht, daß ich ihm weh getan habe?«

»Nein, Pietro, ich habe dir doch gesagt, daß er weint, weil er Hunger hat.«

Im Salon

Im Halbdunkel des Salons stand Beatrice mit Quecksilber und erwartete mich. Die zugezogenen Vorhänge erzeugten wieder das Licht und die Gefühle von einst.

»Aus diesem Haus ist eine Kaserne geworden, Modesta! Aufgezogene Vorhänge, die Möbel nicht gepflegt, kein Blumenstrauß! Mir gefällt dieses Fräulein Elena nicht, sie sieht aus wie ein Polizist. Ich habe mir erlaubt, ihr das mitzuteilen, und erlaube mir, es dir ebenfalls zu sagen.«

»Daran hat das Fräulein Elena keine Schuld, Beatrice. Ich habe angeordnet, die Vorhänge aufzuziehen.«

»Wie, sie hat daran keine Schuld? Ich hatte mich so auf sie verlassen! Ist sie nun eine Frau oder nicht? Du mußt wie Carlo an so vieles denken, und deshalb ist es die Aufgabe von uns Frauen, uns um euer Wohl und um alles im Haus zu kümmern.«

»Wenn dich das so sehr bedrückt, Beatrice, dann reden wir darüber.«

»Natürlich bedrückt mich das! Ich mußte meinem Gatten folgen und fühle mich schuldig, wenn ich all das hier sehe.«

Unter Carlos erschrockenem Blick stürzte ich zu ihr, um sie aufzufangen. Im sanften Halbdunkel von einst weint sie, an mich geklammert. Und wie einst umschließen meine Arme ihre zarte Taille.

»O Modesta, halt mich fest! Du bist nicht böse auf mich, oder? Ich bin so gemein! Ich habe dich allein gelassen. Und auch zu Pietro bin ich gemein gewesen. Ich habe seinen haßerfüllten Blick gesehen. Noch nie hat er mich so angeschaut, und er hat recht damit, ich war ungerecht. Und auch du bist gemein, Quecksilber, geh weg, ich will dich nicht mehr sehen!«

»Geh, Quecksilber, laß uns allein.«

»Genau, jag sie fort, sie ist gemein. Statt mich zu beruhigen. Auch zu Carmine war ich gemein. Wie schrecklich, Modesta, jetzt ist er tot! Ich wußte nicht, daß er sterben würde.«

»Das konnte keiner wissen, Beatrice.«

»Ich hätte zu ihm gehen müssen, zumindest dieses letzte Mal.«

»Ich bin auch für dich dort gewesen.«

»Ja, du bist wirklich ein guter Mensch. Du bist dort gewesen ... Ich, ich hatte Angst ... Und dieser, dieser ... ist geboren? Du hast ihn doch nicht etwa genommen, oder, Modesta? Sag mir, daß du ihn nicht zu dir genommen hast.«

»Ich habe ihn nehmen müssen. Ich war gezwungen, es zu tun.«

»Gezwungen, du? Das ist wohl ein Scherz, wer kann dich zu etwas zwingen?«

»Onkel Jacopo.«

»Wie das?«

»Er ist zurückgekehrt, aber nicht wie damals im Traum. In Fleisch und Blut, klein, mit genau demselben Blick. Er ist wiedergeboren worden.«

»Woher weißt du das?«

»Ich habe ihn angeschaut. Und ich wette, wenn du ihn siehst, erkennst du ihn auch wieder.«

»Gehen wir zu ihm, ich kann es kaum glauben! Wo ist er? Wo? Ich will ihn sehen!«

Im Zimmer mit Stella

»Du hast recht, Modesta, er ist ihm wie aus dem Gesicht geschnitten, nur die Augenfarbe ist anders. Das kannst du nicht wissen. Onkel Jacopo hatte blaue Augen, während dieser Jacopo die grauen Augen von Großmutter Gaia hat. Gibst du ihn mir, Stella, jetzt, wo er gestillt ist? Wie groß er ist! Hast du auch genug Milch für zwei?«

»Fürstin, dieser Picciriddu bewirkt Wunder! Schaut her, mir platzt fast der Busen!«

»Und sieh dir seine Händchen an, Modesta: ganz lang mit ovalen Nägeln! Jacopos Hände, Modesta. Was für ein Glück, daß du ihn gleich erkannt hat! Und du, Quecksilber, hör auf zu weinen, und bitte Pietro um Verzeihung. Du bist an allem schuld! Aber das weiß man ja, daß ihr vom Festland gar nichts versteht! Wie glücklich Großmutter Gaia über diese Rückkehr sein wird. Du kannst dir nicht vorstellen, wie lieb sie Onkel Jacopo hatte. Auch wenn sie sich immer gestritten haben.«

Quecksilber und Pietro diskutierten in einer Ecke, oder besser gesagt, Pietro duckte sich unter dem Wortschwall, der aus Quecksilber hervorbrach.

»Nun, habt ihr zwei Frieden geschlossen? Modesta, die beiden streiten so sehr, daß ich mir beinahe vorstellen könnte, sie verliebten sich noch ineinander. Was für ein Paar! Jetzt tut es mir nur noch um das Carmelo leid, denn wir könnten Onkel Jacopos Zimmer wiederherrichten, wie es sich die Großmutter immer gewünscht hat, und nicht nur das ... Und wenn wir jetzt nach Carmines Tod die Villa zurückkauften, Modesta, was meinst du? Denk daran, wie glücklich die Großmutter darüber wäre! Eriprando in dem Zimmer oben und Jacopo in seinem eigenen. Und wenn Gott will! ... Komm her, ist dir nichts aufgefallen? Leg deine Hand auf meinen Bauch. Spürst du nichts?«

»Seit wann, Beatrice?«

»Das Blut kommt schon seit zwei Monaten nicht mehr.«

»Weiß Carlo es?«

»Nein. Wie es die Tradition verlangt, mußt du es als erste erfahren. Leg die Hände auf meinen Bauch, und segne dieses Geschöpf.«

»Ich segne dich, Beatrice.«

»Wenn Gott mir doch einen Sohn schenkte! Ignazio muß zurückkehren. Ignazio war schön, der schönste von allen!«

»Ignazio wird zurückkehren, Beatrice, aber die Villa auf Carmelo muß im Besitz der Tudia bleiben.«

»Warum, Modesta?«

»Weil wir den toten Carmine nicht beleidigen dürfen, und das weißt du auch.«

»Ich weiß. Carmine muß auch im Tod respektiert werden.«

54

»Fürstin, dieser Picciriddu weint nie. Wie seltsam. Er macht die Augen auf, trinkt seine Milch und schläft friedlich wieder ein. Schaut ihn Euch an! Ich weiß mir nicht zu helfen: Jacopo kommt mir wie ein Erwachsener vor … Ich sollte das nicht sagen, aber in nur drei Monaten ist er mir mehr zum Sohn geworden als dieser Nimmersatt 'Ntoni.«

»Aber dein 'Ntoni ist ein schöner Junge, Stella!«

»Ja, schön ist er, Fürstin! Aber launisch und stur! Ganz der Vater. Ich fühle, daß er mir genauso viele Sorgen machen wird.«

»Das muß nicht sein, Stella, wenn du ihn anders zu erziehen verstehst.«

»Meint Ihr etwa, daß man das Schicksal verändern kann, Fürstin?«

»Man kann alles verändern, Stella.«

»Und es regnet immer noch nicht! Dieser Sommer will einfach kein Ende nehmen! Mein Vater erzählte mir, daß vor dreißig Jahren Schwüle und Hitze bis Allerseelen dauerten. ›Das ist ein schlechtes Zeichen!‹ sagte er. ›Die Toten haben Durst.‹ Und in jenem Jahr geschah ein großes Unglück. Wenn doch das Wasser herabfiele, um die Seelen reinzuwaschen … Die Männer scheinen verrückt geworden zu sein und laufen hier auf der Insel und auf dem Festland diesen schwarz gekleideten Burschen nach. Nur Unglück kann man vom Festland erwarten!«

»Machst du dir Sorgen um deine Brüder, Stella?«

»Wenn es nur das wäre! Aber diese Faschisten haben mit ihrem Geschwätz auch meinen Melo betört, der ihnen nach Rom gefolgt ist. Ich darf gar nicht daran denken. Nicht direkt nach Rom, sondern in die Nähe, in ein Dorf namens Tivoli.«

»Melo? Ich dachte, der sei nach Amerika gegangen?«

»Genau. Aber zuerst ist er nach Rom gefahren ... dort oben regnet es, hat er mir geschrieben ... und dann will er sich in Neapel einschiffen. Wenn es hier wenigstens auch regnen würde!«

»Es wird regnen, Stella. Und mach dir um die Männer keine Sorgen. Auch Beatrices Mann mußte nach Rom. Melo und Carlo kommen wieder, keine Angst. Willst du, daß deine Milch sauer wird?«

»Ihr habt recht. Wir Frauen dürfen uns nicht zu viele Sorgen um sie machen. Wer versteht die schon mit ihrem Hinundhergerenne? Und Stella ist eine Frau und beruhigt sich wieder, sie weiß, daß sie nur ihre Pflicht tun muß.«

»Gute Nacht, Stella.«

»Euch auch, mögt Ihr gut schlafen.«

Stella lächelt, und ihr Gesicht scheint zu leuchten. Noch einen letzten Blick in das große, im Halbdunkel liegende Zimmer und auf die beiden Bettchen in der Ecke, in denen Jacopo und 'Ntoni nebeneinander schlafen, und Modesta kann, wie jeden Abend, in die Stille ihres Zimmers zurückkehren. Auf dem Tisch blitzt zwischen den Büchern eine kleine weiße Pfeife hervor, die sie stopft. Dann setzt sie sich rauchend ans Fenster, den Blick auf den Himmel gerichtet. »Der Rauch bündelt die schönen Gedanken des Tages und verjagt die unheilvollen wie der Klang des *marranzanu*.« Carmines Stimme entströmt der Pfeife gemeinsam mit dem Rauch, ohne Modesta zu erschrecken. Die Sanftheit dieser Stimme war das Zeichen des Todesurteils, das sie vergeblich in seiner Brust und seinen Augen gesucht hatte. Und vielleicht, denkt Modesta, ist auch dieser Frieden, der mich seit Monaten erfüllt, ein Zeichen dafür, daß der Sensenmann meine Reise bald unterbrechen will ... Ein ferner Blitz, gefolgt von dumpfem Donnergrollen, zerreißt das Bollwerk der Hitze und schüttelt die Bäume. Diese stummen, auf der Leinwand der Nacht entfesselten Donnerschläge und Blitze bilden verschlungene Arabesken und Feuerräder wie das Feuerwerk zu Pfingsten, das Eriprando so fasziniert. Wie er von diesem phantasievollen Kunstwerk abgelenkt, höre ich beinahe nicht, daß sich leise hinter meinem Rücken die Tür öffnet. Da ist er! ... Kann jemand, der dir wie in einem Alptraum erschienen ist, plötzlich leibhaftig vor dir stehen? Oder habe ich wieder angefangen zu träumen? Mattia steht mir im Dunkeln gegenüber, ich sehe ihn nicht, erkenne aber sein Schweigen ... ein finsteres Schweigen wie das eines Hundes oder eines feindseligen Tieres. Oder ist es der Atem der Jugend? Jetzt kommt er auf mich zu, und auch ich muß zu dem Tisch gehen, der uns trennt, um mit einer Hand nach der Pistole zu greifen, während ich mit der anderen das Licht anschalte.

»Was willst du hier, du Wahnsinniger? Wie bist du hereingekommen? Fort von mir, Mattia! Einen Schritt weiter, und ich jage dir eine Kugel in den Kopf!«

»Ich komme nicht näher. Ich wollte dir bloß die Schlüssel zurückbringen. Hier, es waren drei Stück. Ich habe sie vom Schlüsselbund meines Vater abgenommen. Hier sind sie, Fürstin, Tor-, Haustür- und Zimmerschlüssel.«

»Hättest du sie mir nicht schicken oder tagsüber kommen können?«

»So ist Mattia nun einmal! Er mag Überraschungen. Und außerdem hatte ich noch eine Hoffnung.«

»Was für eine Hoffnung, du Verrückter?«

»Daß du gelogen hast. Wir Tudia sind sehr eifersüchtig

auf unsere Erinnerungen, beinahe noch eifersüchtiger auf die an die Toten als an die Lebenden. Aber kein Zweifel darf diese Erinnerung trüben, und du hast mich zweifeln lassen. Deshalb wollte ich mit meinen eigenen Händen an den Schlössern seinem Weg folgen, um Gewißheit zu haben. Du hast die Wahrheit gesagt, und Carmine hat seine Söhne immer belogen.«

»Laß die Toten ruhen und vergiß es. Modesta hat alles vergessen.«

»Sehr gut! Erst kommt sie wie eine Wahnsinnige in anderer Leute Haus. Sät mit ihren Andeutungen ein Gewirr von Zweifeln, und dann vergißt sie es! Warum bist du auf den Carmelo gekommen? Um uns Carmine zu stehlen? Warum hast du ihn geküßt?«

»Ich habe mir das genommen, was dein Vater mir schuldig war.«

»Hast du ihn so sehr geliebt? Du antwortest nicht? Liebst du ihn immer noch? Ich habe dich Tag für Tag aus der Ferne beobachtet und bin dir gefolgt. Du hast keine Männer, wie ich geglaubt habe. Du bist allein und denkst an ihn.«

»Modesta hat ihn vergessen.«

»Hast du mich auch vergessen?«

»Ja, das habe ich. Geh! Was willst du von mir?«

»Ich will dich.«

»Es gibt viele Frauen, Mattia.«

»Das habe ich ja versucht, aber aus ihren Augen schauen mich immer nur deine an. Sieh mich an, und leg die Pistole weg.«

Auf dem Tisch schimmern im Lichtkreis der Lampe drei Schlüssel nebeneinander – je einer zum Tor, zur Haustür und zu meinem Zimmer – und flüstern meinem Geist eine klare Botschaft ein, von einem in der Nacht ohne zu zögern eingeschlagenen Weg. Nunzio ist immer auf seinem Posten. Lupo und Selassié wachen.

»Die Hunde, sagst du? Mattia kennt sich mit Hunden und Wächtern aus! Nur mit dir nicht, glaub mir, Mody – so nannte er dich doch, oder?«

»Woher weißt du das?«

»Ich weiß es … und glaub mir, ich habe versucht, diese eisige Nacht, wie du sie genannt hast, zu vergessen, aber je mehr ich mich bemüht habe, um so kälter wurde mir und um so mehr habe ich deinen heißen Körper gesucht.«

Wie unter Hypnose erträgt meine kalte Hand diese heiße, bittende Stimme nicht länger und legt die Pistole auf die Schlüssel.

»Du bist noch schöner, als ich dich in Erinnerung hatte! Ich habe dich verstanden – ich habe zuviel verlangt.«

»Du wirst es nicht schaffen, Mattia. Du bist zu jung und wirst bald wieder mit der Fragerei anfangen und die Ruhe dieses Hauses stören.«

»Stell mich auf die Probe!«

Seine Hand auf meiner im Lichtschein durchbricht die Welle des Friedens, die seit Monaten meine Sinne wiegt. In der Hitze dieser Hand liegt Gefahr. Ich schaue ihm fest in die Augen.

»Ich verliere mich in deinen Augen, jag mich nicht weg … In deinem Blick liegt etwas wie ein Wind, der mich fortträgt.«

In diesem weizenblonden Blick lauert Gefahr. Der Wind seiner Augen treibt mich zu ihm, und auch wenn mein Körper bewegungslos widersteht, dreht sich meine Hand, um seine zu berühren. Im Lichtschein verliert sich meine Hand in seiner, und ich schließe die Augen. Er hebt mich hoch, und die vertrauten Bewegungen verzaubern wieder meine Sinne und erwecken Nerven und Adern zu neuer Lust. Ich hatte mich nicht getäuscht, der Sensenmann beobachtet mich aus der Ferne, aber nur, um mich auf die Probe zu stellen. Ich muß die Gefahr akzeptieren, wenn nur sie die Macht hat, meinen Sinnen neues Leben einzuhauchen, aber ruhig und ohne kindliches Zittern. Und als er, in seinem jugendlichen Körper geblendet, in mich einzudringen versucht, halte ich ihn sanft zurück.

»Was ist, Modesta?«

»Wenn du ein Mann bist, Mattia, und kein windiges Bürschchen, dann kennst du deine Pflicht.«

»Du hast recht, Modesta. Aber ich habe dich so begehrt! Preß wenigstens die Schenkel zusammen und laß mich kommen.«

Ich drücke fest die Schenkel zusammen, und er kommt. Ich fange seinen Samen in meinen Händen auf, streiche ihn mir über Bauch und Busen und komme ebenfalls. Er riecht genauso wie der von Carmine, derselbe bittersalzige Geruch nach sonnengereiftem Leben. Der Sensenmann wartet lächelnd. Er will nur die Trauer mitnehmen und diesen inzwischen abgestorbenen Teil von mir, den ich abstoßen muß. Damit mir das gelingt, muß ich meine Jugend annehmen, diesen Jungen mit den festen, nicht von Wind und Regen gegerbten Wangen. Ohne zu zögern greife ich nach meiner Jugend in diesem frischen, anmaßenden Körper.

»Darf ich wiederkommen?«

»Ja, Mattia, so gefällst du mir.«

»Du gefällst mir! Was sind das für Worte … Du sollst mich lieben!«

»Still, Mattia, mach nicht alles kaputt.«

Langsam hängt er die drei Schlüssel an sein Bund, schaut mich an und läßt sich anschauen. Ich könnte glücklich sein, ihn immer nur anzuschauen, bei Sonnenaufgang, bei Sonnenuntergang und nachts, wenn ich seinen Körper, der so jung ist wie meiner, in den Armen halte.

»Kann ich zurückkommen?«

»Meine Schlüssel sind wieder an deinem Bund, was fragst du noch?«

»Also hast du nicht geschlafen?«

»Nein, ich habe dich angeschaut.«

»Aber du hattest die Augen geschlossen.«

»Ich habe dich trotzdem gesehen, du bist schön, so nackt.«

»Sag so etwas nicht, sonst bekomme ich wieder Lust.«

»Morgen, Mattia, jetzt mußt du gehen.«

»Stellst du mich auf die Probe?«

»Das wolltest du doch.«

»Mir zittern die Hände vor Verlangen nach dir. Aber ich bestehe die Probe.«

»Hoffen wir es, Mattia.«

»Du wirst sehen!«

Inzwischen war klar, daß ein Teil von mir immer ihnen gehören würde und dieser Sprache voll tiefer Leidenschaft, die Stellas Stimme manchmal rein und warm erklingen ließ und sie manchmal wie das dunkle Meer vor dem Sturm verfinsterte:

»Fürstin, bekümmert es Euch nicht, wenn Eriprando mich Mama nennt? Ich habe alles versucht, um ihm das auszutreiben, aber Prando ist noch sturer als 'Ntoni, falls das überhaupt möglich ist.«

»Und weshalb sollte mich das bekümmern, Stella? Laß ihn. Was ist dabei, wenn er dich als Mutter gewählt hat? Prando, wie viele Mamas hast du?«

»Zwei und zwei Tanten.«

»Nun hört euch das an! Und wer ist die zweite Tante?«

»Meine liebe Elena.«

»Hast du auch Geschwister?«

»Nein.«

»Und der dich da anschaut? Ist das nicht dein Bruder, Jacopo?«

»Das ist deiner!«

»'Ntoni ist meiner ... Aber Jacopo?«

»Nein!«

»Laß ihn, Stella, er schläft ja fast. Laß ihn im Schlaf allein seinen Weg suchen. Und sag mir, Stella, ich sehe, daß du unruhig bist, macht dir dein Vater Sorgen?«

»Er kann sich nicht damit abfinden, daß es mir hier besser geht als zu Hause. Aber Melo ist's, der mir Sorgen macht. Warum ist er noch nicht zurück, und wieso schreibt er nicht? Der Herr Carlo ist schon lang aus Rom wieder da.«

»Aber Melo sollte doch von Rom aus nach Amerika fahren. Er wird sich eingeschifft haben.«

»Ohne eine Zeile zu schicken? In Rom hat's Tote und Verwundete gegeben, ich habe davon gehört. Ich kann die Zeitung nicht lesen, aber gehört habe ich davon. Der Herr Carlo ist abgemagert und traurig zurückgekehrt.«

»Aber Carlo steht auf der anderen Seite, Stella, und ist verbittert über den Erfolg von Mussolinis Ideen.«

»Was will der bloß, daß er unsere Männer auseinanderbringt? Melo ist mein Mann, und ich sollte das nicht sagen, aber er hat einen aufbrausenden Charakter, und ich trau ihm nicht. Wenn der Herr Carlo wirklich auf der anderen Seite steht, dann muß er recht haben, denn er ist ein guter Mann. Könnte er doch mit Melo reden, wenn der wiederkommt!«

»Machst du dir darum Gedanken?«

»Ja, wenn der Herr Carlo ihn bloß zur Vernunft brächte!«

»Sobald Melo wieder da ist, lassen wir ihn mit Carlo reden, Stella.«

»Ich ertrage dieses männliche Herumgerenne nicht mehr! Wieso mußte er nach Rom rennen und dann in das noch weiter entfernte Amerika?«

»Wegen des Erbes, Stella.«

»Und wieso war das nötig? Wir sind nicht arm. Fern vom eigenen Fleisch und Blut ist man wirklich verloren.«

»Er kommt doch wieder, Stella.«

»Euer Durchlaucht trösten mich wie die Engelstränen, die Gott uns endlich vom Himmel geschickt hat. Es ist paradiesisch frisch, und Jacopo schwitzt nicht mehr, der arme Picciriddu!«

Stella mit ihrem von der Sorge ein wenig umwölkten Gesicht, Stella mit ihren langen Augen: zwei Risse aus poliertem Stahl, zwei Sterne, die auch im Getöse des Gewitters lachen. Der Regen schlägt mal wütend, mal leicht gegen die Mauern des Hauses. Die Flure und die Treppen gleiten langsam unter meinen Schritten dahin. Ein paar Augenblicke, um über den Tag nachzudenken, über Prandos Entwicklung in den wenigen Wochen – Jacopos Ankunft hat ihn mit einemmal groß werden lassen –, und schon öffnet Mattia vorsichtig mit einem Lächeln die Tür. Er lächelt jetzt immer.

»Ich habe dich gar nicht gehört, Mattia, wie bist du gekommen?«

»Auf Orlando. Ich hatte das Motorrad satt! Mein Vater hatte recht: dieser ganze Lärm stört das Ohr und macht es unmöglich, die Schritte deines Feindes zu hören. So wirst du zur leichten Beute für deine Hasser. Bereits in den letzten drei Tagen hat mich Orlando vor einer Falle bewahrt!«

»Wer war es?«

»Dieselben, die es vorher auf Carmine abgesehen hatten. Jetzt bin ich der Herr und muß vorsichtig sein. Das Leben ändert sich, wenn der Vater stirbt. Mattia ist innerhalb weniger Stunden alt geworden, allein muß er seine Wurzeln wieder in die Erde pflanzen, und du mußt mir dabei helfen, Modesta, du mußt es mich lehren!«

»Was willst du wissen, ob du deinem Vater das Wasser reichen kannst?«

»Du hast mich verstanden.«

»Carmine hat dir nicht getraut.«

»Und du?«

»Ich spüre Carmines Kraft in dir, aber seine Zweifel zu vergessen will mir nicht gelingen.«

»Wenn man bedenkt, daß ich selbst diese Zweifel gesät habe!«

»Aber warum?«

»Was weiß ich! Als ob ich mir Geltung verschaffen wollte. Damit er wenigstens an mir zweifelte und um diese gebieterische Sicherheit zu erschüttern, die er allen gegenüber hatte. Und jetzt, wo er tot ist, wer konnte das ahnen, fühle ich, wie diese Zweifel auf mich zurückfallen. Nur du kannst mir jetzt helfen, und vielleicht nicht einmal du. Ich habe sonst niemanden.«

»Und Vincenzo?«

»Vincenzo! Wenn Carmine bloß noch lebte, um seinen Augapfel jetzt zu sehen! Das Lamm von einst hat sich in einen Rasenden verwandelt.«

»Wie konnte das passieren?«

»Offensichtlich ist er Carmine nur aus Furcht gefolgt. Seit er tot ist, flucht Vincenzo den lieben langen Tag seinem Andenken. Am Tag der Beerdigung hat er angefangen zu trinken. Und jetzt ist er von zu Hause weggegangen. Ich friere, Modesta.«

»Umarme mich, damit ich dich wärmen kann. Aber was hast du, Mattia?«

»Schau mich nicht an. Ich kann diese Tränen nicht zurückhalten, ich bin kein Mann, Modesta, schau mich nicht an.«

Zum ersten Mal habe ich Mitleid mit seiner Jugend und mit meiner, aber nur einen Moment lang, denn sofort erkenne ich die Falle, die diese Zärtlichkeit verbirgt. »Die Jugend ist listiger als das Alter und weiß jedes Mittel zu nutzen.« Nur einen Moment lang, und schon nutzt er sie aus.

»Sag mir, daß du mich liebst, Modesta.«

»Ruhig, Mattia.«

»Sag's mir!«

»Du bittest mich um ein Wort, mit dem man vorsichtig umgehen muß.«

»Aber ich liebe dich.«

»Du brauchst mich.«

»Ist das keine Liebe?«

»Das wird die Zeit erweisen, Mattia.«

»Du machst mich verrückt, Modesta! Ich bin deiner nicht würdig, sag's schon!«

»Ich habe zwei Söhne und einen Mann, Mattia, vergiß das nicht.«

»Einen Mann! Dieses Tier! Ein Wort reicht, und ich befreie dich von diesem Kreuz.«

»Was willst du damit sagen?«

»Ich bringe ihn für dich um, und dann heiraten wir!«

»Wage es ja nicht!«

»Durch diese Heirat bekämst du deine Ländereien zurück, und mit dir an meiner Seite könnte ich allen trotzen. Heirate mich, ich habe dir in diesen Monaten genug Beweise meiner Liebe gegeben.«

Das stimmte, aber meine Zukunft lag nicht in seiner Jugend, und Ländereien wollte ich nicht. Man heiratet nur aus Notwendigkeit ... Seine Beweise waren lediglich zarte Seidenfäden, mit denen er mich später um so fester binden konnte. Das spürte ich im festen Griff seiner Hände, die mir ungewollt beinahe die Handgelenke brachen. Nicht das Gleichgewicht verlieren, Modesta, hör nicht auf diese heißen Hände, schau ihm in die Augen, wo sich in seinem Blick aus Ginsterhonig bereits ein düsteres Gefängnis abzeichnet. Und um diesem meine Sinne nährenden Honig zu entkommen, suchte ich Zuflucht bei Carlo:

»... kaum zu glauben, Carlo, als ich dich kennengelernt habe, dachte ich wirklich, alle jungen Männer seien so wie du. Wie naiv! Ich habe meine Zukunft zwischen lauter Carlos gesehen, mit denen ich reden, wachsen und ins Bett gehen würde.«

»Einige gibt es, Jose zum Beispiel. Er und seine Partnerin sind anders. In Mailand waren sie unser Vorbild, sozusagen unser Stolz, wir habe sie bewundert. Gerade heute hat er mir einen kurzen Brief geschrieben, in dem er mich halb im Spaß und halb im Ernst einen Verräter nennt wegen meines Puccini-Traums von der Ehe: *Un bel dì vedremo ...* Er sagt auch, daß ihm von den beiden typisch italienischen Übeln D'Annunzio immer noch lieber ist.«

»Jose, Jose! Das ist ja wie ein Kehrreim! Und die anderen? Warum erzählst du mir nicht von den anderen Genossen? Sind die etwa alle so wie dieser Pasquale, der dir überallhin folgt, und du willst es mir bloß nicht sagen?«

»Pasquale ist ein guter Genosse, Modesta. Laß uns realistisch bleiben: Wir sind auf Sizilien!«

»Hast du ihn zu Hause mit seiner Frau gesehen? Hast du gesehen, wie er mit ihr umgeht? Aber was sage ich da? Er geht gar nicht mit ihr um. In den wenigen Augenblicken, in denen die arme Elisa auftaucht, scheint sie durchsichtig zu sein!«

»Ja, das stimmt, darauf hast du mich aufmerksam gemacht ...«

»Warum verfinstert sich deine Miene, Carlo?«

»Weil ich zugeben muß, daß ich das nicht bemerkt habe, bevor ich dich kennenlernte ... Wenn ich mich zurückerinnere, muß ich dir recht geben und zugeben, daß es auch in Mailand so war, nur ist es mir damals nicht aufgefallen. Es gab viel wichtigere Dinge zu bedenken.«

»Du glaubst also, daß mein Problem damit zu persönlich ist? Sag mir die Wahrheit.«

»Nein. Nur daß es auch jetzt wichtigere Dinge gibt, mit denen man sich beschäftigen muß.«

»Da hast du recht.«

»Was du willst, kommt später. Wenn anstelle von De Amicis' *Herz* Bebels Bücher stehen, wenn im Kalender, wie Maria sagt, statt der Heiligennamen die Namen von Madame Curie und Pasteur zu lesen sein werden ...«

»Und wenn das nicht passiert, Carlo?«

»Dann werden wir weiter unseren Garten bestellen, wie Voltaire sagt, und darauf warten, daß der Samen aufgeht. Schau nur, was für ein Sonnenuntergang, Modesta! Laß uns spazierengehen, bevor die göttliche Beatrice, gefolgt von ihrer Magd – weißt du, daß Quecksilber richtig hübsch geworden ist? –, aus den Küchen kommt und uns mit wohlschmeckenden Speisen überschüttet. Sie lernt gerade kochen. Sie sagt, daß sie selbst für das Kind kochen will. Auch meine Mutter, erinnere ich mich …«

»Es ist Wind aufgekommen, Carlo, laß uns rennen! Ich mag den Wind, dort oben bei den Nonnen hat er nie geweht, alles war regungslos wie in zähflüssiges graues Wasser getaucht. Vielleicht waren wir bloß leblose Fische in einem Aquarium.«

»Da kommt die Dichterin zum Vorschein, die unter der rauhen Hülle der Göre aus dem Hinterland schlummert. Und auch dein Gesicht verändert sich, wie machst du das nur?«

»Carmine hat immer gesagt, daß ich ihn an einen Cantastorie erinnere, und Tuzzu auch, glaube ich … Die Erinnerungen verblassen, Carlo, das ist schrecklich!«

»Ist denn ein Cantastorie kein Dichter?«

»Sobald ich die Universität beendet habe, schreibe ich nur noch Gedichte und laufe draußen herum, um allen Wind zu trinken, der bewegt, belebt und anregt – wie schön doch die Worte sind, Carlo! –, ja, genau: der diese Insel schwängert und sie sich immer wieder neu gebären läßt – außer den Anwälten, den Notaren und den Professoren.«

»Wie geht es denn an der Universität?«

»Wenn ich ehrlich sein soll, Carlo, ist es schrecklich: Alle starren mich an wie ein Zirkuspferd.«

»Auch die Professoren?«

»Die besonders! Es irritiert sie so sehr, ein weibliches Wesen in diesen heiligen Hallen zu sehen, daß sie mich kaum abfragen. Alles, was ich sage, ist ihnen recht. Das Examen wird mir nicht schwerfallen.«

»Du hast mir alles über dich erzählt … Aber warum willst du diesen Magister um jeden Preis?«

»Das war einer meiner Träume im Kloster, und man

sollte Kindheitsträume in Ehren halten. Wenn es ein ›danach‹ gibt, werde ich unterrichten, wie in der Türkei. Atatürk hat die Lehrer aufs Land geschickt.«

»Mich hat unterrichten immer gelangweilt.«

»Mit Kindern ist es anders! Wenn du wüßtest, wieviel Spaß mir der Unterricht mit Eriprando macht! Ich kann kaum erwarten, nach Hause zu gehen und ihm für morgen eine wunderschöne Geschichte niederzuschreiben, die ich mir ausgedacht habe.«

»Worum geht es diesmal?«

»Um die abenteuerliche Reise einer Eidechse durch die Wüste einer Mauer.«

55

»So spät liest du noch, Modesta?«

»Ich habe dich nicht gehört, Mattia.«

»Machst du deine Abrechnungen?«

»Nein, ich habe geschrieben.«

»Und umarmst mich nicht?«

»Du sturer Bengel, wie soll ich dich umarmen, wenn du mich von hinten festhältst?«

»Du bist kalt.«

»Nein, ich habe nur gerade nachgedacht ...«

»Bist du etwa wütend, weil ich eine Woche lang nicht gekommen bin?«

»Warum sollte ich? So war es doch in diesen Monaten immer.«

»Ich begehre dich sehr.«

»Aber ich habe meine Tage.«

»Das macht nichts. Das Blut ist ganz natürlich. Außerdem kann ich, wenn du keine Schmerzen hast, ohne

›Handschuh‹ in dich eindringen, das ist schöner ... Wie bist du eigentlich darauf gekommen, das so zu nennen?«

Den Namen des alten Carmine durfte ich nicht aussprechen, das war sein Ausdruck dafür gewesen, aber an diesem Namen hätte sich ein großer Streit entzündet.

»Keine Ahnung! Hast du viele Frauen gehabt, Mattia?«

»Eigentlich nur eine als Soldat, und die hat mir viele Dinge beigebracht! Vorher war ich ein zimperlicher Picciriddu ... Dann verschob sich die Front, und ich mußte sie zurücklassen, der Krieg bewegt sich nur langsam, doch er löscht alles aus, verwüstet alles: Häuser, Felder und Gefühle.«

»Wie ist der Krieg, Mattia?«

»Ekelerregend! Was habe ich für Blut gesehen! Ekelerregend, aber manchmal auch erhebend. Gemeinsam aus dem Schützengraben zu steigen und anzugreifen ist eine rauschhafte Erregung und eine große Herausforderung an dich selbst und die gesamte Natur. Dann folgt die große Ruhe des Schützengrabens, des Schlamms und des Staubes, eine Schläfrigkeit, die den Drang zu handeln nährt. Während des Wartens glaubst du dich auszuruhen, die Stille zu genießen, aber wenn sie zu schießen beginnen, verstehst du blitzartig, daß du nur darauf gewartet hast, daß du nach Schreien und Granateneinschlägen gelechzt hast. Ja, der Krieg ist auch schön! Manchmal kommt mir mein Leben wie das Warten in einem schlammigen Schützengraben vor. Aber nicht in deiner Nähe, Modesta. Wie alt bist du? Jetzt siehst du wie ein Mädchen aus, oder bist du eine Hexe? Hexe, Lavateufelin, warum willst du mich nicht?«

»Wieso sollte ich dich nicht wollen? Du bist in mir, Mattia, ich halte dich in meinen Armen.«

»Dein Körper will mich, aber dein Geist? Wohin wandert dein Geist? Was sucht er?«

»Du weißt, was ich suche.«

»Ja, natürlich! Alles Ausreden! Die Freiheit, die Unfreiheit! Du liebst mich einfach nicht!«

»Im Gegenteil, ich liebe dich, du sturer Bengel.«

»Nachts! Aber ich will dich immer.«

»Du kannst kommen, wann du willst, das habe ich dir doch gesagt.«

»Ja, zum Tee wie ein Fremder.«

»Warum Fremder? Als Freund.«

»Zwischen Mann und Frau kann es keine Freundschaft geben. Auch das macht mich verrückt.«

»Fang nicht wieder mit Carlo an, Mattia!«

»Wenn es nur Carlo wäre! Was will dieser Pasquale hier? Und dieses Wesen, halb Mann, halb Frau, das allein ausgeht und dich zur Universität begleitet. Was will die von dir? O Modesta, umarme mich, manchmal glaube ich, ich werde verrückt!«

»Drück mich nicht so, laß mich los, du tust mir weh!«

»Siehst du, daß du mich haßt? Warum bist du jetzt so kalt?«

»Ich habe dir das oft genug gesagt, Mattia. Wenn du so bist, vergeht mir die Lust.«

»Ich verschwinde lieber, sonst bring ich dich um! Von wegen Lust! Ich bring dich um, ich schwör's, dich und all deine Freunde. Ich verschwinde. Du sagst nichts, verräterische Teufelin? Früher bist du wenigstens wütend geworden ...«

Die Lust verging mir beim Klang dieser schneidenden Stimme. Und mit jedem Monat hoffte ich mehr darauf, ihn nicht auftauchen zu sehen, hatte aber nicht die Kraft, diesen jungen, festen Körper mit seiner glatten Haut nicht zu umarmen.

»… Immer im Wasser plantschen, was, Modesta? Mir gefällt dein dunkler Körper, das hätte ich nie gedacht. Vorher mochte ich helle Haut, aber jetzt kommen mir diese Körper im Vergleich zu deinem fade vor. Geh mit mir fort von hier, in den Norden, wo die Sonne sanft und das Wasser mild ist. Mir gefällt das Meer um Capri und Ischia. Bist du je dort gewesen? Laß uns eine vorgezogene Hochzeitsreise dorthin machen und dann heiraten … Wo warst du letzte Nacht? Ich habe zwei Stunden auf dich gewartet.«

»Ich habe dir einen Zettel hingelegt.«

»Den habe ich nicht gesehen.«

»Weil du sicher nicht genau hingeschaut hast, er lag auf dem Schreibtisch.«

»Ich hasse deinen Schreibtisch mit den ganzen Büchern. Wenn du weg bist, kommt mir hier alles feindselig vor. Wo warst du? Bei Prando? Hatte er seine Launen wie das letzte Mal?«

»Ich war in Catania bei Beatrice, die entbunden hat. Wir waren besorgt, Beatrice hat schmale Hüften, und es war eine schwierige Geburt. Ich konnte sie nicht allein lassen.«

»Ach so! Aber es ist alles gut gegangen, wenn du so lächelst.«

»Ja, sie muß jedoch im Bett bleiben und Ruhe halten.«

»Und was ist es, ein Junge oder ein Mädchen?«

»Ein zartes, wunderschönes Mädchen, merkwürdig, es sieht aus wie eine Frau in Miniatur.«

»Schade! Ich kann mir vorstellen, daß dein Schwager …«

»Warum schade? Ich habe doch gesagt, daß sie zwar zart, aber gesund ist.«

»Das meine ich nicht. Man sagt, wenn als erstes ein Mädchen geboren wird, kommen zwei oder drei weitere hinterher. Und um einen Sohn zu bekommen, muß man sich abmühen. Aber was hast du, Modesta? Warum zitterst du?«

Ich zitterte wegen dieses Satzes, der gerade über seine verächtlichen Lippen gekommen war. Ich versuche diese unsinnige Verachtung zu begreifen, die ich vorher im Kampf ums Überleben unterschätzt oder, genauer gesagt, als etwas Natürliches akzeptiert hatte wie den Ätna, das Meer und die Jahreszeiten. Aber jetzt kann ich den Impuls blinden Hasses gegen diesen Mann nicht zurückhalten, der mich bestürzt ansieht und wiederholt:

»Was hast du denn, Modesta? Was habe ich gesagt? Was habe ich getan?«

»Geh bitte, mir ist nicht gut. Komm morgen tagsüber wieder, dann kann ich es dir vielleicht erklären.«

»Ist Beatrice in Gefahr?«

»Das ist es nicht, Mattia, ich bin verwirrt. Ich bitte dich, geh, ich muß allein sein.«

»Na gut. Das kommt daher, daß du zuviel studierst, Modesta, du bist müde ... Schon gut, ich geh ja schon, wenn du mich bloß nicht so anschaust. Inzwischen kenne ich meine Fürstin. Modesta, morgen fahre ich für eine Woche nach Modica, ich habe dort etwas zu erledigen, aber sobald ich wieder da bin, sehen wir uns ... Freust du dich nicht, daß ich dir von meinen Vorhaben erzähle? Das sollte dir gefallen ...«

Ich will ihn nicht hassen. Wie kann ich ihn, Carmine, Tuzzu und selbst Mimmo hassen, wo ich erst gestern mit eigenen Augen Zeuge geworden bin, wie die Geburt eines Mädchens sogar von der Mutter aufgenommen wird? Mattia küßt mich sanft und entfernt sich lautlos in seinem kräftigen, festen Körper eines selbstsicheren Mannes. Ich sehe ihn nicht mehr, meine Aufmerksamkeit ist inzwischen auf das verzweifelte Gesicht der weinenden Beatrice gerichtet.

»Aber Beatrice, was macht das für einen Unterschied? Ich verstehe dich nicht, sie ist schön, es ist ein Leben, und ... und außerdem ist sie wie wir, Beatrice! Bitte weine doch nicht so!«

»Du hast gut reden, du hast sofort einen Jungen bekommen!«

»Das ist doch dasselbe, Beatrice! Ich hatte damals ...«

»Lügnerin! Das sagst du bloß, um mich zu trösten. Lügnerin!«

Ich will sie nicht hassen, aber dieses »Lügnerin«, das mich seit Tagen verfolgt, zwingt mich zurück in die Vergangenheit, wo ich unter Schmerzen all die Sätze von Madre Leonora, Gaia und meiner Mutter ausgrabe, die ich lieber zusammen mit ihren toten Körpern begraben hätte. Aber man begräbt niemanden, bevor man seine Worte nicht ganz genau verstanden hat. Und was haben sie gesagt? Daß die Frau ebensosehr ein Feind der Frau ist wie der Mann.

»Kann Eure Durchlaucht nicht schlafen, oder warum kommt Ihr uns besuchen? Schau mal, Prando, die Mama. Erst hast du nach ihr gefragt, und jetzt, wo sie hier ist, versteckst du dich. Was ist, wieso antwortest du nicht? Es ist kein Wort aus ihm herauszubekommen, wenn er einmal beschlossen hat zu schweigen. Er hat so schön geschlafen, aber dann ist er aufgewacht. Möchtet Ihr einen Kaffee?«

»Du sollst mich Modesta nennen, Stella.«

»Das habe ich ja versucht, aber es will mir einfach nicht

über die Lippen … Nun schaut ihn Euch an. So ist es immer mit Mutter und Sohn. Verborgene Wurzeln verbinden sie miteinander, so soll es ja auch mit Zwillingen sein, sagt man. Wer hat dich geweckt, Prando?«

»Weiß nicht.«

»Und Euch? Mich hat eine Vorahnung geweckt oder dieser verrückte Mond, der Wahnsinnige, Witwen und ruhelose Seelen ruft. Wenn er so scheint, gefällt er mir nicht. Dieses Jahr bringt große Veränderungen! Erst Trockenheit, dann Wasser in Strömen, das die Felder wegreißt. Und jetzt dieses eisige Licht, das die Nacht zum Tag macht! Was hast du, Prando, wieso ziehst du so an mir? Willst du auf meinen Arm?«

»Nein, auf Modestas Arm!«

»Und das sagst du mir? Geh zu ihr, worauf wartest du?«

»Jetzt nicht mehr. Jetzt geh ich ins Bett zurück und komm später wieder.«

»Wie geht es Beatrice? Hat sie sich erholt?«

»Sehr gut, Stella.«

»Und die Kleine?«

»Auch der geht es gut, hoffen wir wenigstens.«

»Wie haben sie sie genannt? Ihr habt es mir schon gesagt, aber ich habe es wieder vergessen. Ich will Prando von seiner Cousine erzählen … Ida, sagt Ihr? Was für ein schöner Name! Also hieß die Mutter des Herrn Carlo so?«

»Ja, Stella, aber er nennt sie schon jetzt Bambolina, so wie du meinen Sohn Prando nennst.«

»Das tu ich nur, weil mir Eriprando zu lang und zu hart vorkommt. Vielleicht sollte ich das nicht?«

»Nein, das war gut so. Merkst du nicht, wie er sofort davon Besitz ergriffen hat?«

»Prando heiß ich. Und Eriprando. Ich hab zwei Namen!«

»Und jetzt hast du auch eine kleine Cousine, Prando.«

»Ein Mädchen, so wie du?«

»Ja.«

»Und wie die Mama?«

»Ja.«

»Warum nimmst du Jacopo immer auf den Arm? Leg ihn weg!«

»Weil er klein ist. Er kann noch nicht allein stehen wie du.«

»Also bin ich stärker?«

»Natürlich, und tüchtiger.«

»Was ist tüchtig?«

»Groß wie ein Mann, stark und gut.«

»Und Jacopo ist nicht tüchtig?«

»Nein, er ist noch klein und schwach.«

»Darf ich ihn anfassen?«

Von Stella gewonnen, streichelte Eriprando Jacopo.

»Wie machst du das, Stella, woher kennst du das Geheimnis, wie man mit diesen Bengeln redet?«

»Ich habe sechs Brüder gehabt und lasse mich von ihrem windigen Geprotze und den Wörtern aus Rauch, die einem wie Feuer vorkommen, nicht irreführen.«

»Warum sagst du ›gehabt‹, Stella? Soweit ich weiß, leben sie noch.«

»Ja, sie leben, aber Feindschaft trennt sie. Solange meine Mutter noch bei uns war, hat sie sie besänftigt, und wir haben miteinander geredet. Dann geschah das, was sie drei Tage vor ihrem Tod vorrausgesagt hat. Das war keine Prophezeiung, sondern Lebensweisheit. Sie sagte mir: ›Liebe sie, Stella, auch wenn Stolz und Geldgier sie trennen. Zwinge dich dazu. Wir Frauen dürfen uns von ihrem Geschrei und ihren Streitereien nicht beirren lassen. Mit der Zeit, wenn sich der Streit gelegt hat, werden sie zurückkehren. Und dann ist es an uns, sie aufzunehmen und die Wunden verheilen zu lassen.‹ Sie war eine weise Frau! Ich habe einiges von ihr gelernt, aber so gut wie sie bin ich nicht. Nur bei den Jungen schaffe ich es, auf ihre Stimme zu hören, die mir den Weg weist, aber bei Pietro, Rinaldo, Melo und meinem Vater packt mich Verdruß. Ich sollte das nicht sagen, aber jetzt, wo Melo diese Briefe schreibt, die Ihr mir vorlest, ist er mir fremd, und es tut mir leid, nicht mit der Geduld meiner Mutter auf ihn warten zu können.«

»Das waren andere Zeiten, Stella! Alles ändert sich!«

»Euer Durchlaucht finden immer die richtigen Worte für mich. Alles verändert sich jetzt mit jedem neuen Tag. Als ich klein war, war es vom Dorf bis nach Catania eine weite Reise, jetzt ist man in wenigen Stunden dort.«

»Aber diese Veränderungen bringen auch Vorteile, Stella.«

»Vorteile? Für die da, für deren männlichen Wahn. Aber für uns? ... Prando ist eingeschlafen. Er will immer hier bei mir sein! Nicht, daß das Fräulein Elena beleidigt ist? Das täte mir leid. Ich will sie nicht verärgern. Sie weiß so viel! Und sie hat meinem 'Ntoni versprochen, ihn wie Prando zu unterrichten, der noch klein ist, aber schon spricht wie ein Großer. Ist Elena auch sicher nicht beleidigt?«

56

Draußen am Tor bellen die Hunde – das kann nicht Mattia sein. Selassié und Lupo kennen seinen Geruch. Vielleicht hat der Vollmond, der wie besessen über den

Baumwipfeln tanzt, die Hunde geweckt? Hinter dem Zaun tragen zwei Männer einen Sack durch die Dunkelheit.

Nunzio: »Was ist hier los? Fürstin, bleibt zurück! Wer seid Ihr?«

Pasquale: »Beruhige die Hunde, Nunzio, ich bin's, Pasquale!«

Sie ziehen einen Sack hinter sich her, ein leeres Kleid oder eine Holzpuppe? Ich wage weder hinzuschauen noch zu fragen. Ich folge nur der Spur der Füße, verworrene Zeichen auf dem Rasen. Ich will diese schwarzen Schuhe nicht wiedererkennen und gehe vor.

Pasquale: »Schnell, Nunzio, lauf zum Arzt! Tragen wir ihn hoch in Beatrices Zimmer.«

Stella mit einem schwarzen Schal über dem Nachthemd und Elena in ihrem hellen Flanellmorgenrock schauen uns stumm an. Vor der untersten Stufe sagt Pasquale:

»Vorsichtig, Jose, greif ihm unter die Arme, damit ich ihn hochnehmen kann ... Ja, genau so! Halt den Kopf fest, er darf nicht erschüttert werden. Ja – so, ganz vorsichtig.«

Ich will ihn nicht sehen, aber auf der Treppe gibt es keine Bäume, die den Mond verdecken, und ich muß das blutüberströmte, geschwollene Gesicht von Carlo, der mich mit glänzenden Augen anstarrt und zu lächeln scheint, einfach anschauen. Er lächelt jetzt wirklich auf Beatrices rosafarbenem Kopfkissen: himmelblaue oder zartgrüne Decken und seidene Kopfkissen, die gleichen wie in ihrem Mädchenzimmer auf dem Carmelo. Auch hier muß ihr Zimmer unverändert bleiben. Die Tradition leichter, hartnäckiger Spitze breitet sich vor meinen Augen aus. Ich hätte Cavallinas Bedingungen nicht akzeptieren dürfen. Um dieses bonbonfarbene, übelkeitserregende Rosa nicht sehen zu müssen, schließe ich die Augen.

Der Arzt geht im Zimmer hin und her. Er schwitzt, nimmt in regelmäßigen Abständen die Brille ab und putzt sie mit einem weißen Taschentuch, das vielleicht aus Leinen ist. Wie heißt er? Ach ja, Licata: Genosse Antonio Licata aus Messina, deshalb duzt er mich ... Worauf warten wir? Jetzt spricht Carlo. Einen Schritt, nur einen Schritt – er muß atmen können –, gehen wir auf das Bett zu. Ich muß ihn anschauen. Da ist Elena. Wie hat sie sich so schnell angezogen? Nur sie hat daran gedacht, vorsichtig die schwarze Mähne aus Carlos Stirn zu streichen. Sein inzwischen von Blut und Erde gesäubertes Gesicht ist beinahe unverletzt. Der Arzt – wie hieß er noch – setzt die Brille wieder auf und flüstert mir zu: »Ich verstehe deine Sorge, aber siehst du, daß ich recht hatte? Keine Gehirnerschütterung. Hörst du? Er spricht, und sein Blick ist klar.«

Ich kann ihm einfach nicht glauben und muß Carlo zuhören.

Carlo: »Danke, Elena, ich muß mir irgendwann in den nächsten Tagen die Haare schneiden lassen. Jeden Morgen denke ich daran, aber ich muß zugeben: Ich hege eine tiefe Abneigung gegen den Barbier ... Ihr seid ja alle da! Habe ich geschlafen? Draußen ist es hell.«

Licata: »Du mußt ruhig liegenbleiben, beweg dich nicht, Carlo.«

Carlo: »Schon verstanden. Aber daraus, daß ich euch wiedererkenne, schließe ich, daß die Herren meinen Kopf verschont haben.«

Licata: »Still, Carlo, du darfst dich nicht anstrengen.«

Carlo: »Ach ja, richtig! Ich mochte schon immer lieber Reden als Süßigkeiten!«

Licata: »Ja, ja, aber jetzt müssen alle gehen!«

Carlo: »Auch Elena?«

Licata: »Nein, sie bleibt hier. Bei ihr weiß ich, daß sie darauf achtet, daß du dich weder bewegst noch den Mund aufmachst. Kommt, Leute, gehen wir.«

Carlo: »Die anderen kannst du mitnehmen, aber laß mir wenigstens Modesta.«

Pasquale: »Immer derselbe Undank! Uns Burschen ziehst du weibliche Gesellschaft vor, was?«

Licata: »Sei still, Pasquale, stachle ihn nicht an. Raus aus diesem Zimmer, oder ich werde wütend.«

Carlo: »Du sagst nichts, Modesta? Hab ich dir einen Schreck eingejagt? Verzeih mir!«

Modesta: »Nein, nein, Carlo. Es ist nur, daß ... ich bin froh, dich reden zu hören und ...«

Licata: »Komm, Modesta, es reicht! Gehen wir, hab ich gesagt.«

Genosse Licata hatte recht. Was redete ich da bloß? Warum stammelte ich? Ich fand nicht die richtigen Worte für ihn. Wie konnte das sein? Zum ersten Mal in meinem Leben schluchzte ich im Beisein von drei fremden Männern hemmungslos hinter einer geschlossenen Tür und schämte mich nicht, mich zum Sessel führen zu lassen.

Licata: »Nein, Modesta, nicht doch! Er könnte dich hören, und das würde ihm nicht helfen.«

Modesta: »Aber er sieht furchtbar aus, Doktor, man hat ihn schlimm zugerichtet.«

Licata: »Er ist jung, Modesta, und wir werden ihm helfen. Um Gottes willen, beruhige dich doch!«

Pasquale: »Vielleicht hätten wir ihn nicht hierherbringen dürfen, aber er hat selbst darum gebeten, bevor er ohnmächtig geworden ist. Was hätten wir tun sollen, Antonio?«

Licata: »Du hast richtig gehandelt, Pasquale. Wohin wolltest du ihn bringen? In die Notaufnahme, die voller Schwarzhemden ist? Dieses verdammte Land! Von einem Tag auf den anderen sind alle Faschisten geworden.«

Pasquale: »Genau das haben Jose und ich auch gedacht. Entschuldigung, Modesta, was hätten wir tun sollen? Entweder zu dir oder zu seiner Frau.«

Licata: »Um Himmels willen! Beatrice geht es nicht gut, trotzdem muß man ihr leider Bescheid geben … Modesta, ich möchte nicht, daß sie ihn sieht! Wir wissen alle, was dann passieren würde. Das wäre eine Hölle aus Ohnmachten und Tränen!«

Was tat ich da? Die letzten Worte des Genossen Antonio holten mich wie ein Peitschenhieb in die Realität zurück, und endlich sah ich sie: Pasquale trug den Arm in einer Schlinge um den Hals, Arm und Hand zerquetscht, und Joses Augen waren geschwollen wie die eines Boxers. Ich wurde rot vor Scham.

Licata: »Du brauchst dich doch nicht zu schämen, Modesta! Jetzt übertreib nicht! Du warst sehr tapfer und hast die ganze Nacht verbunden und verarztet. Glaub mir, ich komme mir vor wie in einem Krankenhaus. Und jetzt, wo du lächelst, gehe ich entweder und lege mich zwei Stunden hin oder fange selbst an zu weinen. Mein Gott! Es ist eine Sache, Fremde zu versorgen oder … aber lassen wir das. Bis morgen … heute habe ich einen vollen Tag im Krankenhaus. Ich schicke dir Guido, ihm können wir vertrauen. Und wo du schon A gesagt hast, Modesta, sag auch B: Behalte die beiden Jungen hier, bis sich die Wogen unten in Catania geglättet haben. Maria ist im Gefängnis in Sicherheit, aber der Zeitungsverlag ist abgebrannt. Ich gehe jetzt. Nur Mut, ihr beiden, und bis morgen abend! Ruht euch aus!«

Endlich sah ich sie: Sie waren jung und sorgten sich weder um den Schlaf noch um ihre Verletzungen. Joses geschwollene Lippen verwandelten sich innerhalb einer Nacht wieder in die feinen und ironischen Linien, die ich von den Fotos kannte. So würde es auch Carlo gehen: »Er ist jung, er wird es schaffen.« Das hatte der Genosse Licata gesagt, und der war Arzt.

Modesta: »Bist du Jose, Marias Sohn?«

Jose: »Ja, woran hast du das erkannt?«

Modesta: »Sie reden unausgesetzt von dir. Carlo hat dein Foto neben das von Bambolina gestellt.«

Pasquale: »Wundert dich das, Jose? Hoffst du immer noch darauf, unbeobachtet durchzugehen, so dürr, wie du bist, und …

Jose: »Die Nase? Sag's ruhig, Pasquale. Er ist neidisch auf meine Nase, Modesta, die Polizisten und Mädchen besonders fasziniert. Er ist ganz neidisch, denn Mutter Natur, geizig, aber weise, hat mich schlau, aber häßlich gemacht, während er zu gut aussieht und …«

Pasquale: »Dumm ist, sag's schon!«

Jose: »Nein, ein Dummkopf bist du nicht, aber eben bloß durchschnittlich intelligent.«

Modesta: »Er scherzt wie Carlo, nicht wahr, Pasquale?«

Pasquale: »Genauso! Wenn die beiden zusammen sind, kann man nur das Weite suchen! Sonst bleibt einem nichts erspart.«

Modesta: »Und wann bist du angekommen, Jose?«

Jose: »Gerade richtig zum Fest. Glücklicherweise hatte der Zug Verspätung! Ich habe es dir ja erzählt, Modesta.«

Modesta: »Ja? Ich erinnere mich an gar nichts mehr von heute nacht.«

Pasquale: »Ich habe auf seinen Zug gewartet, er hatte zwei Stunden Verspätung ... Wenn man bedenkt, daß ich Gewissensbisse hatte, nicht zur Versammlung gegangen zu sein. Statt dessen sind wir wegen dieser Verspätung genau zur richtigen Zeit eingetroffen. Ich darf gar nicht daran denken – wenn wir alle dort oben gewesen wären, hätten sie ihn erledigt.«

Modesta: »Haben die oben gar nichts gehört?«

Pasquale: »Wie denn, Modesta? Sie haben ihn drei Straßen vorher überfallen. Wie immer waren alle Fensterläden und Fenster verrammelt, um neun Uhr abends, verdammt noch mal! Und verdammtes Catania!«

Jose: »Das hat nichts mit Catania zu tun, Pasquale! Im Norden ist es auch nicht anders, nur kommt dort erschwerend hinzu, daß viele sich gegen uns wenden. Und wenn sie Alarm schlagen, kommt auch noch die Polizei, um die Schwarzhemden zu beschützen.«

Modesta: »Aber warum Carlo, warum ausgerechnet er?«

Jose: »Soweit ich das einschätzen kann, gilt auch hier die Devise: Auf die Kommunisten. Der ehemalige Genosse Mussolini kennt seine kleinen sozialistischen Brüder recht genau. Er läßt sie plappern, erschreckt sie damit, daß er ihnen manchmal den Hintern versohlt oder ihnen wie unruhigen Kindern sanft mit Rizinusöl den Magen reinigt. In Scharen laufen sie zu ihm über. Und wer seiner Einladung Widerstand leistet, dem verspricht er gern einmal einen Befehlshaberposten. Schon haben viele der Besten nachgegeben. So kann er uns Kommunisten, die dadurch isoliert worden sind, geduldig einen nach dem anderen aus dem Weg räumen.«

Pasquale: »Das schaffen sie nie, Jose!«

Jose: »Hast du das gehört, Modesta? Das schaffen sie

nie, sagt er. Was soll das heißen, das schaffen sie nie? Warum sollte man den Fortschritt nicht aufhalten können? Die Geschichte als Lehrmeisterin des Lebens? Lehrmeisterin nur darin, Fehler zu wiederholen, könnte man meinen. Ihr Sozialisten habt wirklich keinen Fehler ausgelassen! Wieso versteht ihr das bloß nicht? Obwohl du jung bist, Pasquale, solltest du dich in der Geschichte auskennen ... Dieselben Fehler wie im Mai '98. Derselbe Turati mit seinem Lippenbekenntnis ›Nicht nachgeben‹. Obwohl doch der sowjetische Erfolg klare Worte gesprochen hat. Aber stimmt ja, ich habe vergessen, daß du nur *Avanti* liest: ›Gemeinsam gegen die Verbrechen des Sowjets‹.«

Pasquale: »Gewalt führt bloß zu noch mehr Gewalt!«

Jose. »Wunderbar, Pasquale! Lauf weiter mit diesem sozialistischen Evangelium anstelle einer Pistole in der Tasche herum, und möge dir dein Gott helfen, an den du angeblich nicht glaubst. Erklär mir mal, wie wir Carlo vor diesen fünf Besessenen gerettet hätten, wenn ich nicht geschossen hätte?«

Modesta: »Du trägst also eine Pistole?«

Jose: »Natürlich, Modesta, obwohl sie leider auch mir diese Gewaltlosigkeit eingetrichtert haben. Zwei von ihnen habe ich verletzt, aber nur am Bein, keine Sorge.«

Modesta: »Darum mache ich mir überhaupt keine Sorgen. Ich habe Carlo eine Pistole geschenkt, und er hatte mir versprochen, sie bei sich zu tragen.«

Jose: »Offensichtlich hatte er sie nicht dabei.«

Modesta: »Aber warum, Jose, warum nicht?«

Jose: »Du kennst Carlo doch, du weißt genau, wie er dazu steht.«

Modesta: »Entschuldige, Jose, ich stelle weiter Fragen, deren Antwort ich kenne. Aber es will mir einfach nicht in den Kopf, verzeih mir. Sag mal, hast du erkannt, wer es war?«

Jose: »Es war dunkel, und außerdem lebe ich schon lange nicht mehr in Catania, aber vielleicht hat Pasquale …«

Pasquale: »Drei habe ich erkannt, Modesta.«

Modesta: »Nenn mir die Namen, Pasquale.«

Pasquale: »Das ist nichts für Frauen, vergiß es.«

Modesta: »Entweder nennst du mir die Namen, oder ich rede kein Wort mehr mit dir. Und wie einen Verräter werde ich dich Stunde für Stunde anstarren!«

Pasquale: »Aber ich will dich doch nur schützen, Modesta. Wenn du die Namen weißt, bist du in Gefahr … Na gut! Zwei kannte ich nicht oder konnte sie nicht genau erkennen, aber einer war Ciccio Musumeci mit seinem Bruder Turi und der andere dieser Tudia, der auf dem Motorrad herumfährt. Ich habe ihn genau gesehen, denn als Jose ihn am Bein verletzt hat, ist er auf mich gefallen, und ich mußte ihn wegstoßen, um aufstehen und fliehen zu können.«

Modesta: »Hast du gesagt, daß Jose ihn am Bein verletzt hat?«

Pasquale: »Und wie! Schwer verletzt, glaube ich, denn er ist richtig über mir zusammengebrochen. Du weißt doch, das ist ein Riese, und eine leichte Verletzung hätte ihn nicht einmal taumeln lassen.«

Modesta: »Konntest du seine Haare erkennen?«

Pasquale: »Nein, er hatte den Motorradhelm auf.«

Mattia! »Ich kriege dich, selbst wenn ich um dich herum alles verwüsten müßte! Ich verschwinde lieber, sonst bring ich dich und all deine Freunde um!«

Seit Stunden wartete ich am Fenster und forschte in den eisigen Strahlen des Mondes, die auf meinen vom Zweifel und von den Tränen schmerzenden Lidern brannten. Der Wald breitete sich schweigend aus und genoß seine gleichgültige Stille: »Ich habe in Modica etwas zu erledigen, eine Woche lang können wir uns nicht sehen …«

Würde er kommen? Warum diese Information? Noch nie hatte er mir von seinen Angelegenheiten erzählt. »So sind wir Tudia nun einmal, wenn uns etwas nicht paßt, zerstören wir es ganz langsam, sanft oder hart, je nachdem …« Wer ist dein Sohn, Carmine? Wer ist dieser Junge, der wie eine Katze oder ein Hase zwischen den Bäumen hindurchzuschlüpfen und die Masse seines Körpers in einen schnellen, schwerelosen Schatten zu verwandeln weiß?

»Was ist, Modesta, wieso stehst du angezogen da, hast du auf mich gewartet?«

»Ja, das habe ich, Mattia.«

»Und was soll die Pistole in deiner Hand? Ich hab's gespürt, kaum vom Pferd abgestiegen, habe ich gespürt, daß irgend etwas in diesem Haus anders geworden ist. Was bedeutet das Licht im ersten Stock?«

»Sag mir lieber, wann du zurückgekehrt bist.«

»Bist du eifersüchtig, Modesta? Leg die Pistole weg, ich will dich umarmen … Du bist eifersüchtig, sag die Wahrheit! Und willst mich erschrecken.«

»Wie geht es deinem Bruder Vincenzo?«

»Das wollte ich dir gerade erzählen. Ich habe mich verspätet, weil ich ihn heute abend nach meiner Rückkehr aus Modica im Bett vorgefunden habe.«

»Mit einem verletzten Bein.«

»Woher weißt du das?«

»Mein Schwager hat ihn gesehen.«

»Dein Schwager war in einer Kneipe im Civita-Viertel? Was wollte er da?«

»Er war nicht in der Civita, Mattia. Dein Bruder hat dich angelogen, und wie ich gehört habe, fährt er dein Motorrad.«

»Manchmal ja.«

»Er hat dich angelogen, er war in der Via dei Tipografi.«

»Was ist passiert? Spann mich nicht auf die Folter, quäl mich nicht, sag schon, was ist passiert?«

»Zu fünft haben sie Carlo angegriffen, und er ringt dort oben in dem erleuchteten Zimmer mit dem Tod.«

»Mein Bruder soll einer der fünf gewesen sein? Das glaube ich nicht, wer behauptet das?«

»Dein Bruder war dabei. Mein Schwager selbst hat ihn gesehen. Er hat unter den fünf einen Tudia erkannt!«

»Einen Tudia? Also hast du mich verdächtigt und dein Schwager auch? Du antwortest nicht? Leg die Pistole weg!«

»Nein, nicht bevor du meine Schlüssel nicht auf den Tisch gelegt hast.«

»Also verdächtigst du mich immer noch, wieso bloß?«

»Du hast mir zu oft gedroht, Mattia! Diese Drohungen nagen in mir.«

»Leg die Pistole weg, du hast recht, Mattia ist verrückt und weiß sich nicht zu bremsen. Genau darüber habe ich nachgedacht, als ich hierhergekommen bin. Mein verdammter Charakter! Immer bringt er die anderen dazu, an mir zu zweifeln. Und je mehr ich sie liebe, um so mehr … Leb wohl, Modesta! Dunkelheit hat sich über meine Augen gelegt. Nie zuvor hat mir etwas so deutlich gezeigt, daß du mich nicht liebst, wie dieses unbewegliche Gesicht und der Zweifel, der dich verschlingt. Leb wohl, jetzt gehe ich zu diesem Verräter und zwinge ihn zu reden, und wenn es stimmt, dann bring ich ihn um und mich auch, das schwör ich!«

»Endlich, Modesta! Warum behandeln sie mich wie ein Kind? Sie verbieten mir alles! Ich muß mit dir reden!«

»Warum, warum! Du hast uns so oft wie Kinder behandelt, jetzt bist du an der Reihe, nicht wahr, Antonio? Hast du etwa geglaubt, daß dich dein Status als Arzt davor rettet, im Bett zu liegen und Befehle entgegenzunehmen? So rächen wir uns, nicht wahr, Elena? Für all die Male, die du ...«

»Wie lieb du bist, Modesta! Du hast recht. Aber ich bitte dich, ich brauche wenigstens einen Moment allein mit dir. Bitte, schick die anderen fort.«

Sein Gesicht, das bis vor wenigen Stunden unversehrt gewesen war, überzog sich immer mehr mit roten und bläulichen Streifen und Flecken. Was bedeutete dieses Zucken der Venen? Was wollten diese blaßblauen kleinen Schlangen, die wie wild gewordene Tiere von der Stirn bis zum Hals liefen, sagen? Und wenn Antonio zur Tür hinausging und Elena bedeutete, ihm zu folgen, hieß das etwa, daß es inzwischen zwecklos war, ihn zum Schweigen zu bringen?

»Dann hören wir uns doch mal an, was dieses Kind zu sagen hat. Was gibt es denn so Dringendes, Carlo? Aber sprich leise, dir tut die Brust weh.«

»Mehr als der Schmerz quält mich etwas anderes, etwas, das mich nicht atmen läßt.«

»Was denn, Carlo?«

»Ich fühle mich schuldig, Modesta, schuldig gegenüber dir, Beatrice und der gerade geborenen Kleinen.«

»Und warum?«

»Ich habe deine Pistole nicht benutzen wollen. Du hattest recht, Modesta, aber ich konnte einfach nicht! Jeden Morgen habe ich sie angeschaut und deine Stimme gehört, aber der Widerwille war stärker, und ich habe die Schublade wieder zugemacht.«

»Das ist egal, du darfst jetzt nur daran denken, gesund zu werden.«

»Ich ertrage keine Gewalt, Modesta. Es muß einen anderen Weg geben. Ich bin mir sicher, daß die Menschheit in fünfzig oder hundert Jahren einen anderen Weg finden wird.«

»Bestimmt, Carlo.«

»Und wenn ich sterben sollte ... Nein, Modesta! Du brauchst nicht blaß zu werden. Ich habe keinerlei Absicht, dem Sensenmann, wie ihr ihn nennt, ein Stelldichein zu geben. Dieser Herr ist mir überhaupt nicht sympathisch, aber falls ...«

»Falls was, Carlo?«

»Schütze mich vor den schwarzen Mönchskutten, vor den Kreuzen und den düsteren Gesängen, die vielleicht noch düsterer sind als die Vorstellung zu sterben.«

»Natürlich, Carlo. Wie du gesehen hast, ist kein Priester hier hereingelangt. Weißt du, daß sie es versucht haben? Aber Jose hat sie verscheucht.«

»Wirklich, hat er sie verscheucht? Und woher wußten sie von mir?«

»›Sie haben einen gut ausgebildeten Spürsinn, und ihren schützenden Flügeln entkommt man nicht ...‹ Wie du mir oft genug gesagt hast.«

»O Modesta, deine Worte beruhigen mich. Beschütze mich auch danach vor Beatrice. Sie ist stark, Modesta, ich habe Angst vor ihr!«

»Aber du weißt doch, Carlo, daß ich stärker bin als sie.«

»Deshalb habe ich mich hierherbringen lassen, beschütze mich.«

»Ich verspreche es dir, Carlo.«

»Danke. Jetzt bin ich beruhigt.«

»Jetzt mußt du still sein und schlafen.«

»Ja, das tue ich. Aber morgen liest du mir ein paar Zeilen vor?«

»Natürlich. Welches Buch wünscht sich der zum Kranken degradierte Herr Doktor?«

»Modesta, deine Scherze wärmen mein Herz ... mir war so kalt!«

»Du hast mir beigebracht zu scherzen, weißt du noch, wie ernst und stumm ich war?«

»Und wie: Ich hatte Angst vor dir!«

»Sprich jetzt lieber nicht mehr.«

»Aber morgen liest du mir etwas vor?«

»Ja. Aus welchem Buch?«

»Hast du noch *Niels Lyhne*?«

»Natürlich, es liegt immer auf meinem Nachttisch.«

»Bei mir auch, anstelle der Bibel von Großmutter Valentina.«

»Du darfst jetzt nicht mehr reden, morgen komme ich und lese dir vor.«

»O ja, die Stelle, wo er die Tante auf dem Sofa sitzen sieht und sich in sie verliebt. Erinnerst du dich daran?«

»Ja, aber jetzt schlaf. Jose sieht uns an wie ein Polizist, wir haben deine Großzügigkeit genug strapaziert, nicht wahr, Jose?«

»Und ob! Jetzt reicht es, ab ins Bett mit euch. Keine Sorge, Carlo, in vier Stunden kommt das Fräulein Elena wieder. Ich weiß, daß du sie lieber um dich hast, aber die paar Stunden mußt du mit mir vorliebnehmen.«

Schweigen und Husten, plötzliche Dämmerzustände, die von Krämpfen und blutigem Auswurf unterbrochen wurden, ließen nicht zu, daß ich ihm einige Zeilen vorlas.

Elena hielt die Schüssel in den Händen. Anstelle von Jose war Antonio Licata da.

»Wird er sterben, Antonio? Mir kannst du es sagen.«

Antonio antwortet nicht, ganz damit beschäftigt, seine Brille zu putzen. Sein Schweigen und Carlos Husten sagen alles. Ich wende die Augen von der Schüssel voller Blut ab und lege das Buch auf den Nachttisch. Carlo könnte so wie gestern die Augen öffnen, dann würde er es wenigstens sehen.

In meinem Büro starrt Pietro unbeweglich aus dem Fenster, die Mütze in der Hand.

»O Mody, jetzt verstehe ich, warum Euer Durchlaucht die Vorhänge haben abnehmen lassen: der Blick ist schön … Habt Ihr mich wegen des Herrn Carlo gerufen?«

»Das hast du richtig verstanden, Pietro.«

»Habt Ihr irgendeinen Anhaltspunkt, der Pietro den Weg weisen könnte?«

»Keinen Anhaltspunkt, Gewißheit.«

»Ich wußte es, Mody. Sag mir die Namen.«

»Turi und Ciccio Musumeci und Vincenzo Tudia.«

»Und die anderen? Es waren fünf.«

»Die haben wir nicht gesehen.«

»Wir werden sie schon ausfindig machen.«

»Immer mit der Ruhe, Pietro. Jetzt kümmern wir uns erst einmal um diese drei Namen. Soll ich sie dir wiederholen?«

»Pietro braucht keine Wiederholung.«

»Hast du gehört, was mit Beatrice passiert ist?«

»Ja, das habe ich. Ich wollte nicht glauben, daß soviel Trauer über uns und unsere Häuser kommen kann, und habe sie sehen wollen.«

»Sie ist verrückt geworden, Pietro. Darum lacht sie. Und vielleicht ist das besser für sie.«

»Vielleicht ... Aber dieses Gerede von Carlo, wie sie die Blumen arrangiert und das Abendessen vorbereitet, ist quälend. Als ich gegangen bin, hat sie sich gerade für das Theater umgezogen.«

»Und Quecksilber?«

»Sie macht es gut, befolgt die Anweisungen von Doktor Licata und kommt ihren Wünschen nach, ohne zu weinen oder zuviel zu reden wie zuvor. Als ich ging, hat sie Beatrice gerade das Haar gekämmt.«

»Lassen wir das, Pietro. Wir müssen uns jetzt um diese Namen kümmern.«

»Soll es eine Familienrache sein, Mody?«

»Nein, Pietro, keine Verstümmelungen. Nur drei Kugeln zwischen die Augen: eine für Turi, eine für Ciccio und eine für Vincenzo. Es muß deutlich sein, daß es ein politisches Verbrechen war. Wieviel mag das kosten?«

»Für ein politisches Verbrechen braucht man einen guten Schützen. Das wird viel kosten, meine Mody.«

»Ein ausgelöschtes Leben ist nicht mit Geld aufzuwiegen.«

»Ich gehe jetzt. Bei Sonnenuntergang treffe ich meinen Mann in der Civita. Wenn du zwei oder drei Tage lang nichts von mir hörst, brauchst du dich nicht zu beunruhigen. Wir müssen vorsichtig sein, niemand aus der Familie oder von Carlos Freunden darf etwas ahnen; laß die Burschen nicht aus dem Haus, bis ich zurück bin. Damit du Bescheid weißt, tagsüber schlafe ich bei Carmela. Gott segne Euch, Fürstin!«

»Gott begleite und schütze dich, Pietro.«

»Und noch etwas, Mody.«

»Was ist?«

»Ich traue Nunzio nicht. Der ist doch nur ein Kräutermann und mit seinen Samen und Blumen beschäftigt.

Seid nicht beleidigt, Durchlaucht: Ihr braucht hier einen Mann, der kämpfen kann. Wenn ich mir erlauben darf, werde ich Nunzio meinen Neffen Celso zur Seite stellen, der im Krieg Soldat war. Das kostet nicht viel, ist aber eine große Beruhigung für Pietro.«

Kaum ist Pietro hinausgegangen, kommt das Fräulein Elena herein.

»Was ist passiert, Elena? Geht es Carlo schlecht?«

»Nein, im Gegenteil, er ist wieder eingeschlafen, und seine Züge sind entspannt, es ist Stella, die ...«

»Was ist mit Stella, Elena? Du bist so tapfer und mutig gewesen, ich bitte dich, verzage jetzt nicht.«

»Es ist nur ... ich weiß nicht, ob ich es euch erzählen soll oder nicht. Ich mußte Stella schwören, nichts zu sagen, aber ich habe Angst um sie und kann einfach nicht, ich kann nicht!«

»Was kannst du nicht?«

»Ich habe Angst, nach dem, was mit Beatrice passiert ist. Sie wirkte so stark, und dann ...«

»Beruhige dich, Elena! Weshalb sorgst du dich um Stella?«

»Ich verstehe sie nicht, sie ist verschlossen, kein Wort über ...«

»Worüber?«

»Ich mußte ihr schwören, nichts zu sagen, bis Herr Carlo wieder gesund ist. O mein Gott! Ich begreife diese Schwüre und dieses Schweigen einfach nicht.«

»Sag es mir, ich übernehme die Verantwortung. Was ist passiert?«

»Gestern ist ihr Vater gekommen ...«

»Und?«

»... mit der Nachricht, daß sie Melo in Neapel aus dem

Hafenbecken gefischt haben, ertrunken. Ich habe das nicht verstanden … er hatte einen großen Stein umgebunden.«

»Mafiaverbrechen.«

»Nein, Stella hat nur etwas von ›Asche‹ gesagt, ich weiß nicht …«

»Kokain, Elena, Drogen. Das beweist, daß er für sie gearbeitet hat.«

»Aber das ist schrecklich! Und auch Ihr seid so gleichmütig!«

»Das sind Männergeschichten, Elena, und wir dürfen darüber nicht die Ruhe verlieren. Wie hast du davon erfahren?«

»Sie hat es mir erzählt.«

»Sie hat es dir erzählt? Dann mag sie dich.«

»Ach? Das bedeutet, daß sie mich mag?«

»Das bedeutet, daß sie dir vertraut, und das ist hier bei uns dasselbe.«

»O mein Gott, was habe ich bloß getan? Jetzt wird sie mir nicht mehr vertrauen.«

»Keine Sorge, du hast das Richtige getan. Ich gehe jetzt zu ihr. Du bist aber still, ja? Keine Sorge, du hast mir nichts gesagt.«

Als ich Stellas ruhige Miene prüfte, wußte ich, daß sich Elena zu Unrecht Sorgen gemacht hatte. Aber ich merkte auch, daß ich zu lange nicht in diesem Zimmer gewesen war.

»Euer Besuch tröstet mich, Fürstin. Ich hatte mich daran gewöhnt, Euch abends zu sehen … Und als ob das Schicksal mir ein Zeichen geben wollte, habe ich gerade eben daran gedacht, den Kaffee zu machen, den Ihr so mögt.«

»So wie du ihn kochst, schmeckt er mir, nicht dieses heiße Wasser von Elena. Wenn du es genau wissen willst, sind meine Besuche nicht uneigennützig.«

»Ich habe versucht, es Elena beizubringen, aber die lacht und sagt, daß ihr dafür die Geduld fehlt. Kaffee muß auf kleiner Flamme gekocht werden! ... Es stimmt wirklich, die Zeichen des Schicksals trügen nicht, es ist sinnlos, dagegen aufzubegehren! Als ich hierhergekommen bin, wußte ich, daß ich viele Jahre in diesem Haus bleiben würde, auch wenn Ihr es nicht glaubt.«

»Ich glaube dir, Stella, aber wie kommt es, daß du dir dessen jetzt sicher bist?«

»Ich merke es an Jacopos Lächeln und Prandos Streichen ... phantasievolle Streiche! Wißt Ihr, daß er gestern mit einem Sack voll getrockneter bunter Blätter den Fußboden dieses Zimmers ausgelegt hat? Und als ich hereingekommen bin, hat er gesagt: ›Siehst du die Überraschung? Ich habe dir wie der heiligen Rosalia einen Teppich ausgerollt!‹«

»Prando ist anstrengend, nicht wahr?«

»Überhaupt nicht! Der einzige Wermutstropfen ist, daß sie größer werden, und wenn sie einmal erwachsen sind, dann nehmen Freunde und dieser Ehrenkodex sie einem weg. Hätte ich doch bloß eine Tochter bekommen, Fürstin!«

»Hat dir Elena gesagt, daß wir schon bald ein Mädchen hier bei uns haben werden?«

»Nein, aber ich habe mir schon gedacht, daß Bambolina zu uns kommen würde, jetzt, wo sich die Seelen der Toten Eurer Nichte bemächtigt haben.«

»Sie bringen sie morgen früh.«

»Das arme Kind, für das die Mutter keinen Blick mehr hat! Wie machen wir es mit der Milch?«

»Keine Sorge, Stella. Carlo hat Milchpulver aus der Schweiz schicken lassen.«

»Wie soll das gehen?«

»Es geht, Stella. Wie es scheint, ist diese Milch bekömmlicher. Nicht nur erbricht sie sie nicht wie die Eselsmilch, sondern sie hat innerhalb von acht Tagen deutlich zugenommen.«

»Diese neumodischen Dinge machen mir Angst ...«

»Nun, Stella, hast du immer noch vor, mir einen Kaffe zu kochen?«

»Heilige Mutter Gottes, sofort!«

»Erzähl mir, was geschehen ist. Bedrängt dich dein Vater wieder? Will er dich bei sich haben?«

»Nein, Fürstin. Er ist zwar zu mir gekommen, aber nur, um mir zu sagen, daß er sich mit meinen Brüdern auf den Weg macht, um einen Toten zu rächen. Und damit beginnt wieder das alte Lied wie damals, als ich klein war. Sie gehen weg und kommen verwundet oder gar nicht zurück. Aber ich will nicht darüber reden. Ich will nicht wie meine Mutter weinen und nur auf ihren Tod warten.«

»Hast du Angst um Melo, Stella?«

»Ich habe keine Angst mehr! Seinen Tod habe ich jahrelang beweint und erwartet, während ich Zeugin seines irren Lebens war. Und nur Frieden bei den Kindern suche ich noch, falls Ihr mich hierbehalten wollt.«

Das Buch blieb zugeschlagen auf dem Nachttisch liegen. Carlo schaute es in den wenigen Minuten der Ruhe lächelnd an.

»Morgen lesen wir ein paar Zeilen, nicht wahr, Modesta?«

»Natürlich, Carlo, morgen.«

Morgen ... morgen ... vierzehn Tage dauerte die Agonie aus Schweigen, Husten und unvermittelten Dämmerzuständen, die sofort wieder von Krämpfen und zwischen den weißen Zähnen rinnendem roten Blut unterbrochen wurden. Vierzehn Tage des Kampfes, ohne je zu verzweifeln oder vor der Dunkelheit zu kapitulieren, die sich Stunde um Stunde in seinen Augen ausbreitete. Carlo starb den schweren Tod eines Atheisten wie der Held, den er so sehr geliebt hatte.

Schon flüsterte man um mich herum: »Heldentod«, aber wer stirbt, hat unrecht, hat einen Fehler begangen. Ich wende die Augen von diesem Irrtum ab, um Pietros Weg zu folgen, der von fern berichtet:

»Ciccio Musumeci vor dem Ausgang des Mirone-Kinos kaltgemacht.«

»Turi Musumeci mit einer Kugel zwischen den Augen im Hain der Villa Pacini aufgefunden.«

»Vincenzo Tudia liegt noch wegen seiner Beinverletzung im Bett, aber man erwartet ihn schon, wenn er zum ersten Mal das Haus verläßt, meine Mody.«

Ich warte geduldig, den Blick auf Carlos heiteres Gesicht gerichtet. Jemand flüstert:

»Er sieht verjüngt aus!«

Im Tod wurde er wieder jung, seine schwarze Mähne vergrößerte den feuchten See der Augenringe und verlieh seinem abgezehrten Gesicht einen Ausdruck kindlichen Erstaunens.

»Er sieht aus wie ein kleiner Junge!« rief Elena überrascht.

Ich wende den Blick von diesem kleinen Jungen ab, um Pietros Worte zu vernehmen, der endlich verkündet:

»Vincenzo Tudia, hinter seinem Haus beim ersten Spaziergang mit eingegipstem Bein und Stock zusammengebrochen.«

Bei jedem Namen schaut Jose mich lächelnd an.

»Danke, Modesta. Morgen nach der Beerdigung reise ich ab. Ich war nur wegen Carlo gekommen, um ihn zum Handeln zu bewegen oder dazu, ins Ausland zu fliehen. Jetzt kehre ich in den Norden zurück. Es hat gut daran getan, dich kennenzulernen. Ich gehe in den Norden zurück und bringe so viele von ihnen um, wie ich kann. Und wenn wir verlieren, verschwinde ich über die Alpen und verstecke mich in der Schweiz.«

Ich will den Blick von dem Sarg abwenden, aber ich muß hinschauen, denn zwischen dem Rot der Fahnen, der Nelken und der Hemden von Carlos Genossen, die abwechselnd den Sarg ihres Helden auf den Schultern tragen, taucht an Joses Stelle ein schwarzer Punkt auf. Vernebelt mir die starke Sonne den Blick? Oder ist dieser kräftig gebaute Mann Mattia, der wegen des Todes seines Bruders Vincenzo Trauer trägt? Nicht die Sonne, sondern das Rot der Nelken vernebelt mir den Blick. Als der Sarg in der Nacht der Via dei Crociferi – in diesen Gäßchen ist immer Nacht – einen Moment lang haltmacht, löst sich Jose von meiner Seite und nimmt erneut Mattias Platz ein. Sie haben die gleiche Statur. Ohne zu schwanken, nimmt der Sarg seinen Weg wieder auf, und Mattia gleitet neben mich.

»Das sollte Euch nicht erstaunen, Fürstin. Ich bin gekommen, um einem großen Mann die letzte Ehre zu erweisen, wie Ihr es gütigerweise für meinen Vater Carmine Tudia getan habt.«

Celso stellt sich neben Mattia:

»Verzeiht, Don Mattia, aber ich habe den Befehl, in der Nähe der Fürstin zu bleiben. Schlimme Zeiten herrschen auf unseren Straßen.«

»Daran tust du gut, Celso, und ich sage dir gleich, daß

Don Mattia nicht gekommen ist, um die Feierlichkeiten zu stören, sondern um diesen Zug zu ehren.«

»Wenn er das sagt, dann ist es so, Celso! Danken wir Don Mattia und bitten ihn, nach der Beerdigung zu Hause ein Glas Wein mit uns zu trinken.«

»Mit Freude und Schmerz nehme ich die Einladung an, Fürstin.«

57

»Drei Monate lang habe ich gewartet, Modesta. Dreimal habe ich den Mond zunehmen und langsam wie das Urteil ›lebenslänglich‹ wieder abnehmen sehen. Warum verdammst du mich bloß zu dieser Einsamkeit?«

»Ich verdamme niemanden. Aber ich will mit keinem mehr etwas zu tun haben, mein Herz ist zu einer Wüste geworden, und der Name Tudia hat sich mir inzwischen wie ein Zeichen des Todes eingebrannt.«

»Dieser Schuft Vincenzo hat sich zwischen uns gestellt! Ich komme mir wie ein Tier im Käfig vor, warum hat er das getan?«

»Er war Faschist.«

»Von wegen Faschist! Verrückt war er! An jenem Morgen, bevor er seinem Tod entgegenging – der Tod bringt zum Reden! –, hat er mir Dinge erzählt ... unaussprechliche Dinge über unseren Vater, an die allein zu denken mir unerträglich ist.«

»Siehst du, daß die Erinnerung noch zu frisch zwischen uns steht? Laß uns warten. Vielleicht in einem Jahr, vielleicht ... Wenn wenigstens Beatrice wieder zu Sinnen käme und ihre Tochter, die unschuldige Bambolina, nur einen Schluck Milch hinunterbrächte, ohne ihn zu erbrechen. Bambolina verkümmert, das läßt mir keine Ruhe. Geh jetzt!«

»Drei Monate lang hatte ich Tag und Nacht dein Gesicht vor Augen. Komm mit mir! Jenseits dieser Insel voller Vorurteile gibt es andere Länder, ich habe sie gesehen ... Ich bin nicht wie die, die mich scheel ansehen, weil ich Vincenzo nicht räche, ich habe nicht einmal versucht herauszufinden, wer es gewesen ist. Ich will nichts mehr davon wissen, es ist mir egal!«

»Sag das nicht!«

»Und ob ich das sage! Ich will dich, auch wenn es einer deiner Freunde gewesen sein sollte, der Vincenzo umgebracht hat, selbst wenn es dieser Jose war ...«

»Jose hat mein Haus nicht einen Augenblick lang verlassen.«

»Du verteidigst ihn, wie? Gib zu, daß du dich auch seinetwegen verändert hast, sag es! Seit er die Insel betreten hat, bist du anders geworden.«

»Carlos Tod hat mich verändert, Mattia, sei vernünftig.«

»Nein, der Tod eines Schwagers kann eine Frau nicht so stark verändern!«

»Er war ein Freund.«

»Nein! Das glaube ich nicht. Es war dieser Jose, und wenn du es genau wissen willst, bin ich zur Beerdigung gekommen, um ihn zu sehen, nur um ihn zu sehen.«

»Ja und?«

»Ich habe alles gesehen! Mattia täuscht sich nicht, so ein Mann gefällt dir. Bei Gott, mit so einem mißt man sich gern! Stolz und hart wie ein Fels, und er spottet aller! Wenn es nicht um deinetwillen wäre, würde ich ihn gern zwei oder drei Dinge fragen!«

»Er ist abgereist, Mattia, hör auf zu phantasieren. Ich

werde ihn nie wiedersehen, das habe ich in seinen Augen gelesen.«

»Du täuschst mich nicht.«

»So wie ich damals am Totenbett deines Vaters in deinen Augen gelesen habe, daß du mir den Tod bringen könntest. Ich sehe ihn nie wieder.«

»Sie wiederholt es beinahe unter Tränen! Merkst du nicht, daß er zumindest deine Gedanken erobert hat?«

»Es reicht, Mattia, geh jetzt!«

»Nein, so nicht, du Lavateufelin! Nicht mit diesem Urteil belegt! Also bin ich für dich ein Zeichen des Todes? Und was ist er? Das Leben? Wo ich dich so geliebt habe! Ich hasse dich! Ich hasse dich!«

Ich darf mich nicht umdrehen ... Ich habe den Gedanken noch nicht zu Ende gedacht, als ich plötzlich die Pistole in den Händen halte. An dem Rückstoß, der mein Handgelenk bis zur Schulter hinauf erschüttert, merke ich, daß auch ich geschossen habe. Da schlägt mir ein weißlicher Blitz ins Gesicht und zwingt mich in die Knie ... bin ich hingefallen, oder wogt mir das Gras entgegen? Mit dem Gesicht auf dem Boden schieße ich weiter, ohne zielen zu können, denn jetzt rinnt mir eine heiße Flüssigkeit über die Augen. Hinter mir dröhnen Schreie und Schüsse, und ich versuche, die Hände fest auf den Boden gestemmt, den Kopf aus der schwarzen Welle zu ziehen, die mich überflutet. Nachts ist das Wasser schwarz, wenn der Mond nicht scheint ... Aber jetzt scheint der Mond ... von dort oben fixiert er mich mit seinem kalkweißen Blick, schreit jedoch nicht. Elena ist es, die schreit, und diese dünnen Beine dort, die Beine eines Hasen, sind die von Celso. Es scheint unmöglich, aber Celso rennt so schnell wie Tuzzu ... er hat die Beine eines Jägers. Er wird ihn umbringen. Und ich ertappe mich dabei zu hoffen, daß es

Mattia gelingt, seinem Jäger zu entkommen ... Hoffentlich hat Mimmo mich gesehen ... Mimmo hat lange Arme. Und auch wenn mein Kopf inzwischen schnell und immer schneller gegen die Brunnenwände schlägt, kann man nur hoffen ...

»Hoffen und pressen, Modesta, du mußt pressen, damit hilfst du ihm und dir!«

»Die Stellung ist richtig! ... Du darfst die Welle des Schmerzes nicht unterdrücken, wehre dich nicht dagegen, sondern folge ihr mit deinem Körper und deinen Gefühlen, nur so schaffst du es!«

Mit dem gesamten Körper und allem Bewußtsein presse ich, aber diese Masse Fleisch, die so regelmäßig, wie Tag und Nacht aufeinanderfolgen, aufwacht und gegen die Wände meines Bauches pocht, will nicht herauskommen. Kämpfte da der noch gestaltlose Prando in mir, oder war ich das, die gestaltlos kämpfte und an den Metallnähten auf meiner Stirn riß, um hinauszugelangen? Ohne Rast kämpfte ich um meine Wiedergeburt ... Und in einem nebligen, kaum von der Hitze rot gefärbten Sonnenaufgang gebar ich mich aus mir selbst wieder, als ob die große Welle des körperlichen Schmerzes, die über meinen Kopf hinweggegangen war und sich weit hinter mir gebrochen hatte, alle Sorgen, alle Bitternis und die glücklichen Zukunftspläne, die inzwischen am Fels von Carlos Tod zerschellt waren, fortgespült hätte. Die Enttäuschung über diese innerhalb weniger Stunden gescheiterten Pläne war schmerzlich. Sie war damals schmerzlich gewesen, als Carlo im Bett mit dem Tod gerungen und Beatrice mit den lachenden Augen des Wahnsinns immer wieder erzählt hatte:

»Denk nur, wie weit der Neid der Leute gehen kann, Modesta! Sie erzählen wirklich immer noch, daß Carlo tot sei, wo er doch gerade erst vor zwei Minuten hier war, wie er es immer tut: Ab und zu kommt er aus seinem Büro herunter, um mit mir zu reden. Genau, bevor ich es vergesse, er hat mir gesagt, daß wir heute abend in die Oper gehen. Willst du mitkommen? Dieses Gerede über seinen Tod ist nur Neid, wo man doch – hörst du seine Schritte über uns? Hör nur, jetzt ist er vom Schreibtisch aufgestanden ... Wenn er aufsteht, macht der Stuhl auf dem Marmor so ein lautes Geräusch. Man müßte einen Teppich auslegen, aber Carlo sagt, daß das übertrieben wäre für ...«

Das war sehr schmerzlich gewesen damals ... wann? Vor ein oder zwei Jahren? Als das Mädchen Modesta, voll jugendlich unversehrter Hoffnung und Glauben an die Zukunft, arglos mit verbundenen Augen vorwärts schritt ... Als sie vertrauensvoll Hand in Hand mit Carlo spazierenging und seine Stimme, seine Ideen und seine Gegenwart wie etwas trank, das immer dasein würde wie der Ätna, der Himmel und das Meer. Wie oft hatte sie mit dem lebendigen Carlo oder dem toten Jacopo diskutiert und den Widerspruch erörtert, der Dreh- und Angelpunkt der Natur ist. Aber als sich dieser Widerspruch in Carlos Tod unanfechtbar offenbarte, hatte ihr die Enttäuschung, die wie eine Lawine Vertrauen und Glück mit sich fortriß, in ihrem eigenen Ende einen sicheren Ausweg gezeigt. Und wenn nun die Abenteuerlust der Jugend, dieser Hang zu tödlichen Spielen, ihr häufig vorzeitiger Tod nichts weiter waren als das Ergebnis einer Urenttäuschung, eines Urwiderspruchs? Sie hatte in jener Nacht in der Konfrontation mit Mattia den Tod gesucht, das wußte sie inzwischen. Und vielleicht kann nur der, der dem Tod nah gewesen ist, vergessen, um wiedergeboren zu werden, so wie Modesta Tag für Tag wiedergeboren wird und bei Sonnenaufgang im Spiegel die rote Narbe betrachtet, die wie eine kleine Schlange ihre Stirn teilt.

»Es wird drei oder vier Jahre dauern, bis das Rot verblaßt, Modesta.«

Was bedeuteten schon Jahre, wenn man zu verstehen begann? Diese Narbe, die ihre Stirn teilt, zeigt jetzt die Einheit ihrer vormals geteilten Existenz. Modesta gebiert sich aus sich selbst wieder und stößt dabei jene Frau ab, die vorher alles gewollt hatte und es nicht ertragen konnte, an sich und den anderen zu zweifeln. Sie wird in dem Bewußtsein wiedergeboren, allein zu sein. Und Tag für Tag, Stunde für Stunde nimmt sie den Schmerz an, den ihr Beatrices Rückkehr von ihrer langen Reise in den Wahnsinn bereitet.

Sie hat sich wieder gefangen, doch ihr Haar ist schlohweiß. Auf ihre Art ist Beatrice glücklich: ganz ihren Erinnerungen hingegeben, in Trauer gekleidet und mit dem Medaillon ihres geliebten Mannes an einem schwarzen Samtband um den Hals. Natürlich leidet Bambolina ein wenig in diesem Haus, in dem die Mutter und Quecksilber immer nur von der Vergangenheit erzählen. Aber eigentlich ist sie dort bloß zum Schlafen, denn morgens bringt Pietro sie in stiller Übereinkunft mit seiner Mody in die Villa Suvarita, und ihr trauriges Gesichtchen leuchtet auf, sobald sie Prando, Jacopo, 'Ntoni und ihre Freunde von den Feldern sieht.

»So viele Kinder!« ruft sie fröhlich und sagt dann immer noch: »Das muß ich meiner Mama sagen, sie muß herkommen und alle sehen ...«

Sie spricht schon ... Und doch kam ihr diese in kalkweißes Mondlicht getauchte Nacht wie gestern vor ... Die Wunde pocht in Erinnerung an Mattia. Auch er wollte sterben, hat sich aber dann entschieden, nach Amerika zu gehen, jedenfalls hat das Pietro berichtet. Und Jose? Jose ist zusammen mit Pertini bei Kämpfen in Norditalien verhaftet worden.

»Diese Lawine von Verhaftungen, Mody! Aber was die Seele am meisten bedrückt, was sie in tiefste Finsternis stürzt, ist, daß man aus der Zeitung nichts mehr erfährt, dieses absolute Schweigen. Man sucht nach Nachrichten wie ein Hund nach einem abgenagten Knochen oder ein Hungriger nach einem Stück trocken Brot.«

»Ja, Antonio, Verhaftungen und Gleichgültigkeit.«

Eine einsame Stimme der Rebellion nach der anderen fällt lautlos in den See aus Gleichgültigkeit, der sich bei jedem Schritt der Geschichte langsam, aber zäh in jede Straße und jede Ecke ausbreitet: Matteotti-Affäre, Sondergesetze, Lateranverträge ...

»Geschichte ist Männersache, Fürstin, sie schaffen und zerstören sie, wie es ihnen paßt.«

»Natürlich, Stella.«

Ich schaue sie an, aber diese Milde und Ergebenheit, die ich früher für Weisheit hielt, hat für mich keinen Zauber mehr ... Früher ... als Bambolina noch nicht bei uns war. Aber jetzt, wo Bambolina hinter Prando herzulaufen beginnt, warum verbieten sie ihr das und trennen sie? Ich muß mich von meinen Büchern losreißen und hinuntergehen. Da weint sie verzweifelt auf der Wiese, während Prando glücklich unten im Wald verschwindet.

»Was ist denn, Stella, Elena, warum trennt ihr sie?«

»Sie rennt wie ein Junge, Fürstin! So macht sie sich noch das Kleidchen schmutzig.«

Damit fängt also die Trennung an. Wenn es nach ihnen ginge, müßte sich Bambolina schon mit fünf Jahren anders bewegen und mit gesenktem Blick artig sitzen, um in sich das Fräulein von morgen heranzuzüchten. Wie im Kloster: Gesetze, Gefängnisse und Geschichte von Männerhand errichtet. Aber die Frau selbst hat eingewilligt, die Schlüssel zu bewahren, als unbeugsame Hüterin des männlichen Wortes. Im Kloster hatte Modesta ihre Gefängniswärterinnen mit dem Haß einer Sklavin gehaßt, ein demütigender, aber notwendiger Haß. Heute verteidigt sie Bambolina souverän gegen Männer und Frauen, nur um sie geht es ihr, und in ihr verteidigt sie sich selbst, ihre Vergangenheit, eine Tochter, die ihr irgendwann geboren werden könnte ... Erinnerst du dich, Carlo, wie ich dir gesagt habe, daß nur die Frau der Frau helfen kann, und du mich in deinem männlichen Stolz nicht verstanden hast? Verstehst du mich jetzt? Jetzt, wo du eine Tochter hast?

Aus dem Spiegel – lange hatte ich mich darin nicht mehr angeschaut – blickt mir Carlos Gesicht entgegen. Oder vielleicht ist es die Angewohnheit, mit ihm zu sprechen, die seine Züge zu neuem Leben erweckt und mein Lächeln und meinen Blick an seinem formt? Die Macht der Sehnsucht, den geliebten Menschen am Leben zu erhalten. In mir ist er lebendig und wird im Spiegel lächelnd wiedergeboren ... Ich verstehe dein Lächeln, Carlo, die Toten wollen nicht, daß man mit ihnen stirbt, sondern daß man sie am Leben erhält, in Gedanken, in der Stimme und den Gesten. Mit seinen Händen ziehe ich mir eine Haarsträhne in die Stirn ... so sein wie er!

Seit ich an jenem Morgen wegen der Wunde kahlgeschoren aufgewacht bin, trage ich das Haar kurz. Es wachsen lassen? In wenigen Jahren hätte ich wieder die Zöpfe, die mir als Kind so teuer waren. Nostalgie drängt mich, diese Zöpfe, die immer von den Scheren des Klosters bedroht waren, wiederzusehen. Cavallina hat sie damals in irgendeiner Schublade aufbewahrt ... Da sind sie, lang, dicht und von einer so lebendigen Farbe, daß mir vor Angst, sie zu berühren, beinahe das Herz stillsteht. Aber kaum habe ich sie in der Hand, werfe ich sie aus Ekel vor diesem toten Teil von mir in den Papierkorb. Man kehrt nicht um. Und damals konnte ich kaum schwimmen! Ich erinnere mich an diese hinderlichen Zöpfe im Wasser und auf dem Kissen, an Klammern, Nadeln, Kämmchen und all die Mühe. Nein, mir ist mein neues Gesicht mit dem freien Hals, ein Jungengesicht wie Carlos, lieber. Ich will weiter ohne Bademütze schwimmen wie er. Und mir wie er, am Felsen des Propheten angelangt, höchstens mit einer schnellen Handbewegung die Haare aus dem Gesicht streichen, bevor ich mich in die Sonne lege.

Selim Özdogan
Die Tochter des Schmieds
Roman
320 Seiten. Gebunden
ISBN 3-351-03039-8

»Özdogan beherrscht die Leichtigkeit des Schreibens.«

Nürnberger Zeitung

Voller Wärme und Poesie erzählt Selim Özdogan die Geschichte vom Mädchen Gül, das nicht nein sagen konnte. Sie wächst in einem anatolischen Städtchen auf, verläßt die Schule ohne Abschluß, heiratet einen Mann, den sie nicht liebt, und folgt ihm ohne Hoffnung nach Deutschland. Gül ist zwar klein, aber stark, vor allem jedoch kann sie lieben und weiß, daß man sich von nichts schrecken lassen darf.

»Ein ernstzunehmender Chronist seiner Generation.«
Süddeutsche Zeitung

Von Selim Özdogan als Taschenbuch (eine Auswahl):
Ein gutes Leben ist die beste Rache. Stories. AtV 1479
Ein Spiel, das die Götter sich leisten. Roman. AtV 1991
Mehr. Roman. AtV 1721
Nirgendwo&Hormone. Roman. AtV 1969
Trinkgeld vom Schicksal. Geschichten. AtV 1917

aufbau
VERLAG

Weitere Informationen über Selim Özdogan erhalten Sie unter www.aufbau-verlag.de oder in Ihrer Buchhandlung